Christoph Lindenmeyer

Hexenloch

W0394654

Christoph Lindenmeyer

Hexenloch

Roman

VERLAG ANTON PUSTET

Gefördert durch:
STADT : SALZBURG
LAND SALZBURG

Impressum

Bibliografische Information der Deutschen Nationalbibliothek
Die Deutsche Nationalbibliothek verzeichnet diese Publikation in der Deutschen Nationalbibliografie; detaillierte bibliografische Daten sind im Internet über http://dnb.d-nb.de abrufbar.

© 2022 Verlag Anton Pustet
5020 Salzburg, Bergstraße 12
Sämtliche Rechte vorbehalten.

Umschlagfoto: © Tanja Kühnel
Autorenfoto S. 335: ©Jan Linnartz

Grafik, Satz und Produktion: Tanja Kühnel
Lektorat: Martina Schneider
Druck: Florjančič tisk d.o.o.
Gedruckt in der EU

ISBN 978-3-7025-1058-9

Auch als eBook erhältlich
eISBN 978-3-7025-8095-7

www.pustet.at

Zu Hause bin ich der Vater, der Ehemann,
der Mensch, den gerade nervt,
dass der neue Nachbar alte Bäume direkt hinter
unserem Grundstück gefällt hat. Gehe ich mit ihm in den Kampf?
Nein, ich habe Wichtigeres zu tun, ich habe noch viel vor.
Aber ich habe eine Gartenmauer bauen lassen,
um mein Territorium zu sichern.

Samy Molcho
in der Süddeutschen Zeitung

1

Es war noch Zeit.

Wolff hatte es nicht eilig.

Er hatte es sich in vielen Jahren angewöhnt, vor der Zeit am Ort zu sein. Sich einen Überblick zu verschaffen. Die Atmosphäre zu spüren. Die Wege zu erkunden. Entspannt da zu sein, wenn es so weit war.

Am Vormittag noch hatte sich eine Konferenz im Münchner Funkhaus endlos in die Länge gezogen, die Wortbeiträge aus den Programmbereichen und Redaktionen konnten vorausberechnet werden. Von wem sie kamen und worum es ging. Wolff hatte sich nicht an der Debatte beteiligt. Er wusste, dass die Entscheidung längst auf der Führungsebene und in den Ausschüssen der Aufsichtsgremien getroffen war. Wozu sollte eine solche Alibidiskussion taugen? Aber es war spannend für ihn gewesen, als unbeteiligter Beobachter seine eigene Prognose zu kontrollieren. Wer sagt was? Wie wird argumentiert? Wie hoch ist das Erregungspotenzial? Wer verlässt genervt die Konferenzrunde vorzeitig?

Wolff arbeitete lang genug in diesem Haus, um die soziografischen Prozesse zu kennen. Selten lag er daneben. Zweimal – doch – nur zweimal hatte er heute Vormittag daneben gelegen. Denn zwei jüngere Redakteurinnen meldeten sich, drängten sich vor. Wolff fand das gut, obwohl er damit nicht gerechnet hatte. Sie argumentierten knapp und scharf, aber ohne jede Emotion gegen die geplante

Zusammenlegung mehrerer aktueller Redaktionen, begründeten ihre Position sehr klar. Sie glaubten, die Veränderung im Organisationsschema noch aufhalten zu können. Dabei war sie längst als Beschlussvorlage der Intendanz in den Gremien beraten und in einer nichtöffentlichen Sitzung auch beschlossen worden. Er vertraute seinen verlässlichen Informanten. Auch seiner Informantin aus dem Rundfunkrat, die ganz offensichtlich Wolff, seine Arbeit als Führungskraft, als Autor und als Moderator im Programm schätzte. An die Namen der beiden nassforschen Kolleginnen konnte er sich nicht mehr erinnern. Er hatte bisher auch nicht mit ihnen zu tun gehabt. Trotzdem war es ihm peinlich. Schließlich hätte er sich erkundigen können. Das würde er nächste Woche nachholen.

In den letzten Jahren war die offene Gesprächskultur im Haus endgültig zusammengebrochen. Es war weitgehend totenstill gewesen, leer, ohne Bewegung. Selbst die Dame am Empfang, die Wolff seit mehr als einem Jahrzehnt kannte und in ihrer Freundlichkeit ihm gegenüber zu schätzen gelernt hatte, klagte immer wieder darüber, wenn Wolff kurz bei ihr stehen blieb. »Kein Mensch, wissen Sie. Kein freundliches Wort mehr. Wir wissen gar nicht, auf wen wir warten. Warum wir hier sitzen.«

»Das geht vorbei«, hatte Wolff ihr geantwortet. Sie hatte ihm zugenickt. »Glauben Sie?«

Die meisten seiner Kolleginnen und Kollegen arbeiteten im Homeoffice. Nur wenige aus den aktuellen Redaktionen kamen ins Haus. Die Moderationen außerhalb der Sendekomplexe und Studios ließen sich nicht in Heimarbeit realisieren. Die vertrauten Winkel der Raucher waren verwaist, die Informationsbörse der Kantine funktionierte nicht mehr. Selbst in der wärmenden Frühlingssonne vor dem Hochhaus stand in den Pausen niemand mehr herum. Es herrschte eine kalte Funktionalität. Jeder und jede, die es konnten, hielten Abstand. Noch schwirrten die Mauersegler nicht über der Stadt, aber der Mai würde kommen. Alles wird gut, zitierte Wolff in Gedanken den bayerischen Ministerpräsidenten.

Die einst übervolle Tiefgarage war immer noch fast leer. Das lag neben dem Homeoffice auch daran, dass so viele Redaktionen bereits im künftigen Sendezentrum weit außerhalb der Innenstadt arbeiteten. Kommen weniger Menschen in das Funkhaus, dann gibt es weniger Probleme. Zudem verzichteten immer mehr junge Leute auf ein eigenes Auto. Brauchten sie eines, dann nutzen sie Carsharing oder kamen auf E-Rollern zum Dienst. Inzwischen gab es längst einige Ladestationen für Elektrofahrzeuge in der Tiefgarage.

Wolff startete seinen Wagen. Er würde in aller Gelassenheit nach Salzburg fahren. Er freute sich darauf, die noch schneebedeckten Alpen wiederzusehen, im Radio Ö1 zu hören und vom Urlaub zu träumen, auch wenn er keinen hatte. In der Rösterei auf dem Irschenberg würde er frische Kaffeebohnen kaufen, Brasil und Verona, und sich einen Cappuccino zum Mitnehmen bestellen.

Jetzt war er hier.

In diesem Außenbereich Salzburgs war er noch nie gewesen, vielleicht war er einmal nachts auf dem Heimweg nach München vorbeigekommen, aber er war sich nicht sicher. In der Dunkelheit achtete er nicht wie tagsüber auf die sich verändernden Architekturen im Umkreis der Stadt, auf die immer spröder werdende Landschaftsgestaltung und die Versiegelung einstiger Felder. Wer wusste denn schon, wie es hier vor einigen Jahren noch ausgesehen hatte? Grün. Ländlich. Schatten unter den Bäumen. Wind über den Wiesen und Feldern. In den Außenbezirken herrschte eine Gebrauchsarchitektur vor. Einfallslos. Zweckbestimmt. Frei von jeder Ästhetik bei der Fassadengestaltung. Kreuz und quer gestellt, als gäbe es keine Bebauungspläne. Vielleicht aber dienten diese, weil es sie wohl ganz sicher geben musste, auch ganz anderen Interessen. Wer kannte noch die alten Pläne der einstigen Dorfkerne, ihre architektonische Harmonie, die Plätze, Bäche und die Sichtachsen im ländlich bebauten Raum? Jetzt war längst alles zur Stadt geworden. Die Außenbezirke fraßen sich auf das Zentrum zu, die Stadt floss in ihre Umgebung hinein. Nur da und dort leuchteten vereinzelte Bauten aus der Farblosigkeit der Stadtgestaltung auf. Solitäre, Einzelstücke, freistehende Gebäude ohne Bezug auf die Umgebung, glitzernd wie Diamanten, die in der Einförmigkeit der Außenbezirke fast dekadent anmuteten. Eine faszinierende

Ästhetik, die völlig isoliert wirkte. Wie vom Himmel herabgefallen. Denn ihrem Beispiel folgte kein anderes Neubauprojekt.

Wolff sah, dass hier alles doch ganz anders war.

Hier. Sein Navigationsgerät hatte ihn in das Quartier etwas südlich von Parsch in den Stadtteil Aigen geführt, einen der teuersten Wohnbezirke der Landeshauptstadt Salzburg. Der Bahnhof liegt nahe, der Turm der Stadtpfarrkirche zum Heiligen Johannes dem Täufer ragt mit seiner großen und seiner kleinen Kirchturmzwiebel über die Dächer. Wolff hatte nach der Vormittagskonferenz in München im Internet kurz recherchiert: In Aigen wohnten vor allem Prominente und Reiche, wobei – wie er dachte – es zwischen beiden nur geringe Unterschiede gibt. Porsche. Die Piechs. Thyssen-Henne. Beckenbauer. Alter und neuer Geldadel. Und dann und wann war auch ein bedeutender Mensch aus der Kultur hierhergezogen. Musik. Theater. Show.

Die Villa Walburga, umbenannt in Villa Lamberg, später die Villa der Familie Trapp. Sound of Music, ein Park außen herum, landwirtschaftliche Flächen. 1938, hatte Wolff gelesen, hatten die Trapps emigrieren müssen, um sich einer Verfolgung durch die Nationalsozialisten zu entziehen. Die Villa blieb deshalb aber nicht unbewohnt.

Ein alter und ein neuer Friedhof. Raumgreifende Familiengräber hatten keinen Platz mehr auf dem Gottesacker des alten Kirchleins, das kurz vor dem Ersten Weltkrieg um seine eigene Achse gedreht und erweitert worden war. Ein Schloss. Ein Park. Irgendwie, dachte Wolff, ein Legoland als Kontrast zur Salzburger Altstadt, miniaturisiert, übersichtlich, einem Kurort für die einstigen Verwaltungsbeamten und Militärs ähnlich, die sich hier ansiedelten. Wolff hatte das alles gar nicht gewusst, aber er fuhr nicht gern zu Terminen in Orte, über die er keine Informationen hatte. Oft kaufte er sich eine Lokalzeitung, um dann seine Gesprächspartner mit lokalen Kenntnissen zu überraschen. Eine schlichte Methode, die aber immer Wirkung zeigte.

Wer hier zwischen Aigen und Parsch wohnte, interessierte ihn nicht. Wer hier zuhause ist, muss seinen Müll in den Tonnen entsorgen, im

Supermarkt einkaufen, zur Apotheke fahren oder im nächstgelegenen italienischen Feinkostladen zwischen Kaffeesorten, Champagner und anderen Spezialitäten auswählen, aber – so stellte es sich Wolff vor – sie werden höchstwahrscheinlich nicht selbst in die Geschäfte gehen. Es gibt dafür Personal. Gärtner, Zugehfrauen, Hauswirtschafterinnen, Chauffeure, persönliche Referenten, oder wie man das nennt. Die Annahme ist unrealistisch, dass die Hauseigentümer sich in die Schlange der Kunden vor den Geschäften oder dem Postamt einreihen. Die Apotheken liefern frei Haus. Auf den Briefkästen sind meist keine Namen angegeben. Die Briefträger wissen trotzdem genau, wohin sie die Post auszuliefern haben. Die Parkplätze vor den Villen sind meist für zwei Fahrzeuge angelegt, die Garagentore breiter als ein Stand auf dem Salzburger Weihnachtsmarkt, und morgens werden viele Fahrzeuge noch gar nicht bewegt, weil die Dienstfahrzeuge mit laufendem Motor vor den Häusern stehen.

Ob es so wirklich zugeht?

Wolff war sich sicher, dass es sich morgens in diesem Viertel nicht anders verhielt als im Taunus nahe Frankfurt am Main, oder in Wiesbaden, wo die Investmentchefs und die Banker wohnen, die Fernsehleute und die Firmengründer, oder in München-Grünwald, wohin aus dem Zentrum zwar eine Straßenbahnlinie führt, die aber nur in Ausnahmefällen Passagiere aus und zu den Villen transportiert. Er ertappte sich dabei, ungerecht zu werden. Das sind Klischees, dachte er. Wenn ich hier ein Haus, eine Villa geerbt hätte? Wolff hatte – eigentlich – nie ein größeres Erbe angetreten, das ihm ein Leben ohne seine Arbeit im Funkhaus ermöglicht hätte.

Nein, dachte er, ich hätte das nie gewollt!

Nein, dachte er, es ist gut, so wie es ist.

Ja, dachte er, eigentlich bin ich ein glücklicher Mann.

Jetzt stand er vor dem Haus.

Die einstöckige Villa mit dem hohen Dach, bedeckt mit mediterranen, an Venedigs Dachlandschaften erinnernden Ziegeln, verglasten

Dachgauben und den um die Fenstereinfassungen herum gemalten abstrakten Lüftlmalerei-Motiven stammte wohl aus den Fünfzigerjahren, war also kurz nach dem Ende des Zweiten Weltkrieges errichtet worden. Das Haus wies eine symmetrische Struktur auf. Eine Haustür, nein, ein Eingangstor in der Mitte, rechts und links identische Flügel in der erkennbaren Hausfrontansicht. Das Tor war aus schwerem Holz mit Schnitzereien und Intarsien gefertigt, ein Bollwerk für jeden, der hier unbefugt eindringen will. Wolff sah, dass eine Kamera auf den Eingangsbereich justiert war. Im Vorgarten war eine weitere Kamera auf einem Pfahl montiert. Keine Leitungen. Die Kameras würden ihre Bilder in das Haus funken, falls es keine Attrappen waren. Möglich wäre es.

Das war es aber nicht, was Wolff auf einmal verstörte.

Er sah: Die Fenster der Villa waren vergittert. Schwere schmiedeeiserne Gestelle – in der Wand verankert – selbst die Dachfenster in den Gauben versteckten sich, was Wolff anfangs nicht bemerkt hatte, hinter Gittern. Die Kellerfenster waren ebenfalls vergittert.

Wolff fiel ein, dass in seiner Jugend der Hausarzt seiner Familie einmal gesagt hatte: Die Haut ist das Spiegelbild der Seele. Weshalb auf einmal die Erinnerung an einen uralten, eigentlich vergessenen Satz?

Das Haus ist ein Spiegelbild der Seele, wandelte Wolff den Satz ab. Wer hier lebt, sondert sich ab. Sperrt sich ein. Lebt hinter Gittern. Fühlt sich vielleicht sicherer.

Muss aber große Angst haben. Es gibt elektronische Warnsysteme gegen jeden Einbruchsversuch, Apps, die sich an das nächste Polizeirevier wenden, Kameras (die waren immerhin schon da), Lichtschranken, Bewegungsmelder und Hunde. Türschlösser, innen durch einen Querbalken verriegelt. Scheinwerfer, die jede Bewegung registrieren und plötzlich fast taghell aufstrahlen. Sicherheitseinrichtungen, die sich diskret tarnen und deshalb fast unsichtbar sind.

Eine Villa als Hochsicherheitstrakt. Hinter den Gittern Gefangene. Oder Schutzbedürftige.

Es war noch Zeit. Er ging auf und ab.

Ihm fiel sein Fernsehkollege Dieter Wieland ein, der große alte Mann mit seiner für Gemeinden wie Städte unbequemen Stadtentwicklungs-, Architektur- und Landschaftsplanungs-Kritik. Der Filmautor hasste falsche Gartenzäune und vergitterte Fenster. In unzähligen Fernseh-Dokumentationen hatte Wolff von Wieland gelernt, in dörflichen Strukturen auf die hässliche Glasbaustein-Ästhetik, auf Kreisverkehrs-Möblierungen und verstädterte Renovierungen alter Gebäudestrukturen zu achten: Ob der inzwischen sehr alte Kollege, den er persönlich nie kennengelernt hatte, noch grimmiger geworden war, zorniger denn je? Er ist kompetent geblieben, ein Seismograf der örtlichen baulichen Verirrungen in den stadtnahen Gemeinden und Dörfern. Von ihm hatte er gelernt, und er erinnerte sich jetzt wieder daran, dass die alten Bauernhöfe nie nach blick-ästhetischen Gesichtspunkten errichtet worden waren, also die Fenster der Wohnhäuser nicht den Ausblick auf die Schönheit der Täler boten, sondern dass die Anwesen Schutz gewährten gegen die Westwinde mit ihren Böen, dem Hagel, den Regenschauern und dem Schnee. Die Ställe sind den Häusern vorgelagert, und wer aus dem Fenster schaut, blickt nicht nach außen, nicht nach unten in die Weite der Täler, sondern nur bis zum nächsten Hügel, auf dem Silberdisteln und Schusternägel und Gebirgsenziane wachsen und im Frühling oft die Kühe stehen, bevor sie zu den Almen hinaufgefahren werden.

An der Außentür auf dem Briefkasten kein Namensschild. Zwei Angaben nur:

O.A. und E.v.H. – eingefräst in eine blank polierte Messingtafel. Wolff konnte die Initialen natürlich entziffern. Otto Achatz, Elisabeth Achatz geb. von Harnier. Er wusste, wen er gleich besuchen würde. Links und rechts vom Hauseingang zwei Buchsbäume in kugelförmigem Zuschnitt. Am hölzernen Eingangstor ein Dauerkranz mit Strohblumen. Also doch, dachte Wolff, nicht Stadt, sondern Land. Vielleicht die Sehnsucht nach Rustikalem. Hinter dem Gitterwerk. Und hier vorne nur ein kaum beachtetes Zeichen für die heimlichen Träume. Es wäre aber auch denkbar, dass es sich nur um vordergründigen Dekorations-Schnickschnack handelte. Weil viele Haustüren mit Strohblumen geschmückt waren. Die Blumen mussten nicht gegossen werden. Wolff würde sich, wenn er das Haus erst betreten hatte, heimlich nach ähnlichen Accessoires umsehen.

Bevor er hierhergekommen war, hatte Wolff Lust verspürt, am Nachmittag noch eine halbe Stunde durch die Stadt zu flanieren. Er hatte den Mirabell-Parkplatz angesteuert, nahe der Bergstraße, nicht weit entfernt vom Mozarteum. Ein paar Schritte nur zur Linzer Gasse. Das Parken hier war teuer, aber es kam ihm darauf jetzt nicht an. Die Stadt wirkte stiller als sonst. Der Mirabellgarten war immer noch fast menschenleer. Von ihrem fast komatösen Zustand in den letzten Jahren hatte sich Salzburg, nicht anders als andere Städte, immer noch nicht erholt. Auf vielen Schaufensterscheiben klebten Plakate: Abverkauf wegen Geschäftsaufgabe. Im Modeladen gleich vorne an der Brücke war immer noch jener elegante Damenmantel ausgestellt, den Wolff vor mehr als zwei Jahren schon entdeckt hatte, als er sich auf die Suche nach der letzten Wohnung seines Chefredakteurs gemacht hatte, der in dieser Stadt ums Leben gebracht worden war. Der Mantel hatte keine erkennbare Staubschicht. Vielleicht wurde er jeden Morgen mit dem Staubwedel gereinigt, aber niemand kaufte das schöne Stück. Manche Schaufensterscheiben waren innen mit weißer Farbe bemalt worden. Niemand kann in die toten Läden hineinsehen, niemand von drinnen auf die Straße schauen, aber drinnen ist wohl niemand. Im Mozarteum hörte Wolff anders als früher keinen einzigen Ton. Niemand übte auf dem Klavier, niemand spielte Violine. Kein Gesang. Niemand gab hörbar den Takt vor. Vor allem: Es gab keine jungen Leute, die durch die Halle eilten. Vor dem Mirabellgarten ein paar Hundebesitzer. Selbst die angeleinten Hunde bewegten sich, als wären sie noch nicht aus dem Schlaf aufgewacht. Das Café am Park rechts hinter dem Landestheater war noch nicht geöffnet.

Heute Morgen hatte Wolff im SZ-Magazin ein Interview mit der Schriftstellerin Felicitas Hoppe gelesen. Auch sie war in der neuen Welt nach den lähmenden Jahren noch nicht angekommen, fühlte sich noch von ihnen umklammert, wenn sie sagte: »Die zunehmende Verzwergung der Welt und die neue Scheu vor menschlicher Begegnung, so nötig das gerade ist, machen mir große Angst. Es spricht viel gegen das Reisen, global und in meinem Leben. Und doch wäre unsere Welt ohne das Reisen eine schrecklich engstirnige.« Die Seite hatte Wolff aus dem Magazin herausgerissen. Er wollte das Zitat auf seinem Schreibtisch zu den anderen Notizen legen, auf denen er seine Einfälle, spontanen Gedanken und Beobachtungen festhielt.

Noch begrüßte sich niemand mit Handschlag. Selten sah er Menschen, die sich umarmten. Immerhin war der ungelenke Ellenbogengruß verschwunden, diese kumpelhafte, dem Ententanz entlehnte Begrüßungsgeste, die Wolff nicht leiden konnte.

Zum Glück hatte Wolffs Stammcafé Isaak in der Linzer Gasse geöffnet. Es lagen nur wenige Zeitungen aus, eigentlich nur die Salzburger Nachrichten und die Kronen Zeitung. Die anderen Blätter waren wohl eingespart worden in den letzten Jahren, die so schwer auch über dieser Stadt lagen. Er genoss die Melange. Den Ortsteil Salzburg-Aigen würde er schnell finden, mehr als 20 Minuten bräuchte er dorthin nicht. In die Getreidegasse würde er heute nicht gehen. Vielleicht wäre dort mehr Betrieb. Wolff musste auch sein Zimmer in dem Hotel beziehen, das er von München aus gebucht hatte. Das Frühstück war auf der Homepage als *wonderful* angepriesen worden, 4 Sterne hatten ihn in das Viertel südlich des Kapuzinerbergs gelockt, und die Übernachtung würde ihn einen Einzelbett-Zimmerpreis in Höhe von 90 Euro kosten. Für Salzburger Verhältnisse war das noch günstig.

In der Ferne, irgendwo hinter den Altstadtgassen drüben auf der anderen Seite der Salzach, schwoll der Ton eines Martinshorns an. Es zerriss die Geräuschlosigkeit der Stadt, entfernte sich und Wolff vernahm dann nur noch einen einzelnen dunklen Ton. Die dunklen Töne setzen sich durch, dachte er. Die Stadt gefiel ihm besser als früher. Die Patina der Ruhe tat ihr gut. Seltsam, dass dunkle Töne länger zu hören waren. Er hatte immer geglaubt, dass sich schrill-hohe Signale im Gehör besser einnisteten.

Jetzt aber war es an der Zeit.

Wolff stand vor dem Haus. Der Termin war auf 18 Uhr vereinbart worden. Es war jetzt 10 Minuten später. Zu früh hatte er nicht kommen wollen. Er klingelte. Im Haus hörte er einen dezenten Ding-Dong-Gong. Das Papier, in das sein Blumenstrauß aus blauen Hortensien eingepackt war, sollte er dezent entfernen. Nur in England werden Blumensträuße im Papier überreicht. Oder war das auch in Frankreich üblich? In Österreich jedenfalls nicht. Aus der Umhängetasche ragte der Hals einer Champagnerflasche heraus. Wolff hatte ihn in dem italienischen Feinkostladen in Parsch entdeckt. Nur wenige Kunden waren im Laden gewesen. Auf der Eingangstür klebte ein Plakat: »Wir haben es geschafft! Wir warten auf Sie!«, aber Wolff war zu abgelenkt gewesen, um später zu wissen, ob es sich um ein Werbeplakat des Ladens, der Salzburger Festspiele, des Golfplatzes, des Museums der Moderne oder des Landestheaters gehandelt hatte. Nach den letzten Jahren war ihm das auch egal.

Niemand öffnete.

Wolff drückte noch einmal auf die Klingel. Wieder hört er das Ding-Dong. Im Haus blieb es still. Es gab keine Bewegung. Er prüfte im Mobiltelefon die eingetragenen Termine. Alles stimmte. Es war so vereinbart worden.

Noch einmal klingeln? Das wäre zu aufdringlich, deshalb wartete Wolff. Aber nichts geschah. Was machte man in solchen Situationen? Nach dem ersten Selbstzweifel, einen Termin versäumt zu haben, die Selbstkontrolle. Wolff schlenderte vom Tor zum Gehweg und wieder zurück. Noch einmal läuten? Er wählte die Festnetznummer, wartete auf das Tuten. Dann endlich eine Stimme, als er das Mobiltelefon schon einstecken wollte: »Hallo?« Wolff sagte: »Hier Wolff! Ich stehe vor Ihrer Haustüre!« Eine Frauenstimme antwortete: »Entschuldigen Sie, Herr Wolff, wir haben ein Problem mit der Hausglocke. Sie funktioniert nicht. Schön, dass Sie sich melden. Einen Augenblick bitte! Wir erwarten Sie!«

Wolff hörte den Türöffner summen.

Die Haustüre, groß wie ein Scheunentor, öffnete sich. Aus ihr trat, wie auf einer Schauspielbühne, der Regisseur: »Entschuldigen

Sie, mein Lieber. Das ist uns außerordentlich peinlich. Die Türglocke funktioniert nicht. Die Elektrik hat uns im Stich gelassen. Wie lange stehen Sie schon vor unserem Haus? Wie schön, dass Sie da sind. Hatten Sie eine gute Reise? Kommen Sie!«

Wolff trat ein. Das Blumenpapier hatte er in seine Jackentasche gesteckt.

2

Gibt es einen stahlblauen Himmel über München?

Heute Morgen ist es so. Über Nacht wurden die Schleierwolken weggefegt, die Sonne sticht, sie blendet in der Reflexion auf den Fensterscheiben des Hochhauses. Der Dunst über der Stadt hat sich verzogen. Hoch über den Dächern ziehen noch keine Vögel ihre Bahnen, aber unten auf der Straßenebene tummeln sich Blaumeisen, Spatzen und Grünfinken. Die Amseln sind in der Stadt nicht mehr da. Man sagt, eine Amselkrankheit habe ihren Bestand radikal reduziert. Es wird Frühling. Haben nicht alle seit Jahren darauf gewartet? Ein herrlicher Tag. Doch. Auf einer Kastanie im Augustiner-Biergarten sitzt ganz oben eine der selten anzutreffenden Amseln. Sie flötet in den Morgen, wartet auf eine Antwort aus einem anderen Revier. Aber es bleibt still.

Ulf Beck wird nichts von dem schönen Wetter haben. Seinen Tag wird er im fensterlosen Produktionsstudio zwischen dem vierten und dem fünften Stock des Studiobaus verbringen, und wenn er heute Abend wieder vor dem Funkhaus stehen wird, ist die Sonne schon zum Horizont im Westen hinabgetaucht. Die großen künstlerischen oder dokumentarischen Produktionen können nur in den exzellent ausgestatteten Studios realisiert werden. Wenn Beck mit seiner Arbeit als Toningenieur beginnt, haben die Redaktionen, Dramaturgen und Dramaturginnen monatelang, manchmal sogar seit ein, zwei Jahren die Produktion vorbereitet. Es gibt auch Produktionen, das weiß Beck, die fast ein Jahrzehnt Vorlauf haben. Es ist vor allem bei internationalen Urheberrechten oft sehr schwierig, die Rechteinhaber zu überzeugen. Amerikaner wollen am liebsten ein multimediales Gesamtpaket verkaufen, weil sie den öffentlich-rechtlichen Rundfunk, seine Struktur, seinen Programmauftrag wie seine Finanzierung nicht kennen, ihm aber zutrauen, eine weltweite Vermarktung der lizensierten Stoffe voranzubringen und den Gewinn einzustecken. Eine absurde Vorstellung. Zudem muss die Finanzierung großer Produktionen vorab geklärt werden, denn die eigenen Budgets reichen für sie nicht aus. So gilt die Suche aufgeschlossenen Koproduktionspartnern in den Sendern oder externen Institutionen, die sich für die Projekte engagieren. Und die Programmplanung besteht ja nicht nur aus der Summe einzelner Produktionen. Die Spielpläne, die Halbjahresprogrammplanung weisen eine Mischkalkulation auf: Ein Drittel Neuproduktionen, ein Drittel Autorenproduktionen, also Hörstücke, die von den Autorinnen und Autoren selbst produziert werden, ein Drittel Übernahmen großer Stücke von anderen Sendern im In- und Ausland, zudem gibt es Einsparpotenziale durch eine Wiederholung wichtiger Repertoireproduktionen. Das vorgeschriebene Sparziel für die Etats wächst von Jahr zu Jahr. Die Redaktionen wehren sich mit guten Argumenten: Ihre Produktionen würden nicht einfach weggesendet und lagerten dann Jahrzehnte in den Archiven, sondern neben den linearen Programmen würde sich durch die neuen Ausspielwege mit Live-Streaming, Podcasts und Mediatheken ihr Publikum nachweisbar vervielfachen, was die Medienforschung längst zweifelsfrei festgestellt hat. Solche Erfolge verlangen aber nach aufwendiger Studiotechnik, schnell gestrickte Billig-Produktionen nutzen sich ab und haben keinen Bestand über längere Zeit.

Beck kennt den Kampf um Budgets und die Auseinandersetzungen um die Finanzierung. Er wird meist frühzeitig in die Programmpläne der Redaktionen eingebunden, denn sie haben ein Mitspracherecht bei der Besetzung des technischen Personals. Die Produktionszeit muss im Voraus kalkuliert und beantragt werden, die Besetzungsbüros werden von Redaktion und Regie beauftragt, erste Anfragen an Schauspielerinnen und Schauspieler zu richten. Mindestens zwei Tage gelten der Sichtung und Speicherung benötigter Geräusche und anderer akustischer Elemente, die digital abrufbar sind. Wichtige

Requisiten müssen organisiert werden. Die neueren Produktionen aber verzichten meist auf akustischen Realismus, weil sich alle Räume durch die digitale Akustik, musikalische Elemente und Geräuschfragmente besser darstellen lassen als durch eine naturalistische Akustik. Wenn zunehmend Features wie Hörspielproduktionen auch als Autorenproduktionen hergestellt werden, oft in enger Zusammenarbeit mit Musikerinnen und Komponistinnen, wenn sie den Ausstrahlungsnormen des Senders durch eine private technische Bearbeitung entsprechen sollen, muss die Vorplanung perfekt erfolgen. Flüchtigkeitsfehler bedeuten, dass sich eine Produktion verteuert.

Die meisten Regisseure arbeiten freiberuflich. Diesen Monat in München, im nächsten dann in Hamburg oder Köln oder in Berlin. Oft auch in Basel oder Wien. Oder in Baden-Baden. Die Redaktionen wissen genau, welche Manuskripte sie welchen Bearbeitern, welchen Regisseuren und Regisseurinnen anvertrauen wollen, und wer die Regie übernimmt, wissen genau, mit welchen darstellenden Künstlerinnen und Künstlern am besten gearbeitet werden sollte. Die Teams haben sich in vielen Jahren miteinander eingespielt, im besten Fall ist die Freude über ein Wiedersehen im Studio groß.

Ulf Beck ist vor Jahren einer der ersten Toningenieure gewesen, der sich in kürzester Zeit mit der damals neuen digitalen Studiotechnik vertraut gemacht hatte. Einige Kolleginnen und Kollegen, die meisten älter als er, verweigerten sich der technischen Revolution. Sie wollten in der vertrauten analogen Welt bleiben. Tatsächlich war die Arbeit am Bildschirm eine große Belastung. Auch Beck hat festgestellt, dass er abends oft rot entzündete Augen hat. Berufsrisiko, denkt er. Aber die Digitalisierung der Arbeit im Studio hat ihn vom ersten Tag an fasziniert.

Gestern Abend hat er Gustav Mahlers Alpensymphonie als Film fertiggestellt. An den Wochenenden reist er privat mit seinem Campingbus in das Voralpenland oder gleich in die Berge, um mit seiner Kamera alle möglichen Motive einzufangen: sehr früh am Morgen, wenn die Natur aufwacht. Es ist immer ein gutes Gefühl, wenn der Film bei den wenigen Menschen gut ankommt, die er zur Präsentation seines Werks nach Hause einlädt. Oft arbeitet er länger als vier Jahreszeiten an seinen Musikfilmen. Ein wunderbarer Ausgleich zu seiner Arbeit im Funkhaus. Am liebsten ist Beck allein unterwegs. Wenn seine Frau auf ihn warten muss, fühlt er sich gestresst. Gute Motive einzufangen bedarf unbegrenzter Zeit. Das hat seine Frau inzwischen auch verstanden und akzeptiert. Jetzt kommt sie nicht mehr so oft auf seine Foto- und Filmexkursionen mit wie früher. Aber sie ist nicht verärgert über seine Fotoausflüge. Denn Ulf ist ja nicht an jedem Wochenende unterwegs.

Es wird wärmer. Ein letzter Blick auf das Hochhaus, die Sonne steht höher als vorhin, die Amsel ist weggeflogen. Beck wird jetzt in eine andere Welt eintauchen.

Wie Jean-Paul Sartres »Eingeschlossene« ist jetzt gleich das Team in den abgedunkelten Produktionsräumen wieder auf sich allein gestellt. Tagelang. Wochenlang. Ein von der Welt ausgegrenztes Biotop, dem sich niemand aus dem Team entziehen kann. Jede Stimmungslage wird registriert, jede Müdigkeit, jeder Ärger. Man kann keine falsche Entscheidung verstecken. Da ist nichts außer der Arbeit, sie ist nicht sichtbar wie das Werk eines Bildhauers, einer Malerin, sondern nur indirekt auf den Bildschirmen in endlosen Kurven präsent. Zur Grafik gewordene Akustik. Störungen sind nicht erwünscht. Früher brachte der Studiowart noch Getränke aus der Kantine, aber seine Planstelle wurde abgeschafft. Jetzt muss man in den Kantinenbau gehen. Einen Kaffee für das Team zu organisieren bedeutet, aufatmen zu können, das Tageslicht zu sehen, sich im Treppenhaus und im Hof zu bewegen. Für wenige Minuten. Denn alle warten. Niemand entkommt im Studio der gegenseitigen Kontrolle. Ein Innenleben, vielleicht dem in einem Raumschiff vergleichbar oder einer Forschungsstation im ewigen Eis. Höchste Konzentration in der Camera obscura. In der Black Box des Funkhauses. Dabei entstehen dort faszinierende neue Welten, Dokumentationen des Elends wie des menschlichen Glücks, Produktionen der Leichtigkeit und des hintergründigen Humors. Ohne Hoffnung auf die Kreation herausragender Hörstücke würde niemand hier freiwillig arbeiten.

Beck freut sich seit Langem auf die Produktion. Mit dem Regisseur Otto Achatz, dem »Otsch«, wie er im Team genannt wird, versteht er sich seit Jahren ausgezeichnet. Es bedarf meist keiner großen Diskussionen zwischen ihnen. Kurzes Kopfnicken, schmale Kommandos, ein skeptischer Blick, eine Handbewegung. So läuft die Kommunikation. Otsch schätzt kein großes Palaver. Wir sind hier, um zu arbeiten, sagt er. Beck findet das in Ordnung. Nervig sind Leute, die in das Studio kommen, um zu plaudern. Niemand braucht sie jetzt. Beck schaltet das rote Licht draußen vor der Türe an: Achtung Aufnahme! Es schreckt manchen ab, der nur einmal vorbeischauen möchte.

Doch heute ist alles anders. Otsch zittert. Otsch läuft hin und her. Otsch setzt sich auf den Regiesessel, steht wieder auf, setzt sich wieder hin, steht auf. Er wirkt nervös. Unruhig. Bei jeder Gelegenheit braust er auf. Zwei Schauspielerinnen hat er gestern regelrecht gequält: Immer wieder mussten sie ihren Dialog sprechen. Otsch war nicht zufrieden. Alles noch einmal bitte! Mehr Gefühl bitte, mehr Verzweiflung bitte. Die Frauen klagen doch über den gewaltsamen Tod eines Kinds. Nein, das ist zu sentimental. Etwas leiser bitte. Ihr atmet an der falschen Stelle. Warum zeigt Ihr nicht, wie sich die Frauen fühlen? Es kann doch nicht so schwer sein, sich in die Rolle hineinzudenken. Otsch wird laut. Wir brechen ab! So geht das nicht. Pause. Er geht im Studio auf und ab. Niemand darf ihn ansprechen.

Und heute? Otto Achatz ist regelrecht aggressiv. Er ist doch sonst ein so feiner Kerl. Bringt morgens Croissants mit in das Studio, mal einen Blumenstrauß, mal eine Packung erlesener Pralinen. Er begrüßt die Tontechnikerin und die Regieassistentin mit einem angedeuteten Handkuss. Ein Kavalier der alten Schule. Sein Blick ist heute stechend, anders als sonst. Otsch starrt auf die Bildschirme. Dann wird er laut. So geht das nicht. Wir müssen umbesetzen. Die beiden schaffen das nicht. Die Tür zwischen dem Regieraum und dem Aufnahmeraum steht offen. Die Schauspielerinnen haben jedes Wort verstanden. Beck will etwas sagen. Doch Otsch schüttelt den Kopf. *Shut up!*, soll das heißen. Beide Schauspielerinnen verlassen den Regieraum.

Eine hat Tränen in den Augen. »Das wird ein Nachspiel haben«, sagt die andere. »Hast du das gehört?«, fragt Beck.

Otsch antwortet: »Ich habe nichts gehört. Ich denke nach.«

»Die kommen nicht wieder«, sagt Beck.

»Das ist mir egal«, sagt Otsch. »Was hast du gesagt?«

»Wir machen weiter«, sagt Otsch. »Ich will alle Fassungen mit den beiden hören.« Er starrt auf die Bildschirme. »Bitte schneller. Wir haben keine Zeit zu verlieren.« Die Schauspielerinnen beraten sich, kommen wieder in das Studio zurück. Eigentlich, denkt sich Beck, sind das völlig normale Spannungen, wie sie immer wieder in einer Produktion entstehen können, und doch liegt heute eine verletzende Schärfe in der Luft. Sie proben weiter, zeichnen auf. Verwerfen. »Noch einmal bitte, aber jetzt besser. Ich habe es Ihnen erklärt. Auf Zeichen bitte!« Otsch fragt: »Wo ist mein Stift?« Er liegt neben ihm auf dem Regietisch. Beck fragt, wann sie eine Pause einplanen können. Ein paar Minuten Freiheit aus dem Studiokäfig. Otsch antwortet nicht, sondern starrt auf die Bildschirme, während die letzten zehn Minuten Aufnahme abgehört werden. »Ruhe bitte!«, sagt Otsch, »Ich kann mich nicht konzentrieren, wenn ihr euch unterhaltet.« Aber es hat sich niemand unterhalten. Die einzigen akustischen Signale kommen aus den Verstärkerboxen. Beck fragt noch einmal nach der Pause. Otto Achatz antwortet nicht. Er sieht aus wie ein Dirigent, der die letzte Dimension eines Pianissimo mit seinen Händen ertasten will. Die Tontechnikerin nebenan zuckt mit ihren Schultern. Zeigt ihr Verständnis für das Gefühl im Team, dass mit Otsch etwas nicht stimmt.

Irgendwann ist auch dieser Tag vorbei. Der Weg durch die Drehtür des Funkhauses, dann die Freiheit. Abendsonne ohne Kraft, Abendluft rein. Licht. Vor allem die Luft des beginnenden Frühlings. Wir sind nach den Jahren der Isolation vielleicht alle etwas verrückt geworden, denkt Beck. Man muss in dieser Dunkelkammer verrückt werden. Ich rede mal mit Al Wolff. So kann es in der Produktion nicht weitergehen. Wolff wird schon wissen, was zu tun ist. Ich schaue in den nächsten Tagen mal bei ihm vorbei, ob er in seinem Büro ist. Das ist besser als ihn anzurufen. Die meisten gebührenpflichtigen Parkplätze vor dem Funkhaus sind frei. Früher war das anders.

Beck erinnert sich an einen Satz von Victor Hugo, den er kürzlich in einem Manuskript der Wissenschaftsredaktion gelesen hat: »Der Dichter ist eine Welt, eingeschlossen in einen Menschen.« Otsch ist ohne Zweifel ein Meister der Worte, wenn auch kein Dichter. Aber auch in ihm ist eine Welt eingeschlossen. Beck aber kann sich die Innenwelt seines Regisseurs überhaupt nicht vorstellen. Er hat ja genug damit zu tun, seine eigene Welt zu ergründen.

In den Pausen erzählt Otsch gelegentlich aus seinem Leben. Er karikiert manche Prominente, die er auf Empfängen, Vernissagen oder in der Staatsoper getroffen hat, er ist ein Meister der Imitation. Alle lachen. Otsch bleibt dabei immer ernst. Er lacht nie über seine Witze.

3

Otto Achatz stand in der Tür.

Wie immer trug er einen blau-grauen Trachtenjanker aus feinem Tuch, um den schmalen Hals hatte er einen roten gemusterten Schal geschlungen. Bei anderen Männern sähe das vielleicht lächerlich aus, aber zu Otsch passte es. Auf seine grellbunten langen Socken mit den merkwürdigsten Motiven, die er – wie er sagte – immer wieder einmal bei Harrods in London einkaufte, war er besonders stolz. Er trug sie nicht anders als Sir Peter Jonas einst seine grellbunten Socken getragen hatte, der frühere Intendant der Münchner Staatsoper. Avantgarde an den Füßen. Geschmacklose Accessoires oder ein Zeichen eigener Unangepasstheit? Wolff konnte sich keinen Reim darauf machen. Aber er entwickelte Sympathie für diese kaum sichtbaren Zeichen individueller Mode in einer Umgebung der schwarzen und grauen Anzüge. Wann immer Wolff den Opernintendanten sah, versuchte er, die Farbe der Socken zu erraten, bevor sie ihre Signale unter dem Hosensaum heraus funkten. Jonas trug gerne rote Socken, Achatz bevorzugte grüne Socken mit eingestickten Motiven von der Jagd, dem Hockeyspiel oder dem Segelsport.

Das Haus verfügte auch innen über einen konsequenten, symmetrischen Grundriss. Otsch erklärte, dass seine Frau in der linken Hälfte der Villa wohne, er in der rechten. Beide verfügten über die gleiche Wohnfläche. Hinter der Eingangshalle, die beide Haushälften verband, lagen das Speisezimmer, eine Küche und ein Salon, hinter dessen großen Fenstern sich ein gepflegter Garten öffnete. Hinter der Hecke, die sich als Abgrenzung in den Garten drängte, vermutete Wolff einen Swimmingpool.

Der Rasen war vom feuchten Laub des Winters freigekehrt, die Büsche waren geschnitten und die Rosenstöcke begannen aufzublühen. Eine unbezahlbare Idylle, dachte Wolff, würden nicht die schweren Gitter den freien Blick einschränken. Er würde verrückt werden in diesem Gefängnis. Da musste jemand große Angst haben, um sich in diesem feudalen Haus derart einzusperren, sich selbst so auszugrenzen. Ob der Blick der beiden Hauseigentümer beim Vorübergehen der Stäbe auch ermüdete? Wolff brach den Gedanken ab. Rilke passte nicht in dieses Ambiente.

Aus der Eingangshalle schraubten sich links und rechts Treppen in das obere Stockwerk, in dem wahrscheinlich die Schlafräume und die Arbeitszimmer lagen, denn hier unten entdeckte er keinen Schreibtisch. Es wäre interessant zu wissen, ob die beiden Haushälften im oberen Stockwerk durch einen Gang miteinander verbunden waren, aber Wolff dachte schnell, dass ihn dies nichts anging. Es war zu privat, und auch als Gast heute würde er gegenüber seinen Gastgebern seine sprichwörtliche Distanz wahren. Mit keinem Künstler, keiner Regisseurin, keinem Autor duzte er sich. Es gab wenige Ausnahmen, die in früheren Jahren begründet waren.

Otsch bot ihm einen irischen Whisky an. »Meine Frau wird gleich zu uns kommen. Sie hat noch zu tun«, sagte er. »Der Whiskey stammt aus einer Destillerie, die ich gelegentlich besuche. Auf Ihr Wohl! Schön, dass Sie uns endlich einmal besuchen!«

»Ich habe Ihre Frau schon länger nicht mehr gesehen«, sagte Wolff, aber Otsch reagierte nicht. Wolff blickte durch das fast bodentiefe Fenster in den Garten.

»Ach ja, die Gitter«, sagte Otsch, der Wolffs Irritation bemerkt haben musste, »wissen Sie, nach ein paar Wochen sieht man sie nicht mehr. Aber sie verschaffen uns doch eine gewisse Sicherheit. Man kann ja nie wissen …«

Im Salon stand ein Spinett, aus hellem Holz gefertigt. Auf dem Instrument lag eine in Schweinsleder gebundene kostbare Bibel, die

Wolff auf das 16. Jahrhundert schätzte. Auf dem Buch getrocknete Silberdisteln, umwunden von einer Kette aus bunten Holzperlen. Dekoration. Offensichtlich spielte niemand auf dem Spinett.

Wolff schlenderte zur eingebauten Bücherwand, die über eigens ausgesparte Flächen verfügte, um Platz für Bilder zu schaffen. Er entdeckte eine Kohlezeichnung des Münchner Impressionisten Heinrich von Zügel. Sie zeigte wie so viele seiner Tier- und Genre-Gemälde eine Gruppe von Kühen, die sich in einem offenen Stall zusammendrängen. Die Signatur verriet das Jahr 1914 als Entstehungsjahr. Ein düsteres Bild. Zügels Bilder aus der Dachauer Landschaft, aus Belgien und den Niederlanden galten vor Jahrzehnten noch als wertvolle Anlage, inzwischen waren die Verkaufspreise eingebrochen und es gab immer wieder einmal in den Münchner Galerien Ölgemälde und Kohlezeichnungen im Angebot, und selbst bei internationalen Auktionen erzielten Zügels Werke keine besonders hohen Preise mehr. Der Kunstmarkt veränderte sich schnell. Vielleicht stiegen in den nächsten Jahren die Preise wieder. Wer konnte das schon wissen.

»Ein echter Zügel«, sagte Wolff, aber Otsch reagierte nicht. Er fixierte Wolff mit starrem Blick, er hing wohl einem Gedanken nach, dann räusperte er sich, ging ein paar Schritte auf ihn zu und sagte: »Ach ja. Das ist ein besonderes Bild, das Elisabeth von ihrem Vater geerbt hat, der es von seinem Vater übernommen hat. Sie hängt an dem Bild. Es ist von Zügel, aber das wird Ihnen nicht viel sagen.«

»Ein echter Klee?«, fragte Wolff, als er ein kleinformatiges Bild in einem schmalen Silberrahmen entdeckte. Wieder antwortete Otsch nicht. Wolff betrachtete die Zeichnung, die die Silhouette eines Engels zeigte. Ähnliche Motive hatte er im Paul-Klee-Zentrum in Bern gesehen, am meisten hatte ihn damals die Zeichnung des weinenden Engels fasziniert. Nach Bern fuhr er gerne, wann immer es sich ergab. Er liebte die Wellenlandschaft des Zentrums, seine weißen Kurven, von Renzo Piano in den Hang hineingesetzt, künstliche Hügel in der Landschaft, Symbole für den Fluss der Zeit. Dieser Engel hier wirkte heiter. Im Regal beleuchtete eine versteckte Lampe das Porträt mit schwachem Licht. Zu viel Lux würden der Zeichnung schaden, sie würde verblassen.

Ein paar Schritte weiter. Wolff wollte sich nicht setzen, bevor Elisabeth Achatz von Harnier nicht erschienen war. An der Seitenwand des Salons entdeckte Wolff ein alpenländisches Motiv. Kräftige Farben. Großes Format. Schneebedeckte Dächer vor der Bergkulisse. »Ein Segantini?«, fragte Wolff, aber Otsch gab keine Antwort. »Meine Frau kommt jetzt gleich«, sagte er, »ich weiß nicht, weshalb sie noch nicht da ist. Wollen wir uns setzen?« Er zeigte auf eine Sitzgruppe mit weißer Lederbespannung.

Sie setzten sich.

Wolff stand wieder auf. »Entschuldigung, darf ich das Bild an der Wand drüben auch noch ansehen?« Otsch sagte nichts, musterte Wolff aber genau.

Der Auftritt von Elisabeth Achatz von Harnier. Wolff hörte, wie sie aus ihrer Haushälfte die Treppe herunterschritt. Dann stand sie im Salon und füllte mit ihrer Präsenz den Raum. Sie hielt Wolff ihre Hand hin, verhüllt von einem weißen Handschuh. »Mein Lieber!«, flötete sie, schüttelte ihre blonden Haare und erwartete von Wolff einen angedeuteten Handkuss, den Wolff aber verweigerte. »Gnädige Frau«, sagte er nur. »Wissen Sie, nach den letzten Jahren muss man sich ja schützen«, sagte sie. »Sie haben völlig recht.«

Elisabeth von Harnier, wie sie sich offiziell nannte, war in der Öffentlichkeit bekannter als ihr Mann Otto. Sie stand seit Jahren auf großen und kleinen Bühnen, spielte Charakterrollen in Filmen und erwähnte in den Interviews der Programmzeitschriften gerne ihre Mutter als Vorbild, die eine der ersten Fernsehansagerinnen in Deutschland gewesen war. Auch sie war eine aristokratische Erscheinung gewesen. Überall dabei, wo sich die Mächtigen aus Politik und Wirtschaft trafen, immer in Sichtweite irgendeiner Kamera, sodass sich manche Beobachter fragten, wie sie es dauerhaft schaffte, in der Öffentlichkeit so dominant und präsent zu sein. Zu politischen Fragen hatte sich ihre Mutter nie geäußert, niemand erwarte das von ihr, hatte sie erklärt, und sie wolle ihr Publikum nicht verärgern, was sie aber nicht daran hinderte, vor mehr als zwei Jahrzehnten für den Stadtrat der Landeshauptstadt München zu kandidieren. Natürlich auf der Liste der Konservativen, die sich mit ihrer Prominenz schmückten. Aber es waren kaum Redebeiträge in der Fraktion oder im Plenum von ihr überliefert, das war auch nicht notwendig. Sie war dabei gewesen und sie war wichtig.

Elisabeth sah Wolff an. »Wie schön Ihre Blumen sind«, sagte sie und dankte ihm. »Ich freue mich, dass ihr euch schon gut unterhaltet.« Wolff betrachtete verstohlen das Ölgemälde an der anderen Wand. »Sie sind ein Kunstkenner, mein Lieber, das sehe ich auf den ersten Blick!« Sie nahm Wolffs Arm und führte ihn zu dem Bild. »Kommen Sie, schauen Sie!« Das sei ihr Lieblingsbild, verriet sie ihm. Es stamme aus dem Erbe ihres Großvaters. »Er liebte es sehr. Mein Vater liebte es sehr. Ich liebe es auch.«

Später am Abend, Wolff hatte sein Zimmer im Hotel bezogen, öffnete er eine Tüte gesalzener Erdnüsse und eine kleine Flasche Grüner Veltliner. Er hatte noch Appetit, denn der Imbiss bei Otsch und Elisabeth hatte nur aus einer italienischen Vorspeisenplatte, einem Korb mit Baguette und einem sehr anständigen Wein bestanden. Welch merkwürdiger Abend, dachte Wolff. Otto Achatz hatte sich verändert. Er hatte auf Wolff heute Abend zerstreut, unkonzentriert, abwesend, fast teilnahmslos gewirkt. Elisabeth hatte geplaudert wie immer: elegant aber hohl. Sie hatte nur von sich und ihren Engagements erzählt. Als Wolff ganz kurz Otsch auf die Produktion im Funkhaus ansprechen wollte, erwiderte der Regisseur nach einer langen Bedenkzeit: »Heute Abend wollen wir doch nicht über unsere Arbeit reden. Aber: Wir kommen gut voran. Ich bin bald wieder in München, vielleicht sehen wir uns.« Dabei hatte er Wolff wieder mit starrem Blick angesehen. Er hatte nicht in seine Augen gesehen, sondern blickte auf Wolffs Lippen. Elisabeth hatte die Aufmerksamkeit sofort auf sich gezogen, erklärte ihr Desinteresse an Politik, obwohl niemand das Thema erwähnt hatte. »Wenn du dich politisch äußerst«, sagte sie, »dann verlierst du deine Fans. Das wusste schon meine Mutter.« Wolff war bekannt, dass sie im Netz viele Follower hatte. Merkwürdig nur, überlegte er, dass sie sich trotz ihrer politischen Abstinenz immer im Dunstkreis von Politikerinnen und Politikern zeigte, in den Clubs der Rotarier und der Lions-Freunde, in der richtigen Box im richtigen Festzelt auf der Wiesn in München, na ja, in den letzten Krisenjahren war das Oktoberfest abgesagt worden. Elisabeth hatte sich in diesen stillen Jahren andere Auftrittsmöglichkeiten suchen müssen. Man las in den Gesellschaftskolumnen der Boulevardzeitungen, wo sie sich neue Strümpfe (glitzernd) kaufte und in welchen Sozialeinrichtungen sie Lesungen abhielt. »Die alten Menschen sind ja unendlich dankbar, wenn ihnen Geschichten erzählt werden«, sagte sie. Aber zuletzt waren auch die Lesungen ausgefallen.

Das Hotel war nicht einmal zu einem Viertel ausgebucht. Nur zwei Gäste traf Wolff in der Bar, unter dem gedämpften Licht unterhielten sie sich leise. Zwei müde Leute an einem müden Abend. Mehrere Halogenleuchten waren ausgefallen. Niemand hatte sie erneuert. Es gab keine dezente Musik. Es gab nur diesen Raum in seinem Halbschlaf. Wolff zog es vor, auf sein Zimmer zu gehen.

Im Norden lag die Salzburger Altstadt. Der Nachthimmel reflektierte matt die Lichter über den Plätzen und Gassen. Das Fenster ließ sich ohne Problem öffnen. Es roch frisch, aber die Landschafts- und Stadtkulisse, die er in der Dunkelheit nur als Silhouette erkennen konnte, war nicht frisch, sondern wirkte auf ihn wie eine eingefrorene Struktur des Stadtlebens, das es längst nicht mehr gab und das es auch so bald nicht mehr geben würde. In München hatte Wolff immer wieder solche Ermattungsgefühle erlebt – wie bleierner Dunst hatte sich eine früher nie erlebte Langsamkeit auf den Straßen wie in den heißen Augusttagen seiner Kindheit ausgebreitet, wenn die Hitze alles lähmte und seine Eltern kaltes Wasser in die Badewanne einließen, um die Wohnung zu kühlen.

Erneut dachte er, wie merkwürdig sein Besuch im Haus Achatz gewesen war. Otto hatte ihn vor zwei Wochen, als sie sich im Marmorfoyer des Funkhauses trafen, nach Salzburg eingeladen. »Kommen Sie doch bei uns vorbei«, hatte er gesagt, »meine Frau und ich fänden das sehr schön.« Doch heute Abend hat Wolff eine Freundlichkeit erlebt, die auf ihn wie ein künstliches Ritual wirkte. Otsch folgte kaum dem Gespräch mit Elisabeth, wobei Wolff wenig sagen konnte, denn der Bühnenstar überforderte ihn mit seinen Wortkaskaden. Selbstbeschreibungen wechselten sich ab mit den Psychogrammen von darstellenden Künstlerinnen und Künstlern, mit denen sie es zu tun hatte. Otsch verfolgte mit den Augen, wer gerade sprach. Elisabeth lachte, auch wenn es keinen Grund gab, zu lachen. Sie plauderte für sich und vor sich hin, mit großen, weit ausholenden Gesten.

Das Grundstück, ja, es stamme noch von ihrem Großvater, einem Industriellen, der sich unbedingt in Salzburg-Aigen niederlassen wollte. Um das Jahr 1933 herum sei ihm der Baugrund angeboten worden. Das Haus hätten sie dann nach dem Krieg von einem Architekten bauen lassen, der ihre Wünsche in seinen Bauplänen berücksichtigte. Ihr Großvater, Geheimer Kommerzienrat und politisch nicht ohne Einfluss, hatte seit seinen ersten Berufsjahren Bilder gesammelt. In den späten Dreißigerjahren sei der Markt geradezu überschwemmt worden mit wertvollen Bildern, Stichen und Lithografien, da habe er immer wieder einmal zugegriffen. »Man muss einen Blick für Kunst haben«, sagte Elisabeth Achatz-von Harnier.

Wolff stand in seinem Hotelzimmer auf und holte aus dem Kühlschrank noch ein Fläschchen Grüner Veltliner. Drei kleine Flaschen hatte er entdeckt. Der Wein war leicht, spritzig und kühl, und Wolff spürte, wie sich seine depressive Stimmung verzog, fast wie feuchte Kälte, wenn endlich wieder die Sonne scheint. Die Möbel des Hotelzimmers waren aus hellgrauem Holz gefertigt, der Raum wirkte elegant. An den Wänden hingen zwei Poster im Silberrahmen: Motive des Surrealisten Leherb. Wolff besaß seit Langem das Plakat »I like Mozart«, das Helmut Leherbauer 1972 für die damalige Österreichische Fremdenverkehrswerbung entworfen hatte: Das junge Genie Mozart sitzt auf einem schweren Motorrad und startet aus der blauen Grundfarbe, wie sie für Leherbs Bilder typisch ist, voller Lebenslust zum Betrachter heraus. Das andere gerahmte Poster zeigte ein »Mädchen, das auf einer Wolke Cello spielt«. Beide Motive waren international beliebte Ikonen der Festspielstadt gewesen. Wolff hatte beide Poster gekauft, das Exemplar mit dem Mädchen konnte er zu Hause nicht mehr finden.

Es war nun alles unendlich lange her, und Wolff hatte erst viele Jahre später die verträumte, surrealistische, vielleicht auch kitschige Kunst Leherbs für sich entdeckt. Inzwischen waren die Plakate pro Exemplar mit 300 Euro bei Ebay im Angebot zu finden. Der Künstler war längst berühmt geworden. Ein Politiker in Wien hatte gegen Leherbs Konzeption für den österreichischen Pavillon bei der Biennale 1964 und das »Zeitzerstörungsmanifest« erfolgreich interveniert. Tote Tauben, an die blauen, mit Wasser besprühten Wände genagelt, Flitterpuppen und Regenschirm-Skulpturen als Beitrag der Alpenrepublik zur internationalen Kunst: wie widerlich und dekadent. So wurde nichts aus Leherbs Venedig-Beitrag, aber seine Bekanntheit war gestiegen. Jahrzehnte später erbrachten seine teuersten Bilder mehr als 50 000 Euro bei Auktionen. Wolff hatte sich damals aber sehr schnell von Leherbs Kunst verabschiedet. Er hielt die Grafiken und Malereien von Leherbs Frau Lotte Profohs für interessanter, aber die junge Muse hatte ihrem Ehemann zuliebe ihren Beruf aufgegeben. Ein Jammer, fast wie bei Robert und Clara Schumann, hatte Wolff immer gedacht. Leherb wirkte, je länger Wolff sich mit ihm befasste, als zu glatt, zu dekorativ auf ihn. Er wandte sich den abgründigen, heiteren, mythologischen Dimensionen in den Bildern von Arik Brauer zu, einst ein Freund Leherbs in der Wiener Schule des Phantastischen Realismus. Als Wolff aber auch ihn als zu verträumt, zu bunt, zu detailverliebt empfand, hatte er in einer großen Ausstellung der Wiener Albertina Gottfried Helnwein für sich wiederentdeckt, dessen Bilder ihn früher immer abgeschreckt hatten. Verletzte Kinder, blutend, bandagiert, Kinder in SS-Uniformen: Wer hält das schon aus? Aber die Albertina-Ausstellung hatte auf Wolff gewirkt, als halte er sich zum ersten Mal in einer Kathedrale auf. Tief erschüttert hatte er das Gebäude über die markante Freitreppe verlassen, draußen war es sommerlich warm, aber in seinem Inneren spürte Wolff eine Vereisung. Helnwein war mit seinem dramatischen Fotorealismus doch einer der ganz Großen unter den ihm bekannten österreichischen Künstlerinnen und Künstlern.

Hier im Hotelzimmer passten aber die Poster Leherbs sehr gut zum Image der Festspielstadt, ihre Motive flockiger, heiterer, mehr ein Soufflé als das ewig andauernde Bombardement in den Schaufenstern der Altstadt mit Mozartkugeln, den Originalen in den Originalverpackungen und den späteren Kopien der Produktnachahmer.

Wolff ging das Ölgemälde im Haus von Otto und Elisabeth Achatz, das er den ganzen Abend betrachtet hatte, nicht aus dem Kopf, bis ihn Elisabeth eingeladen hatte, das Bild im breiten Goldrahmen genauer zu betrachten. Carl Wilhelm Hübner hatte es mit seinem Namen *Carl Hübner* signiert. Titel: »Die Auswanderer«, entstanden in der zweiten Hälfte des 19. Jahrhunderts. Elisabeth hatte mit ihren weißen Handschuhen sanft den Bilderrahmen berührt, kaum sichtbaren Staub aus den Fugen der goldenen Girlanden gewischt, geplaudert und erklärt, wonach Al Wolff sie gar nicht gefragt hatte. »Dieses Bild hing mal in der Nationalgalerie in Oslo.« Wolff hatte sie angesehen. »Ach ja, Bilder gehen viele Wege. Verschlungene Pfade. Man muss das alles gar nicht wissen. Jetzt ist es hier und wir lieben es sehr.«

Immer wieder war Elisabeth sehr sanft mit ihren weißen Handschuhen über den goldenen Rahmen gefahren. »Schauen Sie«, hatte sie gesagt, »ich zeige Ihnen etwas. Otsch, hilf mir einmal bitte!«

Gemeinsam hievten Sie das Bild etwas nach oben und lösten es vom Haken in der Wand. Dann stellten sie es sehr vorsichtig auf den Parkettboden und drehten es um. »Sehen Sie? Hier ist eine Expertise aufgeklebt.«

Wolff beugte sich vor.

Auf der Rückseite der Leinwand war ein Schreiben unter einer durchsichtigen Folie befestigt. Unter der Querleiste des rückseitigen Holzrahmens sah Wolff ein amtliches Schreiben mit dem Briefkopf NASJONALGALLERIET Oslo, dunkelbraun vergilbt in den Jahrzehnten unbekannter Wege durch die Kunstmärkte. Darunter handschriftlich:

Sehr geehrter Herr,

Das Bild Hübners »Die Auswanderer« befindet sich nicht mehr in unserer Galerie, ist als Leihgabe an irgendeiner öffentlichen Gebäude übergeben seit mehrere Jahre. Was die Sujet betrifft bedauere ich keine Mitteilungen geben zu können.

Mit vorzüglicher Hochachtung.

Die Unterschrift war in der diffusen Beleuchtung des Salons für Wolff nicht entzifferbar. Sie sah wie eine Chiffre für den Namen Johann H. Langomer aus, aber da sollte man sich nicht festlegen. Er hatte ja kein Recht, mit einer Lupe den Beipackzettel des Bildes im Haus seiner Gastgeber zu studieren. Datum: 18. Juni 1934.

Die Jahreszahl alarmierte Wolff.

»Sehr interessant«, sagte er nur. »Ich danke Ihnen, dass Sie sich so große Mühe für mich gemacht haben. Vielen Dank, gnädige Frau. Danke Otsch.«

Sie hatten den schweren Goldrahmen mit dem Gemälde wieder an die Haken in der Wand gehängt. Wolff wollte sich unbedingt das Gemälde noch einmal in Ruhe ansehen.

Elisabeth von Harnier sagte, dass er das selbstverständlich machen könne, wann immer er wolle und Zeit dafür habe.

Es gibt harte, volle Tage.

Wolff hatte einen solchen Tag hinter sich. Die Konferenz. Die Autofahrt. Den Gang durch Salzburg. Den Abend in dem vergitterten Haus. Die gequälte Unterhaltung. Die fantastischen Bilder im Haus Achatz. Den Heimweg. Aber er war nicht müde. Morgen Mittag würde er wieder in München sein. Es tat ihm gut, wenigstens für einen Tag Abstand zum Funkhaus zu haben. Schlafen konnte er später. Er wollte jetzt noch nicht schlafen gehen. Seinen Wein hatte er noch nicht ausgetrunken. Er setzte sich an den kleinen Schreibtisch und blätterte die Gästemappe durch. Solche Abende waren nicht schlecht. Wolff fühlte sich gut.

Das Übliche. Wolff schlug die Mappe ganz hinten auf. Ein Verzeichnis der Fernsehkanäle, der kostenfreien privaten und öffentlich-rechtlichen Sender. Ganz unten in der Liste internationale Newskanäle, aber auch die öffentlich-rechtlichen Sender Europas. Dann die Übersicht über die *pay tv*-Angebote, die *blue movie*-Spezialkanäle. Uninteressant.

Wandertipps. Ortsgeschichte. Schwarz-weiß-Fotos von Aigen, wie es früher aussah. Bunte Bilder aus der Jetztzeit. Fröhlich lachende Menschen auf Wanderwegen. Badegäste, die sich erfrischen. Seit Jahren hatte es keine Wandergruppen mehr gegeben, die Bäder waren geschlossen worden, niemand stieg in die Bäche und Flüsse. Die Natur war geschlossen worden. Und jetzt, wo sie wieder geöffnet war, hielten Befürworter und Gegner der starken Einschränkungen Abstand gegenüber Menschen und Natur. Das hätten sie viel früher machen müssen, dachte Wolff.

Dann fand er einen anderen Werbetext aus der Region Aigen. Er las, dass das ursprüngliche Dorf aus einem Pfarrvikariat entstanden war und zunächst 1935, in ganzer Breite dann aber 1939 in die Stadt Salzburg eingemeindet wurde, ein Jahr nach dem Jubel über den Anschluss Österreichs an das Großdeutsche Reich auf dem Wiener Heldenplatz. Ein kleiner Teil war an die Gemeinde Elsbethen gefallen. Ob sich die Lokalpolitiker damals gestritten hatten? Oder hatte es Chancen für einen fairen Dialog über die jeweiligen Interessen gegeben? Beide Jahre standen für die ersten perfekt organisierten Aufmärsche der Uniformträger. Für Fanfarenzüge. Für Fahnenappelle. Für die bedingungslose Zuwendung zum größten Führer aller Zeiten. Aber Wolff entdeckte keine Informationen darüber in dem kleinen Katalog. Natürlich: immer wieder das Schloss. Historische Fotos über die erst lockere, dann dichte Bebauung im künftigen Villenviertel zwischen dem Schloss und dem Bahnhof. Erst wurde auf Abstand zur Salzach geachtet, dann breiteten sich größere Bauten auf größeren Grundstücken am Fluss aus. Das Leben war schön hier draußen vor der engen Altstadt Salzburgs. Die Landschaft war schön. Der Blick auf den Fluss und die Berge war schön. Alles war schön – und bunt. In der ausverkauften Heimat der Alteingesessenen entstanden die Heimaten der Neuen. Sie brachten ausreichend Kapital mit, sie wussten, was sie wollten. Sie bauten, sie grenzten sich ab, sie sicherten ihr Terrain. Bekannte Entwicklungsmuster. Im Dunstkreis von München war das nicht anders gewesen. In der Peripherie war es genauso: Die älteren Häuser wurden abgerissen, die baumbestandenen Gärten planiert. Luxuswohnungen, übrigens gefielen sie Wolff in ihrer Glasästhetik, wurden in Neubauten aufeinandergestapelt, die immer gleichförmiger wirkten. Mal waren die riesigen Glasfenster zu den Terrassen und Balkonen und Vorgärten rechteckig und glatt, mal rundeten sie sich, wobei sich Wolff immer fragte, wie solche Wohnungen mit runden Glasfassaden sinnvoll möbliert werden konnten. Aber das war ja nicht sein Problem. Vor den Häusern gab es schmale Grünstreifen. Als es noch erlaubt war, breiteten sich hier pflegeleichte Steingärten aus, die aber nicht wasserdurchlässig waren, denn die kostbaren Steine wurden mit Kunststoff-Folien vor dem Absacken oder dem Besatz von Moos geschützt. Inzwischen hatten die Behörden solche Steingärten verboten. Hinter den Wohnkästen schmale Handtuchstreifen Grünland. Wenige Büsche. Ein, zwei große Terrakotta-Blumentöpfe. Ein abdeckbarer Gas-Grill. Luxusgeräte. Aber auch eingeschwärzte Feuerstellen auf rostigen Rädern. Solche Geräte müssen gepflegt werden, sonst können sie nicht mehr benutzt werden. Der Rasen kurzgeschnitten. Mag sein, dass man dort gut wohnt und sich auch wohl fühlt, dachte Wolff immer, aber er versuchte immer schnell, solchen Mainstream-Architekturen auszuweichen. Und jetzt saß er hier in Salzburg-Aigen, trank seinen Wein und blätterte die Selbstdarstellung eines Ortsteils durch, dem die Zukunft wichtiger war als die Vergangenheit.

Dann aber dies.

Eine halbe Seite im Prospekt. Der Aignerpark. Ein schöner Park, so wie es andere schöne Parks gibt. Das hatte Wolff schon verstanden. Ihm stach ein Name in die Augen: HEXENLOCH. Und er las:

Wir lustwandeln in den Aigner Park mit dem Felberbach zum Hexenloch. Der Aigner Park von 1780 mit seinen Wegen, Aussichten, Grotten und Wasserfällen ist ein bedeutendes Denkmal der Gartenkunst des frühen 19. Jahrhunderts. Der Park wurde von Dichtern beschrieben, von Malern in Öl getaucht und von Musikern besungen, als himmlischer Ort. Menschen, die sich auf Naturkraftquellen spezialisiert haben, spüren schon auf dem Weg zum Hexenloch die Feen- und Troll-Energien. Das Hexenloch mit seinen Wassern ist ein interessanter Flecken, gut begehbar und nicht nur für Kinder ein Abenteuer.

Es war, Wolff dachte nach, fast drei Jahre her, seit er in Salzburg an der Aufklärung der Ermordung seines früheren Chefredakteurs beteiligt gewesen war. Totschlag oder Mord? Er hatte das später nicht mehr verfolgt. Es war auch nicht wichtig für ihn gewesen. Tot ist tot. Tod ist Tod. Er war durch Zufall auf die ihm damals völlig unbekannte Teufelsgasse in einer Kleingartenanlage gestoßen, die nur in sehr alten Stadtplänen verzeichnet war, die er aber zuerst nicht finden konnte, weil dieses Areal eingeebnet und mit Luxusappartementhäusern neu bebaut worden war. Adam und Eva waren aus dem Paradies vertrieben worden, aber kein Engel verweigerte ihnen mit seinem Schwert die Rückkehr. Denn es gab kein Paradies mehr. Das Paradies der Kleingärtner war vernichtet worden. Auch in diesem Fall galt das neue Lernziel der Stadtmagistrate: Kleingarten-Paradiese sind Luxus für einzelne. Die Gesellschaft bedarf kapitalkräftiger Investitionen und eines entschlossenen Unternehmergeistes, der nicht auf solche Partikularinteressen Rücksicht nehmen kann.

Wolff erinnerte sich, wie er damals durch die Stadt Salzburg gegangen war, wie er den Ort sehen wollte, an dem sein Chefredakteur zu Tode gekommen war. Dann hatte die Geschichte ihren gewohnten Verlauf genommen. Es war vorbei. Im Funkhaus arbeitete ein neuer Chefredakteur, der bald in den Ruhestand gehen würde. Er war eine Übergangslösung, und Wolff war sich absolut sicher, dass sein Sender als nächstes die erste Chefredakteurin in seiner Geschichte berufen würde, er kannte die Kandidatin und fand die Personalplanung gut.

Das Hexenloch faszinierte ihn. Wahrscheinlich würde er enttäuscht sein, wenn er dort hinginge, kleine Biotope trugen oft große Namen. Vielleicht aber auch würde er eine neue Entdeckung machen, wie so oft in Salzburg. Abseits der beliebten Parks und Promenaden, der Getreidegasse und des Domplatzes war er immer wieder auf die kleineren Wunder dieser Stadt gestoßen, die in den wenig besuchten Ecken auf ihn warteten, wohin sich nicht einmal Tauben verirrten. Er würde sehen.

Nur morgen ging es nicht. Wolff wollte nach dem Frühstück die Rückfahrt nach München antreten. Es waren Beratungen über neue Struktur- und Programmreformen angekündigt, und es wäre gut, dabei zu sein. Die Strecke auf der Autobahn war leicht bis Mittag zu schaffen, und dann bliebe ohnehin noch etwas Zeit bis zur nächsten Konferenz.

Hexenloch. Ja, er würde es bei seinem nächsten Salzburg-Aufenthalt suchen. Allein der Name hatte eine Sogwirkung auf Wolff.

Jetzt aber wollte er schlafen.

4

Selbst vertraute Städte, ob sie nun geliebt oder gehasst werden, bergen ihre Geheimnisse.

So transparent die Rituale der Festspielstadt zu sein scheinen, mit ihren ewig gleichen Inszenierungen der Prominentenauftritte vor dem Festspielhaus, den lieb gewordenen Traditionen des Publikums beim Schlendern von den Cafés und Restaurants zu den Vernissagen der vielen Galerien und zu den Bratwurst-Buden, so verborgen liegen die Schichten der völlig verschiedenen Stadtgesellschaften übereinander, nicht anders als die in mehr als einem Jahrhundert unter der Straßenoberfläche verlegten Leitungen, Rohre, Kabelstränge und Kanäle. Oft genug werden Wasser- und Gasrohre versehentlich angebohrt. Es ist schwierig, eine sorgfältige Kartografie der übereinander geschichteten Netzwerke anzufertigen und in den Archiven zu bewahren, die auch nach Jahrzehnten noch gültig ist. Gefahr im Verzug, Absperrungen und die bange Hoffnung, dass es keine größeren Schäden gibt, keine Überflutung der Gassen, keine Gasexplosion, keinen Ausfall der Stromversorgung. Schon gar nicht eine längere Verkehrsstörung.

Viel unübersichtlicher und kryptischer sind die unsichtbaren Vernetzungen der Menschen in einer Stadt. Das ist aber keine Salzburger Besonderheit, denn solchen Untergrund unter den menschlichen Beziehungsebenen gibt es natürlich in jeder Stadt, auch in manchem Dorf. Straßennamen schaffen Vertrautheit, Markenzeichen geben Orientierung, Wegweiser lenken die Schritte der Passanten, überall sind die Streckennetze der öffentlichen Verkehrsmittel einzusehen.

In den Schaufenstern der Katakomben und den unterirdischen Parkplätzen der Altstadtgaragen in Salzburg verstauben die Porträts der Großen aus der Musik und den darstellenden Künsten und der sich selbst darstellenden Mäzene. Sie prägten und prägen das Bild einer musikalisch wie kommerziell gierigen Stadtkultur, und dennoch verbergen sich in den Spinnennetzen der unsichtbaren Stadtlandschaft Existenzen, Hoffnungen und Lebensenttäuschungen, von denen kaum jemand etwas ahnt, wenn er durch die Straßen geht.

Wem fällt zum Beispiel Gustav Chobot auf?

Ein älterer Mann. Auf dem Kopf trägt er seit Jahrzehnten eine Kappe aus Brokatstoff wie Ernst Fuchs, aber Chobots Kappen (er besaß nur drei) sind nicht so kostbar gewebt, wie es sich der große Surrealist als unverwechselbares Markenzeichen leisten konnte. Die Weste ist bestickt. Einzelne goldgewirkte Fäden sind längst ausgerissen. Darüber trägt Chobot ein Sakko, das bis zur Hüfte reicht, dunkler Stoff, der an vielen Stellen glänzt. Graue Locken unter der Kappe. Chobot, wenn man ihn nicht genau betrachtet, sieht ein bisschen aus wie der Maikäfer Sumsemann aus Peterchens Mondfahrt oder wie der aus den uralten Kinderbüchern bekannte Doktor Kleinermacher, der mit einem geheimnisvollen Präparat sich und seine Freunde verkleinern konnte, um die Geheimnisse der Mikrowelten mit ihnen zu entdecken.

Chobot hat sich im Thermobecher eine Melange geholt, dazu ein Croissant. Jetzt geht er zurück zu seinem kleinen Ladengeschäft, das irgendwo in der Salzburger Altstadt liegt. Die Adresse spielt keine Rolle. Auf seiner Geschäftskarte ist sie nicht angegeben, eine Telefonnummer: Das reicht. Darüber sein Name. Gustav Chobot. Kunst und Seltenes. Doch, es gibt dieses unscheinbare Ladengeschäft. Zwei kleine Fenster, in denen Stahlstiche, ein Schabdruck und ein im Biedermeier entstandenes Porträt einer lockenschönen Dame ausgestellt sind. Die Präsentation, meint Chobot, ist fast übertrieben. Er braucht sie nicht. Er ist zu träge, seine Angebote aus den beiden Fenstern zu nehmen, die seit vielen Jahren nicht mehr geputzt worden sind.

Seit Jahrzehnten engagiert er sich im Kunst- und Antiquitätenhandel. Reich wird niemand durch den Verkauf von Hinterlassenschaften. Die letzten Jahre waren hart. Die Kundschaft blieb aus, das Geld war knapp, und es starben mehr ältere Menschen als in früheren Jahren. Insofern waren diese schrecklichen Jahre durchaus ein Glück für den Kunsthändler. Denn Chobot ist schnell und schlau. Er studiert die Todesanzeigen, er sichert sich die Nachlässe der Verstorbenen, handelt die Preise herunter und entdeckt in den Zimmern der Altenheime oder in den seit Jahrzehnten vergilbten Wohnungen immer wieder Gemälde, Porzellansammlungen, Skulpturen und Bestecke aus Silber und Gold. »Nein«, sagt er in solchen Fällen, »wertvoll ist das nicht. Der Markt wird geradezu überschwemmt mit diesen Artikeln.« Oft geht er dann. Grußlos. Ein paar Tage später kommt er wieder. Die Angehörigen werden ungeduldiger. Irgendwann wollen sie sich wieder ihren eigenen Lebensaufgaben widmen. Dann wird eben zu niedrigen Preisen verkauft.

So sichert sich Chobot seinen Fundus, so sammelt er, hortet seine Sammlungen, sitzt in seinem winzigen Laden und wartet. Er schätzt die Laufkundschaft nicht wirklich. Kommt jemand in diese Gasse mit dem winzigen Laden, fragt er teilnahmslos nach den Wünschen, behandelt die potenziellen Kunden wie ungebetene Besucher, zieht allenfalls plötzlich einen Stahl- oder Kupferstich mit der Ansicht von Salzburg, einen Schabdruck mit dem Porträt eines unbekannten Gelehrten aus dem 18. Jahrhundert oder eine kleinformatige Lithographie aus der Schublade, als habe er sie eben erst in seinem Laden entdeckt.

Der Kaffee wird kälter, der Ölofen mit dem silberfarbenen Ofenrohr, das an der Decke aufgehängt ist, bullert wie immer vor sich hin. Und oft genug verkauft Chobot trotzdem ein Blatt oder ein Miniaturporträt oder auch eine kleine Skulptur.

Es kommt ihm aber darauf nicht an. Je weniger Kunden seinen Laden entdecken, umso lieber ist es ihm. Denn Chobot ist nicht naiv. Es geht ihm besser, als es ihm anzusehen ist.

Im winzigen Laden, dieser Miniaturwelt, in der Staub und Ölschicht eine harmonische Verbindung eingegangen sind und seine gerahmten Stadtansichten seit Jahrzehnten konservieren, wickelt er seine großen Deals ab. Sein eher prekäres Erscheinungsbild ist raffinierte Tarnung. Zeig nicht, was du hast, hatten ihm seine Eltern seit seiner Kindheit gesagt, sondern zeig, wer du bist. Dabei hatten ihm seine Eltern nichts, na ja, fast nichts vererbt. Zu seinem Laden ist er anders gekommen, aber darüber muss ja nicht geredet werden. Er gehört ihm. Es war Glück, es war eine kluge Strategie. Wie auch immer: Er besitzt den Laden. Niemand kann und wird ihn von hier vertreiben. Auf dem Sekretär steht ein Telefon. Im Nebenraum ein Computer. Ein Drucker. Ein Laptop. Und noch ein Drucker. Sie sind nicht zu sehen, wenn die Tür geschlossen ist. Die Tür ist fast immer geschlossen.

Seine wichtigste Kundschaft stammt nicht aus Salzburg, nicht aus Österreich. Schon gar nicht aus Deutschland. Seit sich 1989 die Grenzen zu den Staaten der einstigen Union der Sowjetrepubliken öffneten, eroberte sich Chobot eine virtuelle Kundschaft im Netz. In den letzten Jahren sind manche einst linientreuen Kommunisten zu vermögenden Oligarchen und Investoren geworden. Ihr Reichtum schadete nicht, er schuf neuen Reichtum, von dem das System profitierte. Es sind Russen, mit denen er im Netz kommuniziert, die er selten persönlich kennenlernt, obwohl sie in den Zeiten des tiefen Winterschnees gern in Kitzbühel absteigen, es sind die neuen Reichen aus Georgien, Aserbaidschan, Belarus, Kasachstan, auch aus Estland, Lettland und der Ukraine, die nicht mehr mit dem Ambiente ihrer Häuser und Paläste zufrieden sind. Die Kommunikation ist schwierig, weil Chobot die russische Sprache nicht beherrscht, aber er hat einen bulgarischen Bekannten, der ihm, wenn nötig, hilft. Gemälde im goldenen Rahmen, Darstellungen des kulturell hoch entwickelten Westens sollen es sein, um die eigene Lebenswirklichkeit zu krönen. Zeig mir deine Bilder und ich sage dir, wie wichtig du bist. Und wie vermögend.

Natürlich haben sich seit dem Fall der Mauer und des Eisernen Vorhangs die großen europäischen Auktionshäuser auf die neuen Kunstmärkte eingestellt. Der einst prosperierende Markt indischer Gegenwartskunst, finanziert durch indische Hoteliers in New York, London, Paris und Berlin, ist zusammengebrochen. Viele Kunstsammler sind auf ihrem Bestand an modernen Gemälden von Künstlerinnen und

Künstlern des indischen Subkontinents sitzen geblieben. Chobot weiß, dass sie ihre teuren Farben meist in München bestellten oder auf einer München-Reise kauften. Waren die Gemälde noch vor Kurzem bis zu 20 000, 40 000 und mehr Euro wert, interessiert sich nun der Kunstmarkt plötzlich nicht mehr dafür. Kein exil-indischer Hotelbesitzer investiert mehr in die indische Gegenwartskunst. Die Galeristen in Deutschland gaben auf, nur in Berlin soll es angeblich noch eine einzige Galerie für indische Gegenwartskunst geben.

Die neuen Kunstmärkte suchen nach europäischer Ästhetik. Barock, Biedermeier, später dann Surrealisten und Pointilisten, je voluminöser die Goldrahmen, desto höher die Preise. Die interessantesten Angebote finden sich im Internet auf den Websites der großen Auktionshäuser, von Frankfurt am Main über Berlin, Leipzig, Dresden, Hamburg und München bis hin zum Dorotheum in Wien und Salzburg, nicht eingerechnet die vielen privaten Galerien, die sich den neuen Märkten öffnen wollen. Chobot ist schlauer. Er hat sehr früh erkannt, welche Bilder gesucht werden, welche Stilrichtungen und welche historischen Bilderrahmen. Er hat längst verstanden, dass die meisten Käufer kein Interesse daran haben, ihre Namen, ihre Bankverbindungen und Adressen offenzulegen.

Vor allem ist es wichtig, das hat Chobot nach seinen ersten Deals begriffen, keine Angaben über die Herkunft von Kunstwerken zu machen. Das Bild war da, jemand will es haben. Weshalb sollte er es nicht bekommen? Kunst ist Kunst. Ein Bild ist ein Bild ist ein Bild. Jetzt ist es in Salzburg. Dann ist es bei Ihnen. Niemand muss Nachforschungen betreiben, um herauszufinden, in welchen Salons und Treppenhäusern die Gemälde einst hingen. Chobot will es nicht wissen, seine Käufer haben kein Interesse außer jenem: Dieses Bild will ich haben. So schnell wie möglich. Die Verkaufspreise richten sich nach dieser Logik. Und Chobot kommt dabei nicht zu kurz.

Es ist ja nicht so, dass sich die Interessenten aus den osteuropäischen Ländern nur nach Gold und Kitsch sehnen. Sie fragen auch gezielt nach Bildern der Sezessionisten in Wien und München, sie haben sich im Internet in Bilder der Surrealisten verliebt, und sie schauen sich nach Gemälden aus den Anfangsjahren des frühen

20. Jahrhunderts um. Großformatig sollen sie schon sein. Bunt. Also keine Naturmaler wie Zügel und seine Freunde. Münter und Kandinsky, aber da gibt es keine Angebote auf dem Kunstmarkt. Interessanter sind deshalb Gemälde, die bestimmten Themen gewidmet sind, die einen Käufer interessieren.

Chobot verfügt über eine große Bildersammlung, die er nicht in seinem Laden, sondern außerhalb der Stadt in einem niemandem bekannten Depot aufbewahrt. Seine Kontakte für diese Verkaufssparte sucht und pflegt er telefonisch oder im Internet. Nur am Tag der Übergabe der Kunstgegenstände betreten seine Kunden den Laden. Das Bild wird betrachtet, dann verpackt. Ganz selten trifft Chobot seine Kunden auch an einem vereinbarten Treffpunkt. Er weiß, wie Bilder gegen Beschädigungen beim Transport gesichert werden müssen. Man trinkt einen Schnaps. Man schüttelt sich die Hand. Es wird bar bezahlt. Auch hohe Summen. Chobot akzeptiert keine Kreditkarten. Er besteht auf einer Zahlung in US-Dollar oder in Euro. Das ist ein gegenseitiges Agreement. Niemand hat ein Interesse daran, Spuren zu hinterlassen, solche Transaktionen transparent zu machen. Beide Seiten sind zufrieden, das Ansehen des Salzburger Kunsthändlers wächst, obwohl seine Geschäftskarte keine Adresse aufweist. Chobot lebt von Empfehlungen. Und jeder seiner Kunden auch. So findet man sich, und die Welt ist in Ordnung. Das Geschäft ist legal. Über Steuerabgaben muss man jetzt nicht reden. Chobot ist kein unredlicher Kunsthändler. Kopien von Kunstwerken verkauft er selten und nur dann, wenn er erkennt, dass sein Gegenüber von Kunst wirklich nichts versteht. Solche Kunden gibt es auch, aber sie sind eine Minderheit. Ihm werden immer wieder die Werke von Kopisten angeboten, aber mit denen will er eigentlich nichts zu tun haben. Eigentlich.

Chobot nimmt seine Kappe ab. Ja, sie ist inzwischen ziemlich verschlissen. Aber das ist sie seit Jahren. Sie genügt ihm. An eine neue Kappe will er sich nicht gewöhnen. Er braucht keine neue Kappe. Die alte Kappe ist ein Teil seines Wesens.

Sie passt zu ihm, und er passt zu ihr.

5

Vorbei ist die Einteilung eines Jahres in Jahreszeiten.

Sie haben sich längst in kleinere Zeitsegmente zerlegt. Mitten im Winter steigen die Temperaturen wie im Frühling an. Im Frühling wird es frostig. Es gibt ihn kaum noch. Sobald die Sonne scheint, beginnt der Frühsommer, und im Sommer wird es herbstlich. Der Boden ist schon im fünften Jahr ausgetrocknet, in der Fernsehwetterkarte sind die Trockenzonen als breite Gürtel markiert, und in den Alpen rutschen die Berge bei Regen ins Tal.

Seit Jahrzehnten wurden in den Großstädten die Straßen nicht mehr mit Wasser besprüht. Wasser war eine kostbare Ressource. Nur in Kurorten tauchten dann und wann Sprengwagen auf. Sie könnten in den Städten die Straßen gar nicht mehr durchfahren, denn überall war die Fahrbahn verstellt von den Lieferwagen der Paketdienste. Die Papiertonnen quollen über. Karton auf Karton. Prospekte. Handzettel. Kaum noch Zeitungspapier.

Wolff wollte noch nicht sofort ins Funkhaus fahren. Er hielt am Kurfürstenplatz in München an, gleich um die Ecke seines italienischen Weinladens fand er einen Parkplatz. Für einen Cappuccino reichte die Zeit. In den letzten Jahren hatte er ihn am Blumentrog vor dem Laden getrunken, der Inhaber kam meist heraus und sie tauschten ihre Leseempfehlungen und ihre Bücher aus. Sie liebten beide Kriminalromane, in denen die Landschaften so wichtig waren wie die Verbrechen, die Kultur so reichhaltig wie das Ermittlerpersonal, die regionalen Gerichte und Weine mindestens so faszinierend wie die Motive, die die Straftaten auslösten. Der Maestro, wie Wolff ihn nannte, verfügte über die heitere Begabung, Menschen auf der Straße wie Models auf einem Laufsteg zu beobachten, sie zu imitieren oder zu karikieren. Einige Passanten begrüßte er freundschaftlich.

»Sie sehen leicht angestrengt aus«, sagte er zu Wolff.

»Ich komme von der Autobahn!«

»Was haben Sie dort gesucht?«

»Na, den Weg nach München.«

Ihre Dialoge waren kurz, es sei denn, dem Maestro fiel eine Geschichte zu den Vorübergehenden ein. Er fragte Wolff auch nicht, woher er gekommen war. Wenn es wichtig ist, wird er es erzählen. Wenn nicht, dann war es nicht wichtig. Wolff kaufte drei Flaschen Montepulciano d'Abruzzo. Er mochte den Wein aus biologischem Anbau und er verschenkte immer wieder einzelne Flaschen, wenn er als Gast bei Freunden eingeladen war. Flaschen stehen nicht lange herum. Auch deshalb ist es gut, zu Hause immer einen Vorrat zu haben.

Im Büro erwartete ihn eine längere Telefonliste.

Ulf Beck hatte sich mehrmals aus dem Produktionsstudio 9 gemeldet. Es sei dringend, hatte die Redaktionsassistentin neben den Telefonnummern notiert. Der Kaffee stand schon bereit, frisch gebrüht. Der Toningenieur bat um einen Termin. Eine Mitarbeiterin im Sekretariatsbüro der Literaturredaktion, ein Moderator, der Chef eines anderen Programmbereichs, die Gesprächsredaktion des Fernsehens, die Beihilfestelle des Sozialreferats, der wunderbare Kollege aus dem Schallarchiv: Sie alle warteten auf einen Rückruf von Al Wolff.

»Man muss das verstehen«, sagte Wolff immer wieder, wenn er nach dem Klima im Haus gefragt wurde, »ein Funkhaus ist keine Gurkenfabrik. Wir sind ausschließlich dazu da, Programme anzubieten.« Es war nicht immer einfach, diesen Grundsatz der Verwaltung gegenüber zu behaupten, die sich in allen denkbaren Empörungsstufen über das Eigenleben der Redaktionen beklagte, über mangelnde und vor allem immer wieder zu spät vorgelegte Informationen, über die horrende

Arbeit, die Urheberrechte literarischer Stoffe und exklusiver Kompositionen einzuholen, bis Wolff, was selten geschah, einmal der Kragen platzte. »Okay, wir machen die Programme dicht und dann habt Ihr ein schönes Leben. Wollen Sie das?« Seine Gesprächspartnerin hatte nach kurzer Bedenkzeit geantwortet: »Sie übertreiben! Verstehen Sie doch einmal unsere Position.« Wolff hatte gesagt: »Ich verstehe Sie voll und ganz!«, und dann war die Welt wieder in Ordnung gewesen.

Es gibt ja genug Probleme in den Redaktionen selbst. Jede Journalistin, jeder Journalist, die Dramaturgen und die Sprecherinnen und Sprecher, die Regie: Sie alle haben ihre eigene Radiophilosophie im Kopf und fühlen sich ausgebremst von Leuten, die ebenfalls ganz genau wissen, wie man Radio macht. So sind die meisten Konflikte im System begründet und keineswegs nur in den kreativen Prozessen der Tagesarbeit. Wolff erinnerte sich an die Claims einer frühen Gesinnungswerbung in Deutschland, sie war in den 1970er-Jahren erfunden worden: »Jeder hat ein volles Konto an Liebe.« Er hatte sich damals schon amüsiert über das Motto, und in den späteren Jahren seiner Arbeit im Sender erlebte er es immer wieder, dass so manches Konto blank oder überzogen war, und es war nicht einzusehen, weshalb andere auf das Konto einzahlen sollten.

Es gab Mitarbeitende, die nie pünktlich kamen, dafür aber pünktlich gingen. Im Schichtbetrieb der aktuellen Programme war das in Ordnung, aber in Kulturredaktionen gab es andere Zeittakte. Wolff hatte sich mit vielen anderen zusammen gegen Stechuhren für Redaktionen engagiert; sie seien absolut unsinnig, denn viele Termine waren abends angesetzt, Interviews fanden keineswegs immer in den Studios des Funkhauses statt, und zudem mussten zum Beispiel Literaturkritiker die Bücher auch lesen, die sie in ihren Sendungen vorstellen, Filmkritiker die Filme sehen, Theaterkritiker die abendlichen Vorstellungen besuchen, die aber in den letzten Jahren weitgehend ausgefallen waren. Wolff war vom Prinzip der freiwilligen Selbstkontrolle bei der Arbeit überzeugt, aber hin und wieder wurde es auch ausgenutzt. Meist regulierte sich das von selbst, aber Wolff fand es nicht gut, wenn sich Kolleginnen und Kollegen in der Kulturszene der Landeshauptstadt und des Landes profilierten und im eigenen Haus kaum anzutreffen waren.

Während in den Redaktionen, was notwendig war, über die Priorität von Themen und Studiogästen gestritten wurde, gab es in den Studios selbst immer wieder Konflikte, bei denen es nicht nur um unterschiedliche ästhetische Maßstäbe ging. Die Damen und Herren der Studiotechnik beobachteten sehr genau, wie gut sich die Redaktionen auf ihre Produktionen vorbereitet hatten. Nicht zu wissen, was man will, dann aber Druck auf Tontechnik, Toningenieurinnen und Toningenieure auszuüben, ihnen barsch anzuschaffen, wie sie sich die akustische Choreografie der Sprachaufnahmen vorstellen sollten: Das ging überhaupt nicht. Der Reiz der Teamarbeit in den Studios lag darin, vom technischen Personal zu lernen, es zu gewinnen, ihm auch zu vertrauen. So entstanden jahrzehntelange Freundschaften, die sich zwar nur selten bis in das private Leben fortsetzten, die enge Zusammenarbeit in den abgeschotteten Studios aber erleichterten. So freuten sich alle im Team auf die Stunden und Tage in der akustischen Kreativwerkstatt, obwohl sie im Dienst das Tageslicht nicht sehen würden. Eine Kollegin brachte jeden Tag einen Blumentopf mit, den sie auf den Regietisch stellte. Abends packte sie die Pflanze wieder ein, um sie am nächsten Tag wieder auszupacken. »Ich brauche das«, sagte sie, und sie wurde verstanden. Konflikte gab es gelegentlich bei der Entscheidung, wie hell die Innenbeleuchtung im Regieraum eingestellt werden sollte. Man hatte eben seine Eigenheiten.

Schwieriger waren die Produktionsprozesse mit externen Regisseuren. Selten noch gab es Frauen in diesem Beruf, aber seit einigen Jahren beobachtete Wolff, dass es immer mehr wurden. Auch im eigenen Haus.

Otto Achatz zählte zu den Großen im Regiefach. In den letzten Jahren hatte er nicht mehr ständig zwischen den Rundfunkanstalten hin- und herreisen wollen. Er hatte sich zum Hausregisseur entwickelt, und mit dieser Entwicklung wuchs sein Standing, aber auch seine oft belächelte Herrschsucht. Widerspruch hielt er nicht lange aus. Bei der Abnahme fertiggestellter Produktionen wägte Wolff jedes Wort ab, bevor er sich äußerte. Otsch war schnell verletzt, und das machte die Gespräche nicht leichter.

Ganz anders Beck. Der Toningenieur wusste, dass seine Arbeit in den Redaktionen hochgeschätzt wurde, sein Stil der Ruhe und Gelassenheit, aber auch seine nicht erschütterbare Sicherheit bei der Beurteilung der einzelnen Produktionsabschnitte war inzwischen legendär. Es hatte einige Jahre gedauert, in denen Beck und Wolff einander beobachtet hatten. Eines Tages wussten aber beide, dass sie sich aufeinander verlassen konnten. Noch länger hatte es gedauert, bis sie sich duzten. Da waren zehn Jahre schnell vorübergegangen. Wolff freute sich, wenn die Technik-Disposition Beck für ein neues Projekt einteilte. Na ja, ein wenig konnte der Entscheidung nachgeholfen werden. Wolff wusste, wie er sie vorbereiten musste. Das ging nicht am Telefon. In solchen Fällen schlenderte er zur Dispo, für ein kleines Gespräch sollte Zeit sein. Er rühmte den ausgezeichneten Standard der Tontechnik, und fügte, meist schon in der Tür stehend, kurz hinzu: »Kann ich Beck für die Produktion haben? Ja? Da bin ich euch sehr dankbar.«

Wolff beschloss, Beck anzurufen.

»Du hast nach mir gefragt. Soll ich ins Studio kommen oder willst du zu mir ins Büro kommen?« Beck zog es vor, zu Wolff zu gehen. Das Büro des Kulturchefs lag in einem anderen Gebäudetrakt, drei, vier Häuser vom Studiobau entfernt, überdies in einem der oberen Stockwerke des Hochhauses. Die Sache war klar. Wenn Beck kommen wollte, dann gab es ein Problem. Keinen kleinen Dissens im Studio. Es musste sich um eine größere Verstörung handeln. Wolff bat seine Kollegin im Vorzimmer, einen neuen Kaffee zu machen. Beck trank gern einen Cappuccino, aber nur dann, wenn er heiß und frisch gebrüht war.

»Es geht nicht mehr. Es geht wirklich nicht mehr mit Otsch«, sagte Beck.

Wolff erfuhr, dass Beck die letzte Woche im Studio als Qual empfunden hatte. »Otto Achatz braust bei jeder Kleinigkeit auf. Er blafft die Studiotechnik an, er brüskiert die Schauspielerinnen und Schauspieler. Er übergeht jeden Einwand aus dem Team, er hört nicht zu.

Er wird laut. Er quält alle. ›Das machen wir noch einmal. Das war nicht gut. Das war furchtbar!‹ Manche Sequenzen will er zehnmal wiederholen, eine Folter für das Sprecherteam. Er mäkelt an der Aussteuerung herum. Ihm gefällt der akustische Raum nicht, den ich geschaffen habe. Er will die Sprecher ›ganz nah, ganz intim am Mikrofon hören.‹ Zehn Minuten später ist ihm die Aufnahme zu leise ausgesteuert. ›Wir sind nicht im Schlafzimmer. Das muss markanter werden‹, sagt er dann. Er irritiert alle.«

»Was glaubst du, woran das liegt?«, fragte Wolff.

»Ich weiß es nicht. Aber mit Otsch stimmt etwas nicht. Er ist nervös. Er ist fahrig. Er starrt uns alle an. Gesundheitliche Probleme? Ich weiß es wirklich nicht. Aber so kann es nicht weitergehen!«

Wolff erinnerte sich an seine eigene Wahrnehmung im Haus von Otto und Elisabeth Achatz von Harnier in Salzburg-Aigen gestern Abend. An die spürbare mentale Abwesenheit von Otsch, wenn Wolff ihn etwas fragte. An den merkwürdigen Blick, den er Wolff zuwarf, wenn er seine Frage wiederholte.

Das entsprach nicht seinem Stil, denn Otsch galt als Grandseigneur, höflich, zuvorkommend, manchmal fast unterwürfig, vor allem wenn er es mit Führungskräften der Sender zu tun hatte. Für Wolff etwas zu devot. Besonders, wenn er mit seinem Kollegen zur Abnahme kam, dieser merkwürdigen Prozedur: Die fertige Aufnahme wurde eingespielt, niemand durfte reden. Flüstern ging nicht. Nach der Absage: Schweigen. Wer würde sich als erster äußern? Wolff hatte gelernt, zu warten. Geduld zu haben. Er wollte nie das erste Wort haben. Auch nicht das letzte.

Er bat Beck, heute Nachmittag die Produktion nicht abzubrechen. »Ich verspreche dir, dass ich nach der Strukturkonferenz zu euch komme. Das wird etwas dauern, aber ich komme. Ist das für dich okay?«

Beck nickte. Er stellte seine Kaffeetasse zurück auf die Ablage im Vorzimmer, nickte kurz der Kollegin dort zu, dankte ihr für den feinen Cappuccino, kehrte zurück an die Tür von Wolffs Zimmer und sagte:

»Gut.«

Dann ging er.

Wolff hatte eine Sammlerleidenschaft. Er sammelte Menschen, die über eine ausgeprägte Individualität verfügten. Zu ihnen suchte er Kontakt, mit ihnen arbeitete er gerne. Um sie kümmerte er sich. Er fragte nach ihren Familien, nach ihren Sorgen, nach ihren Reiseplänen. Nach ihren Hobbies. Beck war einer, der unbedingt in seine Sammlung gehörte. Wolff war sich natürlich völlig im Klaren darüber, dass er kein Sammler sein durfte. Der Begriff war nicht korrekt. Er stand ihm gar nicht zu. Würde er darüber reden, gälte er wahrscheinlich als arrogant und verschroben. Aber ihm fiel kein besseres Bild ein.

Wenig anfangen konnte er mit den hauptberuflich Gutgelaunten. Als glatt wie Öl empfand er ihre Moderationen, viele von ihnen stellten sich am Mikrofon ihrem Publikum so vor: »Und mein Name ist …« Da fehlt nur noch der Zusatz: »Was kann ich für Sie tun?« Es gibt Sender, die diesen Standard vorgeben, darunter zwei bundesweite Programme. Eilfertig wurde die gendergerechte Sprache eingeführt. Wolff verstand die Motivation dafür, doch die Umsetzung mit der angedeuteten Knackpause zwischen »Lehrer« und »Innen« wirkte auf ihn geradezu lächerlich. Die Konfektionierung der Sprache in Sendungen stieß ihn ab. Plötzlich wurde jede noch so lächerliche Information zu einem »Narrativ«, inzwischen war daraus »Erzählung« geworden. Versicherungsunternehmen und Bundesministerien schufen Erzählungen. Da fehlte nur noch das zeitfressende »Genau!« zwischen den einzelnen Satzfragmenten.

Wolff wehrte sich gegen selbsternannte Sprachpolizistinnen und Sprachpolizisten und deren moralgesteuerte Selbstüberhöhung, aber er demonstrierte seine Gegenwehr nicht in leidenschaftlich vorgebrachter Polemik, sondern in sorgfältig formulierten Texten und Meinungsbeiträgen. Es war richtig, die Welt nicht nur in der männlich geprägten Sprache und mit dem männlichen Blick zu beschreiben, und für diverse Minderheiten galten selbstverständlich die gleichen Grundrechte, wonach die Würde aller Menschen unantastbar ist. Die

Gendergerechtigkeit aber, dachte Wolff, darf nicht die Sprache stören, ihren Rhythmus, ihre Melodie. Sternchen und Doppelpunkte lassen sich in der gesprochenen Sprache am Mikrofon kaum abbilden. In der Süddeutschen Zeitung hatte er heute Morgen einen Kommentar gelesen, der ihn bestätigte:

Die Bedeutung der Sprache ist kaum zu überschätzen. Die Worte, die eine Gesellschaft wählt, sind das Netz, das sie auf die Welt wirft. Worte bestimmen die Kategorien, in denen Menschen denken.

Es handelte sich nicht um einen neuen Generationenkonflikt, denn Wolff hatte den tiefen Graben zwischen den Fronten von Programmleuten schon in seinen ersten Berufsjahren gesehen. Transparente Glasfenster trennten die Fronten, beide Seiten beobachteten sich misstrauisch, aber bei jeder Annäherung prallten die Köpfe gegen diese unsichtbaren Wände.

Weshalb fror das charmante Lächeln von Anchorman und Anchorwoman während des Abspanns ihrer Newssendung ein und blieb wie eingefroren bis zum erlösenden Kameraentzug auf dem Schirm präsent? Weshalb der ständige Trostzuspruch in den Wettersendungen, nur weil es zu kalt oder für die Jahreszeit zu warm war, die Sonne stechen oder sich morgen hinter dunkelgrauen Wolken verbergen würde? Weshalb die einfühlsamen Hinführungen in der Moderation zu den harten Themen, statt die Information selbst ohne sensitiv-gedachten Wortrahmen zu publizieren? Weshalb am Ende jeder Sendung im Hörfunk große Dankbarkeitsbezeugungen für das Zuhören und das Ritual der Wünsche: für eine geruhsame Nacht, für eine gute Woche, für eine sich anschließende gute Unterhaltung, selbstverständlich auf diesem Kanal? Wolff hatte sich früher immer wieder über die Verpackungsstrategie journalistischer Inhalte mokiert. Er blieb bei seiner Meinung, aber er sah wenig Sinn darin, sie anderen mitzuteilen. Sie wären wegen der unsichtbaren Wand zwischen ihnen ohnehin nicht erreichbar für seine sarkastischen Zwischenrufe gewesen. Woher diese Einheitsmode der Moderatorinnen im Fernsehen? Sie kleideten sich wie Stewardessen, die längeren Haare sind so gelegt, dass sich eine Welle vor der Schulter, die andere hinter der Schulter entfaltete. Alle gleich. Alle im Mainstream. Die Herren trugen Maßanzüge. Inzwischen ohne Krawattenzwang. Dagegen hatte Wolff keinen Einwand. Aber er fand die unterschiedlich drapierten Einstecktücher der Moderatoren geradezu lächerlich. Die Moderatoren sahen wie die Verkäufer auf der Herrenabteilung in den Textilhäusern aus, während die Vorstandsvorsitzenden großer Unternehmen wie auch profilierte Politiker ihre Krawatten und Fliegen längst abgelegt hatten. Verriet ein T-Shirt unter dem Sakko etwa eine eingeschränkte Professionalität bei der Präsentation von Weltnachrichten?

Wolff war sich klar darüber, dass seine Haltung die Meinung anderer nicht beeindruckte und sie schon gar nicht veränderte. Er registrierte die Resultate der Modeberatung für Moderatorinnen und Moderatoren auf dem Bildschirm und schaltete um. Es gab ja immerhin noch andere Nachrichtenformate, die nicht vom Diktat des smiling face präsentiert wurden. Deshalb schätzte er die ZIB 2 des österreichischen Fernsehens, obwohl zum Abschied vom 3sat-Publikum »liebe Grüße aus Wien« geschickt wurden, aber das passte zum Stil der Donaustadt. Es gab aber auch Moderatoren, denen dieser Gruß nicht über die Lippen kam.

Wolff waren die eher knorrigen, die authentischen Menschen lieber, die sogar am Mikrofon ihren Griesgram über das Wetter, den Verkehr, den Tag und die Welt nicht verbargen, denn sie formulierten nicht spontan, sondern sprachen auf der Grundlage genau ausgearbeiteter Texte, die oft als Manuskript der Redaktion zur Prüfung nicht vorliegen mussten, die aber vorab aufgeschrieben wurden. Einer der für Wolff größten und populärsten Moderatoren der Frühsendungen im erfolgreichsten Programm seines Senders war ein Österreicher. Er war in seiner Jugend Kommunist gewesen, hatte diese Entwicklungsphase nie geleugnet. Konsequent widersetzte er sich dem Diktat aller Moderations- und Beitragslängen in der Sendung, er schimpfte vor sich hin, und das Publikum liebte ihn dafür. Zudem war er einer der klügsten Köpfe im Haus. Er beschwerte sich, wenn er einen Grund dafür sah, nicht auf den Gängen des Funkhauses, sondern er besetzte die Hörfunkdirektion oder die Intendanz, ließ sich nicht im Vorzimmer abweisen, betrat entschlossen das Allerheiligste. Die Götter dort ließen ihn gewähren, weil er eben ein eigener Typ war, ein liebenswerter Typ, keine Sprechmaschine. Ein Spötter in Bayern. Ein Grantler. Ein philosophisch und literarisch hochbegabter Anarchist. Solche Männer braucht das Land, dachte Wolff, und natürlich auch solche Frauen.

Es wurde Zeit.

Wolff würde jetzt niemanden mehr anrufen. Im Hauptgebäude begann in wenigen Minuten die Strukturkonferenz. Es würde viel geredet werden, lange dauern, und der Erkenntnisgewinn würde wieder einmal in keinem Verhältnis zum Aufwand stehen. Er würde die Zeit nutzen, um nachzudenken.

Zum Beispiel über Otsch, den er auch in seine Sammlung aufgenommen hatte. Als er ihn vor fast zwei Jahrzehnten kennengelernt hatte, war er ihm nicht auf Anhieb sympathisch gewesen. Der Regisseur im Trachtenjanker, der intelligent und mit leichtem Spott Begebenheiten aus der Szene der Prominenten und Halbprominenten erzählte, meist auch unaufgefordert verriet, wo es in München den besten Wein, die frischesten Fische und die besten Croissants gab und immer Tipps hatte, wo sich die besten Modegeschäfte befanden. Das interessierte Wolff wirklich nicht. Später erkannte er, dass diese Geschichten nur vorgeschoben wurden, um nichts, aber überhaupt nichts über sich selbst zu erzählen. Nichts aus seinem Privatleben, nichts über Reisen, nichts über seinen Wohnort Salzburg-Aigen, nichts darüber, was ihn in seiner Freizeit interessierte. Otsch war ein Meister der Tarnung, und seit Wolff sie entdeckt hatte, bewunderte er zunehmend diese List. Otto Achatz war ein sehr, sehr guter Regisseur, und auch deshalb begann Wolff, sich für Otsch zu interessieren. Inzwischen war er überzeugt, ihn gut zu kennen. Die von Beck beschriebene Verhaltensänderung und seine eigenen Beobachtungen bei dem Besuch gestern am späten Nachmittag in seinem Salzburger Haus konnte er nicht verdrängen. Er würde während der Konferenz genug Zeit haben, konzentriert nachzudenken. Nirgends konnte Wolff so gut nachdenken wie in Konferenzen mit ihrem Grundgeräusch der Wortmeldungen und leidenschaftlichen Dialoge. Wer ihn in solchen Situationen beobachtete, musste den Eindruck gewinnen, dass Wolff höchst aufmerksam an der Debatte teilnahm und das Verhalten jedes einzelnen aufmerksam registrierte. In Wirklichkeit blickte Wolff nach innen und ließ es sich nicht anmerken.

Er betrat das Konferenzzimmer. Alle waren schon da. Sein Platz auf den Lederpolstern der Fensterbank war noch frei. Es war allgemein bekannt, dass Wolff dort gern saß. Einen Kopf höher als alle, die am runden Konferenztisch Platz nahmen. Er betrachtete immer gerne die Originallithografien von Oskar Kokoschka, und er wusste, dass niemand hinter ihm Platz nehmen konnte. Sein Gesicht lag im Schatten des Lichteinfalls von außen, das ist strategisch eine gute Position. Nur Naiven war es wichtig, wie an einem Kabinettstisch in der ersten Reihe zu sitzen, während die Referenten der Führungskräfte, auch viele Redakteurinnen und Redakteure in der Regel hinter ihnen ihren Sitzplatz fanden. Bis auf wenige Ausnahmen. Die Wichtigtuer.

Nach der Sitzung machte sich Wolff auf den Weg zu den Produktionsstudios. Leise trat er in das Studio 9, nur ein Luftzug wehte durch das Öffnen und Schließen der schweren Metalltür in den abgedunkelten Regieraum. Otsch drehte sich nicht um, sagte aber in knappem Kommandostil »Ruhe!« Wolff setzte sich an die Rückwand des Studios auf einen Stuhl. Er wollte verstehen, was hier geschah. Er wollte vor allem warten.

Als Otsch sich in einer Pause umdrehte und Wolff erkannte, sprang er auf, um ihn zu begrüßen. Dann blieb er plötzlich stehen. Er hatte sich in diesem Augenblick wie ein Mensch bewegt, dessen Gleichgewichtssinn gestört ist. Alkohol trank Otsch tagsüber nie. Es musste einen anderen Grund geben. Vielleicht Durchblutungsstörungen in den Beinen. Das wäre kein Wunder, denn Stunde um Stunde saß das Team auf seinen Sesseln und Stühlen, nur die Tontechnikerin im Nachbarraum bewegte sich zwischen den Computern hin und her. Wolff winkte ab. »Lassen Sie sich bitte nicht stören!«, und Otsch setzte sich wieder.

Es stimmte, was Beck ihm berichtet hatte. Otsch fixierte die Bildschirme, kritisierte die eine Pause bei der Sprachaufnahme als zu kurz, die andere als völlig übertrieben. Die gesamte Textpassage sollte wiederholt werden. Noch einmal. Noch einmal. Gerade eben war die Aufnahme zu laut, dann zu leise. Im Studio spielte sich exakt ab, wovon Beck berichtet hatte. »Das war in Ordnung!«, sagte Beck. »Das war nicht in Ordnung!«, sagte Otsch. »Wir können uns keine Schlamperei leisten!« Noch einmal. Wolff beobachtete, dass Otsch keinen Augenkontakt mit den Sprechern im Aufnahmestudio suchte. Er sackte in seinen Regiesessel wie einer, der besonders sorgfältig Tonfrequenzen lauscht, die andere gar nicht hören können.

Wolff sah in der Spiegelung der Bildschirme, dass Otsch seine Augen nicht geschlossen hatte. Wer genau zuhören will, schaltet in solchen Augenblick die anderen Wahrnehmungssinne eine Stufe herunter oder aus. Das ist normal. Alles Sichtbare stört, wenn Feinheiten und kaum merkliche Brüche im Audioflow entdeckt werden sollten. Es handelte sich nicht um einen Spleen oder einen Showeffekt im Team, sondern um den Versuch, alle Fasern der Wahrnehmung zu bündeln. Zu hören, genau hinzuhorchen. Den akustischen Raum der Produktion, die Positionierung der Stimmen in diesem virtuellen Raum und die Tonmischung der Sprachaufnahmen mit Geräuschen und Musik zu prüfen. Es ist so: Die Perfektion einer Produktion hörst du nicht gleich. Du hörst die Fehler. Sofort. Nichts sendet sich weg.

Das Telefon auf dem Regietisch vibrierte. Otsch reagierte nicht. Als würde er frösteln, zog er seinen Janker enger um sich, während sich Beck am Telefon meldete und nach einem »Es ist jetzt ganz schlecht.« wieder auflegte. Wolff saß hinten im Studio. Otsch mochte es nicht, wenn die Damen und Herren aus den Redaktionen während der Produktion im Studio waren, aber Wolff respektierte er. Es hatte lange gedauert. Immer kamen neue Leute aus der Hierarchie, vertraute Redakteure gingen in Ruhestand, hoch geschätzte Redakteurinnen machten Karriere und widmeten sich ihrer neuen Gesamtverantwortung, vergaßen dabei aber gelegentlich ihre ursprünglichen Motive, zum Funk zu gehen: Programmarbeit zu leisten. Solche Personalwechsel schufen Misstrauen. Ängste entstanden. Man belauerte sich. Man hörte sich um. Man bemühte sich um Einzelgespräche in den

Redaktionen. Bei Wolff verhielt sich das anders. Erstens war er noch da und er würde auch noch einige Jahre bleiben, zweitens verlor er nie den Kontakt zu den Kreativen, auch wenn er sich wegen seiner Funktion als Programmbereichsleiter nicht mehr so intensiv wie früher einzelnen Redaktionen und ihren Sendungen widmen konnte. Er hatte seit einigen Jahren andere Aufgaben: als Programmbereichsleiter Kultur und Koordinator der Kulturwelle. Er hatte sich aber nie sehr weit von den Prozessen der kreativen Arbeit in den Studios entfernt. Achatz wusste, dass Wolff ohne die Basis der Programmarbeit in seinem Sender nicht arbeiten wollte und konnte. »Das ist meine Basis«, hatte er einmal zu ihm gesagt.

Nachdem Otto Achatz das Studio am Abend verlassen hatte, war es möglich, noch einige Sätze mit Beck zu wechseln. »Du musst mir nichts mehr sagen«, meinte Wolff. »Ich habe es beobachtet. Vorschlag: Ihr habt ab morgen zwei Wochen Produktionspause. Ich denke nach. Dann gibt es eine Entscheidung, wie wir weitermachen.«

»Gut!«, sagte Beck.

Sie gingen auseinander, ohne sich die Hand zu geben. Wolff merkte, dass er sehr müde war.

6

Es tat gut, sich abzuschotten.

Abstand zu halten. Sich zurückzuziehen. Nicht für jeden ansprechbar zu sein. Nur für sich selbst zu existieren, und – das schon – auch für Otsch.

So sehr Elisabeth es liebte, der Mittelpunkt jeder Gesellschaft zu sein, von dem wie bei einem großen Feuerwerk die Leuchtspuren der Kommunikation in alle Richtungen aufglühten, so sehr sie nach einer Vorstellung auf den Beifall des Publikums wartete, angespannt wie nach einer Prüfung, so sehr sie auf die Zuwendung der Teams in den Fernsehstudios angewiesen war: Jetzt war Elisabeth von Harnier auf die kommenden zwei Wochen angewiesen, in denen sie sich um sich selbst kümmerte, ihre Briefpost erledigte, ihre Termine festlegte und mit diversen Agenturen neue Projekte besprechen konnte. Es war allerdings ein dummer Zufall, dass Otsch zwei Wochen in Aigen zu Hause sein würde, weil die Radioproduktion in München so lange pausierte. Otsch hatte ihr erklärt, dass sich in den vergangenen Jahren ein großer Produktionsstau gebildet hatte, weil alle geplanten Projekte immer wieder verschoben worden waren. Es war in diesen Jahren kaum möglich, neue Produktionen zu realisieren. Der Krankenstand in den Redaktionen, in der Technik und in der Verwaltung hatte sich geradezu explosiv entwickelt, dazu waren immer strengere Hygienevorschriften gekommen. Neuproduktionen in Hörfunk und Fernsehen wurden stark reduziert oder storniert, der Wiederholungsanteil der Sendungen wuchs mit Ausnahme der aktuellen Formate bis zur Unerträglichkeit, und in der Stadt waren die großen und kleinen Bühnen geschlossen worden. Die Kinos dämmerten vor sich hin. Jetzt aber, wo alles vorbei war, konnte eine einzelne Redaktion nicht eine ganze Woche das Produktionsstudio für sich beanspruchen, ohne dass dort produziert wurde. Otsch fand solche Studiodisposition nicht gut. Das hatte er Elisabeth gesagt. Er würde sich nach dieser Pause erst einmal wieder neu in sein Regiekonzept hineindenken müssen. Er wirkte deprimiert auf sie. Solche Zustände kannte sie bei ihm nicht und sie wusste auch nicht damit umzugehen. Elisabeth fand die Pause nachvollziehbar. Vielleicht würde sie ihren Mann dazu motivieren können, die Zeit in einem Hotel mit Spa zu verbringen. Das würde ihm sicher guttun. Und für sie wäre das auch gut. Nicht, dass sie ihn unbedingt loshaben hätte wollen, aber zwei Wochen Abstand voneinander vertiefen die Liebe. Das sagten alle, die etwas davon verstanden. Elisabeth verstand davon viel.

Es war Abend geworden.

Vor den Gittern zogen auf der ruhigen Straße Lichtfunken wie von überdimensionierten Glühwürmchen vorbei. Sie blickte hinaus. Einige wenige Hundebesitzer führten ihre Haustiere aus, an den Halsbändern der Dackel, Golden Retriever und Pudel blinkten Leuchtdioden. Niemand rief mehr suchend nach seinem Hund, denn er leuchtete aus den finsteren Büschen heraus. Die Illumination musste die armen Tiere verrückt machen, dachte Elisabeth, aber es ging sie nun wirklich nichts an.

Auf ihrem Schreibtisch lagen mindestens dreißig Briefe von Verehrerinnen und Verehrern. Viele erkannte sie an der Handschrift auf dem Umschlag. Es waren Dauerkorrespondenzen entstanden. Sie würde ihr Publikum nicht verärgern. Das Publikum war sensibel. Zuneigung schlug schnell in Ablehnung um, wenn sie Briefe nicht beantwortete. Sie hatte sich in den letzten Jahren eine praktische Methode angeeignet. Ein Porträtfoto, zwei, drei handschriftliche Zeilen des Danks auf den Briefkarten mit den eingeprägten Initialen EvH,

Unterschrift. Dann und wann der Umriss eines kleinen Herzens dazu. Fertig.

Auch nach mehr als einem Jahrzehnt schrieben ihr Menschen, dass sie ihre Rolle als »Frau vom Meer« im Theaterstück von Henrik Ibsen am Hamburger Schauspielhaus nie vergessen hatten. Fast zeitgleich war Cornelia Froboess in einer Inszenierung der Kammerspiele München als Ellida aufgetreten, die zweite Frau des Dr. Wangel. Mit seinen beiden Töchtern aus erster Ehe lässt Henrik Ibsen sie in einem Haus am Ende eines Fjords wohnen, und solche Einsamkeit kann naturgemäß nicht gut enden. Elisabeth war überzeugt, dass sie in dieser Rolle großartiger als die Froboess war, obwohl sie die Vorstellung nicht besucht hatte. Die Theaterkritiker hatten Elisabeth von Harnier gefeiert. Sie las nur die positiven Kritiken, die ihr Agent in einer Vorauswahl geordnet und ihr zugeschickt hatte. Wie andere Schauspielerinnen in den Medien behandelt wurden, interessierte sie nicht. Man konnte doch nicht alles lesen, was geschrieben wurde.

Der Kulturmensch Al Wolff aus dem Funkhaus in München hatte ihr neulich gut gefallen. Er redete nicht zu viel, er verfügte über ein gutes Benehmen, er konnte mit Otsch gut reden. Otsch tat das sicher gut, denn er wirkte immer entspannt, wenn er von Wolff erzählte. Der Mann aus München war auch ein Kunstkenner. Wie er die Bilder im Salon betrachtet hatte! Wie er die Kohlezeichnung als Werk Heinrichs von Zügel identifiziert und wie er das große Gemälde von Carl Wilhelm Hübner gemustert hatte und es immer wieder fixierte, bis sie ihn zum Bild im breiten Goldrahmen geführt hatte. Eine Weile hatte er geschwiegen. Dann hatte er sie gefragt.

»Ihr Großvater hat dieses Bild erworben?«

»Wenn ich mich richtig erinnere, hat er es in den 1930er-Jahren gekauft.«

»Von einem Privatsammler oder bei einer Auktion?«

»Von einem Privatmann. Mein Großvater kannte da viele Leute.«

»Und Sie sagten, dass das Bild sogar in der Norwegischen Nationalgalerie in Oslo hing?«

»Das stimmt. Es machte das Bild so wertvoll für meine Mutter und für mich. Stellen Sie sich vor, welche Wege es gegangen war!«

»Aber Sie wissen nichts darüber?«

»Ach, es ist doch immer die gleiche Situation: Die einen haben Geld, die anderen brauchen Geld. Die einen besitzen Bilder, die anderen wollen diese Bilder besitzen.«

»Hat die Nationalgalerie in Oslo das Bild verkauft?«

»Es wird so gewesen sein. Die haben manches verkauft, damit es nicht in falsche Hände gerät. Außerdem wurde damals ohnehin viel verkauft. Das war üblich, um die Etats aufzustocken.«

»Das ist sehr, sehr spannend, was Sie da über das Bild erzählen ...«

»Wissen Sie: Kunst ist Kunst. Meinem Großvater gefiel das Bild, meiner Mutter gefiel das Bild, und ich hänge sehr an dem Bild. Otsch, Du liebst es doch auch?«

Otsch hatte geschwiegen.

»Wissen Sie«, sagte Elisabeth, »das waren damals schwierige Jahre, wie mein Großvater immer sagte. Man konnte sich gegenseitig helfen, wenn man wollte. Die Zeiten waren furchtbar, aber – denken Sie nicht auch so? – nicht alles war doch schlecht!«

Wolff hatte geschwiegen.

Otsch war zum Teewagen mit den Digestifs gegangen. »Ihr auch?«, fragte er.

»Hübners Malstil ist heute nicht mehr so gefragt. Ich glaube, das Bild hätte heute einen Schätzpreis von 30 000 bis 40 000 Euro.« Sie lachte. Otsch sagte knapp: »Über 100 000!«

Wolff hatte geschwiegen.

Er hatte Elisabeth erzählt, dass er vor vielen Jahren auf den gebürtigen Königsberger Carl Wilhelm Hübner aufmerksam geworden war, den wichtigsten Vertreter der Düsseldorfer Malerschule. Was ihn an den Bildern so fasziniert hatte, das waren die Darstellungen von

Alltagsszenen der schlesischen Weber, von ihrer Unterdrückung und ihren Hoffnungen auf ein besseres Leben, während sie es mit Ausbeutung und verarmten Kriminellen zu tun hatten.

Elisabeth hatte darüber gestaunt, dass ihr Gemälde von einem so bedeutenden Künstler geschaffen worden war. Sie erfuhr, dass Hübners Vater ein armer Bauhandwerker gewesen war. Sein Sohn brachte es später zu einem eigenen Atelier, er wurde Vater etlicher Kinder. Zwei Söhne wanderten nach Amerika aus. Wolff sagte ihr, er werde sich nach diesem Abend im Haus Achatz noch genauer über Hübner, den Künstler der Romantik und des Realismus informieren. Im Hotel werde er im Internet nach weiteren Informationen suchen. Er habe ja nicht gewusst, heute Abend auf ein solch bedeutendes Bild zu stoßen.

Neun Menschen stehen oder knien vor einer Waldkapelle, die sich gegen einen kaum sichtbaren Felsen duckt und dunkel überschattet unter den vollbelaubten Bäumen kaum zu erkennen ist. Vier Frauen. Zwei Kinder. Zwei Männer. Sie falten die Hände. Auf einer mit einem Strick verschnürten ledernen Reisetasche ist der Schriftzug »New Jork« zu entziffern. Ein älterer Mann stützt sich auf einen Ast, den er als Wanderstock benützt, auf seinem Rücken hängt ein Rucksack. Im Hintergrund ein breites Tal, überragt von blauen Bergen. Eine Landschaft in Schlesien. Übergroß mit dem Rücken zur Kapelle, von Hübner herausgehoben aus dem Halbrund der gebeugten und offensichtlich sehr traurigen Menschen steht ER: Der Seelsorger, der den Auswanderern seinen Segen erteilt, im schwarzen Gehrock, eine schwarze Kopfbedeckung über den weißen Locken, die wie eine Kippa aussieht, zwei Beffchen am Kragen, die ihn als protestantischen Pfarrer ausweisen. Das Licht, das die Rücken der Andächtigen streift, gilt ihm, dem in der Mitte Stehenden, dem Zentrum des Arrangements. Zwei Frauen und die Kinder schauen zu ihm auf, der Blick der anderen richtet sich auf den Boden. Eine trostlose Szene in einer trostlosen Choreografie, stünde nicht der Seelsorger mit seinen feinen Gesichtszügen in der Mitte der Gruppe. Die Gesichter der Menschen während des Abschieds sind von Schmerz gezeichnet. Das Gemälde könnte auf den ersten Blick als Heroisierung der Kirche verstanden werden: Die Heimat ist verloren, aber Gottes Wort bleibt in Ewigkeit. Amen. Theatralik pur. Es handelt sich aber nicht um ein Propaganda- oder Erbauungsgemälde, auch wenn Hübner die Horchenden und den Segnenden einander gegenüberstellt. Der aber den Segen erteilt, triumphiert nicht. Man sieht ihm an, dass er Schmerz, Abschied und Verzweiflung kennt. Beide Hände sind zum Segnen ausgebreitet, »Geht mit Gott nach Amerika!«, aber seine Gesichtszüge verraten, dass er sehr traurig ist. Gemälde zeigen nicht, ob die zum Segen erhobenen Hände zittern.

Elisabeth liebte das Bild, das nach dem Tod des Großvaters viele Jahre im Büro ihres Vaters gehangen war. Auf Fotos von den Innenräumen der klassizistischen Villa, dieser Dienstwohnung des großväterlichen Geheimen Kommerzienrats, hatte sie das Gemälde Hübners wiedererkannt. Es hing an der Wand der Eingangshalle. Wer eintrat, konnte sich der Wirkung von Hübners Abschiedsbild nicht entziehen, und wenn es auch nur der wuchtige Goldrahmen war, der die Blicke auf sich zog.

Zwei Wochen mit Otsch im Haus? Musste das sein?

Elisabeth zog die Stola etwas enger um ihre Schultern. Draußen war es nachtschwarz. Sie rief nach Otsch. Er antwortete nicht. Sie rief noch einmal. Wieder keine Antwort. Er saß wahrscheinlich oben an seinem Schreibtisch in der anderen Hälfte des Hauses. Sie rief. Sie rief noch einmal. Und noch einmal. Immer lauter.

Dann kam Otsch herein.
»Hast du gerufen, Liebes?«
»Ich habe geschrien«, sagte Elisabeth.
»Ich habe nichts gehört«, sagte Otsch, »warum hast du geschrien?«
»Ich habe eine Idee«, sagte Elisabeth und schob den Stapel der Briefe ihrer Verehrerinnen und Verehrer auf die Seite.
»Weißt du, du solltest dir mal ein, zwei Wochen Entspannung gönnen. In einem schönen Hotel mit Spa. Ich habe hier einige Prospekte. Man kann ja inzwischen wieder Hotels buchen. Zum Glück!«

Otsch schwieg. Er sah sie an.

»Hast du überhaupt zugehört oder steckst du gedanklich noch in deiner Regiearbeit?«

»Hotel?«, sagte er. »Wozu?«

»Ich werde es dir erklären«, sagte Elisabeth.

Sie war froh, dass ihr Agent ihr den ganzen *social media*-Kram abnahm. Sie telefonierten oft, sie gab ihm spontan die Richtung ihrer Antworten vor, er sendete dann über ihren Account die freundlichen Zeilen Elisabeths unter ihrem Namen. Sie hätte das alles ja gar nicht allein bewältigen können.

Als sie heute Mittag zu ihrem italienischen Feinkostladen in Parsch gefahren war, hatte sie ein paar Minuten einer Wiederholungssendung auf dem deutschen Kanal Bayern 2 gehört. Es ging in dieser Nachtstudiosendung um das Thema »Wildes Denken probt den Exzess«. Von Philosophie verstand sie nicht viel, sie interessierte sich auch nicht dafür. Eine These aber ärgerte sie: Die Welt habe sich in der postpandemischen Morgenröte nicht grundsätzlich verändert.

Ganz sicher war die These gut begründet, das Nachtstudio war ein kluges Format, aber Elisabeth sah die Welt ganz anders. Dafür bedurfte sie keiner sozialphilosophischen Argumente.

Es genügte, sich aufmerksam umzusehen. Noch immer waren die Plakatwände weiß, nur vereinzelt klebten Poster auf der großen Fläche, die für ein buntes Salzburg gegen rechts warben. Wofür sollte auch geworben werden, wenn nichts los war? Die Scheu vor einem Besuch im Landestheater war ausgeprägt, im Festspielhaus war immer noch nur ein Drittel der Plätze belegt. Die Hotels beklagten sich. Drei Jahre lang hatte Elisabeth keine Rolle mehr angeboten bekommen, in den Rundfunkanstalten wurden Neuproduktionen verschoben, und jetzt fehlte das Geld, um die entstandenen Lücken zu füllen.

Sie beobachtete im Feinkostladen, dass die Menschen immer noch Abstand zu anderen hielten. Es war angenehm, einzukaufen. Niemand drängte sich vor. Mit ihren weißen Handschuhen deutete

Elisabeth hierhin und dorthin in der Vitrine, »Ist das frisch?«, fragte sie, entschied sich für den Räucherlachs und die Artischockenböden aus der Bretagne, verwarf ihre Entscheidung wieder, zeigte auf die Rostbeefscheiben, auf den luftgetrockneten Schinken aus der Schweiz, ließ sich einen trockenen Champagner zeigen. Irgendwann wählte sie dann aus, während hinter ihr eine immer länger werdende Schlange geduldig ausharrte, bis sie ihren Auftritt an der Vitrine vollendet hatte. Natürlich hätte sie in den legendären Feinkostgeschäften in München mehr bezahlen müssen, denn dort gab es Spezialitäten, von denen hier niemand eine Ahnung oder auch nur einen Duft in der Nase hatte. Sie würde, wenn sich die Auftragslage nicht bald wesentlich änderte, Otsch einmal wieder nach München begleiten. Isolde, die eine große Casting-Agentur leitete, hatte sie lange Zeit nicht mehr wiedergesehen. Sie könnte sich mit der Gesellschaftskolumnistin der Abendzeitung verabreden oder auch in der Dramaturgie der Kammerspiele München vorbeischauen. Man kannte sie ja überall. Man hätte sich viel zu erzählen. Vor allem aber sollte sie rechtzeitig Kontakt zur Spielfilmredaktion des Senders suchen. Ein Wiedersehen wäre ja nicht schädlich.

In den Krisenjahren war ihr finanzielles Polster schmaler geworden. Otsch kümmerte sich grundsätzlich nicht mehr um ihre gemeinsamen Finanzen, seit er, dem Rat eines Freundes folgend, einen stattlichen Betrag in Einzelaktien investiert hatte, deren Kurs an der Börse abgestürzt war. Die Anlage war so gut wie verloren. Elisabeth verstand mehr als er von Geldanlage und Renditen, hatte ihr gemeinsames Kapital auch mündelsicher angelegt. Otsch hätte sie vor seiner Investition fragen sollen, aber er hatte sie nicht gefragt. Es wäre besser gewesen, die große Summe in Aktiendepots anzulegen. Das Risiko ist geringer.

Sie hätte sich in den letzten drei Jahren arbeitslos melden können wie in ihren jüngeren Jahren, als sie die Zwischenzeit zwischen zwei Inszenierungen oder Fernsehproduktionen mit Arbeitslosengeld überbrückte, aber jetzt scheute sie sich, ihr Vermögen transparent zu machen. Ihren Namen in der Boulevardpresse im Zusammenhang mit dem Status einer arbeitslosen Künstlerin zu lesen: Um Himmels willen, was wäre das für ein Skandal! Das musste auf jeden Fall verhindert werden. Sie klagte auf hohem Niveau, das wusste sie. Was aber, wenn ihr Vermögen spürbar versickerte, während die Fixkosten stiegen? Es muss etwas geschehen, dachte Elisabeth, ich weiß nur noch nicht, was. Bisher war immer alles gut gegangen. Sie lächelte und stieg in ihren Wagen. Die Tüte aus dem Feinkostladen stellte sie auf den Beifahrersitz neben sich.

»Urlaub in einem Hotel mit Spa«, wiederholte sie.

»Du ganz allein. Erholung tut dir gut.«

»Mir?«

»Ja, dir!«

»Warum?«

»Ich mache mir Sorgen um dich. Du bist so dünnhäutig geworden.«

»Die literarische Vorlage für die Produktion in München ist komplex«, sagte er.

»Du hast das immer glänzend geschafft!«

»Vielleicht.«

»Was denkst du darüber?«

»Worüber?«

»Dass du zwei Wochen in ein Hotel gehst, schwimmst, spazieren gehst, Zeit für dich und deine Gedanken ganz allein hast.«

»Zwei Wochen?«

»Ja, dann bist du doch wieder in München.«

»Im Hotel?«

»Ich wüsste ein sehr schönes Hotel für dich«, sagte Elisabeth. »Schau mal, dieses hier sieht doch sehr gut aus.«

Otsch sah im Prospekt ein schönes Haus am See. Großzügig dimensionierte Zimmer. Der Spa-Bereich mit Schwimmbad, Sauna, Moorbad und Massageangeboten.

»Zu teuer«, wandte er ein.

»Nein, die alten Preislisten gelten nicht. Noch nicht. Sie werben um Gäste, und deshalb sind die Preise ermäßigt.«

»Trotzdem teuer«, sagte er.

»Zerbrich dir da mal nicht deinen Kopf«, sagte Elisabeth.
»Meinst du?«
»Otsch, mein Lieber«, sagte sie, »du denkst jetzt mal nach, aber du musst dich schnell entscheiden. Und ich würde jetzt gerne noch meine Arbeit erledigen.«

Otsch blickte sie an.
Sie wusste nicht, ob er sie verstanden hatte.
Otsch verließ ihr Zimmer.

Sie sah ihren Mann in diesem Augenblick als einen in Sekunden gealterten Menschen. Wie ein erschöpfter Vogel seine Flügel hängen lässt, so hatte Otsch seine Schultern eingezogen. Er wirkte klapperdürr auf sie, und der Trachtenjanker war ihm viel zu groß. Alte Menschen tragen immer zu große Sakkos. Es waren aber nur wenige Sekunden, in denen sie Otsch so wahrnahm. Er schloss die Tür, leise wie immer, behutsam, und ihre Angstvision verschwand.

Sie musste jetzt erst einmal den Kontostand bei ihren Banken abfragen.
Es war still im Haus.
Draußen war es Nacht geworden.
Aber die Gitter vor den Fenstern schützten Elisabeth davor, dass die Nacht mit ihren Albträumen ins Haus eindrang. Natürlich hatte sie viele Sorgen, aber sie konnte gut schlafen.
Sie schloss das Fenster in ihrem Studio.

Jetzt war es still.

7

Wolff wusste das.

Wer viel unterwegs ist, ist vielleicht nirgendwo zuhause. Man kann das wollen. Aber eines Tages holt einen das ständige Unterwegs-Sein ein. Das Nicht-zu-Hause-Sein rächt sich. Er hatte es selbst erfahren.

In seinem früheren Leben, über das er niemandem eine Auskunft schuldig war, auch niemandem eine Auskunft gab, hatten er und seine Frau eine kleine Ferienwohnung in einem uralten, inzwischen denkmalgeschützten Flößerhäuschen gemietet, die linke Hälfte. Die rechte Hälfte bewohnte der Hausbesitzer, der selten hier war. Das Haus stand direkt am Steilabhang über einem der angestauten Seen des Lech, wenige Kilometer entfernt von Rott am Lech, zwischen Schongau und Landsberg am Fluss und seinen Stauseen gelegen. Abends fuhren sie in die Landschaft nördlich vom Hohen Peißenberg. Ihr Bobtail-Weibchen fühlte sich auf diesen Spaziergängen wohl. Sie liebten ihren Hütehund. In der Dämmerung waren die Kormorane, Graureiher und Bussarde gerade noch zu sehen, die ersten Rehe, Hirsche und Feldhasen zeigten sich auf den Lichtungen und an den Rändern der Wiesen. Zwischen den Mooren und Weihern lagen Gehöfte mit Scheunen, Blumengärten und den Hühnerställen. Später hatten sich die Felder verändert. Sie waren in Grundflächen für Sonnenkollektoren umgewandelt worden, immerhin grasten Schafe zwischen den Gestellen. Aber die Felder waren mit Drahtzäunen aus der einst unbegrenzten Landschaft herausgefräst worden. Manchmal saßen

Eulen auf den Zaunpfählen, konzentriert auf jeden Mausausflug in der Wiese unter den Gestellen. Die Welt grenzte sich ab. Nur wenn von Westen her feuchter Schnee durch die Zäune getrieben wurde, formte er in den Drahtquadraten fantastische Skulpturen aus, glänzende Kristalle, die den Zäunen anhafteten und im späten Tageslicht irritierende Schatten warfen.

Wenn Wolff ein bestimmtes Buch gesucht hatte, lag es immer in der anderen Wohnung. Dabei war er sich so sicher gewesen, dass er es beim letzten Mal hier auf den Tisch gelegt hatte. Aber meist lag es nicht dort.

Im Nachbarhaus, unverschämt nahe neben dem Flößerhaus errichtet, wohnte ein alter Mann. Und in seinem Haus, nicht in einem Stall, wohnten Ziegen, Schafe, Ponys, Hühner und ein oder zwei Esel, die die einstigen Bauernstuben, die Küche und den Flur besetzt hatten. Öffnete der Alte die Tür, stank es. Aber die Tür wurde selten geöffnet. Wolff hörte die Tiere, er roch sie, aber den alten Mann sah er selten. Wolff war schon damals oft allein ins Flößerhäuschen gefahren, um zu arbeiten. Die Fenster in der winzigen Wohnung waren klein, die Fensterkreuze bestanden aus Holz, dessen Lackfarbe allmählich abblätterte, während im unteren wie im oberen Dorf immer mehr Häuser mit Messing-Fensterkreuzen ausgestattet worden waren, pflegeleichter, aber abscheulich. Die Propangasflaschen standen im Garten unter einem Blechdach, im Winter war es nicht leicht, die Öfen und den Herd anzuzünden, weil sich in den Leitungen Luftblasen gebildet hatten, die erst durch intensives Pumpen vertrieben werden mussten. Die Wasserleitung musste unter den Dielen der Küche geöffnet werden, es gab keinen Keller, und unter der Bodenklappe hatten sich Hundertschaften von Spinnen eingenistet. Eine Arachnophobie hatte er nicht unbedingt, aber es wäre ihm natürlich lieber gewesen, am Wochenende in eine spinnenfreie Wohnung zu fahren. Der Hund ging Spinnen aus dem Weg, es war ein Wunder, dass er sie überhaupt unter seinen Zottelfransen bemerkte. Der Hund war groß, und die Spinnen versteckten sich: in den Ecken und in ihren anderen Fluchtnischen, diese kleinen, keineswegs schönen Lebewesen. Wolff sammelte die Spinnen in einem Glas und brachte sie in den Garten oder setzte sie auf dem Holzstoß aus.

Wenn sie auf der Lindauer Autobahn aus München kommend über Herrsching am Ammersee Dießen erreicht hatten, den Berg hinauf durch den alten Ort an der Klosterkirche vorbei auf die schmale, kurvenreiche Landstraße nach Rott am Lech fuhren – Glatteis gab es im Winter immer – dann hatten sie beide das Gefühl einer überwältigenden Freiheit gespürt. Sie beide. So war das damals gewesen. In den frühen Jahren saß hinten der Bobtail, später schlief ihr Baby im gesicherten Bett auf der Rückbank. Die Fahrt war wie eine Grenzüberschreitung ihrer gewohnten Lebensrituale. Es gab im Haus kein Telefon. Mobiltelefone waren noch nicht auf dem Markt. Das Gebäude war klein, aber die Zimmer hinter den dicken Mauern waren Höhlen, die gegen die Stürme, die Kälte und den Eisregen Geborgenheit schufen. Unten am Steilabhang lagen zwei Kunststoffboote: ein Kajak und ein Ruderboot. Der Hausbesitzer und Wolff teilten sich die Boote, das Kajak hatte er vom Vormieter übernehmen müssen, aber das Ruderboot war ihm lieber. Manchmal zu zweit, später zu dritt ruderten sie quer über den Stausee hinüber zu den stillen Nebenarmen des Lechs mit seinen Sandbänken. Er hatte oft das Boot aus dem Altarm des Flusses gezogen und sich auf eine Kiesbank gelegt, um zu träumen. Er hatte Biber und Otter im stillen Wasser neben dem Fluss beobachtet, er war auch mit Freunden über den See hierher gerudert. Einer wollte im Kajak hinter dem Ruderboot nachkommen, aber es gelang ihm nur, mit dem Paddel im Kreis herumzufahren. Trotz der Fluss-Strömung in der Mitte des Stausees war die Passage hinüber kein großes Problem. Wenn aber Gewitter aufzogen und sich auf der stillen Seeoberfläche plötzlich Wellen auftürmten, der Wind immer stürmischer wurde, da hatte es schon Situationen gegeben, in denen Wolff gespürt hatte, wie sich Angst in ihm einnistete. Mit großer Mühe hatte er einmal unmittelbar vor einem Unwetter den Anlegesteg unter dem Haus erreicht, diese Bootsfahrt war grenzwertig gewesen, weil ihn der Gewittersturm immer wieder vom Ufer weggetrieben hatte.

Oft war er hier, an den Wochenenden und gelegentlich auch im Urlaub, im Sommer, im Winter, in einem Paradies, im selbstgewählten Quartier angenehmer und beruhigender Einsamkeit.

Kaum war er aber hier angekommen, holte ihn in seinen Gedanken ein, was er in seinem anderen Zuhause zurückgelassen hatte. Es war nicht so, dass in dem Flößerhaus plötzlich die Bettwäsche fehlte, weil sie glaubten, sie dort in den Schrank gelegt zu haben, es war auch nicht so, dass er dort nicht andere Bücher deponiert hatte, weil er und seine Frau die Abwesenheit von Literatur nicht aushielten, es war anders: Wolff hatte damals an diesem wilden Fluss gelernt, wie schwer es ist, anzukommen. War er hier, dachte er über seine Arbeit in München nach. War er dort, sorgte er sich um die Wohnung, um den Garten, um die Boote. Um die Schneelast auf dem Dach. Um die Frostabdeckung der Hortensien und Geranien am Zaun. Blickte er aus dem großen Fenster seiner warmen Wohnung im Münchner Stadtteil Gern auf die Straße, sehnte er sich nach den winzigen, mit Eisblumen bedeckten kleinen Fenstern der Flößerstube.

Eine Grundausstattung an Küchengeräten, Geschirr, Gläsern, Handtüchern, Tischen, Sesseln, Lampen, Büchern, Spielen, Vorräten, CDs, Bettwäsche, Pullovern, Winterkleidung und Sommer-T-Shirts gab es in der Stadt wie auf dem Land. Sie hatten alles sorgfältig vorbereitet, geplant und auf ihre Bedürfnisse hin eingerichtet. Später kam alles dazu, was für ein Baby gebraucht wurde. Ein Kinderbett mussten sie nicht mehr für das Haus über dem See anschaffen; kaum hatten sie die Fensterläden und die Innenwände der Wohnung mit einem neuen Farbanstrich versehen, kam die Kündigung des Hausbesitzers, der sich von seiner Frau getrennt hatte. Er blieb in seiner Haushälfte, sie sollte die andere haben, in der Wolff mit seiner kleinen Familie wohnte. Aber als sie ausgezogen waren, die in vielen Jahren hochgezogenen Geranien am Zaun zurücklassen mussten, ihr Kajak verschenkten, weil sie es in München nicht brauchten, zog die Frau des Hausbesitzers nicht ein. Später hatte Wolff durch Zufall erfahren, dass nach ihm einige Jahre ein späterer Freund, ein Künstler eingezogen war, zusammen mit seiner damaligen Partnerin. Der Künstler wusste, dass es zwischen der Flößerstube und dem Schlafzimmer im oberen Stockwerk einen runden Deckel in den Balken gab, der herausgehoben werden konnte, damit warme Luft von unten in das unbeheizte Schlafzimmer aufstieg. Daneben lag im oberen Stockwerk ein winziges Zimmer, eng und behaglich zugleich wie die Zelle eines Klosters. Wolff hatte dort vor Jahrzehnten das Manuskript für ein Theaterstück geschrieben, an dem er fast gescheitert wäre, das aber nach seiner Uraufführung in den Feuilletons der Tageszeitungen gefeiert worden war. Eine Theaterkritikerin der Abendzeitung München wollte in Wolff einen jungen Dramatiker entdeckt haben, dem sie eine steile Karriere voraussagte. Sie war aus München zu einer der Freiluftaufführungen auf dem Gelände der Regierung von Schwaben im Augsburger Fronhof eigens angereist. Wolff hatte dann aber nie mehr einen größeren dramatischen Text geschrieben. Dafür hatte er neben der Arbeit in seinem Sender keine Zeit, aber er erinnerte sich gerne an dieses winzige Arbeitszimmer, in dem er so hart darum gekämpft hatte, über alle Verzweiflung und Angst hinweg ein Theaterstück zu schreiben, welches er den Auftraggebern viel zu leichtfertig zugesagt hatte.

Immer war etwas vergessen worden. Immer war etwas, das gerade gebraucht wurde, in der anderen Wohnung. Auch die Gedanken waren zwischen beiden Orten immer unterwegs, vielleicht trafen sie sich auf halber Strecke unter den dunklen Wipfeln der Wälder.

Wolff fragte sich, weshalb die tieferen Schichten seiner Erinnerung plötzlich nach oben drängten. Es war doch alles sehr lange her. Das war in seinem früheren Leben gewesen. Er blickte aus dem Fenster. Den Stapel der Antwortbriefe an Hörerinnen und Hörer, die von ihm diktierten Briefe an Autoren und kooperierende Kultureinrichtungen würde er gleich unterzeichnen. Die Flugzeuge fehlten am Himmel. In den letzten Jahren war der Flugverkehr zusammengebrochen und hatte sich noch immer nicht erholt. Wolff hatte im großen Eckfenster während langer Telefongespräche die ihm vertrauten Anflugrouten der Maschinen am Himmel markiert, nicht mit einer spitzen Feile auf den, zwei Seiten seines Büros einnehmenden Fenstern, sondern in seinem Gedächtnis. Sah er hinaus, waren die Linien da.

Jetzt wusste er wieder, weshalb ihm die Geschichten aus seinem früheren Leben wieder eingefallen waren.

Am Nachmittag hatte jemand an die Tür zum Chefbüro geklopft. Bevor Wolff hinter seinem Schreibtisch aufstehen konnte, war Hermann Lachner hereingekommen. Lachner durfte das. Seit einigen Jahren war er im Ruhestand. Sie hatten sich per Zufall und später, weil beide es so wollten, mittags in der Kantine zusammengesetzt, Lachner war Redakteur in der Sportredaktion gewesen, der gelassen und souverän die Wochenendsendungen des Sportfunks moderierte, unaufgeregt, ohne die Hektik der Livereporter zu kopieren. Im Lauf der Jahre war eine große Nähe zwischen ihnen entstanden. Wolff verstand nichts, überhaupt nichts vom Sportjournalismus, obwohl er davon überzeugt war, dass die besten Journalistinnen und Journalisten in den Sportredaktionen der Printmedien, des Hörfunks und des Fernsehens, später auch für die digitalen Übertragungswege des Senders arbeiteten. Lachner hatte bei einem Mittagessen zu Wolff gesagt, dass er ihn bewundere. »Wissen Sie, von Kultur verstehe ich überhaupt nichts!« Wolff hatte geantwortet, er verstehe überhaupt nichts vom Sportjournalismus. Beide begegneten sich mit gegenseitiger Achtung. Als sich Lachner am Ende seiner aktiven Tätigkeit im Haus von Wolff in einem persönlichen Gespräch verabschiedet hatte, hatte ihm Wolff angeboten, jederzeit ohne Anmeldung bei ihm vorbeikommen zu können. »Hier steht immer Ihr Koffer«, hatte er ihm gesagt, »für Sie nehme ich mir immer Zeit, wenn es möglich ist. Für eine Kaffeepause mit Ihnen habe ich aber immer Zeit.«

Es dauerte ansonsten meist nicht sehr lange, bis die Kolleginnen und Kollegen im frischen Ruhestand bemerkten, dass sie im Funkhaus nicht mehr willkommen waren.

»Wie geht es Ihnen? Sie sehen fantastisch aus.«

»Danke, ich komme zurecht.«

»Wie schön, Sie wiederzusehen.«

»Ich muss jetzt zur Konferenz.«

»Ich muss jetzt in den Schneideraum.« »

»Ich muss zu einem Interview. Alles Gute. Und bis bald!«

Lachner hatte es erst nicht glauben wollen, dass Wolff keine Ahnung vom Sport hatte. Aber so war es. Im Sportunterricht war Leichtathletik für ihn immer eine Qual gewesen; wenn er beim Wettlauf auf dem Sportplatz seine Beine beobachtete, die sich in einem so merkwürdigen Rhythmus auf der Bahn bewegten, dass er lachen musste, gab er fast immer den Wettkampf wegen Seitenstechens auf. Die Stunden auf dem Platz des Polizeisportvereins, den sein Gymnasium gemietet hatte, wurden jedes Mal zur Katastrophe für ihn. Im Weitsprung war er mittelmäßig, das Kugelstoßen empfand er als Kuriosität, denn er entdeckte in dieser Sportart nicht die geringste Eleganz.

Seine persönliche Abneigung den meisten Sportarten gegenüber verdankte er wahrscheinlich einem sadistischen Sportlehrer, dem es eine Freude bereitete, schwächere Schüler zu demütigen. Nur das Langlaufen im Winter auf den einsamen Tiroler Loipen liebte er. Da traf er am Vormittag zwei, drei Langläufer und zwei, drei am Nachmittag, wenn die Schatten der Bäume und Berge immer eisiger wurden. Während seines Studiums in Heidelberg war er damals in den Universitäts-Ruderclub eingetreten. Er liebte den Sonnenuntergang über dem Neckar und die weite Rheinebene zwischen den Neckarbrücken in Heidelberg, das blaue Licht über dem Odenwald und das verblassende Rot des Heidelberger Schlosses. Im Westen aber leuchtete Gold, der einsetzende Abendwind rollte den Fluss hinauf, und die Kirchturmspitzen der Heilig-Geist-Kirche und der Providenz-Kirche begannen zu funkeln, nur für ein paar Augenblicke, aber darauf kam es an. Er liebte es, in dieser Dämmerung mit dem Einer-Skiff unterwegs zu sein.

An den Wochenenden fuhr er mit seinem VW-Käfer zu seinen Eltern nach Augsburg, einmal oder zweimal im Monat, beide Städte waren ihm bis in die Ecken ihrer Gassen und Plätze und der hier wohnenden Gesellschaft vertraut, aber wo immer er gerade war, wuchs die Sehnsucht nach der jeweils anderen Stadt. Unterwegs zu sein, so hatte er es erlebt, schafft keine Ruhe, keine Geborgenheit. Irgendwann bist du nirgendwo daheim, hospitierst nur in den Milieus, aus denen du stammst oder in die du eintauchst. Die Ruhe hatte er allenfalls während der nächtlichen Fahrten gespürt, wenn er Radio hörte. Geradezu magisch hatten ihn die Stimmen der Nachtmoderatorinnen und -moderatoren angezogen, während er dem Stuttgarter

Flughafen entgegenfieberte, seinem Lichtermeer, den startenden und landenden Jets, denn die Sicht auf das Flugfeld war damals noch nicht durch Gitterzäune und Mauern abgeschirmt. Dann ging es hinauf zum Albaufstieg, und erst bei Günzburg blinkte dann das Licht eines Towers wieder auf: am damaligen Militärflughafen. Die Basis war inzwischen längst aufgegeben worden, das Flugareal verwandelte sich zu einem Neubaugebiet. Jetzt standen dort Einfamilienhäuser, Lagerhallen und Appartementhäuser, Supermärkte und Garagen.

Es gibt Freundschaften, die plötzlich beendet sind. Es gibt keinen Grund dafür. Früher war man sich nahe. Jetzt ist man sich fremd. Oder auch nur egal. Mit Lachner war das ganz anders.

Wolff kannte Drehbuchautoren, Schriftsteller, darstellende Künstler, Frauen wie Männer, die sich in das Hinterland spanischer oder griechischer Inseln zurückgezogen hatten, hinter die grüngebirgigen Grenzen zwischen den Touristen unten und den angestammten oder neuen Siedlern oben, die unter diesem Sternenhimmel, inmitten der nächtlichen Grillen- und Zikadenkonzerte und dem Duft südlicher Gärten zu Hause waren. Viele Jahre hatte man nichts von den alten Freunden und Bekannten gehört, sie nicht gesehen, man hatte sich selbst auch nicht sehr um eine Kontaktaufnahme bemüht, dann aber tauchten sie plötzlich und immer wieder einmal zu einem Besuch im Funkhaus auf. Sie waren beseelt von ihrer neuen Existenz am anderen Ende der europäischen Welt. Sie schwärmten Wolff vor, als wollten sie ihn von seinem Sender abwerben, um ihnen zu folgen. Viele Jahre später, in denen wieder Funkstille geherrscht hatte, kamen sie wieder. Häufiger als früher, auch blieben sie länger. Sie hatten sich von ihren Fincas auf Menorca, von ihren Häusern in der Provence getrennt, sie kamen heim und waren hier doch nicht zu Hause. Im Süden waren sie trotz ihrer Sehnsucht letztlich Fremde geblieben, obwohl sie die Landessprache gut beherrschten und viele Einheimische kannten. Sie waren müde geworden durch die anstrengenden Korrespondenzen, Briefe schrieben sie ohnehin nicht mehr oder nur zu besonderen Anlässen, aber auch E-Mails zu verfassen bedeutet Arbeit. Sie waren müde geworden, in den Gates der Flughäfen herumzusitzen, einzuchecken, ihre Autos auf Fähren hinauf und von ihnen wieder herunterzufahren, in den Fernzügen zu sitzen oder auf den Bildschirm ihres Computers zu starren. Hatten sie eine günstige Flatrate gebucht, konnte auch ständig telefoniert werden. Aber die Gespräche wurden immer kürzer, und sie wurden seltener.

Dann waren sie eines Tages plötzlich wieder da. Vielleicht hatten sie Grundstücke und ein Reihenhaus geerbt oder eine ansehnliche Summe in Deutschland angespart, sie kauften oder bauten und träumten von den neuen Gärten nahe der Großstadt. Dann gingen sie in die Baumärkte.

Wolff hatte es erlebt: Sie zahlten viel Geld für die Grenzzaunästhetik aus Holz, Draht, verzinkten Gittern und Kunststoff. Nach dem Abschied von der Freiheit, den Gerüchen, Gerichten, Getränken, Pflanzen, Tieren und den Träumen des Südens ging es jetzt darum, den neuen Wohnsitz vor allem abzusichern gegen alles, was von außen kommt. Wolff hatte in einem Katalog mehr als 50 Zaun-Konstruktionsmodelle gefunden, eines so hässlich wie das andere. Da waren die Kurzzeitauswanderer nach München zurückgekommen, um sich einzusperren. Kein Flieder, kein Jasmin, keine Thujen-Hecke durfte zwischen den Zaunlatten wachsen. Gesetze regelten, welche Zweige und Äste von den Büschen und Hecken der Nachbarn auf ihrem eigenen Grund entfernt werden durften. War der Sommer heiß, sprengten die Eingesperrten den Boden vor den Zäunen mit dem Gartenschlauch. Immerhin roch dann die Erde frisch. Ein hoher Gartenzaun vor der Hecke bot auch in anderer Weise Schutz: Man musste nicht nach außen schauen. Das »außen« ging einen nichts oder nur sehr wenig an, obwohl meistens genau darüber geredet wurde.

Wolff unterschrieb jetzt endlich die Briefe, die auf seinem Schreibtisch lagen.

Er hatte völlig vergessen, über Otsch nachzudenken. Über den Eindruck, den ihm Beck aus der Studioproduktion vermittelt hatte. Otsch würde in zwei Wochen wieder zurück sein, um die Studioproduktion fortzusetzen. Er hatte die Pause offensichtlich genutzt, um sich einen kleinen Erholungsurlaub am Wallersee zu gönnen. Von dort hatte er eine kurze Nachricht an Wolff gemailt: »Erhole mich im Hotel am See, freue mich wieder auf München. LG Achatz.« Aus der E-Mail ging nicht hervor, ob Elisabeth ihn begleitet hatte. Wenn Wolff an dem Abend in Aigen die Situation richtig verstanden hatte, war sie mit Engagements immer noch nicht wie vor den Krisenjahren ausgelastet. Sicher war sie kein Einzelfall, allen freischaffenden Künstlern ging es so. Der Frost kann über Nacht über der Gesellschaft, ihren Kleinkunstlokalen, ihren Theatern und Konzertsälen hereinbrechen. Auf die Kälte folgt die tonlose Windstille. Nichts ist danach so, wie es vorher war.

Die Videos einer größeren Gruppe von Künstlern, die sich gegen die Pandemie-Politik der deutschen Bundesregierung engagiert hatten und mit ihrer Aktivität unfreiwillig den Impfgegnern wie den Pandemieleugnern eine ethische Legitimation verschafft hatten, waren so wenig rückholbar wie die digitale Aufrüstung im Privaten und im Arbeitsalltag. Chats hatten Flüge ersetzt. Tiktok, Instagramm, telegramm, facebook, Youtube, Zoom und wie sie alle hießen wurden zu den neuen Start- und Landebahnen für die tägliche private wie weltweite Kommunikation. Die Züge der Bahn waren aber nicht ausgelastet wie früher. Niemand reiste. Alle reisten virtuell.

Wolff war, anders als die medialen Untergangspropheten in seiner Umgebung, fest davon überzeugt, dass das Internet größtmöglicher Freiheit bedurfte. Wer Hass säen wollte, hatte ihn auch schon früher in den Leserbriefspalten der Zeitungen verbreitet. Oft genug hetzten Leserbriefe in den konservativen Medien gegen die von ihm verantworteten Sendungen. Jetzt bedeutet es einen wesentlich geringeren Aufwand, die eigene anmaßende Gefühligkeit im Netz zu posten. Früher musste ein Brief verfasst, der Umschlag frankiert, zugeklebt und in den Briefkasten geworfen werden, Vorgänge, die Zeit ließen zum Nachdenken. Trotzdem stimmte Wolff nicht den hysterischen Reaktionen des Shitstorms nach den Videos der prominenten Urheberinnen und Urheber zu; immer wieder hatte er die Erfahrung gemacht, dass nicht wenige der großen Künstler in ethischen, politischen und wirtschaftlichen Fragen eher über ein schlichtes Denken verfügten. Sie waren Naive geblieben, kratzten sich in Talksendungen wie Kinder am Kopf, gestikulierten mit ihren Armen. Sie vertrauten ihren Gefühlen. Sie misstrauten Fakten. Sie glaubten, was ihrer eigenen Meinung entsprach. Das war nichts Neues. Warum sollte Wolff darüber nachdenken? Alles Dingsda. Alles infantil.

Aber Achatz?
Aber Otsch?
»Ich muss nachdenken«, tröstete sich Wolff.
Später.
Oder morgen.

In Mailand hatte Wolff vor vielen Jahren in der Nähe vom Piccolo Teatro von Georgio Strehler gewohnt. Gegenüber lag eine kleine Bar. Dort trank er gerne seinen Espresso. Ein unverzichtbares Ritual. Jeden Morgen studierte er die elegante Choreografie des Barista, der unentwegt jeden noch so unsichtbaren Wasserfleck wegwischte, auch wenn es gar keinen gab, und der dabei durch das Schaufenster höchst aufmerksam den vorbeiflutenden Verkehr beobachtete, Paare, Passanten, die Motorroller-Pulks und die Alfa Romeos, die Fiat 500 und die Busse. Die Füße der Vorübergehenden in Mokassins, glänzenden Leder-Stiefletten oder High Heels, Schlappen oder Pantoletten. Jeder Gang, jede Bewegung ein Ballett der Straßen-Figuren.

Wolff hatte gelernt, seinen Arbeitsstil wie der Barista zu entwickeln: stets sorgfältig zu beobachten, den Blick über die engere Umgebung hinaus in die Ferne zu richten, und zugleich die Innenwelt in Ordnung zu halten. Deshalb ertrug er es nicht, wenn sich Konflikte über Tage oder Wochen erstreckten. Seine Vorgesetzten, einer ganz besonders, waren bekannt dafür, dass sie abwarteten, was sich in solchen Konfliktlagen ereignete. Sie griffen nicht ein, schlichteten nicht, taten nichts. Vielleicht hörten sie zu, das schon. Waren die Konflikte erst einmal benannt, wurden sie kleiner, bis sie sich auflösten. Wenn nicht, dann blieb genug Zeit, über eine Strategie zur Konfliktlösung nachzudenken.

Wolff dagegen war es wichtig, Missverständnisse, Streit, die eigenen Fehler oder die der anderen schnell zu erkennen und sie zu korrigieren. Er war ungeduldig. Er wartete nicht gerne. Er wartete nicht gerne ab. Als Kind hatte er von seinen Eltern gelernt, abends nicht ohne Entschuldigung ins Bett zu gehen, wenn er Mist gebaut oder einen Streit begonnen hatte. Die Nacht war bedrohlich, wenn die Entschuldigung nicht ausgesprochen worden war: Eine Katastrophe hätte sich ereignen können, ohne Versöhnung, Umarmung, eine zärtliche Geste, ein Streicheln über den Kopf. Schwarz, ohne einen einzigen Lichtstrahl ist die Nacht, wenn Schuld nicht eingestanden und getilgt werden kann. Nachtmahre sind unterwegs. Der Alb setzt sich auf die Brust. Deshalb ist es gut, die Lösung von Konflikten nicht in eine ferne Zukunft zu verschieben. Kam die Zukunft nämlich näher, wurden die Konflikte vergessen, obwohl sie in der Psyche der Schwächeren und Verletzten weiterglühen und irgendwann ein Feuer auslösen können.

Es konnte aber auch an Wolffs Bequemlichkeit liegen, dass er Konflikte nicht lange mit sich herumtragen wollte. Er eignete sich nicht als Esel, der Lasten schleppen muss wie die klapperdürren Grautiere von Santorini, über steile Steintreppen von den Schiffen nach oben zu den Häusern, Stufe um Stufe, in der heißen Sonne, und auf dem Rückweg sitzen auf den Eseln und Maultieren korpulente Touristen, die Angst haben, sich auf dem Weg hinunter zum Meer die Fußknöchel zu verstauchen.

Und er, Wolff, hatte Otsch vergessen. Und auch Beck. Und das würde er schleunigst in Ordnung bringen. In Ordnung bringen müssen. Es war nicht gut, Konflikte zu verschieben.

8

Wenn du dich lange Zeit an einem Ort aufhältst und die Straße oder den Platz aus deinem Fenster beobachtest, wird die Wahrnehmung präziser.

Deinem Blick entgeht es nicht, wenn sich eine Kleinigkeit verändert. Ein fremdes Auto, das hier noch nie parkte. Ein neuer Briefträger. Ein Plakat, das seit heute auf dem Verteilerkasten klebt. Ein Hund, der hier noch nie Gassi ging. Ein neues Straßenverkehrszeichen, das über Nacht am Gehwegrand aufgeblüht ist. Die temporäre Flut von dreibeinigen Metallständern um die Baumstämme im Wahlkampf. Manchmal die alten Gesichter. In der verrinnenden Zeit auch die neuen. Weiße Zähne. Lächeln. Parteibuchstaben. Trademarks der angestrebten Zukunft.

Die Fenster müsste er mal putzen. Brennspiritus in den gefüllten Wassereimer, wischen, schaben, dann mit Zeitungspapier trocknen. Keine anderen Reinigungsmittel. Sie hinterlassen Streifen auf dem Glas. Er hat auch Angst, dass die Dämpfe und Bitterstoffe handelsüblicher Glasreiniger seine Stiche, Gemälde und Zeichnungen in den Schubladen und an den Wänden beschädigen könnten. Seit drei Jahren hat er sich vorgenommen, mehr Licht durch die verstaubten Fenster hereinzulassen, aber es gibt immer etwas zu tun. Noch sieht er genug durch das Glas mit seiner trüber werdenden Staubschicht. Zudem scheut er sich, die Fensterbretter frei zu räumen. Er weiß auch nicht, wohin er die Stapel, die er dort aufgeschichtet hat, in der Zwischenzeit legen soll.

Gustav Chobot knabbert an seinem frischen Croissant. Die Melange im Thermobecher ist noch heiß. Das Leben meint es gut mit mir, denkt Chobot. Das Geschäft läuft. Ein Projektmanager, der seit Langem in Salzburg lebt, Grundstücke an ausländische Kunden vermittelt oder gleich selbst die Bebauung samt allen Ausschreibungen, Eingaben, der Auftragserteilung an Baufirmen und die Abwicklung über einen Notar vorbereitet, hat ihn mit einem potenziellen Kunden bekanntgemacht. Der Manager besitzt mehr als ein Dutzend Firmen, neben anderem auch ein Café, Traum seiner Frau. Der Kunde soll vermögend sein. Das erleichtert das Geschäft, wenn es zustande kommt. Und er zahlt bar. »Ich schwöre dir, dass er bar bezahlt«, hat der Manager gesagt. Er muss es wissen. Der Kunde ist an Kunst des 19. und frühen 20. Jahrhunderts interessiert. Er sammelt vor allem Gemälde, die Schmuggler, Diebe, Wilderer und Emigranten zeigen. Ein merkwürdiges Auswahlprinzip. Chobot werde ihm doch sicher behilflich sein, hat der Projektmanager gesagt, »Du wirst es nicht bereuen.«

Zum wiederholten Mal stöckelt eine Dame an seiner Ladentüre vorbei. Zweimal telefoniert sie mit dem Handy. Chobot versteht kein einzelnes Wort, aber ihr Lachen ist deutlich zu vernehmen. Eine elegante Dame. Kostüm. Ein türkisfarbener leichter Sommermantel, der nicht geschlossen ist. Oder sagt man Staubmantel? Der Gürtel, ebenso türkisfarben wie der Mantel, flattert im Wind. Hohe Absätze. Eine gepflegte, halblange Frisur. Das Blond dürfte künstlich aufgefrischt worden sein. Aber dies alles ist es nicht, was Chobot auffällt. Die Dame trägt weiße Handschuhe. Um diese Jahreszeit. Das muss auffallen. Solche Handschuhe tragen Galeristen und Kuratoren, Frauen und Männer dann, wenn sie Gemälde aus den hölzernen Transportkisten oder den temperierten Metallcontainern vorsichtig herausheben, wenn sie die Bilderrahmen an die Wand lehnen. Niemand sonst trägt jetzt im Frühling weiße Handschuhe, schon gar nicht beim Flanieren in diesem wenig attraktiven Stadtteil. Nur Bibliothekare, Archivare und Kuratorinnen ziehen solche Handschuhe an. Vielleicht auch Menschen mit einer Hautkrankheit.

Der Ofen wärmt den Raum. Noch ein paar Tage. Dann ist es nicht mehr notwendig, den Laden zu heizen.

Die Dame bleibt vor der Türe stehen. Ihr Gesicht hat er schon irgendwo gesehen, aber er ist sich nicht sicher. Eine elegante Erscheinung. Sie öffnet die Tür, tritt ein.

»Entschuldigen Sie, bitte«, sagt sie, »Sie verstehen etwas von Kunst?«

»Ein wenig.«

Chobot lächelt unter seiner Kappe.

»Ich würde Sie gerne etwas fragen«, sagt die blonde Dame in dem türkisfarbenen Sommermantel, der in dem Laden leuchtet wie eine bewaldete Insel in meergrauem Wasser.

»Bitte sehr, ganz der Ihre!«

»Kaufen Sie auch Gemälde?«

»Kann schon sein«, sagt Chobot. »Sind Sie zufällig in diese Straße gekommen?«

»Nicht ganz. Jemand hat Sie mir empfohlen.«

»Ich habe nämlich keine Adresse«, sagt Chobot, »nur eine Telefonnummer.«

»Es war nicht schwer, Sie zu finden.«

»Wollen Sie sich vielleicht setzen?«

Die Dame lehnt ab. Es sei nicht gut, so viel zu sitzen. Außerdem habe sie noch einen Termin.

»Wer hat mich Ihnen empfohlen?«

»Das tut nichts zur Sache«, sagt sie, »ein guter Bekannter.«

»Der hat Ihnen meine Adresse genannt?«

»Ich bin hier«, sagt sie.

Ob er Gemälde kaufe?

»Sehr selten«, antwortet er. »Kommt darauf an.«

»Worauf?«

»Mich interessieren nur Bilder aus dem 19. und dem frühen 20. Jahrhundert.«

»Aha«, sagt sie. Sie geht in dem kleinen Raum hin und her. Von Wand zu Wand.

»Ich sehe hier aber keine Gemälde«, sagt sie.

»Können Sie auch nicht. Zu klein, der Laden.«

»Wie dann?«

»Was wollen Sie genau wissen, gnädige Frau? Übrigens: kann es sein, dass ich Ihr Gesicht schon einmal gesehen habe? Nicht in dieser Gegend, irgendwo anders?«

Sie räuspert sich.

»Das ist gut möglich.«

»Sie wollen ein Bild anbieten?«

»Ich will mich erst einmal unverbindlich informieren«, sagt sie.

»Bitte sehr«, sagt Chobot. »Und dann?«

»Kaufen Sie auch sehr wertvolle Bilder an?«

»Das kann sein«, sagt er. »Vielleicht.«

»19. Jahrhundert?«

»Das sagte ich eben schon. Entschuldigung.«

»Also, ja!«

»Ich muss ein Gemälde sehen, bevor ich mich äußern kann«, sagt Chobot. Etwas zu heftig stellt er seine Kaffeetasse neben den Thermobecher.

»Das sollte kein Problem sein«, sagt sie.

Sie geht zur Tür.

»Ich danke Ihnen sehr für Ihre Zeit. Wenn ich nachgedacht habe, hören Sie von mir. Ihre Adresse habe ich ja.«

»Eine Geschäftskarte mit der Telefonnummer vielleicht?«

»Nein danke. Die Nummer habe ich schon. Ich wünsche Ihnen einen guten Tag. Hoffentlich habe ich Sie nicht zu sehr gestört.«

Er hat diese Frau schon einmal gesehen.

Er kennt sie nicht, aber ihre Stimme hat er schon einmal gehört. Nur wo sollte das gewesen sein?«

An eine Dame mit weißen Handschuhen kann er sich beim besten Willen nicht erinnern.

Die Melange im Thermobecher dampft noch etwas. Er füllt seine Kaffeetasse.

Das Croissant schmeckt wirklich gut. Um die Ecke gibt es einen Bäcker mit den besten Croissants der Stadt.

Er wird jetzt erst einmal den Projektmanager anrufen. Wenn einer etwas weiß, dann ist es dieser Wassili. Sein Bekannter aus Bulgarien.

Ein leichter Frühlingsregen setzt ein. Die Dame in ihrem türkisfarbenen Sommermantel wird sich beeilen müssen. Sie hatte keinen Regenschirm dabei. Vielleicht parkt sie um die Ecke. Er muss sich weiter keine Sorgen um sie machen.

9

Es gibt Tage, an denen sich die Geister der Unruhe melden, befreit aus ihren Flaschen, aber nicht so hilfsbereit wie Aladins Dschinn aus der Wunderlampe. Nur im Märchen sind drei Wünsche frei. In der Realität sind Geister oft nicht so freundlich. Heute ist so ein Tag. Aber das weiß Wolff noch nicht.

Als sich Al Wolff am Morgen Richtung Funkhaus aufmachte, lag auf den Autodächern eine feuchte Schicht von Blütenstaub wie Mehltau. Er hatte mit dem Wagen fahren wollen, aber die Tür war so verklebt, dass er sie nicht mit Gewalt öffnen wollte. Er hatte schon einmal bei einem solchen Versuch die Gummidichtungen herausgerissen. Die Bäume spreizten ihre weißen und roten Blüten über den Straßen. Die Zahl der Cabriolets stieg sprunghaft an. Die Schanigärten, die auf den früheren Parkplätzen errichtet worden waren, aber nur für wenige Wochen genutzt wurden, waren jetzt schon gut besetzt. In den letzten Jahren war auch die Außengastronomie geschlossen worden, die aus Holzpaletten konstruierten Terrassen blieben unterdessen stehen. Ein Ärgernis für parkplatzsuchende Autofahrer, eine Installation der Hoffnung auf ein neues Leben für alle anderen. Inzwischen hatten sich leere Flaschen und Papiermüll in den Ecken auf dem Bretterboden angesammelt. Der Frühling begann deshalb mit der Müllentsorgung. Dann folgten die ersten Blumenkästen, frische Girlanden an den Zäunen, bunte Sonnenschirme, wenn der Außenbereich nicht überdacht worden war.

Es hätte ein sehr schöner Tag werden können.

Er schlenderte noch durch das St.-Benno-Viertel mit seinen sorgfältig restaurierten Jugendstilhäusern, als sein Handy vibrierte. Das Büro. Eine verdammt schlechte Nachricht. Ulf Beck war mit seinem Motorrad verunglückt. Seinen Campingbus hatte er am Morgen anscheinend nicht starten können. Wahrscheinlich streikte die Batterie. Das passierte hin und wieder. Deshalb war er mit seiner Kameraausrüstung auf dem Motorrad losgefahren. Sehr früh, gleich nach Sonnenaufgang. Beck liebte es, in den Morgenstunden im Voralpenland seine Filme zu drehen.

»Was ist ihm passiert?«, fragte Wolff.

Er hörte, dass Beck offensichtlich mit dem Motorrad auf der feuchten Landstraße ins Rutschen gekommen war. Genaues wussten die Damen in seinem Büro nicht, aber es schien sicher zu sein, dass niemand anderes an dem Sturz beteiligt gewesen war. Ein Schulbusfahrer war Augenzeuge, er hatte auch Polizei und Rettungsdienst alarmiert. Beck war in das städtische Klinikum Rosenheim gebracht worden.

»Seine Frau?«

»Wurde informiert. Ist auf dem Weg nach Rosenheim. Sie will dann anrufen.«

»Sucht Blumen aus und lasst sie mit der Fahrbereitschaft zu Beck nach Hause bringen. Der Fahrer kann sie vor die Türe stellen. Eine Karte dazu. Ihr wisst schon.«

»Okay, Chef. Wann kommen Sie?«

»Ich bin schon unterwegs.«

»Was sagen wir der Studiotechnik?«

»Nichts. Wir wissen nichts.«

Sollte Beck als Toningenieur für längere Zeit ausfallen, wäre das eine Katastrophe. Niemand könnte sich so schnell in die Produktion einarbeiten. Wolff ging jetzt nicht schneller. In vielen Jahren hatte er es sich zur Gewohnheit gemacht, sich nicht aufzuregen, wenn nicht klare Informationen vorlagen. Dann war immer noch genug Zeit, sich aufzuregen. Er ging weiter. Auch hier, außerhalb der Münchner Innenstadt, hatten manche Geschäfte immer noch nicht geöffnet. Vielleicht würden sie auch nicht mehr öffnen. Die Metzgerei war geschlossen. Die kleine Konditorei war geschlossen. Die Boutique war geschlossen. Das Absterben der traditionellen Vitalität im Viertel erinnerte Wolff an einen Baum, der schon lange vor dem Herbst seine Blätter verliert. Trocken. Krank. Von Insekten befallen. In der Nymphenburger Straße, so viel Zeit muss sein, bestellte er sich in einem kleinen Gartencafé einen Cappuccino. Er wollte nachdenken. Auf einem Zettel notierte er sich, was er heute erledigen wollte. Frau Beck anrufen. Elisabeth Achatz von Harnier anrufen. Otto Achatz anrufen. Einen Essay zur wieder auflodernden Diskussion über Leni Riefenstahl schreiben. In den letzten Wochen war die Zahl der Sympathisanten gewachsen, die sich im Netz, in Leserbriefen und in Interviews über die großartige Filmerin äußerten, deren Lebenswerk nicht durch ein paar Schatten auf ihrer Biografie relativiert werden dürfte. Wolff war anderer Meinung, und er wusste auch schon, wie er seinen Kommentar verfassen wollte.

Im Foyer des Funkhauses traf er einen jungen Mitarbeiter der Redaktion Kulturkritik. Wolff wollte möglichst schnell in sein Büro, aber er konnte den Autor nicht einfach stehenlassen. Das Übliche. Wie es geht? Ob es genug Aufträge gebe? Woran er gerade arbeite?

Er erfuhr, dass der Mitarbeiter zusammen mit einem Kollegen an einem dokumentarischen Feature über den Schriftsteller Ernst Jünger arbeitete. »Wir haben Jünger erst jetzt für uns entdeckt«, sagte der junge Mann, »ein großartiger Schriftsteller.« »Interessant!«, sagte Wolff. Dann schwieg er, weil der andere zu schwärmen begann. Von Ernst Jüngers stolzem Nationalgefühl, das immer missverstanden worden sei, seinem Treuebegriff, seinen Selbstexperimenten mit Drogen. Von seinen drastischen Kriegsbeschreibungen.

Wolff fielen Bilder ein. Im Fernsehen vor vielen Jahren, oder war es schon Jahrzehnte her? Die Besuche des voluminösen Bundeskanzlers, der die Freitreppe zum Eingang des früheren Forsthauses, Jüngers

Wohnsitz, hinaufstieg. Der Dichter stand oben. Schlank. Schnarrend. Gerade Körperhaltung als einstiger Offizier. Korrekter Maßanzug. Krawatte. Blitzblank glänzende Schuhe. Uralt nach Jahren, quicklebendig in seinem Auftreten. Korrekt. Der Kanzler hatte ihn mit einem festen Händedruck begrüßt, Jünger hatte seine Hand auf die Schulter des Kanzlers gelegt und ihn, den Jüngeren, in sein Haus in Wilflingen hineingeführt. Über den Türflügeln oberhalb der Treppe das Wappen der Oberförsterei der einstigen Stauffenberg'schen Forstverwaltung im Landkreis Biberach in Oberschwaben, wo Jünger jahrzehntelang bis zu seinem Tod gewohnt hatte. Je mehr Wolff von Ernst Jünger gelesen hatte, umso mehr war seine Distanz zu diesem Autor und seinen Büchern gewachsen.

Damals, sensibilisiert durch die Fernsehbilder, hatte Wolff sich, weil er seinen eigenen Vorbehalten nicht vertraute, den Band »In Stahlgewittern – Aus dem Tagebuch eines Stoßtruppführers« aus dem Bücherregal geholt, dazu die Ausgaben »Der Kampf als inneres Erlebnis« und »Das Wäldchen«. Die Taschenbücher waren ihm irgendwann vom Verlag als Freiexemplare zugeschickt worden. Ihm fielen Jüngers Sätze ein, die ihn bei der Wiederbegegnung mit den Büchern so zornig gemacht hatten. »Ich hasse die Demokratie wie die Pest«, seine Abscheu gegenüber Humanismus und pazifistischer Gesinnung und seine Forderung nach Prügelstrafen für das »geschäftsmäßige Literatenpack«. Dieses Postulat hatte Jünger bei einer Neuauflage allerdings streichen lassen. Jetzt also war Ernst Jünger wieder Kult. Jünger als Popstar. Jünger im Drogenrausch nach seinen Experimenten. Seine »Annäherungen. Drogen und Rausch« wurden von jungen Leuten wieder gelesen. Wolff besaß auch diesen Band als Taschenbuch, in einer ungekürzten Ausgabe vom Februar 1990. Wie viele Neuauflagen es inzwischen gab? Er hatte das nicht verfolgt. Jünger als Guru? Wer hatte die Lampe geöffnet für diesen Dschinn? Oder hatte Wolff sich nicht von seinen Vorurteilen befreit, die ihn schon während seiner Jahre auf dem Gymnasium emotional in seinem Widerwillen gegen Ernst Jünger bestärkt hatten? Hatte er etwas nicht verstanden, in Jüngers Werk etwas übersehen? Er müsste darüber mit seinem Freund Andreas, dem Redakteur des Nachtstudios, ausführlich reden. Das waren immer sehr, sehr gute Gespräche, wie sie sich mit anderen Kolleginnen und Kollegen in den Redaktionen nicht in dieser Intensität ergaben. Andreas verhielt sich aber immer vorsichtig in diesen Gesprächen. Er wartete ab, wie er, Wolff etwas beurteilte, bevor er offen diskutierte.

Wolff wünschte dem jungen Kollegen einen kreativen Tag, er müsse sich jetzt leider verabschieden, weil es wegen eines Unfalls des Toningenieurs große Probleme gebe, um die er sich jetzt kümmern müsse. Er war froh, für die geplante Ernst-Jünger-Dokumentation redaktionell nicht zuständig zu sein.

Über Beck gab es in seinem Sekretariat noch keine neue Nachrichtenlage. Die Produktion sollte ja erst nächste Woche fortgesetzt werden. Man würde sehen, ob das möglich sein würde. Er betrat sein Zimmer, schloss die Tür zum Vorzimmer. Jeder wusste, dass Wolff dann nicht gestört werden wollte. Sonst stand die Tür immer offen.

Elisabeth meldete sich sofort am Telefon.
»Kann ich Otsch sprechen?«
»Otsch ist nicht zu Hause!«
»Wann kann ich ihn bitte erreichen?«
»Gar nicht, er ist verreist.«
»Das wusste ich nicht. Entschuldigen Sie bitte.«
»Er hat sich einen kurzen Urlaub gegönnt.«
»Ist er telefonisch erreichbar?«
»Ich denke nicht. Er wollte sich zurückziehen.«
»Ich müsste ihn aber dringend sprechen. Es gibt Probleme mit der Produktion bei uns in München.«
»Ach wissen Sie, Otsch hat schon mal angedeutet, dass es Probleme gibt. Das technische Personal ist nicht mehr so motiviert wie früher, oder was meinen Sie?«
»Es gibt möglicherweise andere Probleme. Wenn sich Otsch bei Ihnen meldet, können Sie ihm bitte ausrichten, dass er mich zurückruft?«

»Selbstverständlich. Übrigens, das war neulich ein entzückender Abend mit Ihnen. Otsch tut es gut, dass Sie ihn so sehr als Regisseur schätzen.«

»Das freut mich.«

»Sind Sie mir böse, wenn ich das Gespräch beende? Ich habe noch so viel Bürokratie zu erledigen. Man will ja nur Theater spielen oder eine anständige Rolle im Film annehmen, aber wir Künstlerinnen werden durch die Bürokratie abgestraft. Es ist grässlich. Aber ich will Sie damit nicht behelligen. Kommen Sie doch mal wieder bei uns vorbei. Ich würde mich sehr freuen!«

Wolff sah aus dem Fenster und sagte: »Vielen Dank, gnädige Frau. Grüßen Sie Otto bitte von mir und kommen Sie gut mit der Bürokratie voran. Mein Schreibtisch hier ist leider auch nicht leer.«

Ihm fiel jetzt erst ein, dass Otsch ihm letzte Woche eine E-Mail geschickt hatte. Urlaub. Seltsam, dass Elisabeth ihn nicht begleitete. Seit drei Jahren hatte sie, soweit er das in den Boulevardzeitungen und auf den Medienseiten der Tagespresse verfolgt hatte, keine großen Bühnenauftritte oder Fernsehengagements mehr gehabt. Stattdessen waren von ihrem Agenten Meldungen platziert worden, dass die bekannte Salzburgerin und ihr Mann, der nicht weniger bekannte Regisseur Otto Achatz, beim Stanglwirt nahe Kitzbühel an einem Empfang der Regionalregierung teilgenommen hatten, dass sie eine Spendenaktion für pandemiegeschädigte Familien aus prekären Verhältnissen mit ihrem Namen unterzeichnet hatte und dass sie sich in Salzburgs Linzer Gasse im führenden Modehaus einen türkisfarbenen leichten Sommermantel gekauft hatte, mit dem sie sich im Salon des Geschäfts fotografieren ließ.

Elisabeth hatte am Telefon leicht angespannt gewirkt, nicht so gelöst wie vor wenigen Tagen, als er sie und ihren Mann in Salzburg besucht hatte. Die Bürokratie. Die schaffte jeden.

Wolff erinnerte sich an einen seiner ersten Schülerjobs. Er hatte sich unbedingt für seine ersten Beiträge in einer Kirchenzeitung und in der Regionalzeitung eine Reiseschreibmaschine kaufen wollen, eine

»Gabriele«. Er hatte davon geträumt. Aber er wollte seine Eltern nicht um Geld anbetteln. So nahm er einen Ferienjob im örtlichen evangelischen Kirchensteueramt der Gesamtkirchenverwaltung Augsburg an. Wenn er nach seinem Job gefragt wurde, hatte er immer angegeben: »Ich arbeite in der Finanzbehörde.« Von morgens bis abends musste er die Kirchgeldbescheide kontrollieren, abstempeln, eintüten, frankieren. Das war in den analogen Zeiten. Nach 50 Bescheiden war er dem Stumpfsinn verfallen. Abends war es schwer, sich von dieser seriell bedingten Betäubung zu befreien. Das Ambiente des Büros hatte auch nicht den geringsten Anflug von Sinnlichkeit erlebt. Da gab es nichts, das ihn aus der Tristesse des Jobs herausgeholt hätte. In jedem Büroraum standen Töpfe herum, die gewässert werden mussten, dreimal in der Woche: Gummibaum. Papyrus. Zimmerlinde. Ficus Benjamini. Am Montag, am Mittwoch und am Freitag rückten die Festangestellten mit ihren Gießkannen an. Rituale der Sekretärinnen und Sekretäre. Sonst hatte es wenig Annäherungen gegeben. Letztlich aber besaß Wolff, als er nach dem Ende des Ferienjobs in die Freiheit entlassen worden war, seine erste eigene Schreibmaschine. Gabriele. Im eleganten Reisekoffer. Eine weiß-graue Maschine.

Sein Glück für die nächsten Jahre.

Er loggte sich im Intranet ein. Mehrere digitale Archive standen zur Verfügung, auch die Dateien der großen Nachrichtenagenturen und das Munzinger-Archiv waren für die Redaktionen erreichbar. Er hatte sich das schon gedacht: Seit mehr als vier Jahren waren keine neuen Spielfilmproduktionen, Bühnenauftritte oder szenische Lesungen unter dem Namen Elisabeth von Harnier vermerkt. Ottos Frau, die Grande Dame mit den weißen Handschuhen, hatte kein einziges neues Engagement erhalten. Hin und wieder gab es Prominenten-Reportagen in den bunten Blättern, Berichte über Auftritte bei Wohlfahrts-Organisationen und einige Statements der Darstellerin. Dass sie sich nie zu politischen Themen äußerte, fiel Wolff auf. Dafür gab es Aussagen zur Tradition des Muttertags, über Freizeitgestaltung, über Theater und Film.

Elisabeths Großvater war als Generaldirektor einer Firma wohlhabend geworden. Seine Frau galt als talentierte Pianistin, hatte anfangs auch viele Konzerte in Salzburg, Linz, Graz, München und Nürnberg gegeben, ging aber offensichtlich später in ihrer Rolle als Gastgeberin in der Fabrikantenvilla auf. Ihre Tochter, Elisabeths Mutter, war als Jugendliche in den Bund Deutscher Mädchen eingetreten, aber das musste nichts bedeuten, denn ganze Schulklassen waren ohne eigene Ambitionen in den BDM und in die Hitlerjugend eingegliedert worden. Es gab aber Hinweise darauf, dass sie schnell eine wichtige Leitungsfunktion eingenommen hatte, eine Quelle benannte sie als frühere Gauverbandsleiterin in der NS-Jugendorganisation. Wolff erinnerte sich, dass Elisabeth, als sie vor dem Gemälde Carl Wilhelm Hübners standen und entspannt plauderten, ihr Elternhaus als absolut unpolitisch beschrieben hatte. Ihr Vater war Konzertmeister gewesen. Er kümmerte sich um Musik, um wenig sonst. So hatte es ihm Elisabeth erzählt. Durch die schweren Zeiten musste er sich, ohne Schaden zu nehmen, mit Erfolg durchgegeigt haben: als erster Violinist im Symphonieorchester Linz. Es war doch völlig logisch, dass auch Elisabeth sich – wie sie Wolff sagte – nicht für Politik interessierte, nicht für Regierungskoalitionen und Parteien, nicht für Politiker und politische Sendungen. Es reichte doch, sich für Sicherheit und Ordnung zu engagieren, meinte sie. Kunst ist alles, das war ihr Leitspruch, und daraus leitete sie ab: »Alles für die Künstler.« Von diesem »Alles« aber schien in den letzten Jahren nicht zu viel übriggeblieben zu sein.

Vielleicht, dachte Wolff und sah aus dem Fenster, dessen Glasscheiben immer noch nicht von Flugzeugen durchquert wurden, vielleicht leidet ihr Mann Otto, der Otsch, unter dem Erfolgsverlust seiner Frau. Das könnte seine cholerischen Verhaltensweisen während der Studioproduktion erklären. Das könnte man verstehen. Darüber müsste mal mit ihm geredet werden. Es ist schwer, mit einem depressiven Partner, einer verzweifelten Partnerin zusammenzuleben. War das die Erklärung für die Konflikte im Studio 9, über die Ulf Beck ihn informiert hatte? Otsch erzählte, bevor er in die Studios ging, gern Anekdoten über Prominente, die er in der Zwischenzeit getroffen hatte, über sich selbst sprach er, wie Wolff beobachtet hatte, eigentlich nie. Seine E-Mail aus dem Urlaub war nichts anderes als eine Abwesenheitsbestätigung für den Sender. Sie enthielt keinen einzigen persönlichen Satz. Elisabeth hatte an jenem Abend in Salzburg-Aigen auch nichts von sich preisgegeben, nichts wirklich Persönliches. Nur bei der Betrachtung des Gemäldes war sie etwas aufgetaut. Beide hatten Zäune, wenn nicht sogar Mauern um sich herum errichtet, und die Fenster der Villa waren ebenfalls mit schweren Gittern gesichert.

Jetzt also war Otsch nicht erreichbar, Beck lag im Krankenhaus, Elisabeth war kurz angebunden, und er, Wolff, musste sich jetzt auf seinen Essay konzentrieren. Zeitökonomie kann gelernt werden, sagte er jedem Hospitanten und jeder Volontärin. Sie sollten realistisch kalkulieren, wie die Zeitachse bis zur Sprachaufnahme im Studio aussah, was sie in ihrem Beitrag mitteilen und begründen wollten und wie viel Zeit sie dafür benötigten. Gab es keinen Zeitdruck, könnte man es sich leisten, an der Formulierung zu feilen. Musste das Manuskript sehr schnell geschrieben werden, kam es nicht auf die Eleganz der Formulierung und die Sprachmelodie an. Dann musste der Beitrag rechtzeitig abgeschlossen sein, so oder so. Schreibst du mit einem Abstand von eineinhalb oder zwei Zeilen, dann kannst du immer noch an der Formulierung arbeiten und die Verbesserungen handschriftlich über den Sätzen einfügen. »Schreiben Sie nicht zu engzeilig«, hatte Wolff empfohlen. »Nutzen Sie den Raum auf dem Papier. Zu große Sparsamkeit rächt sich beim Sprechen am Mikrofon.«

»Neues von Beck?«, fragte er, als er die Tür zu seinem Vorzimmer geöffnet hatte. »Wahrscheinlich ein Knöchelbruch und andere Verletzungen« antwortete seine Programmassistentin. »Mögen Sie einen Kaffee? Frisch gebrüht!«

Wolff nickte kurz. »Die Produktion wird verschoben. Bitte verständigen Sie die Dispo und das Team. Ich versuche, Otsch zu erreichen. Danke!«

10

Chobot, dir schmeckt's nicht.

Die Melange hat einen unangenehmen Beigeschmack, als sei die Espressomaschine erst kurz zuvor gereinigt worden. Irgendwie metallisch. Oder nach Reinigungsmittel. Chobot steht auf und kippt den Thermobecher mit der Melange in das kleine Handwaschbecken im Hinterzimmer. Und das Croissant schmeckt ihm auch nicht. Zu weich, wie Pappe. Er steckt das angebissene Gebäck in die Tüte der Bäckerei zurück und wirft sie in den Abfalleimer. Was ist denn heute los? Gustav Chobot schwitzt unter seiner Kappe. Das kann nicht an dem Ofen liegen, den er auf die kleinste Heizstufe eingestellt hat.

Vor zwei Wochen hat er einem Käufer aus der Ukraine ein Gemälde von Friedensreich Hundertwasser angeboten. Er hat die Auktionspreise des Dorotheum sorgfältig studiert. Wenn er die Preise von Aufruf und tatsächlich erzieltem Erlös vergleicht, spürt er seinen Jagdinstinkt. Bilder wie das in Frage kommende Objekt wurden dort zum Schätzpreis zwischen 120 000 und 220 000 Euro angeboten. Der Verkaufspreis lag immer wesentlich höher. Deshalb hatte er als Verhandlungsbasis einen Betrag in Höhe von 150 000 Euro genannt, der den potenziellen Käufer überhaupt nicht abschreckte.

Chobot ist ein vorsichtig agierender Kunsthändler. Die wichtigeren Geschäfte wickelt er nicht in seinem Laden ab. Keines der in seinem Depot aufbewahrten etwa 70 Bilder würde er an anderer Stelle lagern.

Immer wieder betrachtet er seinen Kunstvorrat, für den er tatsächlich eine leise Zuneigung entwickelt hat. Jeder Verkauf ist ein Abschied wie von einem liebgewordenen Menschen. Aber auch er muss von etwas leben, und er lebt gerne gut. Er weiß, dass sich andere Kunstsammler jahrzehntelang von ihrem Besitz nicht trennen können. Natürlich ist jeder Abschied traurig, aber der monetäre Trost relativiert solchen Schmerz.

Er ist mit dem Bus in die Nähe einer heruntergekommenen Lagerhalle hinter einem stillgelegten Industriekomplex gefahren, seinem Depot, hat die Sicherheitsschlösser geöffnet und nach dem Eintreten das Tor sofort wieder zugezogen. Von innen verriegelte er es. Er fand in der dritten Reihe der an die Wand gelehnten Bilder sofort das Hundertwasser-Gemälde. Ein Aquarell, handsigniert vom Künstler und datiert auf das Jahr 1957. Ein frühes Bild, auf dessen Rückseite Hundertwasser vermerkt hat, dass das Aquarell auf einer Reise entstanden ist. Format des bemalten, weißgrundierten Packpapiers 70 x 90 Zentimeter. Gerahmt. Deshalb ist das Bild größer. Es ist kein besonders faszinierendes Bild, Chobot empfindet die Aquarellfarben und ihre ineinanderfließenden Strukturen als beliebig, als wenig markant, fast als Kunstgewerbe. Von diesem Bild wird er sich ohne traurige Gefühle trennen. Hundertwasser sieht er als hochbegabten Dekorateur, aber seine Häuser, seine goldenen Zwiebeltürme und verschachtelten Hallenschwimmbäder, die mit seinen Motiven bedruckten Schals, T-Shirts und Krawatten stoßen ihn ab. Mainstream ist das, denkt er. Mode. Kunst ist das Gegenteil von Mode. Allerdings haben die hohen Auktionspreise Chobot nachdenklich werden lassen. Vielleicht irrt er sich ja auch. Aber eigentlich nicht. Langfristig wird Hundertwasser eine skurrile Episode bleiben, die keinen Bestand gegenüber den großen Männern und Frauen der Wiener Schule des Phantastischen Realismus haben wird. Manchmal aber hat sich Chobot auch schon getäuscht. Er lernt immer dazu.

Chobot hat das Aquarell in mehrere Lagen der Luftpolsterfolie eingepackt, die immer in der Lagerhalle vorrätig ist, dann ein Tuch außen herum gelegt und das Ganze mit einem breiten Klebestreifen von der

Rolle transportfähig verpackt. Dann hat er sich ein Taxi bestellt. Behutsam ist das Paket im Kofferraum des Kombis abgelegt worden. Mit der notwendigen Erfahrung ist das kein Problem. Chobot hat Erfahrung. Den interessierten Käufer hat er dann angerufen und einen Treffpunkt in der Universität mit ihm vereinbart. Leicht zu finden. Gegenüber vom Festspielhaus. Kapitalkräftigen Kunden gibt Chobot niemals die Adresse seines Ladengeschäfts. In die Lagerhalle lässt er ohnehin keinen Menschen. Man weiß nie, und Vorsicht ist die Mutter der Bilderkiste. Der Käufer ist pünktlich erschienen, er hat Chobot sofort erkannt, der sich mit seinem Paket an das Treppengeländer gelehnt hat. Sie sind zusammen weitergegangen, in eine Ecke, die nicht so stark wie das Treppenhaus frequentiert ist. Hier hat er das Bild ausgepackt. Jeder, der zufällig vorbeikam, hätte annehmen müssen, dass hier ein Hobbymaler oder ein Kunstprofessor einem Bekannten ein neues Werk zeigt. Chobot mit seinem weißen Haarkranz unter der Kappe sieht so aus, wie sich viele Menschen einen Maler vorstellen, der am Straßenrand seine wenig originellen, meist seriell gemalten Werke ausstellt und, wenn er Glück hat, gelegentlich auch eines verkauft. Nach einer halben Stunde ist der Kunde mit dem eingepackten Bild gegangen. Keine Quittung. Kein Austausch von Adressen. Keine Verabschiedung mit Handschlag. Der Käufer aus der Ukraine – kam er wirklich von dort? – ist sehr schnell in einer Tiefgarage verschwunden. Chobot stand jetzt vor dem Festspielhaus, atmete tief und verspürte ein großes Glücksgefühl. Fast tänzelnd ging der alte Mann über den Platz. Er trug in der Hand eine Billa-Stofftasche, gut gefüllt. Er war um einen sehr hohen Barbetrag reicher. Solche Geschäfte gefallen ihm. Schnell, sicher, diskret auf Gegenseitigkeit. Man würde nichts voneinander wissen, sich niemals wiedersehen. An diesem Tag schmeckte ihm die zweite Melange, die er sich gönnte, köstlich, und er kaufte sich ausnahmsweise zwei Croissants. Danach kippte er einen Schnaps. Den gab es nur nach guten oder sehr guten Verkaufsabschlüssen. Ein herrlicher Tag bisher.

Jetzt aber.

Sein Käufer hat sich telefonisch gemeldet. Ihm seien Zweifel gekommen, ob es sich bei dem erworbenen Hundertwasser-Aquarell wirklich um ein Original handelt. Er habe das Bild mit anderen Kunstwerken Hundertwassers aus dieser Zeit verglichen, im Internet sei das überhaupt kein Problem, schon gar nicht für einen Kunstfreund wie ihn. Aber er benötige eine wissenschaftliche Expertise. Wenn Chobot sie nicht beibringen könne, gelte der mündlich vereinbarte Kaufvertrag nicht. Bild zurück. Geld wieder her. Also?

Chobot sagt, er sei tief enttäuscht vom Misstrauen des Kunden. Selbstverständlich werde er ihm eine seriöse Expertise von einem anerkannten Salzburger Kunstsachverständigen nachreichen können. Er bitte um ein paar Tage Geduld. »Sie rufen mich dann bitte an. Sind Sie so lange in Salzburg?«

Die Expertise ist kein Problem. Er hat zwei, drei Kunstsachverständige an der Hand, mit denen er seit Jahrzehnten sehr gut zusammenarbeitet. Verkrachte Existenzen, arme Dozenten, die auf Geld angewiesen sind. Dankbare Partner, kompetent, sorgfältig, zuverlässig. Jedes Gemälde, das er in seinem Depot abstellt, fotografiert er mit seinem Mobiltelefon und leitet die Bilder weiter an seinen E-Mail-Account. Er speichert sie in der Datei »Kunstgeschichte« ab. Die vermittelten und verkauften Gemälde sind nummeriert, die Geldsummen trägt er handschriftlich in einem Oktavheft ein, in dem er Wetterbeobachtungen im Salzburger Land notiert. Temperaturen plus und minus, Luftdruck, Luftfeuchtigkeit in Prozenten, UV-Strahlung, Windstärken und Windrichtung, vor allem die Perioden des von den Gipfeln herunterfließenden Föhns. Chobot versteht sehr viel vom Wetter. Zwischen den Zeilen tauchen Zahlenkolonnen auf. Er kann sie als seine Umsatz-Bilanz dechiffrieren, niemand anders käme auf die Idee, in dieser Kladde Chobots ein Geschäftsgeheimnis zu entdecken. Chobot ist ein vorsichtiger Mann.

Die Expertise wird er bekommen. Er wird noch heute eine Kopie des Aquarellfotos ausdrucken und durch ein paar Straßen und Gassen zu seinem Geschäftspartner gehen. In zwei Tagen hat er dann die erwünschte Expertise auf einem amtlichen Briefbogen: ausgefertigt und unterzeichnet von einem Prof. apl. Dr. von der Universität Salzburg. Eine selbstbewusste Unterschrift mit königsblauer Tinte. Das ist nicht das Problem. Das Problem ist, dass ihn diese Expertise einen stattlichen Geldbetrag kosten wird, mit dem er nicht gerechnet hat. Natürlich wird er die Expertise bezahlen. Aber es tut ihm weh. Denn nichts ist sicher im Leben. Und deshalb hält Chobot sein Geld zusammen. Man hat in den vergangenen Jahren erlebt, wie viele Existenzen zusammengebrochen sind. Man sieht, wie viele Läden geschlossen sind. Man sieht, wie viele Menschen ihre Arbeit verloren haben. Ihr Vermögen, ihre Lebensgrundlage, ihre Hoffnung auf eine gute Zukunft. Deshalb besteht Chobot auf Sicherheit im unsicheren Leben. Wenn er seinen Laden geschlossen, die Türe versperrt, das Sperrgitter vorgelegt und ebenfalls abgeschlossen hat, schlendert er durch die Salzburger Altstadt. Die Geschäfte gehen ihn nichts an. Den Touristen geht er aus dem Weg, aber seit den Krisenjahren gibt es ohnehin fast keine Touristen mehr, nicht einmal in der Getreidegasse drängen sich die Menschen. Niemand steht vor Mozarts Geburtshaus. Im Café Tomaselli muss keiner auf einen freien Tisch warten. Auch die Bedienungen mit den Kuchentabletts sind sofort da. In den Schaufenstern werden unverändert Trachtenmoden gezeigt, die vor drei Jahren schon ausgestellt worden sind, die Inszenierung der Mode im Fenster hat sich nicht geändert. Aber dafür interessiert sich Chobot nicht, er nimmt den Stillstand wahr, er ist ja kein dumpfer Mensch, aber er berührt ihn auch nicht. Er hat damit nichts zu tun.

Ihn interessieren die Galerien bei seinen Spaziergängen durch die Stadt. Er konzentriert sich auf die dort ausgestellten Bilder, Zeichnungen, Stahlstiche und Gemälde, merkt sie sich schnell, weil er ein fotografisches Gedächtnis besitzt, studiert aber vor allem die Preisschilder. Er sieht, dass in diesem Laden die Exponate sachlich, fast lieblos im Fenster abgelegt wurden, er sieht in jenem Laden, dass um die Bilder und Radierungen liebevolle Arrangements eingerichtet worden sind. Gesamtkunstwerke, die ein Publikum bestaunen wird. Aber es gibt noch immer kein Publikum. Die Galerien betritt er nie. Er kennt manche Inhaber, einige Inhaberinnen, aber sie kennen ihn nicht, den alten Mann mit der verblassten Kappe. Chobot hat sich in seinem Alleinsein eingenistet, es bietet ihm Schutz vor einer Welt, die sich gegen ihn verschwören könnte, wenn sie ihn entdeckt. Die fast blind gewordenen Fenster seines Ladens sind klein. Wer von außen hineinschaut, wird nichts entdecken, das er weitertragen kann. Sein Briefkasten und seine Wohnungstür tragen kein Namensschild. In dem Mietshaus, das er bewohnt, ist es auch nicht üblich, sich durch gestanzte kleine Kunststofffelder mit dem Namen der Wohnungsinhaber zu enttarnen.

Er hält nichts von den in den Medien gefeierten Nachbarschaftsinitiativen, die jede städtische Grünflächenparzelle vor dem Haus bepflanzen, Hoffeste feiern, Bänke in den Hinterhof stellen, Luftballons aufblasen und zu Grillfesten einladen. Mit seinen Nachbarn im Haus spricht er nicht, es genügt, sich morgens und abends zuzunicken. Weshalb soll sich jemand für ihn interessieren, weshalb er sich für andere? Gustav Chobot schwört auf die Kunst der Distanz. Je weniger die Menschen voneinander wissen, umso freier sind sie. Auf seinem winzigen Balkon, der wie ein Kuchenblech in die Fassade eingeschoben worden ist, hat er gleich zu Beginn seines Mietverhältnisses links und rechts Sichtblenden montiert. Sie mussten nicht mit wuchernden Pflanzen, mit Efeu oder Farnen verkleidet werden. Nein: Die Grenze musste sichtbar sein. Draußen seid Ihr. Hier bin ich.

Chobot schwitzt nicht mehr. Die Probleme lassen sich lösen. Er druckt das Foto des Hundertwasser-Aquarells aus. Friedensreich, denkt er, kein schlechter Name. Vielleicht holt er sich eine neue Melange, die Espressomaschine wird inzwischen nicht mehr den Kaffee mit Metallgeschmack herstellen. Vielleicht sind die frisch gebackenen Croissants jetzt auch nicht so lasch. Er wäscht seinen Thermobecher aus.

Vor seinem Fenster taucht ein Mann auf. Er könnte dreißig Jahre alt sein. Er könnte vierzig Jahre alt sein. Schlank. Jeans, Sneakers, ein T-Shirt mit dem Aufdruck des Guggenheim-Museums New York, lockeres Sakko über den Schultern. Sonnenbrille. Auf dem Kopf eine Camel aktiv-Cap. Na, er wird vorbeigehen. Der junge Mann geht vorbei. Chobot steckt seinen Geldbeutel ein. Zählt vorher die Münzen ab, die die Melange und das Croissant kosten werden. Da kommt der junge Mann wieder zurück. Er bleibt vor der Türe zu Chobots

Laden stehen. Chobot steht auf, öffnet die Tür, geht auf die Straße und will zusperren.

»Entschuldigen Sie«, sagt der junge Mann, »Sie verkaufen Kunst?«
»Jetzt gerade nicht!«
»Aber sonst?«
»Manchmal. Es ist keine gute Zeit.«
»Verkaufen Sie auch Bilder, also Gemälde. Also wertvollere Bilder?«
»Ich weiß nicht, was Sie jetzt darunter verstehen.«
»Was genau kann ich bei Ihnen finden?«
»Stahlstiche. Schabdrucke. Zeichnungen. Hin und wieder mal kolorierte Seiten aus alten Büchern, sofern ich solche habe.«
»Das Geschäft geht in diesen Zeiten nicht gut?«
»Ich habe keine Ansprüche. Ich lebe bescheiden.«
»Wenn ich Ihnen jetzt ein wertvolles Bild anbieten würde, hätte ich dann eine Chance, es verkaufen zu können?«
»Kommt darauf an.«
»Worauf?«
»Ich vermittle eigentlich keine Bilder.«
»Eigentlich?«
»Ich empfehle Ihnen, sich an ein seriöses Auktionshaus zu wenden. Oder an eine ortsansässige Galerie. Drüben in der Altstadt.«
»Aha.«
»Ich will mir jetzt einen Kaffee holen.«
»Sie wurden mir empfohlen.«
»Von wem?«
»Das weiß ich jetzt nicht mehr so genau. Es hieß, Sie wären dafür ein Fachmann.«
»War ich mal, junger Mann, war ich mal.«
»Sie könnten mir also nicht helfen, ein Gemälde aus dem frühen 20. Jahrhundert an einen Käufer zu bringen?«
»Vor 40 Jahren war ich da ganz erfolgreich. Aber heute?«
»Sind Sie in 15 Minuten wieder zurück? Ich würde mich mit Ihnen gerne weiter unterhalten.«
»Weiß Gott, ob ich dann zurück bin. Ich habe immer zu tun. Und ich habe wenig Zeit, um nur zu schwatzen.«

»Ich würde von Ihnen gern ein paar Tipps bekommen.«

»Von mir? Ganz sicher nicht. Und jetzt will ich mir einen Kaffee holen.«

Chobot hat sofort erkannt, dass der junge Mann für ihn eine Bedrohung darstellt.

Ein Detektiv. Ein Polizist. Wahrscheinlich bei der Kriminalpolizei oder bei den Finanzbehörden ein Beamter, zuständig für den Kunsthandel. Für solche Figuren hat Chobot einen Riecher. Ihm ist die simple Tarnung aufgefallen. T-Shirt aus dem Guggenheim. Sneakers. Sonnenbrille, garantiert nicht von Fielmann oder Apollo. In den frühen Jahren seines Engagements auf dem Kunst- und Antiquitätenmarkt, im Wien der frühen Sechzigerjahre hatte Chobot sich eine Art Radarsystem geschaffen, um potenzielle Bedrohungen für seine Kontakte und Geschäfte zu erkennen. Dieser Typ ist ein Polizist. Daran gibt es keinen Zweifel. Der will etwas von mir. Aber ich will das nicht. Ich werde mich bedeckt halten.

Es ist gar nicht so lächerlich, einen Sichtschutz zum Nachbarn aufzubauen.

Es ist doch in Ordnung, sich von anderen Menschen abzugrenzen.

Es muss doch akzeptiert werden, anderen Menschen aus dem Weg zu gehen.

Das machen jetzt doch alle. Immer noch.

Es ist mein gutes Recht, nicht mit jedem zu reden, der mit mir reden will.

Es ist doch gut, dass es Zäune gibt. Mauern. Hecken. Sichtblenden.

Das Private geht niemanden etwas an.

Wer glaubt, dass es ihn etwas angeht, ist ein Dieb, ein Einbrecher, ein Zerstörer meines Privaten. Oder einer von der Presse. Oder ein Polizist.

Chobot weiß nur eines:

Er will kein bekannter Mensch unter den Menschen sein. Kein Behauster, der Hausregeln zu beachten hat.

So richtet er sich seit seiner Jugend das Leben wie eine Festung mit starken Mauern und tiefen Gräben ein, um es vor Eindringlingen zu schützen. In seiner Kindheit hat es nie eine Rückzugsmöglichkeit für ihn gegeben. Das Etagenklo im Gemeindebau gleich um die Ecke bei der Rabenhof-Siedlung in Wien ist für ihn ein schreckliches Trauma geblieben. Wenn du keine Ecke in der Wohnung für dich selbst hast, um zu träumen, dann musst du dich in dich selbst zurückziehen.

Die Melange schmeckt ihm jetzt sehr gut. Das Croissant ist knusprig gebacken. So mag er es.

Kaum dreißig Minuten später betritt der junge Mann wieder Chobots Laden.

»Guten Appetit.«

»Ich kann Ihnen keine weiteren Auskünfte geben. Tut mir leid.«

»Mir wurde gesagt, dass Sie sich doch für wertvolle Gemälde interessieren.«

»Wer sagt so etwas?«

»Ich habe vorhin schon gesagt, dass ich mich daran nicht erinnern kann. Man trifft ja so viele Leute. Nicht mehr ganz so viele wie früher. Da wird viel geredet. Das kann man sich ja gar nicht alles merken.«

»Das ist auch völlig egal.«

»Werden Sie denn nicht gelegentlich gefragt, ob Sie auch Bilder in größeren Formaten verkaufen?«

»Sie sind lustig. Kunst wird doch nicht nach Quadratmetern geschaffen.«

»Doch, doch. In Indien werden die Kunstpreise in der Tat nach ihrer Fläche festgelegt. Also die moderne Kunst. Da wird das Material berechnet.«

Chobot wird noch misstrauischer. Die Melange ist kalt geworden. Das Croissant ist doch zu trocken. Der junge Mann geht und geht nicht.

»Was Sie alles wissen.«

»Das stimmt aber.«

»Dann müssen Sie Ihr Bild in Indien verkaufen.«
»Ich habe Sie gefragt!«
»Und ich habe Ihnen geantwortet.«
»Sie machen für mich keine Ausnahme?«
»Ich kenne Ihr Bild ja überhaupt nicht.«
»Kann ich Ihnen mal ein Foto vorbeibringen?«
»Ich weiß nicht, ob Sie das können.«
Chobot wirft den Rest des Croissants in den Abfalleimer. Er nimmt seine Kaffeetasse und den Thermobecher, steht auf und schlurft zum Waschbecken im Hinterzimmer.
Er bleibt kurz stehen, dreht sich zu dem jungen Mann um und sagt: »Wiedersehen!«
Der junge Mann verlässt den Laden.

Heute ist kein guter Tag. Dabei ist der Tag noch lange nicht vorbei.
Bis zum Abend kann es noch heiter werden. Er muss vorsichtiger sein. Wenn der junge Mann, woran er nicht zweifelt, ein Kriminalpolizist ist, oder ein Detektiv, oder ein Ermittler der Finanzbehörde, dann steht Chobot unter Beobachtung. Er kann sich nicht erklären, wer der Behörde einen Tipp gegeben haben sollte. Vielleicht aber ist es auch ganz anders. Vielleicht will der junge Mann doch nur ein Bild verkaufen. Man wird sehen. Noch kein Grund zur Aufregung.

Aber Chobot ist gewarnt.

11

Es gibt nicht nur ein Leben.

Al Wolff wusste genau, dass jeder Mensch über zwei Leben verfügte: über das normale, alltägliche, langweilige oder aufregende Leben, und über das ganz andere Leben, das in den Träumen stattfindet. Das eine Leben ist eine Verkettung von Glück, Katastrophen, Freude, Angst, Abstumpfen, Lernbegeisterung, Gleichgültigkeit, Neugier, Resignation, Kreativität. Das andere Leben lässt sich nicht als Summe von Einzelerfahrungen verstehen. Denn Träume entführen den Schlafenden in eine Existenzform, die magisch ist. Wie die Kuppel über dem Dom von Florenz, vom Marmorboden des Kirchenschiffs aus betrachtet, überirdisch und als ein Zaubergebilde in seiner schier unfassbaren Größe anmutet, so wölbt sich der Traum über den abgesteckten Arealen des Lebens, nebulös wie die Gemälde William Turners mit ihren geheimnisvollen Lichteffekten, die alle Konturen verschwimmen lassen.

Zwar behaupteten Traumpsychologen und kommerzielle Traumdeuter, dass Träume ein Spiegelbild des Lebens seien, dass also beide Perspektiven in Wirklichkeit nur eine seien, die zwei Leben nur ein Leben, aber Wolff wollte das nicht glauben. Anders als ein Kollege im Funkhaus konnte er sich nur selten an einen Traum erinnern. Sein Freund notierte sich jeden Morgen seine Erkundungen in der Traumwelt. Anders als er träumte Wolff, soweit er sich erinnerte, zum Beispiel nie von seinem Medienhaus, den Menschen darin oder unangenehmen Situationen in Chefbüros und Studios. Er weigerte sich erfolgreich, seinen Beruf als Gepäck in den Schlafwagen der Nacht mitzunehmen. Er hatte sich vielem verweigert. Seine Eltern hatten ihn Alfred genannt. Der volle Vorname war ihm unerträglich geworden, als er kurz vor seinem Abitur eine Facharbeit über Alfred Rosenberg geschrieben hatte, den Propagandisten des NS-Staats und seiner Partei. Er hatte den Fred abgelegt und mit seinen Eltern darüber nie gesprochen.

Wolff war in der U-Bahn eingeschlafen. Der Tag im Sender hatte ihn übermäßig angestrengt. Jetzt wollte er zu einem Treffen mit seiner Tochter von Gern aus bis zur U-Bahn-Station Fraunhofer Straße im Gärtnerplatzviertel fahren, wo sie wenige Gehminuten entfernt wohnte. Als er aufwachte, merkte er schnell, dass er zu weit gefahren war. Auf dem Display erschienen fremde Ortsbezeichnungen, unbekannte Haltepunkte und Straßen. Er war irritiert. Er hatte so etwas noch nie erlebt. In München kannte er sich aus, aber jetzt war er ein Fremder. In der U-Bahn waren keine Menschen. Sie war völlig leer. Er würde am nächsten U-Bahnhof aussteigen.

Er geht die Treppen hoch und sieht sich oben um. Eine leere, im Nebel versinkende Industriebrache kann er erkennen. Ein weiter Platz. Menschenleer. Auf der Schmalseite entdeckt er ein Gebäude, das wie ein Universitätsbau aussieht. Das Mobiliar ist grün lackiert, die Holzleisten auf den Fluren sind grün lackiert. Hier ist eine Mensa. Dort kann er fragen, wo er sich befindet. Ein Student sitzt am Laptop über einer Arbeit. Eine mathematische Aufgabe. Wolff geht weiter. Er irrt durch die Gänge, nur geleitet vom Giftgrün der Holzleisten. Er findet eine Türe. Er atmet auf, als er wieder im Nebel steht.

Gegenüber, er hat ihn vorhin nicht gesehen, steht ein moderner Bau. Eine abgeflachte Pyramide, viel Glas, aus dem schwaches Licht sickert. Er geht hinüber. Die Architektur erinnert ihn an ein Konzerthaus, aber dieses Konzerthaus gibt es nicht in München. Dieses Konzerthaus gibt es nirgendwo in der Welt. Er tritt ein. Im Foyer eine Galerie. Er will sich die Bilder ansehen, es ist hier innen trocken und wärmer als draußen auf dem leeren Areal. Er wird jetzt erfahren, wo er ist und weshalb es ihn hierher verschlagen hat. Er folgt den Hinweisschildern zur Kunstausstellung. An den Wänden goldene, silberne, pinke und rote Bilderrahmen. Wolff bewundert die Hängung. Kein Rahmen erdrückt einen anderen, keiner bläht sich auf, als sei er der Wichtigste. Die Rahmen bedrängen sich nicht. Sie lassen zwischen sich den freien Raum, den Bilder benötigen. Bilder?

Alle Rahmen sind leer.

Es gibt keine Bilder. Es gibt nur die Einzäunungen für Kunstwerke, die hier fehlen. Die Rahmen schaffen eine Ordnung des Absurden. Sie gliedern die Wände, geben ihnen Bedeutung, verschaffen ihnen Aufmerksamkeit, aber sie sind leer. Er geht von einem Rahmen zum anderen. Er wartet darauf, dass die leeren gerahmten Flächen ihm eine Botschaft zurufen. Aber er hört nichts. Er sieht nur die weißgetünchte Betonwand im Ausstellungsraum, der die Bilderrahmen eine reliefartige Struktur geben, ein Raster der Sinnlosigkeit. Er verlässt das Gebäude. Er erwacht.

Wolff hatte geträumt.

Er hatte geträumt, dass er in der U-Bahn eingeschlafen war und in einer fremden Welt aufgewacht war. Er wollte, er musste heute zu Fuß in das Funkhaus gehen. Seinen Wagen hatte er gestern in der Tiefgarage stehenlassen. Man weiß, wann es besser ist, am späten Abend nicht mehr mit dem Auto zu fahren. Er war mit dem Produktionsteam sehr lange zusammengesessen, um nach Becks Motorradunfall zu planen, wie es weiter gehen sollte. Bis zur Ausstrahlung der Produktion blieb noch ein knappes Dreivierteljahr. Irgendwann würde Ulf Beck wieder im Studio weiterarbeiten können. Als sich das Team allmählich zu einer Gruppe von Trauernden entwickelte, wie sie bei Begräbnissen vor den Kapellen stehen, hatte er ihnen seinen Hambacher Lieblingswein angeboten. Es blieb nicht bei einer Flasche. Deshalb war er zu Fuß nach Hause gegangen.

Bei dem Philosophen im Hinterhof der Volkartstraße trank er seinen Cappuccino. Der Wein- und Feinkosthändler saß schweigend neben ihm, hier musste niemand reden. Auf dem Nachbarstuhl hatte er hohe

Stapel aller Zeitungen deponiert. Der Philosoph las viel. Er haderte mit den Medien, aber mit dem Medienmann Wolff haderte er nicht.

»Es ist seltsam. Heute Nacht habe ich von einem Konzerthaus geträumt, in dessen Foyer eine Kunstausstellung war. Ich bin dorthin gegangen, aber es waren nur leere Bilderrahmen an den Wänden. Nur Rahmen. Ordentlich aufgehängt. Eine große Harmonie bei der Gestaltung der Wände. Aber es gab kein einziges Bild.«

Der Philosoph zündete sich eine Zigarette an. Auf dem kleinen Tisch lagen immer mehrere Packungen. Er schob seine Hutkrempe nach oben. »Sie wissen schon, dass in Gern ein Haus steht, dessen Fassade mit leeren Bilderrahmen geschmückt ist.«

Wolff dachte nach. »Ich kenne das Haus. Es gehört einem Rahmenfabrikanten.«

»Genau. Aber jetzt ist er tot. Und die Rahmen hängen immer noch an der Fassade. Noch einen Kaffee?«

»Gern. Wenn es Ihnen keine Umstände macht.«

Der Philosoph hatte nach dem unerwarteten Tod seiner Lebensgefährtin, der das Eckhaus in Gern mitsamt dem Tee- und Weinladen gehört hatte, sein kleines Paradies räumen müssen. Die Erben hatten es an einen Investor verkauft. Der Philosoph war der einzige Mieter, der eine Kündigung erhalten hatte. Seine Schatzkammer sollte es an diesem Platz nicht mehr geben. Die Auflösung des Ladens hatte längere Zeit gedauert. Bis der neue Laden komplett eingerichtet war, verging ein gutes Jahr. Dass er sein Geschäft, das an die Schatzkammern orientalischer Fürsten erinnerte, und seine liebevoll bepflanzte Terrasse vor dem Laden räumen musste, war ein Schock gewesen. Für ihn, aber auch für seine Freunde, die bis in den späten Abend auf ein Glas Wein bei ihm vorbeikamen. Die Terrasse hatte sich auf privatem Grund befunden, und der Philosoph hatte es immer geschafft, dass ihm so gut wie keine Probleme aus der abendlichen und nächtlichen Gastlichkeit entstanden waren. Jetzt kostete der Cappuccino drei Euro. Der Preis war in Ordnung, denn der Philosoph hatte viel Geld in seinen neuen Laden investiert, bis endlich am neuen Ort die Behaglichkeit der alten

Kaffee-, Tee-, Wein- und Pralinen-Schatzkammer wiederauferstanden war. Bis eine neue Patina über den Regalen mit den Weinflaschen, den köstlichen Florentinern, halbbitter oder Vollmilch, dem Prosecco, den Gewürzgläsern, den Schokoladetafeln, Pralinen und dem Reichtum unzählbarer Flaschen im edlen italienischen Design lag.

»Die Bilderrahmen waren leer?«, fragte der Philosoph, als er den Cappuccino vorsichtig auf den Tisch stellte. »Zucker?«

»Nein danke. Wie immer.«

»Ich weiß. Ich frage nur aus Gewohnheit.«

»Die Bilderrahmen in meinem Traum waren so leer wie die Rahmen auf der Fassade des Hauses in Gern«, sagte Wolff.

»Ich träume nie«, sagte der Philosoph.

»Zweimal, dreimal im Jahr erinnere ich mich an meine Träume«, antwortete Wolff.

»Über Träume muss man nachdenken. Sie haben eine Botschaft.«

»Welche?«

»Na, in Ihrem Fall würde ich sagen: Die Bilderrahmen verlangen, dass Sie sich die Bilder selbst ausdenken.«

»Interessant!«

»Der Traum verlangt das von Ihnen!«

Vielleicht gab es doch, dachte Wolff, nicht zwei Leben, sondern tatsächlich nur eines, das sich in den Träumen widerspiegelt, sich gegen das ordinäre, alltägliche Leben auflehnt, rebelliert oder es einhüllt. Er müsste mal, nein nicht bei Sigmund Freud, sondern bei Oliver Sachs nachlesen, wie der Hirnforscher das sah: das Einfachleben oder das Doppelleben. Das Doppelleben wäre Wolff sympathischer. Dann kam noch etwas dazu: Dass so viele Menschen an ein Leben nach dem Tod glaubten. Wolff hatte sich viele Wochen nach dem Tod seines Chefredakteurs, den ein alter Mann in Salzburg im Affekt umgebracht hatte, mit der Frage befasst, ob sein Kollege irgendwo im Jenseits weiterlebte. Diese Vorstellung hatte ihn umgetrieben. Er selbst hatte eine große Achtung gegenüber allen, die an die Auferstehung und ein ewiges Leben glaubten, aber auf den Friedhöfen erkannte er nur die verlorenen Hoffnungen und Träume, eingemeißelt in die Grabsteine.

»Ich weiß es nicht, und weil ich es nicht weiß, will ich mich nicht damit befassen.«

Aber Gedanken lassen sich nicht einfach wie Tauben verscheuchen.

Wolff hatte sein Sekretariat verständigt, dass er Mittag nach Rosenheim fahre, um Ulf Beck im Krankenhaus zu besuchen. Er bat darum, die heutigen Tageszeitungen bereitzulegen und den Kollegen der Kleingeräteausgabe zu fragen, ob er für Beck ein kleines Digitalradio und Kopfhörer genehmigen könne. Der Kollege in der Kleingeräteausgabe war ein Freund Wolffs, man traf sich privat nie, aber es war immer eine Freude, sich auch außerhalb des Funkhauses bei Gelegenheit wiederzusehen. Er war der Sohn eines Diplomaten, der lange in Indien gelebt hatte. Der Vater hatte ihm seine weltläufige Großzügigkeit vererbt. Wolff würde von Rosenheim aus dann weiter nach Salzburg fahren. Er musste mit Otto Achatz, der inzwischen aus seinem Kurzurlaub zurückgekehrt war, sehr dringend über viele Probleme reden. Wolffs Büro hatte ihm in Salzburg-Aigen ein Zimmer reserviert. Das Hotel kannte er von seinem letzten Besuch bei Otsch und Elisabeth. Beide Besuche fielen ihm nicht gerade leicht, aber es gab keine Alternative. Morgen Abend würde er wieder in München sein, und vielleicht könnte er dann am Tor in der Volkhartstraße läuten, damit ihm der Philosoph öffnete. In den Pandemiejahren hatte er es sich angewöhnt, nach Geschäftsschluss nur persönlich bekannte Freunde einzulassen. Alle hatten ihre Mund-Nase-Masken in der Manteltasche dabei.

Diese Korridore. Pflegeleichte polierte Böden, immer wischte jemand darüber. Teller, Gläser, Schüsseln auf den Servicewagen, Tabletts. Essenreste, abgedeckt durch Kunststoffhauben. Glaskaraffen. In den Nischen vor den Patientenzimmern Gestelle, um die Infusionsflaschen aufzuhängen, da und dort ein Rollstuhl.

Wolff erinnerte die Innenarchitektur von Kliniken an Justizvollzugsanstalten. Im Schnittpunkt der Korridore eine gläserne Beobachtungskanzel, das Stationszimmer. Es ist richtig, alles im Blick zu haben, aber meist saß niemand hinter den Scheiben, um auf die Korridore zu blicken. Anders als in Gefängnissen waren die Türen breiter. Sie waren auch nicht verschlossen.

Ulf Becks Bein war eingegipst bis zum Oberschenkel. Die Orthopäden hatten es an einem Gestell fixiert, ein schweres Zuggewicht sorgte dafür, dass Beck das Bein nicht bewegte. Der Fußknöchel war mehrfach gebrochen, auch die Kniescheibe. Schienbein, Wadenbein: gebrochen. Wolff brachte aus der Teeküche erst einmal eine frische Karaffe mit Mineralwasser. Er stellte das Tablett vom Nachttisch vor die Tür auf einen Wagen. Beck bedankte sich. Er trug eines dieser Kliniknachthemden, die fast immer mit grünen Ornamenten bedruckt sind. Blutflecken von Infusionsnadeln sind dann nicht so auffällig.

»Hast du eigentlich schon mit Otsch reden können?«

»Ich treffe ihn heute Abend in Salzburg, bleibe dort über Nacht.«

»Du wolltest doch früher mit ihm reden.«

»Das ging nicht, er war überraschend im Urlaub.«

»Ach so.«

»Ich werde heute Abend mit ihm über deine Erfahrungen reden. Du musst keine Sorge haben, ich sage nicht, dass du dich über ihn beschwert hast. Andere haben auch beobachtet, wie sich Otsch verändert hat.«

»Sehr gut.«

Beck lachte.

»Dich hat es ja fürchterlich erwischt. Wie kam das?«

»Keine Ahnung. Filmriss. Ich weiß nur, dass ich plötzlich mit dem Vorderrad auf das Bankett kam.«

»Wir haben uns große Sorgen gemacht.«

»Ich weiß, meine Frau hat es mir erzählt.«

»Um dich, nicht um die Produktion!«

Wolff hätte beinahe mit seiner Hand auf das Bein geklopft, um Beck zu zeigen, wie sehr sich sein Team in München um ihn gesorgt hatte. Im letzten Augenblick zog er die Hand zurück. Jede leichte Berührung würde Beck Schmerzen verursachen.

»Wir haben die Produktion gestoppt und warten auf dich. Wir haben noch einige Monate als Zeitreserve.«

»Du weißt schon: ausheilen, Physiotherapie, Reha. Ihr müsst Geduld mit mir haben.«

»Haben wir«, sagte Wolff. »Für dich immer!«

Von Rosenheim bis Salzburg war es nicht weit. Wolff fuhr entspannt. Bayern 2 brachte eine Gesprächssendung mit dem Jazztrompeter Till Brönner, der einen runden Geburtstag feierte. Er hatte Brönner noch nie live erlebt. Deshalb war er überrascht von seinen reflektierten, sympathischen Antworten. Ein faszinierender Musiker, dachte Wolff.

Heute gab es keinen Stau bei der Ausreise nach Österreich. Wäre einer gemeldet worden, hätte Wolff die Autobahn Richtung Berchtesgaden verlassen. Er mochte die Annäherung an Salzburg auf der Nationalstraße 1, vorbei am Ortsteil Himmelreich und dem Flughafen. Genau diese Abzweigung hatte Steiger immer gerne genommen. Weshalb fällt mir das jetzt gerade ein?, dachte Wolff. Früher hatte Steiger, damals Chefredakteur im Funkhaus, nicht wissen können, dass er vor seinem Wohnhaus in Salzburg sterben würde. Keiner von uns weiß, wo er einmal endet und wann es sein wird, dachte Wolff, und fast keiner will es auch wissen. Mit solchem Wissen lässt es sich nicht leben. Oder man ist Buddhist. Oder Hindu. Oder Christ? Christen haben Gottvertrauen, sie wollen nicht alles wissen. Sie glauben, dass alles gut endet. Von guten Mächten wunderbar geborgen.

Später parkte er vor dem Hotel. Er würde schnell sein Gepäck auf das Zimmer bringen und dann gleich zu Otsch weiterfahren. Einen Cappuccino an der Hotelbar zu trinken war auch noch möglich.

Dann wieder dieses Haus in Aigen. Die schmiedeeisernen Gitter vor den Fenstern wirkten heute noch schwerer. Das lag vielleicht am klaren Licht des Sonnenuntergangs, alle Konturen zeigten sich scharf, schärfer als sonst. Irgendwie brutaler als sonst, dachte Wolff. Die beiden Buchsbäume links und rechts des torähnlichen Eingangs waren kräftig gewachsen. Der Gärtner sollte sie zurückschneiden.

Sonst hatte sich seit seinem letzten Besuch nichts verändert.

12

Es stimmt nicht, dass es 24 Zeitzonen auf dem Erdball gibt.

Es gibt innerhalb einer Zeitzone unendlich viele verschiedene kleinere Zeitzonen. Ulf Beck lebt in einer anderen Zeitzone als seine Frau. Sie ist am Abend müde, sie steht aber auch am Morgen viel früher auf. Beck hat auch nach anstrengenden Tagen im Regieraum des Senders die Nacht für sich entdeckt. Wenn es still geworden ist, bearbeitet er seine Filmaufnahmen, er ist perfekt im Bildschnitt. Er horcht in die Nacht, und manchmal hört er leise die Alpensinfonie von Richard Strauss, sein letztes Werk. 129 Orchestermitglieder hatte sich Strauss für die konzertante Aufführung gewünscht, selten aber wurde sein Wunsch erfüllt. 129 Musiker, die auch Gewitter und Sturm in orchestrale Klangbilder umsetzen, darf man nachts nicht leise spielen lassen. Beck überspringt deshalb die Fortissimo-Sätze.

Es gibt eine andere Zeitzone in der Klinik. Der Morgen bricht in der Nacht an. Die Dämmerung in den Zimmern setzt gegen 16 Uhr ein, das Abendessen kommt bald danach. Nacht wird es spätestens um 18 Uhr, wenn die Nachtschwester fragt, ob alles in Ordnung ist. Vormittags haben die Patientinnen und Patienten wenig Zeit zum Denken. Hygiene, Visite, Medikamentenausgabe, Infusionen, Kontrolluntersuchungen. Wenn aber die Kliniknacht angebrochen ist, obwohl es draußen noch hell ist, bleibt Zeit zum Denken. Im Bett zu lesen ist schwierig, weil die Bücher schwer sind. Kaum jemand würde eine längere Zeit ein Buch über dem Kopf halten wollen, um es zu lesen. Der Fernsehbildschirm ist klein, der Ton lausig. Man kann Nachrichtensendungen anschauen, dann reicht es. Mit dem Kopfhörer wäre es besser, aber die Kopfhörer sind so primitiv konstruiert, dass es Beck vor der akustischen Primitivität graust. Außerdem müssen sie in der Klinik gekauft werden. Hast du sie aufgesetzt, hörst du vielleicht dein Mobiltelefon nicht, wenn dich einer anruft.

Also Zeit zum Denken in der Nacht am Tag.

Beck denkt.

Dass Wolff ihn so schnell besucht hat, auch nicht mit leeren Händen gekommen ist, dass er erkannt hat, wie abgestanden das Wasser in der Karaffe war, dass er sich so viel Zeit für ihn genommen hat und nicht über die Arbeit im Studio reden wollte, das war ein echter Beweis für ihre Kollegialität und Freundschaft. Er war so unverkrampft, als er auf dem Stuhl vor dem Krankenbett saß. Sie haben sich unterhalten, als gäbe es diese Umgebung nicht. Nicht einmal das kuriose Nachthemd, das hinten offen war, hat Wolffs Konzentration abgelenkt, mit ihm zu reden und für ihn da zu sein. Natürlich denkt Beck über die letzten Wochen nach, nicht über seinen Unfall, an den er sich nicht erinnern kann, sondern an die Tage im Studio 9 und im Studio 10 mit Otsch. Er erinnert sich an die Sprachaufnahmen, an die Einstellungen für die akustischen Räume, an die präzise Zusammenarbeit mit Angie, der Tontechnikerin im Nebenraum, und sie hatten fast nie einen Dissens über die Schnitte, die notwendig waren. Er erinnert sich an Otsch, den er sehr mag und der sich so verändert hat.

Dann fällt ihm ein, dass die Jahre der Pandemie auch im Sender vieles verändert haben. Autorinnen produzierten und schnitten ihre Beiträge auf ihren Workstations im Homeoffice (wie hätte er das auf Deutsch gesagt? Heimbüro? Zuhausewerkstatt?), viele sorgfältig geplante und disponierte Produktionen sind verschoben worden. Die Geschäftsleitung stand unter politischem und finanziellem Druck. Der Protest gegen die obligatorische Rundfunkgebühr als Zwangsabgabe war während der Pandemie-Jahre lauter geworden und wurde auf *social media* immer stärker. Selbst demokratische Parteien begannen an der Legitimation des öffentlich-rechtlichen Rundfunks zu zweifeln. Radikale und nationalistische Parteien lehnten ohnehin den Lügenfunk und das Lügenfernsehen ab. Die Werbeeinnahmen waren eingebrochen. Was soll auch Werbung, wenn niemand etwas kaufen kann. Die Baumärkte waren geschlossen worden. Soll man sich einen Kärcher für den Garten über das Internet holen? Beck glaubt nicht, dass die Sender in Deutschland auf dokumentarische und fiktionale Produktionen verzichten werden, hoher Standard, verbürgte Perfektion, anspruchsvolle Themen und Stoffe. Aber es könnte ja sein, dass nicht mehr alles in den Funkhäusern selbst produziert werden muss. Man könnte in externen Mietstudios arbeiten. Mit eigenem Technikpersonal? Mit dem Personal der freien Studios? Wird der Sender Personal abbauen? Zukünftige Einsparungen? Abschiede mit Abfindung oder in den Ruhestand? Ohne Händedruck und Urkunde? Es könnte so kommen. Er wird es noch im Dienst erleben.

Und wieder Otsch.
Otsch als Nachtmahr, der sich nicht vertreiben lässt.

Otto Achatz geht Beck nicht aus dem Kopf. Wieder und wieder erinnert er sich an die Wutausbrüche des Regisseurs, seine Reizbarkeit, seine fast autistische Abgrenzung vom Studioteam, dem er früher so freundschaftlich verbunden war.

Geldsorgen? Das kann er sich bei Otsch nicht vorstellen. Eine Ehekrise? Das eher, obwohl Otsch immer von seiner zauberhaften Ehefrau Elisabeth und ihren Erfolgen in Theater und Fernsehen schwärmt. Ein gesundheitliches Problem? Das könnte sein, aber Otsch ist ein kluger Mann. Er hätte die Regie nicht angenommen, wenn er eine schlechte Diagnose beim Arzt erhalten hätte. Otsch sagt immer, das Leben gehe vor.

Kurz bevor Al Wolff zu ihm gekommen war, hat Beck eine E-Mail aus den USA erhalten. Sein Verwandter erkundigte sich nach seinem Befinden und wünschte ihm eine baldige Genesung, in der Hoffnung, dass Beck vielleicht doch noch in diesem Jahr nach Amerika kommt. Auch Al Wolff, das erzählte er später, hat Verwandte in den

USA. Seine Schwester, eine Pharmazeutin, ging mit ihrem Ehemann, einem Chemiker, für ein Jahr nach Burlington/Vermont an die Universität. Er als Forscher, sie nicht, denn ihre deutsche Approbation wurde nicht anerkannt. So arbeitete sie in einem Labor und betreute die Ratten, die für Experimente im Keller des Instituts gehalten wurden. Am schlimmsten war es für sie gewesen, nach den Experimenten die Ratten zu töten. Aus dem geplanten Jahr wurde ein ganzes Leben. Zwei Söhne und eine Tochter sind in den USA geboren. Wolff hat erzählt, wie gerne er sie wiedersehen würde. Sein Schwager hatte aus heiterem Himmel plötzlich Sprachstörungen. Die Familie befürchtete das Schlimmste. Ausfallerscheinungen. Verwirrung. Desorientierung. Im Central-Hospital von Boston, in dessen Umgebung sie längst umgezogen waren, wurde festgestellt, dass ein großes Hämatom auf das Gehirn drückte. Ursache: wahrscheinlich ein schwerer Schlag auf den Kopf. Niemand aber konnte sich an einen solchen Unfall erinnern. Eine Operation, ein kleines Loch war in die Schädeldecke gebohrt worden, um das Hämatom abzusaugen. Dann war alles gut. Sein Schwager ging wieder in sein Labor, in der Firma, an der er inzwischen eine Leitungsfunktion übernommen hatte und auch Anteile besaß. Ein Unternehmen für Auftragsforschung, auch des Pentagon. Um den notwendigen Sicherheitsüberprüfungen zu genügen, hatten beide Eltern die amerikanische Staatsangehörigkeit beantragt und nach Jahrzehnten ihres Arbeitslebens auf dem Kontinent auch erhalten. Eigentlich war alles in Ordnung.

Und dann war es doch ganz anders gekommen.

Das Hämatom war, die Ärzte waren sich sicher, die Folge eines typischen Segelunfalls. Der Querbaum seiner Yacht hatte ihn durch eine unvermutete Windböe hart am Kopf getroffen. Ja, sie erinnerten sich plötzlich daran. Sie hatten es völlig vergessen. Ein heftiger Schlag, der aber keine Auswirkungen gehabt hatte. Eine Beule, die noch an Bord mit Eisstücken behandelt wurde. Sie war abgeschwollen.

Dann aber.

Dann aber verhielt sich sein Schwager plötzlich unberechenbar. Wutausbrüche. Cholerische Anfälle. Er hörte nicht mehr zu, wenn andere etwas erzählten. Er achtete nicht darauf, wenn sein Telefon läutete. Er stand nicht auf, wenn es an der Haustüre klingelte. Er begann, sich seiner Familie zu entziehen. Er war schwer ansprechbar. Er zog sich zurück. Wolff hat vorhin erzählt, dass sein Schwager in dieser Zeit einen stechenden Blick hatte. Er vermied jeden Augenkontakt, er fixierte die Lippenbewegungen bei seinem Gegenüber. Die Familie sorgte sich um ihn. Demenz? Alzheimer? Eine neue nicht erkannte Gehirnblutung?

Es war viel einfacher gewesen, hat Wolff gesagt. Sein Schwager verlor sein Gehör. Unaufhaltsam. Der Prozess des Verlusts dauerte kein ganzes Jahr. Wenn er sich im Haus bewegte, ging er unsicher, leicht schief, manchmal berührte er die Wände. Er stolperte. Im Keller züchtete er die Pflanzen für den Garten. Viele Töpfe mit Ablegern. Dort saß er, wenn alle zu Bett gegangen waren. Er schaltete nicht mehr die Nachrichtensendungen im Radio ein. Wenn er News im Fernsehen verfolgte, stellte er den Ton so laut ein, dass niemand mehr schlafen konnte. Später stellte er den Ton des TV-Geräts ab. Er brauchte ihn nicht mehr.

Er war in die Hölle auf Erden eingetreten. Die Installation von Sensoren auf dem Kopf half nicht. Nach einem Jahr war die Welt für ihn totenstill geworden. Er hörte nichts mehr. Nur in seinem Kopf gab es Geräusche, an die er sich gewöhnt hatte. Einige Monate wollte er sich den Verlust seines Gehörs nicht eingestehen, das war die Zeit seiner aggressiven Ausbrüche gewesen. Als er seiner Familie anvertraut hatte, taub zu werden, setzte der Abschied von seiner Krise ein und er veränderte sich erneut: in einen heiteren, liebenswerten Menschen, der über das I-pad mit anderen kommunizierte, etwas zeitraubend, aber niemand schaute dabei auf die Uhr. Er fuhr Auto, aber in Begleitung. Er fuhr sicher.

Dann aber. Er schläft auf der Toilette ein. Die Türe ist verriegelt. Es hat keinen Sinn, anzuklopfen. Er geht mit einem Freund durch einen

Park. In Maine, wo sein Boot liegt, gibt es schöne Parks. Er erzählt von den Segeltouren bis hinauf an die kanadische Grenze nahe dem Acadia National Park mit seiner spektakulären Küste und den dunklen Wäldern. Er redet laut, er schreit. Er merkt es nicht. Sein Freund deutet mit der Hand eine Bewegung nach unten an. Bitte etwas herunterfahren. Der Taube entschuldigt sich. Sein Freund beschwichtigt ihn, legt eine Hand auf seinen Arm.

Beck denkt nach. Weshalb hat ihm Al Wolff diese Geschichte erzählt? Ach ja, weil er von der E-Mail seines Verwandten berichtet hat. Draußen ist es noch immer nicht dunkel. Hier drinnen ist tiefste Nacht. Niemand kann so früh einschlafen. Auf dem Nachttisch steht eine frische Karaffe Mineralwasser, die die Nachtschwester eben noch hereingebracht hat.

Es muss ganz schrecklich sein, nichts mehr hören zu können, denkt Beck. Lieber würde ich nicht mehr sehen können. Oder lieber nicht mehr gehen können. Aber es gibt keine freie Wahl bei solchen Angelegenheiten. Es kommt, wie es kommt. Der Motorradunfall hätte nicht kommen müssen. Aber er kam. Beck will sich immer schon, seit seinen Jugendjahren, den Dingen stellen. Aber gemein ist es doch, denkt Beck, dass immer alles zusammenkommt.

Otsch, Otsch, Otsch.

Kann der ihn nicht in Ruhe lassen? Weshalb denkt er an ihn?
Beck würde jetzt gerne das Fenster schließen.
Aber er kann nicht aufstehen.
Dann bleibt es eben halb gekippt. Das kann auch nicht schaden.

13

Es gibt Tage, an denen der Himmel über Salzburg in großer Klarheit leuchtet. Die oft so stumpf wirkenden Kuppeln funkeln dann über den Kirchen, und die hellen Wände reflektieren die Morgensonne, als müsste die Festspielstadt zusätzlich mit Licht angestrahlt werden.

Es wird ein Tag werden, der meiner Seele guttut, denkt Chobot. Er hat sich seine Melange und das Croissant abgeholt. Der Kaffee ist heiß, das Croissant ist knusprig und er hat die Expertise seines Bekannten im Briefkasten vorgefunden. Mit diesem Papier kann er den Verdacht ausräumen, dass er dem anonymen Kunden für einen hohen Geldbetrag eine Kopie verkauft hat. Es wird, wie es wird, denkt Chobot, und es wird gut.

Als er vorhin seinen Laden betrat, schämte er sich über die Schmutzschicht auf seinen Schaufenstern. Die allmähliche Erblindung der Fenster ist an Regentagen besser zu ertragen. Heute sehen sie schrecklich aus, aber von innen betrachtet ist das eigentlich kein großes Problem, denn auch auf den Stahlstichen und Schabdrucken, in den Schubladen und auf den Regalen liegt eine Staubschicht. Man muss ja spüren und sehen, denkt er, wie die Zeit vergeht.

Die Expertise wird ihn Geld kosten. Gemessen am Verkaufspreis handelt es sich aber um einen niedrigen Betrag, den er vernachlässigen kann. Er setzt sich auf seinen Sessel neben dem Ofen und trägt die Kosten für die Expertise in das Heft mit seinen Wetterbeobachtungen ein, schreibt aber darüber: Mittlere Messwerte erstes Quartal.

Er prüft seine Aufzeichnungen, für jeden anderen Leser sind die kryptischen Notizen nicht zu entziffern.

Der sichtklare Frühlingstag beeindruckt ihn nicht besonders. Er ist kein Spaziergänger, kein Flaneur in Salzburg, mit Ausnahme seiner abendlichen Gänge zu den wichtigeren Galerien der Stadt. Er setzt sich nicht gern der Sonne aus, er ist keine Schildkröte, die ihren Kopf dem wärmenden Licht entgegenstreckt.

Aber die Seele.

Chobots Seele liebt das Licht. Nicht in seinem Laden, nicht in seinen Geschäften. Seine Seele genießt jede Aufhellung des oft so trüben Lichts, des von der Salzach herüberwehenden Dunstes. Das Croissant schmeckt, die Melange ist heiß.

Das wird ein sehr guter Tag heute.

Die Expertise ist selbstverständlich vordatiert. Der originale amtliche Briefkopf stammt aus der Kunstakademie Salzburg, die Unterschrift ist markant. Das Papier lag wohl auf einem Fensterbrett in der Sonne, es ist leicht vergilbt. In 15 Jahren verändert sich die Oberflächenstruktur von Papier. Das ist normal. Chobot ist zufrieden. Eine sehr gute Arbeit. Inhaltlich wird das Gemälde beschrieben. Die Prüfmerkmale sind aufgezählt: Farbgebung, Pigmente, Karton, Farbkonsistenz. Leichter Belag auf dem Aquarell, altersbedingt. Dann im Klartext: Es handelt sich zweifelsfrei um ein Original.

Alles ist gut.

Da erkennt Chobot vor seinem Laden den jungen Mann, der ihn vor ein paar Tagen aufgesucht hat. Soll er die Ladentür abschließen?

»Ich habe eine Fotografie von dem Gemälde, das ich gerne verkaufen würde«, sagt der junge Mann.

»Kunst muss man im Original betrachten. Fotos sind unbrauchbar«, sagt Chobot.

»Ich kann auch das Bild vorbeibringen, aber es ist etwas sperrig.«
»Habe ich Ihnen nicht schon gesagt, dass ich keine Gemälde vermittle?«
»Wollen Sie das Foto nicht einmal ansehen?«

Chobot setzt seine Brille auf. »Wenn es sein muss. Ich schaue das Foto unverbindlich an.«
Er erkennt sofort, dass es sich um ein Gemälde des Künstlers Wilhelm von Schadow handelt, der in Düsseldorf akademischer Lehrer war. Im ersten Viertel des 19. Jahrhunderts muss das Bild entstanden sein. Es zeigt Felix Schadow, einen Jungen, neben ihm wahrscheinlich seinen Stiefbruder, der vor dunklem Landschaftshorizont und abendlichem Wolkenhimmel verträumt am Porträtisten vorbeisieht. Fast schon ein Werk im Nazarener-Stil. Idealismus pur. Verträumte Adoleszenz.

»Ich kenne das Bild nicht.«
»Sie sind doch Kunstsachverständiger?«
»Ich verstehe nichts von Kunst. Ich verkaufe sie. Aber keine Gemälde. Nur Stiche, Schabdrucke und Zeichnungen. Hin und wieder mal einen Holzschnitt.«
»Ich habe anderes über Sie erfahren«, sagt der junge Mann.
»Es tut mir leid. Ich kann und werde Ihnen nicht weiterhelfen.«
»Habe ich keine Chance?«
»Woher haben Sie das Bild eigentlich?«
»Ein Erbstück.«
Gustav Chobot weiß genau, dass dieses Gemälde im Wiener Palais Liechtenstein hängt. Oder hing. Entweder ist dieser junge Mann ein Hehler, der Diebesgut loswerden will. Das wäre interessant. Oder er ist doch ein Polizist, der mit einem primitiven Trick testen will, wie sich Chobot bei einem solchen Angebot verhält. Er muss ein Kriminalbeamter sein. Es ist doch naiv, mit dem Foto eines Gemäldes zu ihm zu kommen, das im Wiener Museum gesichert ist wie der Goldschatz der Österreichischen Nationalbank. Er muss schweigen. Er darf nicht zu erkennen geben, dass er das Bild kennt. Er stellt sich dumm. Ihm fällt das jetzt nicht schwer.

»Warum wollen Sie das Bild verkaufen?«

»Ich muss mein Studium finanzieren. Ein Musikstudium ist nicht billig.«

»Hier in Salzburg?«

»Im Mozarteum.«

»Solistenkarriere?«

»Pianist!«

»Aha. Kein Stipendium?«

»Leider nein.«

»Ihr Erststudium?«

»Nein, nein. Dafür wäre ich zu alt. Ich habe erst Lehramt studiert.«

»Und jetzt wollen Sie das Bild Ihrer Verwandten oder Tanten oder anderer kurzsichtiger Menschen verhökern, die nicht bemerkt haben, dass Sie es von der Wand genommen haben?«

»Hören Sie mal. Sie irren sich. Das Gemälde gehört mir.«

»Haben Sie einen Beleg dafür?«

»Ich könnte Ihnen das Testament meines Vaters bringen.«

Chobot bleibt stur.

Es kann nicht sein, dass der Musikstudent, wenn er denn wirklich am Mozarteum studiert, über ein so wertvolles Bild verfügt, das zudem im Liechtenstein-Museum hängen sollte. Es gibt keine Kopie, soweit er weiß. Er begreift, dass der junge Mann einen ganz dummen Test mit ihm machen will. Chobot ist schlau. Die meisten seiner Kunden unterschätzen ihn, den alten Mann mit den strähnigen weißen Locken unter der Kappe, der brokatverzierten Weste, dem speckigen Sakko.

Unterschätzt zu werden, hat Chobot in seinem Leben gelernt, verschafft ihm einen großen Vorteil. Diesem Vorteil verdankt er sein Vermögen.

»Sie enttäuschen mich«, sagt der junge Mann, schlendert zwischen den Regalen hin und her. »Sie verkaufen nur kleinformatige Kunstwerke?«

»Ob es Kunstwerke sind, müssen die Käufer wissen«, sagt Chobot.

»Weshalb steht auf Ihrer Geschäftskarte keine Adresse?«

»Es genügt, mich anzurufen«, sagt Chobot. »Ich will nicht, dass hier ständig Leute hereinkommen.«

»Ach so«, sagte der junge Mann.

»Ach so, und jetzt empfehle ich mich bitte. Ich habe zu tun«, sagt Chobot, tippt an seine Kappe zum Abschiedsgruß, und der junge Mann verlässt seinen Laden.

Es gibt keinen Zweifel: Der junge Mann hat ihn testen wollen. Aushorchen, auskundschaften. Aber Chobot hat das gespürt. Er hat den Test bestanden. Er ist nicht dumm. Vielleicht aber ist der junge Mann kein Polizist, sondern ein Privatdetektiv. Das ändert nichts an der Sache. Wenn es sich aber so verhalten sollte, dann muss er herausfinden, mit welchem Auftrag er zweimal zu ihm gekommen ist. Wer sein Auftraggeber ist. Er wird das herausfinden. So oder so.

Ein schöner Tag heute.

14

Dieses Haus.

Ohne das Gitterwerk vor den Fenstern hätte sich Al Wolff durchaus vorstellen können, hier zu leben. Die Symmetrie des Grundrisses störte ihn, aber solche Häuser können auch entkernt werden, sofern genügend Kapital zur Verfügung steht.

Otsch bot ihm einen Drink an. »Jetzt dürfen Sie. Ich trinke Alkohol nie vor Sonnenuntergang.« Wolff hatte bei einem Besuch einer älteren Freundin seiner Familie diesen Satz auch einmal ausgesprochen, worauf die Dame kurz erwiderte: »Das sagen alle Alkoholiker. Wenn Sie mal tagsüber ins Gläschen schauen, sind Sie kein Alkoholiker.«

»Sie haben ganz plötzlich beschlossen, Urlaub zu machen? Übrigens vielen Dank für Ihre E-Mail!«

Otsch sank tiefer in seinen Sessel.

»Das ist nicht ganz richtig. Elisabeth hatte die Idee.«

»Elisabeth?«

»Sie meinte, eine kurze Erholungspause wäre gut für mich.«

»Und Sie?«

»Die Idee war ja nicht falsch!«

Wolff beobachtete Elisabeth, die auch heute ihre weißen Handschuhe trug. Sie wählte auf dem Laptop neben den Boxen einen Musiktitel an. Astor Piazzola. Einen Tango, natürlich. Leise und dezent.

»Otsch war, als er aus München zurückgekommen war, ziemlich gestresst. Stressen Sie in München alle Ihre Regisseure so?«, fragte Elisabeth.

»Nein«, antwortete Wolff.

Er stellte die Frage: »War die Produktion für Sie so anstrengend, Otsch?«

Otsch schwieg.

Der Tango lief weiter.

»Otsch?«

»Entschuldigung, ich habe gerade dem Tango zugehört.«

»Sie haben mir in München nicht erzählt, dass Sie in Urlaub gehen.«

»Das konnte ich nicht. Ich wusste es nicht.«

»Aber als Sie wieder zurück in Salzburg waren?«

»Nein, es war Elisabeths Vorschlag.«

Elisabeth von Harnier stand auf. Sie bemerkte kurz, dass ein Urlaub, eine kurze Entspannungspause in einem schönen Hotel mit Spa doch etwas völlig Normales sei. Gerade nach den fürchterlichen letzten Jahren. Otsch könne doch nicht immer nur arbeiten. Wolff möge ihr nicht gram sein, wenn sie sich jetzt verabschiede. Sie habe noch viel zu tun. »Sie kennen das. Drehbücher, Anfragen von Theatern, Terminvorschläge für Fotoshootings und Interviews. Und dann die lästige Bürokratie. Aber ich weiß ja, dass sich die beiden Herren auch ohne mich prächtig unterhalten. Vielleicht sehen wir uns später wieder.« Sie verabschiedete sich mit einem Wink, verließ den Salon und stöckelte die Treppe hinauf in die linke Hälfte des Hauses. Sie kehrte um. »Ach, in der Küche steht ein Tablett mit belegten Brötchen für euch beide.« Dann war sie weg. Kurz darauf stand sie wieder an der Türe zum Salon. »Ach, ich will euch doch noch nicht verlassen. Die Arbeit kann warten.«

Wolff sah sie nicht an.

Er betrachtete das Bild »Die Auswanderer«. Der Goldrahmen reflektierte die indirekte Beleuchtung des Gemäldes. Bei seinem ersten Besuch hatte er Carl Wilhelm Hübners Bild zuerst als propagandistische und apologetische Überhöhung des Pfarrers verstanden, der wie ein Fels vor den Mühseligen und Beladenen steht und sie erquicken will. Dann war ihm dessen Trauer aufgefallen. Jetzt entdeckte er noch andere Details. Die Auswanderer aus Schlesien und der Seelsorger standen im Kreis, es war ein Kreis der Wehmut, des Abschieds und der Hoffnung auf eine bessere Zukunft. Der Halbkreis der Aussiedler würde Europa verlassen müssen, der Mittelpunkt bliebe. Die schwarze Amtstracht mit den Beffchen zeigte zwar den Amtsträger, der seine beiden Arme und Hände zum Segnen ausstreckt. Die Positionierung mutete Wolff als sehr theatralisch an. Vater Kirche. Und die Schäfchen.

»Ihnen gefällt das Bild?«, fragte Elisabeth.
»Sehr!« antwortete Wolff.
Er habe sich inzwischen über den Künstler informiert.
»Ach ja?«, sagte Elisabeth.

Otsch sagte nichts.

»Spionieren Sie uns nach?«
»Gnädige Frau, Sie schätzen mich völlig falsch ein«, sagte Wolff.
»Ich habe mir doch nur einen Witz erlaubt«, sagte Elisabeth.

Wenn sich Otto und Elisabeth dafür wirklich interessierten, dann könnte er Ihnen erzählen, was er über den Künstler herausgefunden hatte. Denn Wolff hatte abends zuhause lange vor seinem Laptop gesessen, Wikipedia und seriösere, kunsthistorische Quellen studiert, bis er sich sicher war, halbwegs kompetent zu sein.
»Ach bitte«, sagte Elisabeth, »vielleicht wissen Sie mehr. Ich würde das gerne von Ihnen erfahren.«
Er erinnerte Elisabeth von Harnier daran, dass sie ihm bei seinem letzten Besuch die Rückseite der Leinwand gezeigt hatte – mit dem aufgeklebten Gutachten der Nasjonalgalleriet Oslo. Wenn er sich nicht irre, berichtete er, stamme der Brief der Nasjonalgalleriet aus dem Jahr 1934.
»Soll ich weitererzählen?«

»Aber ich bitte Sie darum, mein Lieber«, sagte Elisabeth.

Otsch schwieg.

Al Wolff erzählte weiter: 1940 hatte die deutsche Wehrmacht in einer geheimen Aktion mit der Bezeichnung »Weserübung« Dänemark und Norwegen überfallen, angeblich um den englischen Plänen einer Invasion zuvorzukommen. Die deutschen Truppen hatten beide Länder besetzt, die Folgen sind bekannt.

»Und?«, fragte Elisabeth.

»Es kann sein, dass die Spezialeinheiten der Deutschen, die überall in Europa Kunstschätze raubten, auch in der Nasjonalgalleriet Oslo aktiv waren. Der auf der Rückseite aufgeklebte Brief, ob Fälschung oder nicht, enthält eine Spur: Das Gemälde von Carl Wilhelm Hübner hat eindeutig zum Besitz der Nationalgalerie gehört.« Nach einer kurzen Pause sprach Wolff weiter. »Merkwürdig ist nur, dass vor sechs Jahren der Verbleib des Bilds als nicht ermittelbar beschrieben wurde. Ich möchte jetzt nicht behaupten, alle Raubgutdateien und Studien der Provenienz-Forschung zu kennen, aber ich bin skeptisch geworden und glaube, dass das Bild an der Wand wahrscheinlich von NS-Beauftragten gestohlen wurde.«

»Mein Großvater hat es käuflich erworben«, sagte Elisabeth, die wie versteinert in der Tür des Salons zum Treppenhaus stand. »Vielleicht hat er jemandem helfen wollen, der Geld für die Auswanderung benötigte. Ganz sicher hat er bezahlt. Großvater war ein honoriger Mann.« Elisabeth stützte sich am Türrahmen ab. »Es gab ja durchaus auch in Norwegen vermögende Leute, die ihre Bilder ganz legal verkauften, weil sie einen Einmarsch der Wehrmacht befürchteten und Norwegen verlassen wollten. Das wäre doch ganz normal, oder?«

Wolff entgegnete: »Gnädige Frau, das sind ja nur Vermutungen. Ganz sicher hat Ihr Großvater das Bild nicht direkt von NS-Organisationen gekauft. Hermann Göring hat viele Werke gestohlen oder angekauft, auch Adolf Hitler und einige andere. Übrigens auch Goebbels, aber eigentlich nicht in Skandinavien. Ich vermute eher, dass Ihr Bild in den Kunsthandel geriet und dass es über einige Stationen hinweg eines Tages in München, Wien oder Salzburg gelandet ist und ein Galerist Ihrem Großvater ein sehr schönes Gemälde angeboten hat, dessen Preis dann auch völlig legal bezahlt wurde.«

Elisabeth setzte sich. Dann erhob sie sich wieder.

»Ich habe eine Vermutung, gnädige Frau.«

Elisabeth glich inzwischen der Salzsäule von Loths Frau. Steif stand sie im Türstock.

»Sie meinen wirklich?«

»Ich meine gar nichts«, sagte Wolff. »Ich dachte nur, dass Sie das vielleicht interessieren könnte.«

»Ich weiß nicht«, sagte Elisabeth.

Otsch schwieg. Keine Regung war seinem Gesicht anzusehen.

Wolff fuhr fort: »Carl Wilhelm Hübner wurde 1814 in Königsberg geboren, ein Sohn eines armen Bauhandwerkers.« Das hatte er in einer Enzyklopädie im Netz gelesen. »1837 wurde der 23-Jährige auf Empfehlung seines Mentors, des Professors Johann Eduard Wolff, an der Düsseldorfer Kunstakademie aufgenommen. Später besaß er ein eigenes Atelier. Seine Familiengeschichte erspare ich Ihnen jetzt. Ehe, Kinder und so weiter. Sein Sohn war übrigens später auch ein Kunstmaler mit hohem Ansehen. Hübner zeigte keine heile Welt. Seine Motive waren der Unterdrückung und den menschlichen und sozialen Konflikten von Menschen im Prekariat gewidmet. Er malte die andere Seite der erfolgreichen Gesellschaft: Diebe, Schmuggler, Wilderer, Auswanderer. Die damaligen Underdogs. Langweile ich Sie?«

Otsch schwieg.

Elisabeth sagte: »Kolossal interessant. Erzählen Sie weiter!«

»Er malte die schlesischen Weber, seine Bilder wurden überall gezeigt, obwohl sie als revolutionäre Aktion verstanden wurden, und die Kritiker warfen ihm, wie wir heute sagen würden, ideologische Verblendung und Übertreibung vor.«

»Und?«, fragte Elisabeth.

»Ja, und deshalb frage ich mich, weshalb Ihr Großvater ausgerechnet ein so sozialkritisches Gemälde erworben hat.«

»Er war sehr gläubig. Evangelisch.«

»Hübner galt in den Siebzigerjahren des letzten Jahrhunderts als deutscher Courbet.«

»Das müssen Sie mir jetzt erklären.«

»Das kann ich vielleicht. Courbet stammte aus einem wohlhabenden Haus. Er studierte Rechtswissenschaften und perfektionierte seine Malerei als Kopist. Nach seiner frühen romantischen Periode schuf er Gemälde, die provozierten. Er verletzte angeblich viele Gefühle, das gesunde Empfinden der Bourgeoisie.«

»Interessant«, murmelte Elisabeth.

»Aber Hübner, der auch provozierte, schaffte es, vom preußischen König trotz seiner realistischen Gemälde einen Professorentitel verliehen zu bekommen, später konnte er sich den Leopoldorden des belgischen Königs an die Brust heften.«

»Sehr interessant. Sie sind ja ein richtiger Kunstsachverständiger«, sagte Elisabeth.

»Weil Ihr Gemälde, das mir sehr gut gefällt, eine lange Vorgeschichte hat«, sagte Wolff. »Wissen Sie, Hübner war seinerzeit sehr umstritten.«

»Ach ja«, sagte Elisabeth.

Otsch schwieg.

»Sie verunsichern mich sehr«, sagte Elisabeth.

»Es ist ein sehr schönes, tiefes Gemälde«, sagte Wolff, »ich wollte Sie nicht beunruhigen!«

»Haben Sie aber«, sagte sie.

Dann ging Elisabeth. Otsch stand auf und holte den vorbereiteten Imbiss aus der Küche.

»Bitte sehr!«

Ganz Kavalier der alten Schule.

Wolff sah Otsch an. Sein Blick war stechend. Er sah, dass Otsch ihm auf die Lippen blickte.

»Konnten Sie den Kurzurlaub genießen?«

»Urlaub? Habe ich eigentlich nicht gebraucht.«

»Aber?«

»Elisabeth meinte.«

»Und dann?«

»Dann bin ich halt in das Hotel gefahren. Ein schönes Hotel.«

»Sie hat Sie weggeschickt?«

»Sozusagen.«

»Das haben Sie akzeptiert?«

»Was sollte ich tun?«, murmelte Otsch leise.

Wolff wollte zur Sache kommen. Er fragte, was sich bei der Produktion vor zwei Wochen in München ereignet hatte. Es seien einige Informationen auf ihn zugekommen, über die er mit Otsch jetzt reden wolle, falls er dazu bereit sei.

»Selbstverständlich«, sagte Otsch, »worum geht es?«

Al Wolff formulierte jetzt sehr vorsichtig. »Das Studioteam hat mir erzählt, dass es Streit gab. Ständig. Jeden Tag. Dass Sie manchmal eruptiv reagieren. Fast cholerisch. Entschuldigung. Zornig. Nicht wie früher. Was war da los?«

Otsch dachte lange nach.

Dann sagte er:

»Wissen Sie, die jungen Leute in der Technik reden so schnell, dass man sie kaum verstehen kann. Sie reden im Studio aber auch so leise, dass ich nicht weiß, was sie wollen. Sie sind nicht bereit, nach zehn Wortaufnahmen eine elfte Aufnahme auf sich zu nehmen. Sie hören nicht die Unterschiede im Ausdruck der Sprecherinnen und Sprecher, sie sind zu schnell zufrieden, wenn die dritte Aufnahme im Kasten ist. Früher war das ein Problem, denn nachts wurden die Studios gereinigt und die herausgeschnittenen Tonbandreste sind im Sack mit dem Sondermüll gelandet. Heute hast du unbegrenzt Alternativen der Aufnahmen im Speicher. Da kann es sein, dass die gestern verworfene Passage heute doch viel besser ist, als wir sie gestern Abend in unserer Erschöpfung empfanden.«

Wolff trank einen Schluck von dem Wein, den Elisabeth ihnen serviert hatte: »Ist das wirklich alles? Es muss mehr sein. Wir sollten darüber offen reden.«

»Was meinen Sie denn?«

»Ich meine, dass die Produktion unter den Umständen wie bisher so nicht weitergehen kann. Es wird einige Zeit dauern, bis Beck wieder im Dienst ist, vielleicht haben wir auch die Studioproduktion in den Sand gesetzt, aber wenn wir weitermachen wollen, muss sich etwas ändern. Otsch, was ist mit Ihnen?«

Es war still im Haus. Kein Piazzolla. Kein Leben.

Otschs Kiefer knackte. Zu laut in der Stille des Salons. Er wollte wohl etwas sagen. Er knirschte mit den Zähnen, ohne dass er es bemerkte. Das tat er im Studio nur, wenn er über eine neue Idee nachdachte. Niemand hatte ihm das bisher übelgenommen. Noch sagte er nichts. Otsch streckte sich. Er stellte sein Glas auf den Beistelltisch.

»Müssen wir darüber reden?«

»Ja.«

»Heute?«

»Nur heute und jetzt, bitte.«

Otsch sagte, dass Elisabeth jetzt wohl zu Bett gegangen sei. »Sie hat ja so viel zu tun. Ich bewundere sie, wie sie jetzt mit ihrem Agenten verhandelt, mit der Presse, mit Veranstaltern, die sie zu Lesungen einladen wollen. Das alles ist ja inzwischen wieder möglich.«

Wolff sagte: »Otsch, weshalb hat Ihre Frau Sie in das Hotel abgeschoben?«

Otsch nickte, aber er sagte nichts.

»Sie wollte Sie für zwei Wochen loswerden?«

Otsch nickte.

»Warum?«

»Ich weiß es nicht. Sie hat Sorgen.«

Es war still im Salon.

Plötzlich streckte sich Otsch.

Er sah Wolff an.

Dann antwortete er sehr langsam:

»Ich war mir bei einer Regie noch nie so unsicher wie diesmal. Ich würde am liebsten die Besetzung mit den Schauspielerinnen und Schauspielern ändern. Die Komposition gefällt mir nicht. Mir gefällt das Tempo nicht, in dem wir produzieren müssen.«

Wolff holte Luft. »Ich kann das verstehen. Wir hätten darüber reden sollen. Viel früher.«

»Ich konnte darüber nicht reden.«

»Und es ist nur das?«

»Es ist nur das. Das Team ist eigentlich prima. Ich will mich da nicht beklagen.«

»Danke, Otsch. Wir haben Zeit. Sie haben sich erholt, das ist gut. Ich habe Beck heute in Rosenheim in der Klinik besucht. Er wird längere Zeit ausfallen. Wir können in Ruhe über die bisherigen Aufnahmen nachdenken. Vielleicht kann ich, gegen unsere Regel, auch mal hineinhören. Oder wir hören alles gemeinsam an.«

Otsch hob sein Glas. »Es ist gut, dass Sie mich heute besucht haben. Auf Ihr Wohl!«

Wolff stand auf, verabschiedete sich und verließ das Haus mit den schweren schmiedeeisernen Gittern vor den Fenstern.

15

Heute Morgen hatte Elisabeth in einer ihrer Tageszeitungen ein Interview mit Senta Berger gelesen. Thema: Liebe. Eine Antwort hatte sich ihr eingeprägt. Die Berger zitierte Alfred Polgar: »In der Liebe ist es besser, Zwei zu bleiben, anstatt – wie es die festlich-erotische Formel verlangt – Eins zu werden.« Ihr ging es wohl um das selbstständige Denken, auch darum, so zu reden, dass es der andere aushält. »Das muss man lernen«, hatte die gebürtige Wienerin gesagt, »das Reden und das Nicht-Verstehen, das kommt nicht einfach über Nacht.«

Genauso ist es, dachte Elisabeth, und deshalb habe ich meinen Otsch in Urlaub geschickt. Wir sind Zwei, nicht Eins. Deshalb verstehen wir uns auch so gut. Sie fährt ihren Computer herunter. Auch das Internet errichtet, meist ohne dass wir es merken, Zäune um uns herum. Mehrere Stunden hatte sie, auch auf dem Mobiltelefon, in den sozialen Medien nach Posts ihrer Fans gesucht, nach E-Mails aus dem Publikum, nach Anfragen von Casting-Agenturen und Dramaturgen. So war der Vormittag vergangen. Sie hatte keine Nachricht gefunden, aber sie suchte trotzdem nach Nachrichten. Guten Botschaften. Nach kleinen Zeichen, die Hoffnung geben können. Auch ihr Agent hatte sich noch immer nicht gemeldet. Sie fühlte sich im Netz wie eingesperrt, sie kam vom Bildschirm nicht los. Nichts finden, nichts erwarten, trotzdem dranbleiben. Wie ein Goldfisch, der im Glas im Kreis herumschwimmt. Jetzt aber muss Schluss sein.

Sie rief Otsch zu, dass sie noch kurz in die Stadt fahren wolle.

Otsch antwortete nicht. Wahrscheinlich saß er am Schreibtisch und arbeitete.

Sie spürte plötzlich eine große Lust auf Brandteigkrapfen. Den Monolog von Gert Voss in Thomas Bernhards Stück »Ritter, Dene, Voss« hätte sie sofort deklamieren können. Die Inszenierung von Claus Peymann im Wiener Akademietheater hatte ihr gefallen, vor allem der Lob-Psalm auf die Brandteigkrapfen. Peymann mochte sie nicht so sehr, aber seine Inszenierung fand sie damals doch mitreißend. Sie erinnerte sich, dass das Publikum getobt hatte. Sie würde jetzt zur Mirabellgarage fahren und dann zu Fuß in die Linzer Gasse gehen. Das Café Isaak war ihr immer wieder einmal von Freunden empfohlen worden. Jetzt einen Verlängerten trinken, und wenn es keine Brandteigkrapfen gab, dann könnte sie auch einen rosafarbenen Punschkrapfen bestellen. Sie brauchte jetzt dringend eine süße Belohnung. Im Netz war sie wie ein Fisch gefangen gewesen, sie fand keine Masche, durch die sie hätte schlüpfen können, bis sie ihr Verlangen nach einem Brandteigkrapfen nicht mehr unterdrücken konnte. Das *online banking:* trostlos. Otsch wusste nichts von der desolaten finanziellen Lage. Das musste er auch nicht. Ihr würde schon etwas einfallen. Ihr war noch immer etwas eingefallen.

Die Cafés waren anders als in den schweren Jahren zuvor wieder geöffnet, auch das Café Isaak konnte wieder besucht werden. Die Tische waren immer noch mit großen Abständen dazwischen aufgestellt. Sie holte sich drei Zeitungen: Die Salzburger Nachrichten, die Kronen Zeitung und die Wiener Zeitung. Das Café bot inzwischen eine größere Presse-Auswahl an als in den schweren Jahren. In ganz Europa Probleme und postpandemische Krisen. Wirtschaftliche, soziale, kulturelle Verwerfungen. Das interessierte Elisabeth aber nicht. Sie studierte die Spalten mit den Theater- und Konzertanzeigen. Viele Wiederaufnahmen von Repertoirestücken. Kaum Konzerte. Sie blätterte um zu den Hörfunk- und Fernsehtipps. Auch hier: wenig Neues im Land, Wiederholungen vom Abend bis zum Morgen. Die Sparwelle war noch nicht abgeebbt.

Einen Brandteigkrapfen könne sie gerne bestellen, sagte die Bedienung, aber dann müsse die gnädige Frau drei Stück bestellen, sonst lohne sich der Aufwand nicht. »Punschkrapfen sind aus«, sagte sie. Elisabeth überlegte sich, zwei Brandteigkrapfen ihrem Otsch mitbringen. Der freute sich bestimmt darüber.

Am Nachbartisch saß ein alter Mann. Über den grauen Strähnen trug er eine mit Gold- und Silberfäden bestickte Kappe, die sicher einmal ein kostbares Stück gewesen war. Vor ihm eine Kaffeetasse, deren Oberfläche er betrachtete, so wie ein Medium in die Kristallkugel schaut. Der ist entweder abgestürzt, dachte Elisabeth, oder er denkt über ein Problem nach. Der alte Mann bemerkte auf einmal, dass sie ihn beobachtete. Er sah sie unverwandt an. Kein starrer, stechender Blick wie bei Otsch, er fixierte sie mit hellwachen Augen. Er stand auf. Etwas mühsam. Im Alter sind die Bewegungen nicht leicht und fließend.

»Gnädige Frau, entschuldigen Sie. Ich glaube, ich habe Sie schon einmal gesehen.«

»Salzburg ist keine große Stadt«, antwortete sie und nahm der Bedienung den Teller mit drei Brandteigkrapfen ab. Golden schimmernd. Die Krapfen schwammen im heißen Fett. Dann ließ man sie abtropfen. Dann Zucker aus der Streudose.

»Ich habe Sie nicht in der Stadt gesehen.«

»Dann woanders.«

»Theater?«

»Das ist möglich.«

»Fernsehen.«

»Auch möglich.«

»Entschuldigung. Darf ich mir vielleicht aus ihrer Zeitung den Anzeigenteil ausleihen?«

Der alte Mann verbeugte sich. Elisabeth suchte die Seiten mit den Kleinanzeigen und Veranstaltungshinweisen, die sie gerade durchgesehen hatte, aus der Zeitung und gab sie ihm.

»Bitte schön!«

»Küss die Hand, gnädige Frau. Vergelt's Gott. Ich bringe sie gleich nachher wieder zurück, die Zeitung.«

Seine antiquierte Ausdrucksweise gefiel Elisabeth.

Dann saß er wieder an seinem Tisch. Er blättere den Anzeigenteil durch, und sie erkannte, dass er die Seite »Kunstmarkt und Antiquitäten« konzentriert studierte, sein rechter Zeigefinger bewegte sich in den Spalten von Inserat zu Inserat. Seinen Kaffee schien er vergessen zu haben. Elisabeth bestellte sich noch einen Verlängerten. Nur zwei Gäste saßen im Isaak: sie und der alte Mann mit der Kappe. Wo sind nur die jungen Leute geblieben?, dachte sie. Aber eigentlich vermisste sie nicht die jungen Leute, die in den Cafés so laut lachen, kichern und alle anderen Gäste übersehen, die wie der alte Mann in Ruhe die Zeitungen lesen wollen. Er tat es jetzt völlig ungestört. Es saßen keine jungen Leute im Café. Nicht mehr. Noch nicht.

Der alte Mann mit der Kappe legte die Zeitungen zusammen. Er stand auf, mühsam, wie in Zeitlupe und trat wieder an ihren Tisch.

»Darf ich Ihnen die Zeitung wieder zurückgeben? Vielen Dank auch, das war sehr freundlich.«

»Sie interessieren sich für die Kunst- und Antiquitätenseiten?«

»Das haben Sie gesehen?«

»Na ja, so weit sind die Tische nun auch nicht auseinandergestellt.«

»Ich kenne Sie. Sind Sie Schauspielerin?«

»Ja.«

»Dann habe ich Sie auf der Bühne und im Fernsehen gesehen. Großartig. Entschuldigung, ich will Ihnen nicht zu nahe treten.«

»Wollen Sie sich einen Augenblick zu mir an den Tisch setzen?«

Elisabeth tat es gut, erkannt worden zu sein. Egal von wem. Egal, ob von ihm.

»Darf ich mich vorstellen? Chobot.«

»Da gibt oder gab es einen Schriftsteller in Wien.«

»Ich weiß. Nicht verwandt, nicht verschwägert. Ich heiße Gustav Chobot.«

»Angenehm. Elisabeth Achatz von Harnier.«

»Das habe ich mir gedacht. Aber ich war mir nicht ganz sicher.«

Es gibt Gespräche, die sich wie Parallelen erst im Unendlichen treffen. Im eigenen Wahrnehmungskreis aber nie. Wir reden aneinander vorbei. Wir hören nicht zu. Die anderen hören nicht zu.

Verbale Absonderungen ohne tiefere Bedeutung. Jetzt hatte sie das Gefühl, dass es anders war. Sie bot dem alten Mann mit der Kappe einen Brandteigkrapfen an. Es sei ihr zu viel, aber sie habe drei Stück bestellen müssen, um einen einzigen Brandteigkrapfen genießen zu können. Die Punschkrapfen seien bereits ausverkauft.

»Oder es gibt sie heute gar nicht«, sagte der alte Mann.

»Sind Sie öfters hier?«

»Ganz selten. Ich genieße den Kaffee meist in meinem Laden. Aber heute hielt ich es nicht mehr aus. Man kann nicht immer eingesperrt sein.«

»Mir ging es heute genauso. Ich musste einfach in die Stadt gehen.«

»Weshalb fragten Sie mich, ob ich mich für Kunst und Antiquitäten interessiere?«

»Ich habe gesehen, wie gründlich Sie die Anzeigen der Auktionshäuser durchgesehen haben.«

Der alte Mann nahm seine Kappe ab, drehte sie einmal mit beiden Händen herum, setzte sie wieder auf.

»Mein Beruf«, sagte er.

»Eine Berufung«, ergänzte sie.

So kamen sie in ein Gespräch. Er fragte sie nach ihren Rollen, einige Inszenierungen hatte er besucht, vieles in der Presse über sie gelesen. Immer wieder entschuldigte er sich. Wenn sie ihn als zu aufdringlich empfinde, gehe er sofort an seinen Tisch zurück.

»Es tut gut, nicht allein zu sein«, sagte Elisabeth.

Sie erfuhr, dass er irgendwo in der Altstadt einen kleinen Laden besaß. Eine Art Kontor mit Regalen, Schränken und Kommoden mit vielen Schubladen.

»Was liegt in den Schubladen?«, fragte Elisabeth und trank einen Schluck vom Verlängerten, der inzwischen etwas abgestanden war.

»Radierungen, Stahlstiche, Autographen, Briefe, kolorierte Zeichnungen. Gelegentlich auch mal bibliografisch wertvolle Bücher.«

»Das ist ja rasend interessant.«

»Na ja. Wenn wir einmal gehen, bleibt doch vieles übrig von unserem Besitz, den wir nicht mitnehmen können. Aber andere wollen ihn haben, und sie bezahlen dafür. Ich sorge dafür, dass die einen oder ihre Angehörigen ihren Ballast loswerden, den sie zurückgelassen haben, und dass die anderen diesen Ballast erwerben können. Ein ewiger Kreislauf, wissen Sie. Ich lerne viel über Menschen.«

»Bilder?«

»Nein. Also nicht in der Regel. Nur wenn ich die anderen Objekte nicht anders bekommen kann, als alle Kunstwerke aus einem Nachlass zusammen zu übernehmen, dann erwerbe ich schon einmal ein Bild. Aber nicht gerne. Und nicht oft.«

»Schade«, sagte Elisabeth. »Ich hätte Sie gerne etwas gefragt.«

»Bitte sehr, gnädige Frau. Ich bin bemüht, Ihnen behilflich zu sein.«

Chobot war sich auf einmal sicher, dass er sie schon gesehen hatte. Nicht im Fernsehen, nicht auf Pressebildern. Hatte sie nicht vor Kurzem seinen Laden aufgesucht?

Er merkte sich die wenigen Besucherinnen und Besucher grundsätzlich nicht. Sie kamen, sie gingen. Das war auch gut so.

Er erzählte ihr, dass er sich für Salzburg, diese berühmte Festspielstadt, nicht besonders interessiere. Seit Jahrzehnten lebe er zwar hier, aber die Stadt habe mit ihm nichts zu tun, und er nichts mit der Stadt. Aber trotzdem, Entschuldigung!, würde er doch gerne fragen dürfen, in welchem Stadtteil eine so berühmte Schauspielerin zu Hause sei. Elisabeth trank ihren Kaffee aus. Sie stellte die Tasse ab. Dann blickte sie ihn an und sagte: »In Aigen.«

»Ein vornehmes Viertel. Ein eigenes Haus?«

»Ich weiß nicht, ob ich Ihnen, den ich ja erst seit einer halben Stunde kenne, das beantworten soll. Sei's drum. Ja, ein Haus.«

»Das muss schön sein, ein eigenes Haus zu besitzen.«

»Es kann auch ein Gefängnis sein!«

»Das verstehe ich nicht.«

»Na ja, ein Haus ist wunderbar, wenn Sie es verlassen können und dann nach einiger Zeit wieder daheim sind, bevor sie wieder in die Welt aufbrechen. Aber wenn Sie es nicht verlassen können, entwickelt es sich zu einer Isolierstation, zu einer Festung.«

»Aber Sie sind doch weit über Österreich hinaus überall präsent! Sie sind doch viel unterwegs.«

»Na ja«, sagte Elisabeth. »Wenn ich ehrlich sein darf. Es ist noch nicht wirklich alles in Ordnung. Die Bühnen riskieren nur wenige Neuinszenierungen, Fernsehen und Film verschieben immer noch geplante Projekte. Zu Lesungen kommen die Leute seit den schlimmen Jahren nicht besonders gern. Überall lodert weiter die Angst, wie ein Schwelbrand.«

Sie fragte ihn, um von diesem Thema abzulenken, wie er sich versorge. Ob er allein sei. Wenn ja, ob er koche. Ob er für sich einkaufe.

»Wissen Sie, ich habe das Kochen nie richtig gelernt. Ich bin ja ständig unterwegs, mein Mann ist viel unterwegs, und wenn wir uns zufällig einmal zu Hause treffen, dann hat niemand Lust, in der Küche zu stehen.«

»Sie lassen sich das Essen durch einen Lieferdienst kommen?«

»Wir haben gelegentlich eine Zugehfrau, die uns versorgt. Anders geht das in unserem Beruf nicht.«

Chobot, der sich nicht erinnern konnte, seit undenklichen Zeiten jemals so viel geredet zu haben, begann zu erzählen. Ja, er kaufe für sich ein. Ja, er koche auch für sich. »Ich kaufe ein, was mir schmeckt, und ich koche so, dass es mir schmeckt.« Er sei nicht sehr anspruchsvoll. Das Kochen habe er nie gelernt. Aber er habe sich so viel beigebracht, wie es für ihn nötig sei.

Chobot führte aus: »Wissen Sie, ich hasse Kochbücher. Ich mag Regeln nicht. Vorschriften. Hinweise. Ratschläge. Ich habe als Kind Klavier und Blockflöte gelernt. Meine Musiklehrerin spielte mir die Noten vor, und ich habe sie aus dem Gedächtnis nachgespielt. Ich habe ein gutes Gedächtnis für die Noten gehabt, bis heute habe ich ein gutes Gedächtnis. Ich habe die Notenschrift verabscheut. Diese seltsamen Zeichen mit den Kreuzen und Schlüsseln haben mich abgeschreckt. Sie haben meine Freiheit bedroht. Da habe ich lieber zugehört und nachgespielt. Aber keiner hat gemerkt, dass ich keine Noten lesen kann. Nein: Noten nicht lesen wollte.«

Es wäre jetzt völlig unvernünftig, einen dritten Verlängerten zu bestellen. Elisabeth entschied sich für einen Prosecco. »Darf ich Sie zu einem Glas einladen?«

Aber vorher wäre es gut, wenn er den übriggebliebenen Brandteigkrapfen essen würde.

»Ich bin selten in einem Café«, sagte Chobot.

»Ich auch«, sagte Elisabeth.

»Heute musste ich in ein Café gehen. Besser hier allein zu sitzen als im Laden über das Leben nachzudenken.«

»Und die Kunst«, sagte Elisabeth.

»Sie wollten mich etwas über Bilder fragen?«

Wenn ein Mensch länger zu Hause ist, als er es geplant hat, sieht er das Haus anders. Es dauert Tage. Es kann Wochen dauern, auch länger als ein Jahr. Der Blick prallt von den Wänden und von den Möbeln ab. Die gewohnte häusliche Umgebung ist vertraut, die Bilder hängen, wo sie hängen, die Möbel stehen, wo sie stehen, auf dem Klavier liegt ein altes Buch, dessen Seiten seit Jahren nicht umgeblättert wurden. Nur die Blumen in den Vasen werden ausgetauscht. Dann auf einmal die Erkenntnis: Alles soll so bleiben wie es immer war? Das ist schrecklich. Keine Veränderung? Kein Aufbruch in eine neue Zukunft? Kein Mut, etwas anders zu machen? Bilder auszutauschen und eines aus dem Keller zu holen. Ein neuer Blickpunkt. Ein anderer Bezug der Sitzgarnitur. Neue Vorhänge an den Fenstern vor den Gitterstäben. Im Garten gibt es immer wieder einmal neue Anpflanzungen. Der Winter war hart. Manche Sträucher haben den Frost nicht überlebt. Aber im Haus, innen, wo alles so ist, wie es immer war und bleiben wird? Ein Albtraum. Das klamme Gefühl, nichts mehr verändern zu können. Kein Neuanfang. Kein Aufbruch. Alles festgeschraubt in Ewigkeit. Amen. Ein Haus wie ein Museum. Exponate, die kein Leben mehr in sich haben. Und der Mensch in einem solchen Haus: älter werdend und selbst Teil des Inventars zu sein. Unverrückbar. Gesetzen gehorchend, die nicht von einem selbst ausgedacht wurden. Als Musiknote festgezurrt, festgenagelt in den Linien der Notenblätter, deren Komposition von anderen geschaffen wurde. Fremdbestimmt zu sein, ohne je über Fremdbestimmung nachgedacht zu haben. Eingeschlossen zu sein in einer Welt, die man sich erträumt hatte, die aber inzwischen tiefgefroren oder wie in Acryl eingegossen ist. Keine Luft, nur Licht. Aber das Licht schmerzt in den Augen, es sticht.

»Ich verstehe Sie gut«, sagte Chobot.

»Weshalb«, fragte er jetzt, tragen Sie immer weiße Handschuhe? Ich habe vor Monaten ein Pressefoto gesehen, da waren Sie bei irgendeinem Festival und trugen auch weiße Handschuhe?«

»Ich berühre keine Menschen und Dinge«, sagte Elisabeth. »Ich war vorsichtig und ich bin vorsichtig geblieben. Körperkontakte sind gefährlich. Sie sind lästig.«

»Wir tragen, wenn wir Exponate aus den Schubladen holen, auch weiße Handschuhe«, sagte Chobot. Den Brandteigkrapfen hatte er inzwischen aufgegessen.

»Was wollten Sie mich zum Thema Bilder fragen?«, sagte Chobot.

Wenn ein Mensch nicht mehr behaust ist, also nicht mehr in dem Gebäude seine Freiheit, sondern nur seine Abgeschlossenheit empfinden kann, dann werden ihm auch seine gesammelten Lieblingsstücke fremd und immer fremder. Er kann die Accessoires der Innenarchitektur nicht mehr ertragen. Er leidet unter den Gemälden, die nicht ausgetauscht werden. Er hasst die Skulpturen, die seit Ewigkeiten hier und nicht anderswo stehen. Er kann die Blumenvasen nicht mehr sehen, auch wenn er sie vor langer Zeit als Kostbarkeit besitzen wollte und dafür viel Geld bezahlt hat. Goethes Hinweis ist längst ausgeblichen: »Was du ererbt von deinen Vätern hast/erwirb es, um es zu besitzen. Was man nicht nützt, ist eine schwere Last ...« Ja, was denn, wenn der Mensch das Erbe erworben hat, und es ihm eines Tages doch plötzlich zur Last wird?

»Wissen Sie«, sagte Elisabeth, »ich träume manchmal davon, nichts zu besitzen. Ganz frei von den Dingen zu sein. Für die Kunst, und nur für die Kunst zu leben. Aber das muss man sich leisten können. Und schwierig wird es, wenn die Kunst nicht mehr den Lebensunterhalt sichern kann.«

»Sie wollen sich von einem Kunstgegenstand trennen?«, fragte Chobot.

»Ich glaube schon.«

Die Bedienung erkundigte sich, ob noch ein Prosecco erwünscht sei. Elisabeth nickte. Zweimal bitte.

Chobot sagte: »Entschuldigung. Das wäre nicht nötig.«

»Ein Gemälde, von dem sie sich trennen will. Es hängt schon zu lange in ihrem Salon. Ein wertvolles Bild. Carl Wilhelm Hübner. ›Die Auswanderer.‹«

»Oh«, sagte Chobot.

»Sie kennen den Maler?«

»Na ja, völlig unbekannt ist er nicht für einen, der sich sein Leben lang mit Kunst befasst hat.«

»Wie würde ich denn am besten ein solches Bild, nehmen Sie mich jetzt bitte nicht beim Wort, es ist nur ein Beispiel, wie würde ich denn verfahrenstechnisch ein solches Bild am besten verkaufen können?«

Chobot streckt sich. Er kratzt sich unter der Kappe am Kopf.

Sie könnte das Bild einem anerkannten Kunsthändler anbieten, in Kommission. Oder einem Auktionshaus, das den Wert genau ermitteln kann. Oder einer Kunstgalerie, die sich auf Bilder des 19. Jahrhunderts spezialisiert hat.

»Es gibt hier in Salzburg einige Adressen«, sagte Chobot. »In Wien sowieso. Auch in München. Ich könnte mich umsehen, wenn Sie das wünschen.«

Die Proseccogläser klirrten leise, als sie anstießen. Chobot umklammerte den Kelch, Elisabeth hielt ihren zart zwischen ihren weißen Handschuhfingern. Sie dachte nach.

»Es gibt da ein Problem.«

Sie erzählte ihm, dass ein Journalist aus München, kürzlich Gast in ihrem Haus, sich für das Gemälde begeistert hatte. Bei seinem zweiten Besuch hatte er ihr und ihrem Mann viel über den Künstler erzählt, er habe das Bild sorgfältig begutachtet, und als sie es sogar von der Wand abgenommen hatte, habe er einen aufgeklebten Brief gesehen: Offizielles Briefpapier der Nasjonalgalleriet Oslo aus dem Jahr 1934, also der Briefkopf natürlich in norwegischer Sprache, wonach das Bild in ihrem Besitz gewesen sei, sein Verbleib aber sei unbekannt. Wie der Brief auf das Bild gekommen war, blieb ein Rätsel. Der Kulturchef des Hörfunks, der übrigens auch Auftraggeber für ihren Mann, einen hochanerkannten Regisseur, sei, habe angedeutet, das Bild könnte von NS-Einheiten nach dem Einmarsch in Norwegen gestohlen worden sein. Raubkunst für das Deutsche Reich war doch damals üblich. Dazwischen lägen aber sechs Jahre, denn die Besetzung in Norwegen ereignete sich ja erst im Jahr 1940. Eine staatliche Galerie, schon gar nicht die Staatsgalerie Oslo, habe doch in diesen Jahren ihre Bilder freiwillig verkauft. Eine Theorie des Journalisten, die sie seitdem umtreibe.

»Da fehlen sechs Jahre, mindestens«, sagte der alte Mann.

»Die Nazis waren aber schon in Norwegen, als Zivilisten. Diplomaten. Geschäftsleute. Spione. Und es gab dort auch viele deutsche Emigranten.« Aber sie verstehe nichts davon, sagte Elisabeth, mit Politik habe sie sich nicht so beschäftigt.

»Aber verstehen Sie: Ich will das Bild nicht mehr. Es macht mir Angst.«

»Sie könnten das Bild einer Stiftung oder einem Museum übereignen«, sagte Chobot.

»Ich kann mir das nicht leisten«, sagte Elisabeth und trank aus dem Proseccoglas.

»Ich will vor allem keine Spekulation darüber, wie mein Großvater das Bild erworben hat … Ganz sicher hat er es bezahlt. Er hat immer alles sehr korrekt bezahlt, aber es wäre doch eine Katastrophe, wenn darüber öffentlich berichtet würde. Ich bin eine bekannte Persönlichkeit. Das wäre Futter für die Haie des Boulevardjournalismus.«

»Ich verstehe«, sagte Chobot leise. »Ich verstehe.«

»Können Sie mir denn keinen Rat geben, welche Schritte ich einleiten kann, um mich von dem Gemälde zu trennen? Sie müssen wissen, irgendwie mag mein Mann das Bild sehr, und ich mochte es eigentlich auch. Aber jetzt will ich es nicht mehr sehen.«

»Ich müsste mir das Bild anschauen«, sagte Chobot.

»Das würden Sie?«

»Für Sie ja, gnädige Frau.«

Er gab ihr seine Geschäftskarte mit der Telefonnummer. Die Adresse seines Geschäfts sei durch einen Fehler der Druckerei entfallen, aber telefonisch sei er gut erreichbar. Wenn er einkaufe, sei es natürlich nicht leicht, aber die gnädige Frau werde dann sicher öfter versuchen, ihn zu erreichen.

Als Elisabeth zuhause die Tür geöffnet hatte und in den Vorraum trat, rief sie: »Otsch, ich bin wieder da. Ich wollte dir Brandteigkrapfen mitbringen, aber sie hatten leider keine mehr.«

Otsch antwortete nicht.

Sie zog ihre Schuhe aus und stellte sie in den Schuhschrank.

16

Ach, diese Gewohnheiten am Morgen.

Wolff hatte in seinem Briefkasten nachgesehen, ob ihm endlich das Exemplar eines neuen Buchs zugestellt worden war, das vor Monaten hätte erscheinen sollen. Der Briefkasten war nicht leer, aber er fand nur Werbezeitschriften, Prospekte von Lebensmitteldiscountern und Firmen vor, die angeblich auch unfallbeschädigte PKW ohne große Komplikationen ankaufen, selbstverständlich auch gut erhaltene Fahrzeuge jedes Typs. Ein Zettel für die Kleidersammlung des Roten Kreuzes, ein Prospekt für eine nahegelegene Pizzeria, die ihre Produkte ab einem Betrag von 30 Euro auch gern frei Haus lieferte, und ein primitiv hergestelltes Pamphlet, wonach das Jahrhundert der politischen Verschwörungen endlich beendet werden müsse: durch Widerstand und Gegenwehr. Die Demokratie müsse zurückerobert werden, schrieb da einer. Im Impressum fand er einen Antiquitätenhändler, der ganz offen für Wehrmachts-Orden wie das Eiserne Kreuz aller Klassen, Schriften und Devotionalien aus der herrlichsten Zeit aller Zeiten warb. Alles klar. Ablage im Altpapier.

Er wartete schon länger auf das Buch. Vor mehr als einem Jahr hatte er sich bereit erklärt, ein Vorwort oder ein Nachwort, die Entscheidung lag bei der Herausgeberin, über einen ihm bekannten und seit Jahren befreundeten Arzt zu schreiben, einen Kinderchirurgen, der nach seiner aktiven Zeit als Chefarzt der Kinderchirurgie in einer bayerischen Stadt seit vielen Jahren in Kigali/Ruanda tätig war, ohne

Honorar, weil er keine Lust hatte, als Privatier Golf zu spielen. Er hatte nur kurz in dem Land bleiben wollen, dann aber festgestellt, dass die im Bürgerkrieg verletzten Kinder häufig einer Zweitoperation bedurften. Es war für ihn deshalb nicht denkbar, sich nach Europa davonzustehlen. Er hatte Waisenhäuser gegründet, operierte schwerstverletzte Kinder mit den typischen Spätfolgen des Bürgerkriegs, war übrigens der einzige Chirurg für Kinder in einem Land, das eine Ausdehnung wie Bayern hat und in seiner Landschaft an den Schwarzwald oder die bayerischen Mittelgebirge erinnert. Das allein war es aber nicht. Er war als Jugendlicher mit seiner Mutter aus der DDR geflohen. Jetzt wollte er der Gesellschaft etwas zurückgeben.

Schon in Zeiten, als Wolff in seinem Sender noch tagsüber mit dem Chefredakteur des Medienhauses gestritten hatte, seinem armen Kollegen, dessen Tod in Salzburg er zufällig aufklären konnte, mit dem er abends ein Bier getrunken oder eine Flasche Wein mit ihm geteilt hatte, war er im Kontakt mit dem Arzt geblieben. In Briefen, in E-Mails nach Kigali in Ruanda und auch bei ein oder zwei persönlichen Begegnungen im Jahr, wenn der Mediziner Heimaturlaub nahm, tauschten sie Informationen aus. Den Chirurgen hatte er mehrfach in seine Sendungen eingeladen. Ein beeindruckender Mann. Der Arzt war inzwischen über 80 Jahre alt. Junge Ärzte, die an eine eigene Familie dachten, konnten nicht für ein symbolisches Gehalt von einem Euro nach Ruanda kommen. In München hatte Wolff im Gebäude einer Stiftung nahe dem Nymphenburger Schloss einen Abend für den Unterstützerkreis des Kinderchirurgen moderiert, das Fernsehen kannte ihn längst auch als selbstlosen Mediziner. So interessierten sich immer mehr Menschen für den Arzt. Es gab Spenden. Er war auf Spenden angewiesen.

Dieser wunderbare Mann hatte, als er noch junger Medizindozent in Bonn gewesen war, eine Vorlesung gehalten und darin einen namhaften Universitätsprofessor als früheren Täter grausamer Experimente mit Todesfolge im Konzentrationslager Dachau namentlich erwähnt. Dabei bezog er sich auf den Exklusivbericht eines Magazins.

Die Reaktion der Universität war für ihn existenziell bedrohlich gewesen. Erst als die Presse berichtete, erhob sich ein Sturm der Entrüstung und besagter Professor musste zurücktreten.

Der Arzt, der jetzt in Ruanda als Kinderchirurg arbeitete, hatte seine Kartons im Keller seiner Wohnung in Niederbayern einer norddeutschen Kollegin zugänglich gemacht. Sie widmete dem Skandal ein Buch. Wolff war sofort bereit, einen Beitrag für das Buch zu schreiben, sah auch das Manuskript der Journalistin durch. Sie hatte ihn darum gebeten. Der Erscheinungstermin aber konnte nicht eingehalten werden, denn es hatten sich neue Dokumente gefunden, die unbedingt berücksichtigt werden sollten. Wolff fand das in Ordnung. Das Buch würde noch besser werden.

Heute Morgen jedenfalls lag es noch nicht im Briefkasten. Es würde irgendwann dort liegen. Bücher bedurften einer langen Zeit der Vorbereitung. Man musste Geduld haben. Wenn das Buch aber heute im Briefkasten gelegen wäre, sähe die Welt auch nicht anders aus. Er würde darin blättern, sich freuen, dass das Werk vollendet war, sich bei der Herausgeberin bedanken, und dann nach wenigen Tagen das Buch in jenes Bücherregal stellen, in dem er alle Publikationen aufbewahrte, für die er als Autor geschrieben hatte, gleich neben dem Bücherregal, in das er nur Bücher mit persönlichen Widmungen hineingestellt hatte. Es gab noch Platz im Regal.

Er könnte auf dem Weg in das Funkhaus noch kurz beim Philosophen vorbeischauen. Ein Cappuccino täte gut. Außerdem war es immer angenehm, mit ihm zusammenzusitzen, an kalten Tagen im Laden, bei gutem Wetter auf der kleinen Terrasse im Hof.

Der Philosoph stellte die Tasse vor ihn auf den Tisch.

»Ich muss Sie etwas fragen«, sagte Wolff.

Sein Gegenüber nickte.

»Es geht um das Gemälde eines deutschen Malers. Ein wertvolles Bild. Im Jahr 1934 wurde für einen späteren Besitzer in einem Schreiben des Nationalmuseums Oslo bestätigt, dass das Bild dort einmal vorhanden gewesen war. Über den weiteren Verbleib ist nichts bekannt. Auch wie der Brief auf das Bild kam, liegt im Dunkeln.«

»Dann würde ich in Oslo nachfragen.«

»Das habe ich schon. Die Antwort hat über einen Monat gedauert, dann hieß es: Im Zweiten Weltkrieg und nach der deutschen Besetzung seien viele Akten ausgelagert worden. Manche wurden beschädigt, andere seien nicht mehr auffindbar gewesen.«

»Das war doch fast überall so. Oder?«

»Ich glaube, dass die Nazis das Bild geraubt haben.«

»Na ja, vielleicht war es eine Leihgabe außer Haus.«

»Das könnte sein.«

»Oder es wurde bei einem Einbruch gestohlen.«

»Oder die Nasjonalgalleriet Oslo hat es verkauft.«

»Warum ist das wichtig für Sie? Kennen Sie das Bild?«

»Ja, es hängt im Haus von Bekannten in Salzburg.«

»Und die wissen nichts?«

»Das Bild stammt aus dem Besitz des Großvaters. Ein Erbstück.«

»Ein Norweger?«

»Ein Österreicher.«

»In den Dreißiger- und Vierzigerjahren haben viele Bilder neue Eigentümer bekommen.«

»Ich glaube, und das habe ich im Gefühl, dass dieses Gemälde zur Kategorie NS-Raubkunst gehört, kann es aber nicht beweisen.«

»Da gibt es Dateien.«

»Habe ich durchforstet. Nichts gefunden.«

»Vielleicht war alles legal.«

»Vielleicht auch nicht.«

Der Philosoph dachte nach. Der Hinterhof hatte sich inzwischen etwas erwärmt. Ein herrlicher Maitag. Man könnte für ein paar Augenblicke auch draußen sitzen, wo zwei Tische aufgestellt waren. Immerhin. Vor dem früheren Laden in München-Gern lag eine Terrasse, die mehr Platz geboten hatte. Aber so ging es auch.

»Sie recherchieren für eine Sendung?«

»Nein«, sagte Wolff. »Rein privat. Ich habe das Gefühl, dass das Gemälde ein Geheimnis verbirgt. Es könnte zum Problem werden.«

»Sie haben mir doch mal erzählt, dass Sie den früheren Direktor des Lenbachhauses ganz gut kennen?«

»Das stimmt. Eine gute Idee. Danke.«

Er komme bald wieder vorbei, hatte Wolff dem Philosophen versprochen. Er zahlte. Der Ladeninhaber tippte mit zwei Fingern an die breite Krempe seines Huts und nickte.

Jetzt saß Wolff wieder im Funkhaus. Es wirkte immer noch wie ausgestorben. In seinem Vorzimmer wartete eine freie Mitarbeiterin auf ihn, die sich für eine freiwerdende Planstelle beworben hatte. Er schätzte sie wegen ihrer hohen Kompetenz, menschlich sah er sie skeptisch. Wo sie war, gab es Streit und Eifersucht. Er hatte noch einen Kollegen zu dem Termin hinzugebeten. Es war gut, in solchen Situationen nicht allein zu sein. Er bot ihr die Sitzgruppe in seinem Büro an. Sessel ohne Lehnen, bezogen mit hellrotem Leder. Auf dem Glastisch stand wie immer eine mit vielen Motiven, mit Vögeln, Pflanzen und Ornamenten bemalte Lackschale, die er bei einer seiner Reisen bei einem Straßenhändler in Hanoi entdeckt hatte und die er einfach besitzen hatte wollen. In die viereckige Schale legte er jede Woche Weingummis, dazu einige Stücke gesalzener Lakritze aus Schweden. Kekse gab es nicht. Kekse anzubieten erschien ihm als zu spießig.

Sie eröffnete das Gespräch sofort.

»Wenn ich keine Chance bei Ihnen bekomme, wende ich mich an die Geschäftsleitung, die Frauenbeauftragte und an den Personalrat. Die interne Gleichstellung ist noch längst nicht erreicht. Ich bestehe auf der Festanstellung.«

»Sie irren«, sagte Wolff. »In meinem Programmbereich ist die Quote längst erfüllt.«

Sie redete über ihre bitteren Erfahrungen, im Haus nicht so anerkannt zu werden, wie sie das verdiene. Die Fakten listete sie akkurat auf, aber es fehlte ihr die Bereitschaft, darüber nachzudenken, weshalb das so war.

Das Bewerbungsgespräch war dann freundlich verlaufen. Er entwickelte ein Anforderungsprofil für die Planstelle, sie entwickelte

Themen, falls sie Redakteurin würde. Beides war berechtigt. Nachdem sie sich verabschiedet hatte, folgte das Bewerbungsgespräch mit einem Mitarbeiter einer anderen Rundfunkanstalt. Er ruderte durch das Gespräch. Irgendwie. Das muss man dann sehen. Da habe ich noch nicht so intensiv nachgedacht. Ich schaffe das. Man muss mir ja auch Zeit zugestehen. Der Bewerber war ihm sympathischer, aber Wolff konnte nicht verstehen, weshalb der freiberuflich arbeitende Kollege sich auf den Termin nicht sorgfältiger vorbereitet hatte. Alles schwammig, nichts präzise. Die Kollegin war ihm fachlich haushoch überlegen. Mit ihm aber hätten alle weniger Probleme. Sein Kollege plädierte für den Bewerber. Das könne doch mal passieren. Ein schlechter Tag. Er würde in seinem Sender hochgeschätzt und habe eine Festanstellung längst verdient. Seine Ausbildung habe er vor Jahren in München gemacht. Er könne sich für ihn verbürgen.

Nach dem Bewerbungsgespräch schloss Wolff die Tür zu seinem Vorzimmer. Er würde jetzt einen alten Schulfreund anrufen, der in der Nähe von München als Allgemeinmediziner arbeitete. Eine elegante Praxis. In seinen Wartezimmern lagen exzellente Printmedien aus, nicht wie anderswo die Hefte der Klatschpresse oder die Fachzeitungen der Ärzteverbände und Apotheken. Es könnte sein, dass das Angebot an Lektüre in den Wartezimmern jeweils auf die Interessen der Patientinnen und Patienten zugeschnitten ist, aber Wolff glaubte das nicht. Die Zeitungen und Magazine spiegelten das Interesse der Ärzte selbst wider. Jagdzeitung. Motorradsport. Uhren-Fachzeitschriften. Geografische Blätter. Kunstmagazine. Es war nicht schwer, auf der Grundlage der angebotenen Magazine und Zeitungen ein Psychogramm der Praxisinhaber zu entwickeln.

Wolff sah seinen Freund nicht oft, aber in den letzten Jahrzehnten war ihr gegenseitiges Grundvertrauen gewachsen. Er rief ihn an. Die Sprechstundenhilfe fragte, ob es um einen Termin gehe. Nein, er müsse den Doktor, einen Freund, kurz persönlich sprechen. Er werde zurückrufen, sobald er Zeit habe, sagte sie. Der Rückruf kam nach ein paar Minuten. Wolff sehnte sich danach, durch den Nymphenburger Park zu gehen, von Eulenbaum zu Eulenbaum. Mal wieder nach Kasimir, dem legendären Kauz auf seinem Lieblingsbaum zu schauen. Saß er oben, standen unten die Spaziergänger, zeigten nach oben. Einige fotografierten mit Teleobjektiven. Aber es gab noch zwei andere Eulenbäume, von denen die Touristen nichts wussten. Nur die Stamm-Spaziergänger kannten die Lieblingsorte der Eulen, und sie verrieten sie nur selten.

Wolff erzählte, was ihm sein Toningenieur über die Konflikte im Studio berichtet hatte. Er fügte seine eigenen Beobachtungen im Studio aber auch bei seinen Besuchen im Haus des Regisseurs und seiner Ehefrau an – in der vergitterten Villa am Rand Salzburgs. Sorgfältig beschrieb er, was er dort gesehen und beobachtet hatte. Dass der Regisseur zunehmend so in Gedanken versunken zu sein schien und auf nichts reagierte. Seinen merkwürdigen Blick, der so stechend die Lippen seiner Gesprächspartner fixierte. Dass er beim Aufstehen aus dem Sessel die Wand berührte oder den Türrahmen. Die cholerischen Wutausbrüche. Die Quälerei, auch nach vielen Sprachaufnahmen die gleichen Passagen noch einmal und noch einmal zu wiederholen, obwohl das Studioteam mit den Aufnahmen zufrieden war.

»Natürlich weiß ich«, sagte Wolff, »dass du keine Ferndiagnose stellen kannst, aber kannst du vielleicht eine Spur legen, die mir die Entscheidung leichter macht, wie wir mit der abgebrochenen Produktion umgehen sollen? Weißt du, wir haben Zeit, weil unser Toningenieur mit dem Motorrad verunglückt ist. Ein anderer kann seinen Job nicht übernehmen. Der würde sich im gespeicherten Material nicht zurechtfinden. Nach der Klinik kommt die Reha, also steht sowieso die Frage im Raum, ob wir die Studioproduktion nicht komplett aufgeben müssen.«

Er präzisierte seinen Bericht. Er ergänzte, was er inzwischen von der Regieassistentin und der Tontechnikerin gehört hatte, und er erzählte von seinem Besuch bei Beck in der Rosenheimer Klinik. Dann teilte er vorsichtig seine Vermutungen mit. Und die Alternativen, über die er nachgedacht hatte. Als Laie. Ohne medizinischen Sachverstand. Als Journalist. Er schloss einige präzise Fragen an.

Sein Freund antwortete.

Wolff sprach kein Wort. Er hörte lange zu. Gelegentlich unterbrach er seinen Freund kurz: Du meinst? Ist das so? Kann es sein? Genau!

Er bedankte sich herzlich für die Auskunft und beendete das Gespräch. Ja, es könnte so sein, wie es sein Freund beschrieben hatte. Es gab jetzt eine Spur, um zu verstehen, was mit Otsch los war. Dieser Spur konnte er folgen. Vielleicht war ja alles auch ganz anders, aber das würde sich dann herausstellen. Er sah aus dem Fenster. Es war Mitte Mai, aber er entdeckte heute am Himmel keinen einzigen Mauersegler. Weshalb waren sie nicht zurückgekommen? Oder zogen sie anderswo ihre Kreise?

Otto Achatz wollte ihn nächste Woche in München besuchen, um mit ihm die Zukunft der Produktion zu besprechen. Von hier aus würde er dann nach Hamburg weiterreisen, wo er kurzfristig einen Regieauftrag angenommen hatte. Man muss ja die Zeit nutzen, und vor Becks Rückkehr in das Studio würde nichts geschehen können.

Wolff freute sich, Otsch bald wiederzusehen. Dann würde es auch eine Gelegenheit geben, die Spur zu verfolgen, die sein Freund, der Arzt, gelegt hatte. Wolff hatte erwartungsgemäß keine Ferndiagnose erhalten, aber eine Beschreibung von auffälligen Verhaltensweisen, wie er und Beck sie bei Otsch beobachtet hatten. Aber er fühlte sich nicht wohl bei dem Gedanken, den Regisseur ohne dessen Wissen heimlich zu testen. Fair ist das sicher nicht, dachte Wolff.

Aber notwendig.

17

Es gibt Menschen, die jede Entscheidung abwägen, sie prüfen, mit anderen besprechen, die dabei zaudern, sie verwerfen und irgendwann glauben, dass es keine andere Wahl gibt. Und wenn es doch eine falsche Entscheidung war?

Elisabeth war froh, dass sich Otsch auf den Weg nach München gemacht hatte. Er würde Wolff treffen, das wäre sicher gut für beide, und dann würde er noch zwei Wochen in Hamburg sein. Sie selbst fühlte sich besser, wenn sie Entscheidungen allein traf. Es hatte wenig Sinn, sich im Zwielicht des Dafür und Dagegen zu verrennen, jedes Risiko zu vermeiden und nicht mutig zu sein. Ohne Mut hätte sie ihre Karriere nicht gemacht. In der Theater- und Filmszene war sie bekannt für ihre klaren, oft auch harten Meinungen. Sie ließ sich nichts gefallen. Sie wusste immer, was sie wollte. Ihre Mutter war ihr Vorbild gewesen. Von ihr aber hatte sie auch gelernt, niemals über Politik zu reden.

Wer politische Themen ausklammerte, verlor allmählich den Bezug zu den politisch diskutierten, gesamtgesellschaftlichen Argumenten, Wünschen, Projekten und zu den Menschen, die Macht ausüben. Zu den Problemen der Zeit. Zu den notwendigen Veränderungen in Staat und Gesellschaft. Von Aigen aus betrachtet war es doch völlig egal, wer in Salzburg oder Wien oder in Deutschland regierte. Obrigkeit musste sein und Obrigkeit wechselte von Zeit zu Zeit. Mal die einen, mal die anderen. Mal die einen mit den anderen, mal die anderen mit ganz anderen, mal völlig neue Konstellationen und Personen. Es war ihr egal.

Anders sah sie die Situation in den Theatern, in der Dramaturgie bis hinauf zur Intendantenebene, im Film- und Fernsehgeschäft. Es kam darauf an, dabei zu sein. Mit klaren Positionen, aber immer in charmantem Tonfall. Wichtig war auch, im ständigen Kontakt mit der Macht zu bleiben, hier wie dort. Machtausübung in der Kunst war doch etwas völlig anderes als in der Politik. Intendanten hatten Macht, es gab viel zu wenige Frauen in diesen Positionen, Politiker hatten eine völlig andere Macht inne, auch existierten inzwischen Politikerinnen, die sich nur wenig von den Männern unterschieden, wenn sie an der Macht waren. Ihr kam es darauf an, zu erkennen, wer künftig in Theater, Film und Fernsehen ganz oben ankommen würde. Elisabeth hatte ein Gespür für wichtige Menschen. Sie strengte sich an, in ihrer Nähe aufzutreten. Wer oben war, liebte die Hofnärrin, diese hochbegabte charmante Schauspielerin Elisabeth Achatz von Harnier, die eine klare Sprache liebte, ohne zu verletzen. Da half auch die leichte Dialektfärbung, die sie perfektioniert hatte. Eigentlich konnte und wollte ihr niemand widersprechen, wenn sie am Set, auf der Probebühne oder bei der Premierenfeier in der Theaterkantine eine Pause machte, tief einatmete und widersprach: »So geht das nicht. Ich habe eine andere Idee! Lass mich mal probieren.« Oder wenn Sie dem Produktionschef zuflüsterte: »Zottelchen, das müssen wir anders machen.« Dafür wurde sie geliebt.

Sie beteiligte sich nicht am Wettstreit der Eitelkeiten. Jede darstellende Künstlerin, jeder Künstler litt unter der Angst, trotz der Publikumserfolge nie wieder ein Engagement zu erhalten. Sie kannte diese Angst, die sie selbst seit ihrer Jugend begleitet hatte. Aber sie würde niemals darüber sprechen. Du musst immer aus einer Position der Stärke verhandeln, niemals aus einer Schwäche heraus Entscheidungen treffen. Niemals darfst du eine Bittstellerin sein. Bist du nicht stark genug, hatte sie einer jungen Kollegin empfohlen, dann musst du warten. Oder du lernst Stärke wie eine Rolle, die du spielst. Für Schwache und Schwächen ist die Welt nicht geschaffen. Außerdem beteiligte sie sich nicht am Kantinenklatsch. Er war etwas für kleine Geister, nicht für sie.

In einer Stunde würde die Haushälterin kommen. Otsch war abgereist. Im Garten mussten die vom Winter ausgedörrten, vom Frost erstarrten Hortensien zurückgeschnitten werden, der Frost kehrte im Mai zurück, es war höchste Zeit. Hoffentlich war das so spät im Frühling überhaupt noch möglich.

Die Bilderrahmen mussten abgestaubt werden, endlich sollte auch die Espressomaschine entkalkt werden. Die Haushälterin war perfekt. Aber nur dann, wenn ihr klare Aufgaben zugewiesen wurden. Heute Morgen, als Elisabeth Statements von TV-Darstellern in einem Magazin zum Thema »Heimat« gelesen hatte, war ihr eine Antwort eingefallen: Heimat ist dort, wo du genau weißt, in welcher Ecke deines Hauses sich abends die Spinnen und die Mücken niederlassen. Jeden Abend sah sie nach, und jeden Abend fand sie Insekten, die aus dem Garten hereingekommen waren. Die Haushälterin kannte inzwischen die Ecken auch. Abends entdeckte sie immer wieder neue Spinnennetze in den ihr bekannten Winkeln.

Elisabeth hatte eben gesehen, dass sie auf ihrem Bankkonto keine Eingänge von Geldbeträgen hatte, nur die Ausgaben waren aufgelistet. Es waren lange Zahlenkolonnen. Sie würde Entscheidungen zu treffen haben. Punkt. Otsch traf Entscheidungen in seiner Arbeit, in den Studios. Zuhause ließ er sie gewähren. In letzter Zeit hatte er sich verändert. Vielleicht litt er an einer Depression. Oder er hatte Ärger im Sender. Es war nicht wichtig. Otsch hatte sich immer wieder aus solchen tiefen Tälern nach oben gezogen. Diesmal war es etwas anderes, aber er würde schon darüber reden, wenn er ihrer Hilfe bedürfte.

Aus der Schublade ihres Kleiderschranks holte sie ihre Spiegelreflexkamera, die sie immer wieder brauchte. Der Akku war in Ordnung. Niemand fotografierte mehr mit einer Kamera. Alle fotografierten mit ihrem Handy. Sie aber wollte ein ordentliches Foto besitzen. Über die linke Treppe ging sie nach unten. Auf der gegenüberliegenden Otsch-Treppe würde ihr jetzt niemand begegnen. Es war niemand im Haus. Das Haus wollte sie bald verlassen. Es war unerträglich, das Geräusch des Staubsaugers zu hören, die Haushälterin in ihrem privatesten Bereich arbeiten zu sehen und nichts anderes tun zu können, als darauf zu achten, dass ordentlich gearbeitet wurde. Besser war es, sie allein zu lassen. Wenn Elisabeth dann zurückkäme, wäre das Haus in Ordnung. Die Haushälterin würde gegangen sein. Und sie selbst würde in der Stadt vielleicht Neues erlebt haben. In diesem Haus wurde nichts Neues erlebt. Es war ein Museum für Otsch und für sie. Ihr Leben, luxuriös eingehüllt in der Macht der Gewohnheit. Selten kam Besuch wie kürzlich dieser Wolff. Ein interessanter Mann. Höflich, aufmerksam, intelligent, ruhig und gelassen. Aber er hatte eine Unruhe in ihr geweckt, die sie seitdem nicht mehr abstellen konnte. Heute hatte sie deshalb einen Beschluss gefasst.

Sie richtete den Halogenstrahler auf das Gemälde »Die Auswanderer« von Carl Wilhelm Hübner. Die Reflexe auf dem vergoldeten Rahmen waren zu stark. Das Licht sollte von der Seite kommen. Es durfte aber auch keinen Schattenwurf geben. Sie betrachtete das Display ihrer Kamera. Sie überflog die Aufnahmen. Probeszenen, Premierenfeiern, einzelne Porträts von Mitgliedern der Ensembles, Studien in den Künstlerzimmern.

Vor vielen Jahren hatte sie in München bei einem Empfang des Kulturreferats für Künstler und Künstlerinnen den Sammler, Autor, Verleger und Fotografen Lothar-Günther Buchheim kennengelernt, den Mann in seinem notorischen Hawaii-Hemd. Grell gemustert, grob in den Farben. Vielleicht eine Hommage an Ernest Hemingway, obwohl sie nicht wusste, ob Hemingway je solche hässlichen Hemden getragen hatte. Wo Buchheim saß, wo er stand, wurde es laut. Es gab immer einen Konflikt, ausgelöst von ihm selbst. Das hatte sie an diesem Abend abgestoßen. Er hatte um seinen Hals eine kleine Kamera hängen, und sie beobachtete, wie er völlig unvermutet plötzlich die Kamera ergriff und Gäste des Empfangs fotografierte. Und keiner sah es. Das hatte sie beeindruckt. Später am Abend, nein, in der Nacht hatte sie neben ihm gesessen. Buchheim sprach, gestikulierte, wandte sich ihr zu, und sie hatte ihm zugehört und nur gelegentlich ein »Wirklich?«, »Hoch interessant!«, »Oh nein!« oder »Das müssen Sie mir genauer erzählen!« in seinen Monolog einfließen lassen. Seine kleine, schwarzgekleidete Frau saß neben ihm und hörte zu, als erfahre sie zum ersten Mal eine neue Geschichte von ihrem Ehemann Hemingway-Buchheim. Elisabeth selbst hatte nichts erzählt. Das war auch nicht nötig gewesen.

Seit dieser Begegnung, die sie gleichermaßen stark beeindruckt wie abgestoßen hatte, nahm Elisabeth immer ihre Kamera mit. Sie kontrollierte regelmäßig ihre Fototasche. Alles musste in Ordnung sein und funktionieren. Vielleicht würden ihre Aufnahmen eines Tages als historische Zeitdokumente betrachtet werden. Für sie war die Kamera zu einem Instrument geworden, die Zeit festzuhalten, sie nicht entfliehen zu lassen. Jetzt stimmte das Licht endlich. Sie machte viele Aufnahmen von dem Gemälde, löschte sie aus der Datei, wenn sich das Licht im Ölgemälde zu stark spiegelte. Irgendwann kam sie auf die Idee, die Halogenleuchten auszuschalten. Draußen war es leuchtend hell wie an einem Sommertag, und die Fenstergitter warfen keinen Schatten. Zumindest keinen, den die Kamera auf dem Display gezeigt hätte.

Am frühen Morgen hatte sie Chobot angerufen. Als sie sich mit ihrem Namen meldete, wusste er sofort Bescheid.

»Sie sind die Schauspielerin, mit der ich mich im Café Isaak so angeregt unterhalten habe.«

»Ich würde Ihnen gern ein Foto zeigen, wenn Sie Zeit haben.«

»Nicht in meinem Laden, gnädige Frau. Bitte.«

»Wo dann?«

»Mirabellgarten.«

»Wann?«

»In zwei Stunden.«

Sie liebte den Blick zurück auf die Altstadt, wann immer sie durch den Mirabellgarten gegangen war. Das Landestheater, die Kuppeln und Turmspitzen, rechts der Untersberg, auf der linken Seite die schneebedeckten Gipfel der Salzburger Kalkalpen. Der Garten wie ein Teppich mit strengen Ornamenten, hineingewebt in ein grünes Rasen-Grundmuster. Der Zwergerlgarten, der Theatergarten bei den Hecken, der Bastionsgarten, die große Gartenterrasse, die Orangerie und der Rosengarten. Ein Liebesgeschenk des Fürsterzbischofs Wolf Dietrich von Raitenau für seine Salome Alt. Sein Park war inzwischen längst Bestandteil des UNESCO-Welterbes. Gern war sie hier, denn wenn die Sonne schien, war es hier wärmer als nebenan am Salzachufer, und die Gartenbesucher strecken ihre Köpfe dem Licht entgegen wie Eidechsen.

Gustav Chobot und Elisabeth trafen sich wie verabredet auf der Gartenseite des Mozarteums, noch immer wehten keine Instrumentenklänge aus den Fenstern über den Park. Über das Gemälde von Carl Wilhelm Hübner gab es keinen längeren Wortwechsel. Chobot setzte seine Lesebrille auf und betrachtete die Fotos auf dem ausklappbaren Screen der Spiegelreflexkamera schweigend. Hin und wieder bat er darum, das Foto zu vergrößern, um Einzelheiten besser erkennen zu können. Die mittäglichen Glockenschläge der vielen Kirchen der Stadt setzten ein. Es gab keine Synchronität. Waren die Glockenschläge des einen Kirchturms verklungen, begann der andere, die Zeit des Mittags mitzuteilen. Dann setzte das Zwölfuhrläuten ein, erst hier, dann dort drüben.

»Ich müsste das Gemälde selbst betrachten«, sagte Chobot. »Wird das möglich sein?«

»Das ist völlig verständlich. Ingvild Goetz – haben Sie den Namen schon einmal gehört? – von der Münchner Sammlung Goetz, wurde als Mäzenin und Kuratorin von der Presse kürzlich zu den virtuellen Galerieführungen der letzten Jahre befragt und da sagte sie, Kunst könne nur bei der Betrachtung des Originals verstanden werden. Na ja, so ähnlich hat sie es gesagt.«

»Können wir das bei einem Kaffee im Café Isaak besprechen? Ich lade sie gern ein. Da müssen wir nicht weit gehen.«

Zu Ihrem Erstaunen bedankte sich Chobot für die Einladung und nahm sie an. Sie saßen an dem gleichen Tisch wie beim letzten Mal. Einen Brandteigkrapfen würde Elisabeth heute aber nicht schon wieder bestellen. Der alte Mann fragte sie, was sie von ihm erwarte. Mit der Frage hatte sie gerechnet. Natürlich konnte sie nicht verraten, dass sie den Verkaufserlös für das Bild dringend benötigte.

»Ich will mich von dem Gemälde trennen. Vielleicht kaufe ich das Bild eines zeitgenössischen Künstlers. Es gibt ja inzwischen auch großartige Malerinnen.«

»Ich hatte Ihnen doch beim letzten Mal gesagt, dass ich keine Bilder vermittle.«

»Schon, schon, aber Sie könnten für mich doch eine Ausnahme machen.«

»Gnädige Frau, erstens muss ich mehr über den Maler wissen, zweitens muss ich das Gemälde sehen. Zustand der Leinwand, Verschmutzungsgrad, Haarrisse in den Farbschichten. Den Bilderrahmen. Sie verstehen? Und drittens wäre es in Ihrem Fall tatsächlich eine Ausnahme.«

»Ich bin auf Ihren Sachverstand angewiesen. Erweisen Sie mir doch bitte diesen Gefallen!«

Die Haushälterin war längst gegangen. Sie hatte in der Küche einen Zettel hinterlassen: »Lasagne in der Mikrowelle.« Kein Gruß. Sie schrieb nur auf, was notwendig war. Elisabeth legte ihre Kamera zurück in die Schublade. Es war still im Haus. Auf dem Anrufbeantworter keine neue Nachricht, auch von Otsch nicht. Sie ging hinüber in den Salon. Vor dem Gemälde Carl Wilhelm Hübners blieb sie stehen. Sie stand sehr lange dort, und die Stille im Haus wurde für Sie immer unerträglicher.

18

Die meisten Menschen haben ihren Beruf frei gewählt, manche nicht. Das muss eingeräumt werden. Sich aber für den richtigen Beruf entschieden zu haben ist ein Glück, denkt Gustav Chobot. Zwar interessieren ihn die meisten Geschäftspartner nicht besonders, aber hin und wieder kommt es zu Begegnungen mit Menschen, deren Lebenskreis man normalerweise nicht betreten würde. Bei Journalisten mag das anders sein, Ärzte lernen viele Menschen kennen und Geschäftsleute wahrscheinlich auch. Polizisten und Feuerwehrleute bewegen sich jeden Tag in neuen Milieus. Ich bin zufrieden in meiner Höhle, denkt Chobot, ich habe keinen Bedarf, andere Welten kennenzulernen. Die Kunst ist ein Universum, das ich nicht gerne mit anderen teile, es sei denn, sie zahlen anständig. Das erste und das zweite Treffen mit der Schauspielerin Elisabeth von Harnier aber ist eine andere Sache. Er hat bisher darstellende Künstlerinnen und Künstler nicht persönlich kennengelernt. Die gnädige Frau aber hat sich ihm anvertraut. Sie will etwas von ihm, und er weiß noch nicht, welche Fallgrube sich öffnen wird, wenn er ihr entgegenkommt.

Sie wohnt, wie sie sagt, in Aigen.

Schon der Name der früheren Ortsgemeinde Aigen ist ihm sympathisch. Chobot sucht im Internet. Der Ortsname bedeutet in der althochdeutschen Sprache etwas zu haben, etwas zu besitzen. Ein gutes Zeichen, denkt Chobot. Denn Aigen heißt freies Grundeigentum, freies Besitzrecht, keine Abgabepflicht wie bei anderen Bauern. Er lacht. Das hat sich inzwischen geändert. Als die Revolution in Wien beendet war, zogen viele hierher. Es ist eine schöne Gegend. Damals wie heute stehen die Villen auf Grundflächen, die mit Geld gepflastert sind, im einen oder anderen Fall auch mit Hypotheken. Chobot ist bisher nicht oft in Aigen gewesen.

Er schenkt sich einen Kaffee aus dem Thermobecher ein. Die Krümel seines Croissants fallen auf den Boden, aber es ist ihm egal. Eben hat er einen kolorierten Stich der Salzburger Altstadt verkauft. Der japanische Kunde war glücklich. Irgendwann würde er die Stadtansicht aus Österreich in Tokio oder Kyoto betrachten, an der Wand seiner winzigen Stadtwohnung. Ah ja, die Trappfamilie hat auch einmal in Aigen gewohnt.

Chobot denkt sich, dass es ihn nicht kompromittieren wird, etwas mehr über Carl Wilhelm Hübner und sein Gemälde zu erfahren. Er widmet sich verschiedenen Suchmaschinen, gibt Suchbegriffe ein. Inzwischen ist die Melange kalt geworden.

Wie lange hat er jetzt am Computer gearbeitet? Ein, zwei Stunden. Es sind drei Stunden, und er wird gleich seinen Laden verlassen und die Türe abschließen. Er muss eine Nacht darüber schlafen. Er wird dann eine Entscheidung treffen. Sie wird richtig sein. Am Nachmittag hat ihm der letzte Kunde mitgeteilt, dass er mit der Expertise sehr zufrieden sei. Es ist alles geklärt. »Entschuldigung. Vertrauen ist gut. Kontrolle ist besser«, und er hat dabei gelacht. »Keine Kopie, sehr gut.« Chobot fragte ihn, ob er einen Interessenten für ein anderes Bild weiß, und er beschreibt das Gemälde von Carl Wilhelm Hübner. »Es ist nur eine Frage, ich weiß noch nicht, ob ich das Bild überhaupt bekomme.« Der andere wird sich melden.

Der alte Mann lebt in einer Einzimmerwohnung. Das Bargeld für den Verkauf des Gemäldes hat er nicht mehr hier deponiert. Er neigt nicht zum Leichtsinn. Ein einziges Zimmer genügt als Höhle. Eine kleine Kochnische, aber er kocht nicht jeden Tag. Er hasst schmutziges Geschirr und Lebensmittelreste. In den Kühlschrank räumt er ein, was er braucht. Toilette und Badewanne gibt es, natürlich. Keine Bilder an der Wand. Bilder hat Chobot im Kopf. Er kann nur denken, wenn ihn kein Bild ablenkt. Die Wände müssen frei sein. Wie eine grundierte Leinwand, bevor die eigentlichen Pinselstriche aufgetragen werden. Keine Pflanzen in der Wohnung. Sie müssen ständig gepflegt werden oder sie vertrocknen. Beides ist abscheulich. Ein Fernseher, Plasmaflachbildschirm. Computer. W-Lan. Alles zusammen nimmt nicht viel Platz ein. Chobot ist technisch versiert. Niemand sieht ihm das an, dem alten Mann. Wie gesagt: Es ist für das Geschäft immer gut, unterschätzt zu werden. Sollte es ihm hier zu eng werden, kann er nach draußen gehen. Zu den Galerien oder in seinen eigenen Laden. Was würde sich in seinem Leben ändern, wenn er ein Luxusappartement besäße, etwa in Aigen? Nichts würde sich ändern. Der kleine, in die Hausfassade eingeschobene Eisenbalkon wird nicht dazu benutzt, dort zu sitzen. Chobot gebraucht ihn, um im Winter Getränke kalt zu stellen, manchmal auch, um sein Sakko dort auszulüften. Der Geruch des Ofens in seinem Laden haftet ihm gelegentlich an. Am Abend ist das kein Problem, aber am Morgen soll die Jacke nicht nach Heizöl riechen.

Carl Wilhelm Hübner. Er ist überrascht, so viele Beschreibungen über den Künstler im Internet zu finden. Am 17. Juni 1814 in Königsberg geboren. Am 5. Dezember 1879 in Düsseldorf gestorben. Ein Tag vor dem Nikolaustag, denkt Chobot. Seine Jugendzeit in Armut wird ihn sensibilisiert haben, denn er malt ständig Gemälde, die Not, Entbehrung und Traurigkeit zeigen. Einen Tendenzmaler haben ihn damals Kritiker genannt, aber was gilt schon Kritik? Es ist besser, sich durchzusetzen, und wer sich durchgesetzt hat, kann davon auch gut leben. Chobot versteht das. Er hat das alles auch erlebt. 1847 reiste Hübner durch die USA. Chobot ist, Anfang 20, auch in den USA gewesen. Ihn beeindruckte damals das Original der amerikanischen Verfassung in Philadelphia von 1787. Hätte Hübner das Dokument gesehen, wäre es 60 Jahre alt gewesen, aber der Maler ist wahrscheinlich nicht dort gewesen. Der alte Mann hatte in Pittsburgh, New York und natürlich in Washington Galerien und Museen besucht. Dann war ihm das Geld ausgegangen und er musste die Reise abbrechen. Die Übernachtungen im YMCA waren auf Dauer wohl doch zu teuer für ihn gewesen.

Ach ja, dem Künstler Hübner habe es an akademischem Gefühl gefehlt, meinten seine Kritiker damals. Sie huldigten lieber den nationalbewussten Traditionalisten, die sich weigerten, das Schlechte in einer Gesellschaft zu dokumentierten. Und gleichzeitig warfen sie ihm vor, keinen Mut zur Innovation in der Kunst zu haben, was immer sie damals darunter verstanden. Carl Wilhelm wird Chobot immer sympathischer. Er hatte dennoch eine große Karriere gestartet, kleidete sich großbürgerlich, soweit Chobot die zeitgenössischen Fotografien richtig deutet. Was ihn aber abstößt, sind nicht die Bilder Hübners. Es ist sein Aussehen. Gehrock bis zu den Knien, man trägt das in den Akademien. Es ist der voluminöse Vollbart, der abstoßend wirkt. Lieber Zottelhaare, denkt Chobot, als ein Zottelbart. Er wäscht seine Haare nicht oft. Das schont die Kopfhaut, und die Kappe sitzt besser.

19

Sich für eine Reha zu entscheiden ist so ähnlich, wie als Kind einen Wunschzettel an das Christkind zu schreiben und ihn zu bemalen. Je schöner die bunten Zierleisten gelingen, umso eher gehen die Wünsche in Erfüllung. Bei der Reha aber gibt es oft keine Auswahl. Das entscheiden andere. Wenn es aber doch eine Wahlmöglichkeit gibt, wecken die angebotenen Programme große Erwartungen. Die ärztliche Versorgung, die physiotherapeutischen Therapien, die angenehme Lage des Hauses, eine gute Küche, damit sich die Patienten auch seelisch erholen können, Sportmöglichkeiten und eine Bibliothek. Ein Schwimmbad. Betreute Gymnastik auch am Wochenende. Eine Cafeteria, die auch abends geöffnet ist, mit einer kleinen Bar.

Ein gepflegter Park.

Das Schwimmbad ist wegen Personalmangels geschlossen. Der Sportraum darf am Wochenende nicht betreten werden: keine Aufsicht. Die Cafeteria wurde bereits am Nachmittag geschlossen, die Bar ist ein Nebenraum ohne Service. Der Getränkeautomat zwischen den Fluren funktioniert nicht. Und das Essen hätte sich Beck niemals freiwillig bestellt. Bleibt also die Lage, bleibt der Ausblick auf das Voralpenland. Aber Becks Zimmerfenster zeigt einen dunklen Hang, dicht bewachsen. Jeder Blick nach draußen prallt an dieser Wand ab. Ulf Beck hat sich seine Kamera bringen lassen, seine Frau besucht ihn an den Wochenenden und bleibt viele Stunden bei ihm. Er hört die Alpensinfonie und ordnet den einzelnen Sätzen in Gedanken seine Bildschnitte zu. Er macht sich Notizen auf dem Schreibblock. Er denkt nach über die Harmonie zwischen Musik und Bildern. Sich etwas ausdenken zu können, es realisieren zu wollen, eine eigene optische Partitur zu schaffen – das lenkt ihn ab von der nicht verrinnenden Zeit in der Reha.

Mit Wolff hat er längere Zeit nicht mehr telefoniert. Wolff will ihn bestimmt in Ruhe lassen, Beck will sich deshalb nicht beklagen. Man schont sich gegenseitig, ohne wirklich zu wissen, ob solche Schonung richtig ist.

Aber wenn es so still ist.

Wenn der Kopfhörer und die Kamera in die Schublade des Nachttischs gelegt werden, wenn es noch zu früh ist, einzuschlafen, dann lärmt die Stille. Die Nachbarn, wenn sie überhaupt ihr Zimmer verlassen, schlurfen in ihren Hausschuhen geräuschlos über die Flure, kein Luftzug, der die Tür und das Türschloss leicht erzittern lässt. Geister und Nachtmahre, die kein Ziel haben. Wenn es so still ist, verwandelt sich die monumentale Alpensinfonie von Richard Strauss in ein Pianissimo, nur Beck kann es wahrnehmen.

Er erlebt geradezu körperlich die Produktionstage vor seinem Unfall im Studio. Er sieht Otsch, der das gesamte Team verstört. Er muss es sich, falls er überhaupt in absehbarer Zeit die Produktion fortsetzen wird, von einem Regisseur nicht mehr gefallen lassen, so behandelt zu werden. Wie ein Fremder. Wie ein Dilettant am Regietisch. Er will auch nicht mehr erleben müssen, wie der Regisseur die Mitwirkenden im Aufnahmestudio behandelt. Wie ein Ertrinkender, der um sich schlägt. Otsch, was ist los?

Er wird wahrscheinlich morgen oder übermorgen Wolff anrufen und ihm sagen: »Ich steige aus der Produktion aus.« Er weiß, dass niemand für ihn einspringen kann. Das tut weh. Aber jede Selbstverleugnung muss ein Ende haben. Die Arbeit wäre damit in den Sand gesetzt. Sie müsste für die freien Künstler dennoch honoriert werden. Hinzu kommen die Kosten für die Produktionsvorbereitung, für die Urheberrechte und die nicht geringen Leistungsschutzrechte. Das

Honorar für die Komposition. Die Änderung des Programms, das in den Halbjahres-Newslettern und in den nur noch in kleiner Auflage gedruckten Programmheften längst veröffentlicht worden ist. Für Wolff, dem er vertraut und der für ihn ein wunderbarer Partner ist, wird seine Absage zur Katastrophe werden. Aber Wolff, denkt Beck, schafft das. Ohne Scheitern ist Kunst nicht möglich. Ohne Misserfolg kann auch das Radio nicht leben. Das Schlimme ist, dass die Produktionskosten anderswo eingespart werden müssen. Seine Entscheidung wird also andere Projekte gefährden. Aber wenn es anders nicht geht?

Otsch ist krank. Es geht nicht mehr mit ihm als Regisseur. Beck hat keinen Zweifel mehr. Er will nicht wissen, an welcher Krankheit Otsch leidet. Aber er kann nicht weitermachen, als wäre nichts gewesen. Otsch hat sich verändert. Beck hat sich nach seinem Motorradunfall auch verändert. Beide passen nicht mehr zusammen.

Morgen wird er Wolff anrufen.
Er kann noch nicht schlafen.

Er denkt an Otsch, diesen wunderbaren Regisseur, mit dem er trotzdem nicht mehr zusammenarbeiten will. Nein: wird! Der Mann steht unter Druck. Beck versucht, sich wie im Display der Kamera die Bilder aus dem Studio zurückzuholen. Cholerische Anfälle. Seine starren Augen, die nur die Bildschirme fixieren. Dass er nicht reagiert, wenn er angesprochen wird. Dass er sich nicht entscheiden kann, welcher Take der Aufnahme von zehn Aufnahmen der Beste ist. Diese merkwürdige Unsicherheit, wenn er aufsteht. Wie einer, der aus tiefsten Träumen erwacht.

In der Reha schmeckt der Tee fürchterlich. Beck hasst Gesundheitstees, mit und ohne Früchte. Holunder. Kamille. Fenchel. Frühlingstee. Hagebuttentee, Pfefferminztee. Grüner Tee. Der Genuss schwarzen Tees am Abend lässt nicht einschlafen, grüner Tee auch nicht. Seine Frau hat ihm ein alkoholfreies Bier mitgebracht, sechs Flaschen. Ein Bier kannst du abends in der Bar trinken, sagte sie, aber die Bar ist bereits am Nachmittag geschlossen. Er wollte ihr nicht sagen, dass es so ist. Beck hat einige Kilogramm abgenommen. Das ist gut so. Er öffnet eine Flasche und entdeckt, dass es ihm schmeckt. Jetzt schlafen? Wie soll das gehen, wenn so viele Gedanken auf der Brust sitzen wie der Alb in den alten Märchen? Er kennt sich aus mit alten Märchen. Mit einer Kollegin hat er vor einigen Jahren die ladinischen Sprachgebiete besuchen wollen. Er war zu Wolff gegangen und versuchte, ihn dafür zu begeistern. Wolff hatte spontan reagiert. Er werde einen Reisekostenzuschuss ermöglichen. Und dann sehe man weiter. Beide, Beck und die Journalistin, hatten sich von alten Lehrern, Pfarrern, Bauersfrauen und Hüttenwirten Märchen erzählen lassen und sie mit dem Aufnahmegerät aufgezeichnet. Seine Kollegin konnte übersetzen. Es war Tonmaterial in einer Gesamtlänge von zehn, vielleicht fünfzehn Stunden entstanden. Einzigartige Geschichten, die sie beide vor dem Versinken in der Zeit bewahren wollten.

Wolff hatte, anders als Beck es erwartet hatte, einen Teil der Aufnahmen angehört und sich erzählen lassen, wo und wie sie entstanden waren. Dann die Überraschung: Er werde im Programm der Kulturwelle einen mehrstündigen Termin freiräumen. Wenn schon so ein Material, dann ein richtiges Radioereignis. Groß. Auffällig. Ein Märchen-Festival.

So kam es dann. Seine Kollegin moderierte, er besorgte den Schnitt und die Auswahl. Es war ein großer Radioabend. Zuschriften, Anrufe, E-Mails. Das Publikum war begeistert, obwohl in diesen Radiostunden so viele Geisterwesen durch die abgelegenen Alpentäler geflogen waren. Die anfangs skeptischen Vorgesetzten von Wolff empfahlen ihm, solche Projekte öfter zu wagen. Und Wolff hatte, was in diesen Jahren eine absolute Ausnahme war, für Beck sogar eine Leistungsprämie beantragt, weil er nicht akzeptieren wollte, dass sein Toningenieur dieses Projekt nur als Idealist realisiert hatte.

Noch ein Bier? Er müsste dann vielleicht nachts die Bettflasche benutzen. Er lässt die Flasche verschlossen stehen.

Otsch. Otsch?

Beck erschrickt. Kann es sein, dass Otsch dabei ist, sein Hörvermögen zu verlieren? Dass er deshalb die Lippen mit seinen Augen fixiert, die Kurven der Aufnahme auf den Bildschirmen, nicht reagiert, wenn er angesprochen wird? Sich abschottet? Sich wie einer bewegt, der gerade aus einem Traum aufgewacht ist? Eine Watteschicht um sich spürt, die keinen Ton durchlässt? Stille überall. Warum hat das niemand außer ihm im Studio bemerkt? Dass Otsch ein Meister der Tarnung ist? Ein Hörfunkregisseur, der nichts mehr hört?

Jetzt doch noch ein Bier. Ein Prost auf die Wahrheit. Vielleicht ein Irrtum. Beck spürt eine große Erleichterung. Es muss nicht so sein, aber es kann so sein. Morgen wird er mit Wolff darüber reden. Er ist vormittags nach der Konferenz am besten erreichbar.

Er spürt keine Schmerzen in seinem Körper. Alles wird besser.

Die Stille im Haus und der Lärm in seinem Kopf vertragen sich. Sie kämpfen nicht mehr miteinander.

20

Manche Insekten nehmen die Welt optisch wie in einem Kaleidoskop wahr, zusammengesetzt aus Einzelbildern, Splittern, Quadraten, Dreiecken in bunten Farben. Wie viele Facetten weist das Auge einer Stubenfliege auf? Aus wie vielen Puzzleteilen besteht ein Leben?

Wolff hatte in einem Kunstmagazin gelesen, dass im Auktionshaus Christie's ein Bild aus 5 000 kleinen Einzelbildern zu einem digitalen Gesamtwerk zusammengesetzt worden war und für fast 70 Millionen Euro verkauft wurde. Ein virtueller Bildteppich, eine Bildcollage mit dem Titel »Everydays: The First 5000 Days«, wie das Magazin berichtete, »in eine Art Kettendatei verpackt, auch ›Blockchain‹ genannt.« Ein originärer Kunstbesitz auf der Festplatte.

Der Vorgang faszinierte Wolff. Nur 5000 Einzelbilder? Die Zubereitung des Cappuccinos. Das Besteck in den Besteckkorb legen. Das Bett lüften und die Kissen dann im Bettkasten verstauen. Sich ankleiden. Den Briefkasten öffnen. Das Auto aus der Tiefgarage fahren. Die Handgriffe beim Wechseln einer Leuchtstoffröhre. Eingeübte, immer gleiche Ereignisse. Durch die Drehtür das Funkhaus betreten. Die Flure durchqueren. Im Büro Platz nehmen. Den Computer hochfahren. Post und Emails durchsehen. Die Unterschriftsmappen. Vertraute Mechanismen, dachte Wolff, die bleiben, die ewigen Bestand haben. Das Leben ist die Summe von Millionen Einzelbildern für Sehende und Nicht-Sehende, denn Bilder können auch im Bewusstsein ohne optische Reize entstehen. Blinde Menschen wissen das, auch

Sehbehinderte. Wolff wusste aber nicht genau, ob sich die Einzelbilder des Lebens zu einem Gesamtwerk zusammenfügten oder ob sie in den Schubladen des Gehirns in Schichten übereinander gelagert sind.

Und dann ein Löschbefehl. Die Bilder sind verschwunden und existieren nur noch als Erinnerung. Es kann aber auch sein, dass von ihnen nur leere Bilderrahmen oder virtuelle Textdateien übrigbleiben. Oder die Leere absoluter Farblosigkeit, die keine Schatten und keine Konturen zeigt, nur ein bestürzendes Grundrauschen.

Immer, in jeder Sekunde des Lebens wird irgendwo die Löschtaste gedrückt und nichts ist mehr, wie es war.

Es war nicht gut, solchen Einfällen nachzusinnen. Wolff kannte die schweren Tage, an denen er von ähnlichen Gedanken regelrecht überfallen wurde. Früher war er darüber erschrocken. Depressionen passten doch nicht zu ihm. In späteren Jahren begrüßte er die Zumutungen des dunklen Denkens und sagte: »Ich kenne Euch. Da seid Ihr wieder!«, und es ging ihm sofort besser. Ihm fiel eine zentrale These von Joseph Beuys ein: »Jeder Mensch ist ein Künstler!« Die Bildcollagen des Lebens wurden aber nicht auf Auktionen versteigert. Sie waren im Gegenteil für die meisten Menschen, die ihre eigene Bildersammlung hüteten, uninteressant, irrelevant und wertlos.

Beck hatte ihn angerufen, nach längerer Zeit sein erstes Lebenszeichen. Er hatte ihm mitgeteilt, was ihm nachts in der Reha eingefallen war. Sie hatten lange telefoniert, bis Beck abbrechen musste. Er hatte einen Termin in der Physiotherapie. Auch Wolff sollte seit einigen Minuten in der Etatbesprechung sein. Er wusste jetzt schon, was unter dem Strich dabei herauskommen würde: Weitere Einsparungen. Die Summen standen fest, es war die Aufgabe der Programmbereichsleiter, die Sparmaßnahmen für die einzelnen Redaktionen in seinem Programmbereich festzulegen. Immerhin hatte ein Freund aus der Finanzabteilung ihm Zahlen genannt, sodass Wolff längst angefangen hatte, ein gerechtes System für die Etatkürzungen zu entwickeln und mit den Redaktionen intelligente Lösungen zu erarbeiten, um mit weniger Geld eine flexiblere Programmplanung zu erfinden. Mehr Wiederholungen, mehr Live-Sendungen, kostengünstigere Formate.

Wolff sah sich im Konferenzraum um. Alle haben ihre eigenen Lebensbilder im Kopf. Für manche mochten sie sich zu einer Gesamtcollage zusammenfügen. Nur selten wurden die Bilder anderen gezeigt. Otsch und Beck waren eine Ausnahme, aber beide waren nicht anwesend. Eines Tages gibt es einen Löschbefehl und dann war es das. Alles vorbei. Nicht ganz, dachte Wolff, den seine Gedanken jetzt nicht bedrückten. Von einigen blieben die Audiosignale auf den Festplatten des Schallarchivs, wenn sie eigene Sendungen realisiert hatten. Und es blieben ihre medienpolitischen Essays und Pressemeldungen über ihre Programmplanung, abgelegt wie Gold in den Tresoren, abgegrenzt und eingezäunt und schnell vergessen. Eines Tages würde vielleicht jemand die alten Dokumente lesen. Wolff fand, dass die Wucht der Einsparverfügungen durch solche Überlegungen erheblich relativiert wurde. Der Sender, nicht sein Personal, würde auch diese Zeiten überleben. Es könnte aber auch ganz anders kommen.

Zu klären wäre, was mit der abgebrochenen Produktion von Otsch geschehen soll. Er hatte mit ihm in den letzten Tagen keinen Kontakt gehabt. Der Regisseur hatte eigentlich nach München kommen wollen, sich aber nicht gemeldet. Beck würde so schnell nicht wieder arbeitsfähig sein, und mit Otsch hatte es große Probleme im Studio gegeben. Nach dem Gespräch mit Beck war Wolff klar, dass die Produktion kaum gerettet werden konnte. Darüber müsste er noch einmal mit dem Team reden. Trotz der Summe aller Ausfallhonorare bliebe ein längst genehmigter Produktionsetat übrig, mit dem sich schlankere Projekte finanzieren lassen würden oder der als interner Ausgleich für die Einsparungen seines Programmbereichs dienen könnte. Wenn es denn so käme.

Der Föhn muss eingesetzt haben. In der Stadt ständiges Hupen der Fahrzeuge. Fahrer und Fahrerinnen beschimpfen sich. Das Licht sticht. Die Fassade der Theatinerkirche blendet. Im Straßencafé gegenüber sind die Plätze kaum besetzt. Die Pappeln auf der Leopoldstraße biegen sich im Wind. Immer wieder schreit ein Martinshorn in den Sound der Bose-Boxen in den Autos hinein. Dann ist die Verwirrung grotesk.

Wie schläfrige Alligatoren bewegten sich die Fahrzeuge nach links und rechts, um eine Rettungsgasse zu bilden, aber sie versperrten den Einsatzwagen trotzdem den Weg. Föhn in der Stadt. Wolff hatte sich vorgenommen, bei seinem Weinhändler in der Kurfürstenstraße einzukaufen. Wenn er einen Karton mit sechs Flaschen oder zwei Kartons kaufte, fuhr er mit dem Wagen. In München war das so eine Sache. Eine »grüne Welle« gab es nur auf den Ausfallstraßen. Innerhalb des Mittleren Rings führten die Ampelanlagen der Straßenkreuzungen ein Eigenleben. Es ging voran, nach 100 Metern wieder anhalten. Dann um die Ecke. Wieder rot. Seit Langem war die Stadtregierung der bayerischen Landeshauptstadt nach der Auffassung der Oppositionsparteien und der Automobilverbände von dem Plan besessen, das Fahren mit dem PKW mit allen Mitteln zu erschweren oder sogar zu verhindern. Im Sommer wurden durch aufgemalte Pop-up-Radwege die Fahrspuren verengt, Parkplätze wurden durch provisorisch gezimmerte Schanigärten vor den Restaurants ersetzt. Es gab Pläne, die Höchstgeschwindigkeit im gesamten Stadtgebiet auf 30 Stundenkilometer zu beschränken, selbst auf den breiten Ausfallstraßen. Wolff hatte eigentlich viel Sympathie für eine Kommunalpolitik, die eine Verkehrsberuhigung anstrebte. Aber in ihrer Verzweiflung blockierten viele Autofahrer die eigens eingerichteten Ladezonen. Die Parkgebühren in der Innenstadt waren angehoben worden. Zudem entfielen viele Parkmöglichkeiten, weil überall Ladesäulen für Elektrofahrzeuge installiert wurden. Sie breiteten sich über Nacht aus, und trotzdem klagten die Zeitungen über den schleppenden Ausbau der Lademöglichkeiten für die umweltfreundlichen Autos. Wolff fand die Veränderung der Stadt gut. Es gab doch keine sinnvolle Alternative. Nur wenn er selbst mit seinem Wagen unterwegs war, dachte er anders. Längst hatte er es sich angewöhnt, mit großer Gelassenheit durch München zu fahren. Es amüsierte ihn, wenn ein PS-starkes Auto neben ihm an der Ampel einen Blitzstart hingelegte, und wenn der Fahrer an der nächsten Ampel zu ihm herübersah. Wolff lächelte dann hinüber. Bei Föhn erntete er böse Blicke und oft genug unverschämte Gesten. Der Föhn verscheuchte jede Gelassenheit. Er machte die Leute verrückt.

Al Wolff war gut gelaunt. Die Probleme, die sich im Sender nicht erst heute gezeigt hatten, hatte er in seinem Büro zurückgelassen wie Hunde, die auf ihren Platz verwiesen werden. Kusch! Trotzdem würde er heute Abend von zu Hause aus versuchen, Otsch anzurufen. Es hatte ja wenig Sinn, ständig über Probleme nachzudenken, statt sie zu lösen.

In die Einkaufstasche hatte er drei Bücher von Martin Walker gelegt, die er seinem Weinhändler versprochen hatte. Sie tauschten nicht nur ihre Gedanken über die Politik in Deutschland nach den schweren Jahren der Krise aus, sondern immer wieder auch über Bücher, vor allem Kriminalromane, in denen sich die Landschaften, die psychische Kondition der Protagonisten und ihre Alltagskultur widerspiegelten. Zuletzt hatte er Bücher der Autoren Petros Markaris, Alexander Oetker und Leonardo Padura mitgebracht sowie einen Roman von Jilliane Hoffman, der in den USA spielte. Sein Weinhändler hatte inzwischen sicher die beiden neuesten Bretagnekrimis von Jean-Luc Bannalec mit dem bodenständigen Kommissar Dupin gelesen. Bannalec war ein Pseudonym, das vor einigen Jahren gelüftet worden war: Jörg Bong, der Autor, war Literaturwissenschaftler, Fotograf, Publizist, Verleger, verlegerischer Geschäftsführer des S. Fischer Verlags und Kurator der vom Verlag gegründeten Stiftung und war ganz sicher ein Genießer der französischen Küche. Wolff besaß ein Kochbuch von Bannalec aus der Bretagne, das der Autor zusammen mit einem Gastwirt und dessen Frau geschrieben hatte.

Im Weinladen, der zudem ein Geschäft für italienische Delikatessen war, hatte er sich mit dem Geschäftsinhaber lange über die Bannalec-Verfilmungen im Fernsehen unterhalten. Irgendwann war er daheim mit den neuen Büchern als Leihgabe: Ein Winterkrimi von Gerard Donovan, der in Maine spielte, und das neue Buch »Borderless« von Veit Heinichen. Weil auch Wolff nicht nur Kriminalromane lesen wollte und konnte, legte er Unterhaltungspausen ein, in denen er literarische Neuerscheinungen las: von Juli Zeh, Benedict Wells und der Münchner Autorin Gunna Wendt, die er persönlich kannte und sehr schätzte. In einem Antiquariat hatte er, noch in Originalfolie eingepackt, Stefan Zweigs »Die Welt von gestern – Erinnerungen eines Europäers« entdeckt. Er würde demnächst mit der Lektüre beginnen. Zudem wartete das letzte Buch des großen italienischen Autors Antonio Camilleri darauf, gelesen zu werden. Wolff nannte sein Leseverhalten selbst eine Zweitaktmischung. Camilleri musste sich gedulden. Aber er war inzwischen verstorben und deshalb hatte Wolff keine Skrupel. Der selige Antonio würde ihm verzeihen.

Die Fernsehprogramme heute Abend interessierten ihn nicht. Er hatte Otsch am Telefon nicht erreicht, und auch Elisabeth von Harnier hatte sich nicht gemeldet. Ob sie heute Abend ihr Haus in Aigen verlassen hatten? Er wünschte es beiden.

Dann sah er den Posteingang seiner privaten Emails durch. Eine Nachricht von der Nasjonalgalleriet Oslo. Bezüglich seiner Anfrage werde eine ergänzende Information gerne nachgereicht. Wolff schenkte sich ein Glas Rotwein ein. So las es sich angenehmer als im Büro.

Carl Wilhelm Hübners Gemälde »Die Auswanderer« sei nicht, wie Wolff vermutet hatte, Anfang der 1930er-Jahre als Leihgabe für eine Ausstellung in der Deutschen Botschaft Oslo aus dem Depot geholt und den Deutschen für eine unbegrenzte Zeit zur Verfügung gestellt worden. Solche Aktionen waren unüblich. Dass der NS-Staat sich aus dem Depot einer staatlichen Einrichtung in Norwegen bedient habe, sei unwahrscheinlich. Solche Übergriffe habe es nur in den osteuropäischen Staaten gegeben.

Wolff las, dass zu Beginn des 20. Jahrhunderts Staatsgalerien und kommunale Museen Gemälde häufig tauschten oder auch verkauften, um Kapital für Neuerwerbungen zu gewinnen. Das sei auch in Norwegen gängige Praxis gewesen.

Nach dem Überfall des Deutschen Reichs im Jahr 1940 auf Dänemark und Norwegen in dem Geheimunternehmen »Weserübung« auf Dänemark und Norwegen und der Besetzung des Landes habe es ohnehin keinen Kunstaustausch mehr gegeben.

Immerhin eine Spur. Wolff hatte sich darüber gewundert, dass bereits 1934 keine Angaben zum Verbleib des Gemäldes in dem Schreiben gemacht wurden, das auf die Rückseite der Leinwand geklebt worden war. Er hatte das Dokument in der Villa von Otsch und Elisabeth ja selbst gesehen und fotografiert. Wie ein Eindringling in das Privatleben der beiden, wie ein Spion hatte er sich gefühlt, aber sie hatten sich, wenn er es richtig wahrgenommen hatte, über seine Begeisterung und sein Interesse an dem Gemälde gefreut. Sollten sie jemals seine Gäste in München sein, würde er ihnen einen wertvollen Besitz aus seiner Bibliothek als ideelle Gegenleistung präsentieren: Ein Schaustück, mindestens so kostbar wie Wilhelms Gemälde. Eine in Schweinsleder gebundene, mit zwei Metallschnallen gesicherte Bibel aus dem Jahr 1558, gedruckt zu Wittenberg. Viele Holzschnitte, manche koloriert.

Er würde diese Bibel gewiss nicht zeigen, um mit ihr anzugeben, sondern um ein möglicherweise entstandenes Misstrauen wegen seines Interesses am Gemälde zu entkräften. Das Buch hatte Wolff von seinem Vater geerbt. Als nach dem Tod der Mutter ihr Nachlass unter den Geschwistern von Al Wolff in großem Einvernehmen verteilt worden war, hatte er sein Interesse an diesem Buch signalisiert. Den anderen lag nicht so viel an dem schweren und dicken Werk, dessen Ledereinband eine wunderbare Prägung hatte. Er nahm das Buch selten aus dem mit Glastüren versehenen Bücherschrank. Es war einfach da. Ein Bild aus der Bildercollage seines Lebens. Er brauchte solche Bilder und er liebte sie.

Noch einmal wählte er die Nummer von Otsch in Aigen. Es war spät geworden, aber er wusste, dass beide nicht vor Mitternacht in ihre Schlafzimmer gingen. Otsch hatte einmal erzählt, sie beide gehörten der Spezies der Nachteulen an. Wolff hatte gesagt: »Ich bin die dritte!«

Niemand meldete sich.
Dann eben morgen.

Noch kurz die News im Fernsehen einschalten. Er wählte die ZIB 2 im ORF aus. Gerade begann ein Interview des Chefmoderators Armin Wolff, den er für einen der besten TV-Anchormen hielt, mit dem österreichischen Bundeskanzler. Glasklare Fragen, scharfe Kanten. Der Kanzler antwortete geschmeidig. Ein Schauspieler im politischen Amt. Der Moderator war für seine unerschrockene, stets sorgfältig vorbereitete Fragetechnik, die auf recherchierten Fakten beruhte, auch international mit Medienpreisen ausgezeichnet worden. Was aber sah Wolff jetzt?

Das Live-Interview glich der Vernehmung durch einen Großinquisitor. Die Fragen waren korrekt, die Fakten stimmten, wenn der Kanzler auswich, wurde nachgefragt. Das war in Ordnung. Aber nicht zum ersten Mal empfand Wolff das Interview als eine journalistische Grenzüberschreitung. Ihm behagte die Gesprächsführung nicht. Er selbst war bei seinem Publikum wie in der Kollegenschaft ebenfalls für seine eindringlichen Interviews anerkannt, er lehrte an der Journalistenschule Fragetechnik I und II. Je härter und berechtigter die journalistischen Fragen an einen Studiogast waren, umso mehr musste der Interviewer darauf achten, dass sein Partner im Studio oder die Partnerin vor der Kamera und den Mikrofonen nicht ihr Gesicht verloren. Bleibe hart in der Gesprächsführung, aber schaffe für dein Gegenüber das Vertrauen, dass du ihn nicht vernichten willst. Dafür hast du kein Mandat. Du bist nicht Staatsanwalt, nicht Richter. Wäre Wolff zuständiger Redakteur im ORF, dann würde er nach der Sendung dem Kollegen seinen Eindruck vermitteln. »Deine Mimik, deine Gestik, deine Stimme arbeiteten heute nicht so souverän, so cool zusammen, wie ich es von dir kenne und wie ich es sehr schätze. Du bist sonst gelassener, souveräner. Hat dich der junge Kanzler eingeschüchtert?«

Otsch hätte doch längst in München sein wollen.

Wo war Elisabeth?

21

Manchmal ist alles anders.
Ganz anders als sonst.

Nicht dass Chobot heute auf seinen morgendlichen Streifzug zu den Schaufenstern der Galerien in der Altstadt und in der Linzer Gasse verzichtet hat, nicht dass er seine Melange im Thermobecher und sein gewohntes Croissant entbehren wollte. Es ist doch nicht in Ordnung, den Tag mit radikalen Änderungen zu beginnen. Der Mensch bedarf einer Stabilität und sei es die ständige Wiederkehr eingeübter Rituale.

Aber Chobot ist heute ein anderer.

Am frühen Morgen bürstet er die Schultern und den Kragen seines Sakkos sorgfältig ab. Haarschuppen und Haare. Er holt aus dem Kleiderschrank seine Zweitweste. Selten trägt er sie, nur zu besonderen Anlässen. Dann zieht er sich sein einziges gebügeltes Hemd an, entfernt den Zettel der chemischen Reinigung, poliert seine Schuhe und klopft seine Kappe auf dem Fensterbrett aus. Seinen kleinen Laden wird er frühestens zu Mittag öffnen. Wahrscheinlich kommt da sowieso niemand vorbei. Ihm wird es recht sein.

Aus der Schublade des weiß lackierten Küchentischs zieht er eine Mappe mit Aquarellen und Zeichnungen heraus. Sie sind nicht wertvoll, aber es ist immer gut, bei Verhandlungen mit einem kleinen

Geschenk zu überraschen. Er blättert die Bilder durch. Dieses Aquarell, im 20. Jahrhundert entstanden, könnte sich eignen. Der Untersberg unter einem heiter-flockigen Sommerhimmel. Kleines Format. Dezente Farben. Signiert. Den Künstler kennt keiner. Aber das ist nicht wichtig. Er steckt das Papier in eine Klarsichthülle, die er in seiner schmalen Aktentasche verstaut. Altes Leder, das für eine lange Geschichte der Ledertasche und seiner Besitzer bürgt.

Mit dem Taxi fährt er nach Aigen. Dem Fahrer hat er Straße und Hausnummer genannt, aber er bittet ihn, zwei Straßen vorher anzuhalten. Es ist besser, die letzten zweihundert Meter zu Fuß zu gehen.

Die Schauspielerin hat ihn angerufen. Er hat ihr schließlich versprochen, das Gemälde in ihrem Haus anzusehen. Er schlägt einen Termin vor. Sie bedauert. Sie habe sehr viele Termine im Augenblick. Er bietet Alternativen an. Sie muss erst in ihrem Terminkalender nachsehen. Dann einigen sie sich, wann der Besuch stattfinden soll. Heute also.

Die Taxifahrt führt ihn in eine Welt, die ihm fremd ist. Erst das stehengebliebene Bauerngehöft Jägergut, die Villa Fischbach, wie der Taxifahrer erzählt, drüben das Schloss Aigen, ein Park mit Grotten und Wasserfällen, ein Friedhof, die Stadtpfarrkirche. Hinten der Bahnhof. Dann eine dichtere Besiedlung mit Villen, deren Baujahr Chobot auf die zweite Hälfte des 19. Jahrhunderts datiert. Er hat sich früher einmal mit Architektur beschäftigt. Die Gärten werden größer, schattiger, und die Zäune werden höher. Jetzt die Villen mit den hohen Mauern um das Grundstück. Kameras an den Hausecken, Scheinwerfer, die dem Impuls von Bewegungsmeldern folgen. Große Briefkästen ohne Namensschild. Villen vor einem Wald. Villen, eingesperrt in Umzäunungen.

Er mag das. Die Menschen hier grenzen sich ab. Das macht er auch. Sie schützen sich vor Einbrechern und Demonstrationen. Vor Ansammlungen da draußen. Man weiß ja nie. In Deutschland sind in RAF-Zeiten nicht wenige Menschen in ihren Villen oder auf ihren Fahrten zum Arbeitsplatz oder nach Hause überfallen worden. Manche wurden ermordet. Chobot versteht, dass sich viele Eigentümer hier in Aigen abschotten. Wäre er hier zu Hause, würde er das auch tun. Er wohnt nicht hier, aber er folgt den gleichen Entscheidungen in seinem eigenen Leben und in seinem Gewerbe.

Es ist noch zu früh. Er steht vor dem Haus. Die Pflanzen davor und im Garten, sofern sich der Garten dem Blick öffnet, interessieren ihn nicht. Der Briefkasten mit den Initialen interessiert ihn nicht, uninteressant sind die Kameras unter dem Dach und im Garten. Interessant, findet Chobot, ist die Beobachtung, dass die Fenster vergittert sind. Schweres Schmiedeeisen. Wer hier wohnt, hat Angst um seinen Reichtum. Gäbe es keinen Reichtum, wären die Fenstergitter unsinnig. Angst der Besitzenden ist ein guter Ausgangspunkt für Verhandlungen. Wer Angst hat, ist grundsätzlich misstrauisch. Wenn Chobot das Misstrauen besänftigen kann, und er kann es, schlägt es schnell in Vertrauen um. Das hat er oft erlebt. Wird er als Vertrauensperson anerkannt, dann ist alles Weitere leicht für ihn. Sehr leicht. Dann hat er freie Hand. Er hat es immer wieder erlebt, und es gibt nicht sehr viele Menschen, die im Kunsthandel so viel erlebt haben wie er. Aber darüber spricht er nicht. Ohne Gitter vor den Fenstern ist das Leben nicht gut.

Die Grande Dame mit den weißen Handschuhen öffnet einen Flügel des torähnlichen Eingangs. Die Schauspielerin. Diese wunderbare Person, mit der er zweimal im Café Isaak zusammengesessen ist.

»Schön, dass Sie da sind.«

»Gnädige Frau.«

»Meine Haushälterin und der Gärtner sind gerade da, es kann sein, dass wir gestört werden.«

»Passt schon, gnädige Frau«, sagt Chobot.

Im Haus ist es totenstill.

»Sie haben nachgedacht?«

»Ich habe nachgedacht, gnädige Frau.«

»Und?«

»Es gibt möglicherweise eine Lösung für Ihr Problem.«

»Das würde mich freuen.«

»Ihr Gatte?«

»Ist unterwegs. Er sollte längst nach München und dann weitergefahren sein, aber dann kam einiges dazwischen.«

»Entschuldigung. Ich wollte nicht so indiskret sein.«

»Mein Lieber, fragen Sie doch, fragen Sie.«

Elisabeth von Harnier ruft nach der Haushälterin. Sie antwortet nicht. Auch vom Gärtner ist nichts zu hören.

»Ich schaue mal nach ihr. Vielleicht können Sie sich inzwischen das Gemälde ansehen.«

Chobot steht im Salon. Ein alter, kleiner Mann vor einem großen Goldrahmen, der ein dunkles Gemälde einfasst. Das stimmt nicht, denkt Chobot, das Bild ist gar nicht so dunkel wie es auf den ersten Blick wirkt. Aus der Landschaft im Hintergrund quillt Licht hervor. Es schimmert in den Haaren und Zöpfen des kleinen Mädchens, das vor dem segnenden Pfarrer steht, und es hebt die weißen Beffchen des Seelsorgers hervor, ein Lichtpunkt über dem schwarzen Gehrock. Weiß wie mein gebügeltes Hemd, denkt Chobot und lacht leise. Er zieht eine Lupe aus seiner Aktentasche, geht nahe an das Gemälde heran. Er widmet sich den Farbmischungen und Übermalungen, den Pinselstrichen und Tupfern in Rot, die Blüten oder Hagebutten andeuten. Auf der Stirn des Segnenden ein Lichtfleck. Welch ein Gesicht, denkt Chobot, so viel Schmerz. Es erinnert ihn an sein Spiegelbild.

Er blickt sich um. Paul Klee erkennt er auf Anhieb. Auch die zwei, drei anderen Bilder. Sie interessieren ihn nicht. In der Beschränkung zeigt sich erst der Meister, und er ist ein Meister. Es geht nur um dieses Bild. Im Haus immer noch kein Laut. Keine Haushälterin, kein Gärtner, keine Katze, kein Hund. Kein Rasenmäher. Keine tickende Uhr.

Elisabeth von Harnier tritt auf. Mit ihren Händen in den weißen Handschuhen stellt sie ein Tablett mit einer Melange auf den Beistelltisch, dazu eine Silberschale mit Keksen. Der Kaffee ist heiß.

»Sie mögen doch Melange?«

»Sehr gerne, gnädige Frau. Sie erinnern sich richtig.«

»Meine Haushälterin ist im Bügelzimmer und mein Gärtner fährt gerade den Biomüll zum Wertstoffhof.«

»Ich habe Ihnen ein kleines Geschenk mitgebracht. Mein Dank für unsere Begegnungen im Mirabellgarten und im Café Isaak, gnädige Frau.«

Er öffnet seine Aktentasche, fingert die Klarsichthülle heraus und überreicht ihr das Aquarell mit dem Untersberg.

»Ein wertvolles Aquarell«, sagt Chobot.

»Ich bin gerührt«, sagt Elisabeth Achatz und betrachtet das Bild.

»Es soll Ihnen gehören.«

»Ich bin völlig überrascht«, sagt Elisabeth.

Sie schätzt es, dass Chobot keine großen Worte macht. In ihrem Beruf ist sie ständig von Schwätzern umgeben, von Menschen, die erst beim Sprechen denken. Otsch hat das sehr früh verstanden. Wenn er nach ein, zwei Wochen Regie in Deutschland heimgekommen war, hatte er sie mit seinen Erzählungen geradezu überschüttet. »Mein Lieber, du überanstrengst mich«, hatte sie ihm entgegnet und insgeheim gehofft, dass er sie fragen würde, wie ihre Zeit inzwischen ausgesehen hatte, was sie erlebt und möglicherweise auch erduldet hatte. Aber Otsch fragte nicht. Nie. Inzwischen aber hatte er gelernt, zu verstummen.

»Eine reizende Geste«, sagte Elisabeth, »Ich werde das Aquarell rahmen lassen und hier im Salon aufhängen.«

»Das freut mich.«

Chobot nickt. Er vertieft sich in das Gemälde von Carl Wilhelm Hübner. Der alte Mann steht vor dem Bild, studiert die Gesamtwirkung, prüft dann Quadratzentimeter für Quadratzentimeter. Rechts unten die Signatur Hübners. Carl Hübner, Düsseldorf. Das Werk muss, weil Hübner seit 1841 sein eigenes Atelier in Pempelfort besaß, noch während seiner Zeit als Student an der Düsseldorfer Kunstakademie, wahrscheinlich aber kurz danach entstanden sein.

»Wollen Sie die Bestätigung der Nasjonalgalleriet Oslo sehen, die auf die Rückseite der Leinwand geklebt wurde?«

»Gnädige Frau, das interessiert mich und meinen potenziellen Käufer nicht. Kunst ist Kunst. Den Transportwegen des Werks gilt unsere Aufmerksamkeit nicht.«

Er trinkt einen Schluck aus der feinen Porzellantasse. Ein exzellenter Kaffee.

»Wissen Sie, Hübners Bilder wurden in vielen Städten gezeigt. Sein Gemälde von den Webern war in Köln, Halberstadt, Berlin und anderen deutschen Städten ausgestellt, vielleicht war dieses Werk dabei. Wir wissen es nicht, aber es spielt für meinen Interessenten keine Rolle. Ich habe ihm ihre Fotografien gezeigt.«

»Das würde mich sehr freuen.«

»Noch einmal, entschuldigen Sie: Weshalb wollen Sie sich von diesem Gemälde trennen?«

»Ich weiß es nicht. Irgendwann hängen die Bilder einfach herum. Man weiß, dass sie da sind, aber man betrachtet sie nicht mehr intensiv. Man kennt ja alles. Da stumpft die Aufmerksamkeit ab. So eine Art Gewöhnungsfaktor, verstehen Sie?«

Im Haus ist es still. Der Gärtner ist noch nicht zurück, falls er überhaupt hier war. Die Haushälterin in der Bügelkammer: Kein Laut dringt in den Salon. Vielleicht ist sie gar nicht im Haus. Chobot glaubt, dass es sich so verhält. Die gnädige Frau will nicht den Eindruck erwecken, in der Villa allein zu sein. Er kann das verstehen. Jeder Mensch bedarf eines Sicherheitszauns um sein Alleinsein herum. Ihm geht es nicht anders.

»Können wir über Details reden?«, fragt Elisabeth und schenkt ihm mit ihrer weiß behandschuhten Hand Kaffee nach. Milch. Chobot schätzt den Kaffee als Melange besonders, das hat sie im Café Isaak beobachtet.

»Es gibt ein Problem, gnädige Frau«, sagt der alte Mann mit der Kappe auf den grauen Haaren. »Kein Käufer kauft ein Gemälde, ohne das Original gesehen zu haben.«

»Das lässt sich einrichten. Soll ich es zu Ihnen bringen lassen?«

»Nein, wirklich nicht. Ich habe in meinem Laden überhaupt keinen Platz, um ein so großes Bild unterzubringen.«

»Kann Ihr Interessent das Gemälde vielleicht hier in unserem Haus betrachten?«

Elisabeth gestikuliert mit ihren Händen. Chobot nimmt die Choreografie ihrer Bewegungen im totenstillen Salon wahr. Es kommt ihm so vor, als erlebe er jetzt die Schauspielerin auf einer imaginären

Bühne. Jede Handbewegung ist inszeniert. Geübt. Geprobt. Einstudiert. Die weißen Handschuhe erinnern Chobot an einen Abend mit Marcel Marceau im Zürcher Schauspielhaus. Als Jugendlicher wohnte er ein paar Tage bei Verwandten in deren Dienstvilla oberhalb der Stadt Zürich. Sie hatten ihn überraschend zu der Vorstellung eingeladen. Der Pantomime hatte ihn stark beeindruckt. Marceau hatte für ihn Bilder auf die Bühne gezaubert, die nur er zu sehen glaubte. Ein Bild nach dem anderen. Eines schöner als das andere. Und dann: ein Wisch über die nicht-existierende Leinwand oder Glasscheibe, und ein neues Bild entstand. Jedes neue Bild weckte neue Gefühle. Traurigkeit. Freude. Lebenslust. Todeserfahrung. Vitalität. Abschiedsschmerz. Der junge Chobot hatte solche intensiven Gefühle bisher noch nicht erlebt. Das ist Kunst, hatte der junge Mann damals gedacht, es wird etwas erschaffen, das großartig ist. Dann wisch und weg, ein leerer Raum, Angstgefühle wegen des unerträglichen Nichts auf der Bühne. Nichts ist von Bestand, in allem steckt das Fallen. In allem die Vergänglichkeit. Dann aber erscheint sofort ein neues Werk. Kunst hat keine Garantie auf Ewigkeit, natürlich. Das mag eine banale Erkenntnis sein. Aber, so hatte es der junge Chobot erfahren: Einzelne Bilder prägen sich für Jahrzehnte ein. Sie bleiben im Gedächtnis, während andere Welten verschwinden. Falls sich der alte Marcel Marceau selbst nicht mehr an die Abläufe seiner Bewegungen und seine choreografische Sprache erinnern konnte, so hatten sie sich im Gedächtnis von Chobot längst eingebrannt. Kein Unglück. Ein Glück für ihn.

»Ich rate Ihnen dringend ab, gnädige Frau, einen Interessenten für dieses Gemälde in Ihrem Haus zu empfangen«, sagt Chobot. »Ich bin mir übrigens ja noch gar nicht sicher, ob der Interessent bei der Stange bleibt. Aber notfalls finde ich einen anderen.«

»Das wollen Sie wirklich für mich tun?«

»Na ja, gnädige Frau, ich habe Ihnen gesagt, dass ich im Prinzip keine Gemälde vermittle. Kupferstiche, Stahlstiche, Schabdrucke, Zeichnungen, Buchillustrationen, das schon. Ich bin kein Kunsthändler. Aber für Sie würde ich eine Ausnahme machen.«

»Wirklich? Das wäre reizend!«

»Ich habe Sie auf der Bühne und im Kino gesehen, und wer Sie gesehen hat, kann Ihnen doch keinen Wunsch abschlagen.« Chobot greift zur Porzellantasse. Sie gehört offensichtlich zu einem englischen Teeservice aus dem späten 19. Jahrhundert.

»Ein sehr schönes Porzellan, gnädige Frau.«

»Das stimmt. Sie haben einen scharfen Blick. Es stammt aus dem Haushalt meines Großvaters. Trotz der Weltkriege ist kein einziges Stück zu Bruch gegangen, Ich hüte es wie meinen Augapfel.«

Elisabeth erzählt Chobot, dass aus dieser Tasse bereits berühmte Menschen Kaffee getrunken haben. August Everding. Aber das ist sehr lange her. Gerd Bacher. Gerard Mortier. Sunnyi Melles. Axel Corti.

»Helga Rabl-Stadler?«

»Ach wissen Sie«, sagt Elisabeth. »Wir haben uns nur für Augenblicke gesehen. Ich bewundere sie. Die Welt geht unter, aber sie strahlt in die Kamera, optimistisch wie ein Honigkuchenpferd, resolut und über jeden kritischen Einwurf der Journalisten in Fernsehinterviews erhaben. Ich habe viel von ihr gelernt. Sie verfügt über ein Erfolgsgen. Eine Swarovski-typische Weltläufigkeit mit barocker Eleganz. Ich bewundere sie, aber in unserem Haus war sie leider noch nicht.«

»Sie sollten in Ihrem Haus kein Geschäft abwickeln«, sagt Chobot. »Wenn ich mir die Bemerkung erlauben darf: Es ist doch nicht nur die Gewöhnung an das Gemälde, die Sie zum Verkauf veranlasst?«

»Das Gemälde beunruhigt mich. Ich habe so viel über Nazi-Raubkunst und Restitutionsverhandlungen, über internationale Ermittlungen und enthüllungsjournalistische Dokumentationen gelesen. Ich will das Ding einfach nicht mehr im Haus haben.«

»Das ist verständlich, aber Sie wissen es doch gar nicht genau?«

»Nein. Aber allein das Gefühl, da könnte ein unangenehmes Geheimnis aus meinem Haus in die Öffentlichkeit gelangen, ist Grund genug. Ich kann mir in meiner hauptberuflichen Arbeit solche irrationalen Anfechtungen nicht erlauben. «

Chobot nickt.

»Das ist Ihre Entscheidung. Ihr Gatte?«

»Wir sind einer Meinung.«

»Umso besser«, sagt Chobot.

»Weshalb kann ich das Bild nicht einem Interessenten hier im Haus zeigen? Das würde doch vieles vereinfachen.«

»Jeder Interessent achtet auf die Umgebung eines Gemäldes, das ihn interessiert. Er zieht seine Schlüsse. Er taxiert die Villa von außen. Den Salon hier. Nimmt er auch nur eine Idee von Wohlstand wahr, wird er den Verkaufspreis drücken wollen. Wer in dieser Villa lebt, ist existenziell sicher nicht vom Erlös des Gemäldes abhängig. Wer hier wohnt, will Platz für neue Bilder schaffen. Natürlich müssen die auch erst erworben werden. Aber wenn der Interessent, sagen wir, an einem neutralen Ort ein Gemälde untersucht, ihm also keine Daten über die persönliche Vermögenslage des Verkäufers vorliegen, schätzt er den Kaufpreis so ein:

Wie viel ist ihm das Bild wert?

Alles Psychologie.

Elisabeth drängt zur Eile. Otsch könnte bald aus München zurück sein. Niemals, und jetzt schon gar nicht, würde sie dem alten Mann anvertrauen, dass sie und ihr Ehemann in finanziellen Schwierigkeiten stecken. Otsch hat keine Ahnung, und Chobot muss es nicht wissen.

Der alte Mann klopft auf seine Kappe. Er streckt sich, seine Weste spannt sich unter dem Sakko. Er melde sich in den nächsten Tagen. Unter der Türe dreht er sich um. Ach ja, es muss ja auch noch darüber geredet werden, wie es weiter geht.

Chobot wird einen Vorschlag für ein Treffen an einem neutralen Ort in Salzburg machen. Er wird sie mit dem Interessenten bekannt machen. In einem Café oder einem Schanigarten oder einem Restaurant ist das natürlich nicht möglich. Ideal ist eine Tiefgarage. Das Gemälde ist groß, der Goldrahmen macht es gewaltig, und mit einem solchen Riesengegenstand kann kein Mensch durch die Stadt Salzburg laufen, ohne aufzufallen. Elisabeth hat darüber noch nicht nachgedacht. Wann immer es Probleme gab, hat sie diese in ihrem Haus gelöst. Die Versicherungsagenten wurden hierher bestellt, die Handwerker, die Lieferanten. Die Presse, die Fernsehteams. Auch die Kostüm- und Maskenbildnerinnen. Wer etwas von mir will, muss etwas leisten. Ohne Vorleistung geht nichts zusammen. Wer etwas will, muss kommen.

»Entschuldigen Sie«, sagt Chobot. Er geht noch einmal zurück zum Abstelltisch, um seine Melange auszutrinken. Termin und Ort teile er ihr sehr bald mit. E-Mail? Telefon? Postkarte? SMS? Elisabeth schreibt ihre E-Mail-Adresse auf. Sie notiert Chobots Kontaktdaten auf einem Zettel. Chobot bedankt sich. Er will die feine Porzellantasse auf den Teewagen zurückstellen. Er stößt gegen die Kaffeekanne, sie fällt um. Der Henkel der Tasse bricht ab, auf dem Tablett liegen jetzt Scherben. Dem alten Mann ist das peinlich. Sein Gesicht rötet sich. Er sucht nach Worten.

Elisabeth sagt: »Eine Petitesse, ich bitte Sie!«

Kunst ist nicht für die Ewigkeit geschaffen, denkt Chobot und entschuldigt sich.

Verbeugungen. Schuldbeteuerungen. Trost. Welch ein Glück, denkt er, dass ich solche Dinge nicht besitze. Bilder sind handfester. Selten bricht etwas ab, und wenn dann nur ein Stück des Bilderrahmens. Die Bilder sind in seiner für Fremde nicht zugänglichen Sicherheitszone aufbewahrt.

Er weiß, weshalb er seine Melange im Laden aus dem Thermobecher in eine handelsübliche Kaffeetasse schüttet. Auch eine handelsübliche Tasse kann sich in ein Readymade verwandeln. Es ist eine Frage der Perspektive. Und der eigenen Einstellung Dingen gegenüber. Sie können Eigenheiten entwickeln. Das hat Chobot von Marcel Duchamp gelernt. Jeden Gedanken aber an eine waagerecht aufgestellte Toilettenschüssel als Exponat solcher Kunst hat Chobot stets von sich gewiesen. Es bedarf immer eines Mindestanspruchs an Ästhetik, um ihn für Kunst zu begeistern. Die runden Formen von Toilettenschüsseln haben Chobot noch nie interessiert, obwohl er ihr Design, wenn es dem eigentlichen Zweck entzogen ist, durchaus interessant findet. Es ist Design, denkt er, nicht Kunst.

Er wird, wenn er wieder in seinem Laden ist, einige Telefongespräche führen. Die Auktionspreise für Künstler der Düsseldorfer Malschule sind in den letzten Jahren dramatisch gefallen. Selten erzielen Gemälde, die im 20. Jahrhundert für einen privaten Kunstsammler, der sein Wohnzimmer mit einem Gemälde von Hübner schmücken wollte, fast unerschwinglich teuer waren, jetzt Preise über 10 000 Euro.

Da ließe sich aber etwas machen. Es gibt Privatkunden, die nach Themen in der Malerei suchen, die mit ihrem eigenen Leben harmonieren. Die einen sammeln wie der Kameramann Michael Ballhaus Gemälde, die vor allem die ganze Variationsbreite von Licht zeigen, andere sammeln Nomadenteppiche, wieder andere Gemälde mit Stadtansichten jener Orte, in denen sie gelebt haben. Er wusste von einem deutschen Emigranten, der sein Haus auf Long Island in den USA mit Kupferstichen seiner Heimatstadt Augsburg ausgestattet hatte, und er kannte den Besitzer eines Modehauses, der Skulpturen, Collagen, Gemälde und Zeichnungen von jungen Männern sammelte und jeden Preis bezahlte, um ein neues Kunstwerk mit einem männlichen Akt zu besitzen.

Chobot wird seinen Kunden finden.

Mit Gemälden verhält es sich wie mit Wein. Die Gestalt, also Idee, Technik, Ausführung, Charakter, letztlich das Produkt stellt nur eine Hälfte dar. Die andere Hälfte ist das Narrativ. Erfahrene Winzer sind auch Erzähler und Essayisten. Sie verleihen dem Wein eine Geschichte. Die Lage, der Boden, die Familiengeschichte der Winzer, die Weitergabe der geheimen Regeln von Generation zu Generation, die Anbaufläche, die Reifezeit und die jeweilige Produktionsmenge des Weins. Die Beachtung bestimmter Temperaturen. Im Kunsthandel, wie Chobot ihn versteht, kommt es auch darauf an, die Regeln des Verkaufsgesprächs zu kennen und sie zu beherrschen.

Erster Akt:

Das Kunstwerk wird enthusiastisch beschrieben. Jede Feinheit, die Pinseltechnik, die Lichteffekte, die Choreografie, in der die gezeigten Personen vom Künstler aufgestellt sind, der mit dem Gemälde harmonisierende Rahmen mit seinen geschnitzten Ornamenten und schließlich die Bedeutung des Künstlers oder der Künstlerin in der Kunstwelt. Die kunstwissenschaftliche Expertise.

Der zweite Akt:
Jetzt wird die Skepsis, die Ernüchterung nach dem Bildrausch in den Mittelpunkt des Geschehens gestellt. Ja, es gibt sehr viele Gemälde des Künstlers, ja, sein Stil sei gerade nicht gefragt auf dem Kunstmarkt. Das könne sich wieder ändern. Sie wissen ja, eine Mode löst die andere ab. Da bedarf es großer Geduld. Man wisse gar nicht, ob man zum Kauf dieses Bildes raten könne.

Der dritte Akt:
Die Wünsche des potenziellen Käufers müssen jetzt infrage gestellt werden. Letztlich sei das Kunstwerk für ihn doch wahrscheinlich zu teuer. Er solle sich doch genau überlegen, ob sich die Anschaffung für ihn wirklich lohne. Chobot könne, wenn das gewünscht werde, auch kostengünstigere Bilder anbieten. Man prüfe bitte doch sehr genau, ob man wirklich so viel Geld ausgeben wolle. Niemand hänge sich doch so viel Geld an die Wand. Es sei verständlich, wenn der Kunde Bedenkzeit haben wolle. Allerdings dürfe sie nicht zu lange dauern, denn wenn er das Werk nicht erwerbe, müsse Chobot natürlich einen anderen Interessenten finden. Er wolle schließlich Gemälde nicht einfach horten. Dann muss das Gemälde demonstrativ auf die Seite gestellt werden. Das wäre es dann.

Vierter Akt:
Die Begierde des Kunden flammt auf. Das Bild sei zwar sehr teuer, aber andererseits, na ja, es sei doch ein wunderbares Gemälde. Noch dazu von einem weit über Deutschland und Österreich hinaus bekannten Künstler geschaffen. Eigentlich bedürfe er keiner Bedenkzeit. Er habe sich schon im ersten Augenblick in das Bild verliebt.

Fünfter Akt:
Die Conclusio: Natürlich muss das Kunstwerk fachgerecht für den sicheren Transport verpackt werden, es soll doch vor jeder Beschädi-

gung bewahrt werden. Dies wird bis zum Nachmittag möglich sein. Es handle sich um einen hervorragenden Kauf. Dann wird über Zahlungsmodus und Abholtermin verhandelt. Als Höhepunkt wird dem hervorragenden Kunstkenner der ohnehin bereits kalkulierte Rabatt gewährt, denn es sei ganz wunderbar, dass dieses Bild einen so künstlerisch kompetenten neuen Besitzer finde. Gelingt ein besonders guter Kaufvertrag, legt Chobot noch einen Stahlstich als Gratisgabe dazu. Kleine Geschenke erhalten die Kundschaft und bestärken sie in ihrem Glauben, richtig investiert zu haben. Man muss aber aufpassen, dass der Stahlstich nicht zu wertvoll aussieht, sonst glauben die Kunden, Chobot sei dankbar für den Verkauf. Chobot ist nie dankbar. Chobot rechnet.

Chobot führt solche Verkaufsgespräche, solche Kurzdramen des Alltags natürlich nicht in seinem Laden. Es gibt in Salzburg andere Orte dafür. Niemand soll hinter seinen seit Jahrzehnten aufgestellten Sichtschutz blicken dürfen.

22

Wenn es in Reha-Einrichtungen ungeschriebene Gesetze gibt, dann ist das Gesetz der Einsamkeit eines der wichtigsten. In den Krisenjahren hatte jede Kommunikation mit anderen Patientinnen und Patienten unterbleiben müssen, immer wieder waren Besuche Angehöriger verboten worden. Inzwischen haben sich natürlich die Regeln verändert, aber in das Bewusstsein von Personal und Patienten haben sich diese Grenzmarkierungen eingeprägt. Es ist zwar fast nichts mehr verboten, aber es wird auch nichts dafür getan, um die Verhältnisse, wie sie vorher existierten, wiederherzustellen. Das Essen wird auf die Zimmer geliefert. Das Schwimmbad für die Therapie ist weiterhin geschlossen. An der Eingangstür hängt ein Schild: Der Swimmingpool ist wegen Personalmangels und Umbaumaßnahmen geschlossen. Wir bitten um Ihr Verständnis. Der Sportraum ist immer noch geschlossen. Die Bar bleibt geschlossen. Wer der Einsamkeit entkommen will, muss zu Fuß einige Kilometer hinunter zur Ortsmitte der Marktgemeinde gehen. Aber dort im Café oder in der Gaststube des Wirtshauses sitzt dann wieder die Einsamkeit mit am Tisch, und zudem: Welcher Patient in einer Reha-Einrichtung ist schon in der Lage, die Mühen für einen so weiten Weg auf sich zu nehmen? Natürlich holen gelegentlich Besucher ihre Verwandten ab und machen mit ihnen einen kleinen Ausflug, aber das geschieht nicht oft. Das Leben hat sich noch nicht richtig eingespielt.

Beck ist deshalb froh, wieder zu Hause zu sein. Die ersten Tage erlebte er wie einen Schockzustand. Die Menschen auf den Straßen gingen zu schnell. Der Verkehr war viel zu lärmend. Zu laut! Zu laut! Zu laut! In den Geschäften waren zu viele Kundinnen und Kunden. Daheim aber erzählt seine Frau von ihren Erfahrungen des Alleinseins, von Gesprächen mit Nachbarn und den Kindern nebenan, von Nachrichten auf dem Anrufbeantworter. Beck solle sich mal die Anschreiben von zwei Versicherungen ansehen. Der TÜV sei fällig. Zuvor müssen aber die Winterreifen gewechselt werden. Es ist ohnehin sehr spät dafür. Die Waschmaschine ist seit gestern defekt. Aber das ist sie öfters schon gewesen. Worauf er Appetit habe. Ob er ein Bier trinken dürfe. Ob er etwas für die chemische Reinigung mitgeben wolle. Ob er die Nachrichten verfolgt habe. Ob er Kontakt zu Wolff habe. Sie habe über einen Urlaub nachgedacht, weil er sich von der Reha sicher erholen wolle. Ein Kontrolltermin beim Orthopäden oder in der Klinik? Nein, natürlich nicht in Rosenheim. Das kannst du auch hier in München anschauen lassen.

Beck spürt, wie ihn dieses neue Leben überfordert. Er hat Schmerzen. Er sehnt sich nach der Einsamkeit in der Reha und der Stille im Haus und leidet zugleich darunter, dass er seine Frau durch seine Schweigsamkeit belastet. Sie meint es doch gut und sorgt sich um ihn. In der Reha hat er Horst Lichters Buch »Ich bin dann mal still« gelesen. Er hat das abgegriffene Buch auf einem Tisch im Gang vor seinem Zimmer gefunden. Der Autor schildert, was es bedeutet, plötzlich allein in seinem Kopf zu sein. Stille ist gut, denkt er. Er erinnert sich an eine Urlaubsreise mit seinen Eltern in die Toskana. In Südtirol waren sie an einem Kloster vorbeigefahren, das keine Zufahrtsstraße hatte. Das Gebäude der Zisterzienserinnen, die sich dem Schweigegebot verpflichtet haben, saß wie ein Adlerhorst auf dem Felsen, wobei natürlich niemand wusste, ob das Gebot immer peinlich genau beachtet wurde. Den Kontakt zur Außenwelt stellte ein Seilzug her. Im herabgelassenen Korb wurden die schriftlich fixierten Wünsche und Aufträge in die Welt draußen gebracht. Waren wurden hochgezogen, Medikamente, Getränke, Lebensmittel, Bücher, der Geldtransfer wurde ebenfalls über den Korb abgewickelt. Ein »Warenkorb«, denkt Beck, und er lacht leise. Das analoge Modell der schweigenden Nonnen hat sich in die digitale Geschäftswelt hinübergerettet. Vielleicht stimmte die Geschichte auch nicht, aber Beck war damals tief beeindruckt von der Erzählung seines Vaters, der immerhin einige Jahre in Bozen gelebt hatte.

In einer Wohnung aber gibt es keinen Warenkorb und keinen Seilzug. Es gibt keine schweigenden Nonnen, nur seine gut gelaunte Frau, die ihn aufheitern will. Aber Beck ist noch nicht so weit, jetzt schon durch den Spiegel hindurchzugehen in das Wunderland der Kommunikation, das er durch seinen Unfall verloren hat. Es ist ein längerer Prozess gewesen: als Wolff ihn in der Klinik besuchte, freute er sich darüber, sich mit einem vertrauten Menschen über nicht-medizinische Themen austauschen zu können. Aber spätestens in der Reha, wenn die dunklen, bewaldeten Berge das fahle Licht im Zimmer verstärkten, wenn es so still wurde, dass er das Rauschen des Meeres in seinen Ohren vernehmen konnte, ohne wie Kinder eine Muschel vor sie zu halten, hatte er seine Abscheu vor der Stille überwunden. Er gewöhnte sich an sie, und die Stille gewöhnte sich an ihn. Sie war Begleiterin am Tag und in der Nacht. Er hat sie jetzt aber verloren und der Verlust macht ihn traurig. Still, still, still, weil's Kindlein schlafen will. Wie seltsam, dass ihm dieses Weihnachtslied einfällt. Die Stille, so denkt er, ist die Rückseite des Spiegels, der dir das Tagesleben zeigt. Nachts musst du die Stille nicht suchen, meist nistet sie sich ohnehin schon in der Dämmerung ein. Aber auch am Tag will die Stille wiederentdeckt werden. Ihm ist es allerdings nicht sofort gelungen.

Er sieht keine Möglichkeit, die Studioproduktion fortzusetzen.

Otsch hat sich in seinem Verhalten als Regisseur total verändert. Die Zusammenarbeit mit ihm, um das abgebrochene Projekt abzuschließen, würde noch Wochen an Produktionszeit beanspruchen. Dazu ist Beck nicht bereit. Denn der Unfall hat auch ihn verändert. Er will nicht mehr zurückgehen in die Zeit vor seinem Unfall. Das kann dauern, das kann anders werden. Aber beruflich steht die Entscheidung fest: Er will seine Arbeit in den Studios nicht mehr fortsetzen. Nicht mehr mit mir als Toningenieur. Es müsste etwas ganz

Neues sein. Es müsste etwas sein, worauf er sich freuen kann. Er müsste vielleicht auch mit einem anderen Team arbeiten können.

Beck weiß noch nicht, wann und wie er das Al Wolff sagen wird und ob er den Mut hat, es ihm zu sagen. Gott sei Dank, dass er jetzt keinen Hagebuttentee trinken muss.

Beck schenkt das Bier, das ihm seine Frau gebracht hatte, in das Glas ein. Er ist inzwischen so beweglich, dass er es sich selbst hätte holen können. Beim nächsten Mal wird er es tun. Ich bin auf dem besten Weg, ein alter weißer Mann zu werden, der alkoholfreies Bier nicht ausstehen kann. Beck lacht. Er lacht so laut, dass seine Frau hereinkommt. Er sagt zu ihr: »Liebes, alles ist gut.«

23

Heute Morgen wollte Wolff noch einen Kaffee im Laden des Philosophen genießen, bevor er in das Funkhaus fuhr, in das »Amt«, wie ein früherer Kollege in Baden-Baden seinen Dienstsitz nannte. Wolff war schon wieder einige Tage nicht mehr im Spezialitätenladen in diesem Hinterhof der Volkartstraße gewesen. Dieses Stadtviertel Neuhausen, rund um den Rotkreuzplatz, war quicklebendig. U-Bahnen, Straßenbahnen und die blauen Busse der Münchner Verkehrsgesellschaft hatten hier ihre Haltestellen. Die politischen Parteien warben für ihre Programme unter Sonnenschirmen, manchmal war Markttag. Im Springbrunnen spielten Kinder. Supermärkte, ein Kaufhaus, Apotheken, Drogerien, Obst- und Gemüsestände, Verkäufer des Stadtmagazins BISS, Zeitungsstände mit den wichtigen Tageszeitungen, das Geschäft einer Buchhandelskette und wenige Schritte um die Ecke ein kleiner, aber hervorragend sortierter Buchladen, Sozialeinrichtungen, wenig weiter Volkshochschule und Stadtbibliothek: Das Leben drängte sich auf einem Quadratkilometer zusammen. Metzgereien. Cafés. Eine Drogerie. Und ein Kaufhaus, dessen Zukunft nicht gesichert ist.

Wolff mochte die Ruhe im Hinterhof. Hier störte niemand. Aber heute war der Philosoph gerade mit einem Stammgast in eine leidenschaftliche Diskussion verstrickt.

»Da kommt ja wieder der Journalist«, sagte der Stammgast.

»Da sitzt ja wieder der Jurist«, sagte Wolff.

»Was meinen Sie? Wir reden gerade darüber, dass wir in der Bundespolitik keine charismatischen Persönlichkeiten mehr haben.«

»Ich brauche kein Charisma, ich brauche – wie Sie hoffentlich auch – Sachverstand und Vernunft. Das reicht«, antwortete Wolff.

»Jetzt kommen ja die Frauen an die Spitze!«

»Ja und?«

»Muss das sein?«

»Das sollte längst so sein. Übrigens haben wir eine Bundeskanzlerin.«

»Die ist aber nicht charismatisch.«

»Ich habe sie nicht gewählt, aber sie war eine sehr gute Kanzlerin. Alles in allem.«

»In Österreich gibt es einen blutjungen Kanzler. Solche Leute brauchen wir.«

Wolff bedankte sich für den Cappuccino, den ihm der Philosoph an den Tisch gebracht hatte. Der Geschäftsinhaber schwieg, hörte aber aufmerksam zu. Gelegentlich warf er Wolff einen Blick zu. Weiter so!

»Die Volksparteien haben keine Zukunft mehr«, sagte der Jurist.

»Das sehe ich anders.«

»Aha, der Journalist.«

»Aha, der Jurist.«

»Nennen Sie mir doch einen einzigen Politiker, Frau oder Mann, der das Wahlvolk mitreißen kann. Begeistern. Voranbringen. Jemanden, der Hoffnung ausstrahlt.«

»Wie Willy Brandt?«

»Ja, den doch nicht.«

»Der besaß aber Charisma.«

»Wenn Sie meinen.«

»Mit Charisma allein lassen sich die komplexen Probleme in Deutschland, in Europa und international nicht lösen. Denken Sie an Trump!«

»So schlecht war der nicht. So schlecht haben ihn die Medien gemacht.«

»Unsinn«, sagte Wolff.

»Ihr seid doch alle gleichgeschaltet.«

»Das grenzt jetzt an Beleidigung«, sagte Wolff, »außerdem reden Sie Unsinn.«

Sein Gegenüber sprach erneut von einer starken, charismatischen und vor allem jungen Führungskraft in der Politik, es müsse einen Aufbruch geben, eine Bewegung.

»Eine Bewegung? Das hatten wir schon.«

»Sie übertreiben jetzt. Ich denke an Macron. Ich denke an Österreich.«

»Ich bin und bleibe skeptisch gegenüber Personen, die demokratische Parteistrukturen missachten und Bewegungen hinter sich scharen, egal wie die Farbe der Bewegung aussieht.«

»Eine Prise Machiavellismus darf auch dabei sein.«

»Prima«, sagte Wolff.

Der Philosoph zwinkerte ihm zu. Wolff bezahlte seinen Cappuccino, kaufte bei ihm noch zwei Schachteln italienische Florentiner, halbbitter. Das waren köstliche Süßigkeiten, die er meist verschenkte. Im Büro gab es kein Gebäck. Der Philosoph nickte ihm zum Abschied zu.

Wenige Krisenjahre reichten offensichtlich aus, um die Gesellschaft zu infizieren. Das System hätte sich erledigt, meinten viele. Die Dümmsten gingen sogar mit ihrer banalen vermeintlichen Erkenntnis auf die Straße und führten sich auf, als stammten Begriffe wie Menschenwürde, Toleranz, Dialog und Anstand aus einem Wörterbuch des Unmenschen. In den sozialen Medien traten sich die Wutbürger ohnehin auf den Füßen herum. Viele wünschten sich, dass das Patriarchat der alten weißen Männer endgültig erledigt sei. Hoffnung wurde auf die Jungen gesetzt, die jetzt meistern sollten, was die Alten verschlafen hatten.

»Auf Wiedersehen«, sagte Wolff zum Juristen und verabschiedete sich.

Der Jurist, das wusste Wolff, liebte es, andere zu provozieren. Er inszenierte seine Provokationen, und wenn andere Stammgäste widersprachen, lief er zu großer Form auf. Wolff dagegen war immun gegen Provokationen. Er ließ sie ins Leere laufen. Seine einfache Methode: Rückfragen stellen. Aber heute hatte er keine Lust dazu. Der Mann hatte ihn genervt, aber nicht wirklich. Es war eher ein eingeübtes Spiel, aber Wolff wollte heute nicht spielen. Schon gar nicht nach den Spielregeln des Juristen.

In der Nymphenburger Straße ging er an der früheren Parteizentrale der CSU vorbei. Das Vorderhaus, in dem einst die Parteizeitung »Bayernkurier« ihr Quartier hatte, war längst abgerissen. Der Neubau würde bald bezugsfertig sein. Die Partei ist an die Peripherie der Großstadt im Norden gezogen, dachte Wolff, weg aus der Mitte, hinaus in einen Stadtteil, in dem sich die Autobahn und der Mittlere Ring kreuzten. Ein gutes Symbol, dachte Wolff. Die Mitte zu verlieren.

Über dem Haupteingang der Großbrauerei am Stiglmaierplatz warben Transparente für Maibock und Maitanz, endlich durfte wieder Trachtenmode getragen werden, ohne die sich die Städter offensichtlich nicht zu Biertrinkern verwandeln konnten. Aber die Wirte klagten, dass die Veranstaltungen noch immer nicht gut besucht würden. Über den Biertischen erschallte Blasmusik, aber über ihnen waberte auch die Angst. Es waren harte Jahre, die zum Glück vorbei sind. Einige Wochen, das war ganz am Anfang, klatschten die Menschen ihre Dankbarkeit für Ärzte und Pflegepersonal jeden Abend in die Stadt hinaus. Später standen für kurze Zeit Kerzen in den Fenstern. Zum Gedenken. Im Garten hinter Wolffs Wohnung gab es jeden Abend um 19 Uhr ein Solokonzert mit dem Alphorn.

Beck hatte ihn dringend um einen Rückruf gebeten.

Wolff rief ihn sofort an.

Als er auflegte, war die Lage klar. Beck würde sich aus der Produktion selbst entlassen, er sah keinen Sinn mehr in der Fortsetzung der abgebrochenen Arbeit. Mit Otsch ginge ohnehin nichts mehr zusammen, weil sich auch das Produktionsteam geweigert habe, und er selbst müsse nach seinem Unfall mehr darauf achten, was ihm in seinem Leben wirklich wichtig sei. Es tue ihm sehr leid, für Wolff damit ein Problem zu verursachen. Ja, er habe sich entschieden. Definitiv. Er trage seine Entscheidung mit allen Konsequenzen, die folgen könnten. Er wolle Wolff nicht verletzen. Das am allerwenigsten.

Aber er in seiner Lage. Es könne auf keinen Fall weitergehen wie vorher. Außerdem sei die Arbeitsfähigkeit noch nicht wiederhergestellt. Krankschreibung, ja. Im Augenblick noch unbefristet.

Von Westen her trieben Kumuluswolken über das Hochhaus Richtung Altstadt. Es war warm. Die Mauersegler hatten sich verspätet, anders als im vorigen Jahr war immer noch kein einziger am flirrenden Himmel zu entdecken. Entweder hatten sie den Winter nicht überlebt, oder sie ekelten sich vor der Stadt und dem Land und hatten sich ein neues Paradies über einer anderen, fernen Stadt gesucht. Die Telefone im Vorzimmer läuteten. Wolff sah die Emails durch. Der Hörfunkdirektor bat ihn um einen Entwurf für ein Vorwort. Irgendeine soziale Organisation, die eine Veranstaltung und einen Veranstaltungskatalog plante. Die Intendantin erwartete eine Stellungnahme zu einer Programmbeschwerde. Die Marketingabteilung lud zur Begutachtung von PR-Claims für das Kulturprogramm ein. Die Pressereferentin des Literaturhauses bat um einen baldigen Rückruf. Es gehe um eine Moderationsübernahme. Die Programmreferentin des Lyrik Kabinetts München e.V. wollte ihn dafür gewinnen, die Buchvorstellung eines gemeinsamen Lyrikbandes zu moderieren, der Gedichte eines israelischen und eines exilpersischen Schriftstellers enthielt, die über eine lange Zeit hinweg als grenzüberschreitender Dialog entstanden waren. Eine künstlerische Antwort auf die Selbstabgrenzungen durch Mauern und Ideologien im Nahen Osten.

Alles Routine, dachte Wolff.

Erst einmal, bitte, einen frisch gebrühten Kaffee.

Ein Verlag bat um ein Manuskript von ihm für ein Buch über die Zukunft der Kulturprogramme im öffentlich-rechtlichen Rundfunk. Wolff hatte in den letzten Wochen einige größere Beiträge zum Thema geschrieben. Das müsste sich ohne allzu großen Aufwand machen lassen.

Eine kurzfristig anberaumte Programmkonferenz am Nachmittag. Offensichtlich hatte die Leitung des Hauses etwas mitzuteilen.

Ob Wolff morgen früh am Pressegespräch in der Morgensendung teilnehmen könne?

Wenn er zusagte, müsste er spätestens um sechs Uhr morgens im Büro sein und die internationale Presse durchsehen. Der Kontrollanruf kam morgens immer pünktlich. Man musste ja wissen, ob die Autorinnen und Autoren im Haus waren. Kurz vor acht Uhr fand jeweils das Live-Gespräch statt.

Die Honorar- und Lizenzabteilung bat um Rückruf wegen schwieriger Verhandlungen mit einem Verlag, der für eine Hörspielbearbeitung exorbitante Honorarvorstellungen hatte.

Wolff blieb gelassen.
Solche Tage kannte er.
Schritt für Schritt.
Einen nach dem anderen.
Das Ganze aber möglichst schnell.

Die Telefone im Vorzimmer klingelten. Hoher Redebedarf heute, dachte Wolff. Wo war eigentlich Otsch geblieben? Seit einigen Tagen sollte er in München sein, aber er hatte sich noch immer nicht gemeldet, nicht einmal den locker vereinbarten Termin für das Gespräch mit Wolff abgesagt. Elisabeth hatte hinterlassen, Otsch sei doch sicher in München, nicht in Salzburg.

24

Alle, wirklich alle in ihrem Metier haben Angst.

Bei jeder Rolle glauben sie nach Drehschluss, es sei die letzte gewesen. Es wird kein Angebot mehr kommen. Kein Engagement. Keine Regie. Der letzte Bühnenauftritt. Der letzte Dreh. Diese Angst kann lähmen, oder sie weckt die Widerstandskräfte, die inzwischen »Resilienz« genannt werden. Und dann gibt es immer wieder Wunder.

Heute Morgen hatte ihr Agent ihr mitgeteilt, dass eine große deutsche Publikumszeitschrift ein Porträt über sie bringen wolle. Die Redaktion schicke eine Fotografin mit, aber interessant wären auch Fotos aus dem Privatarchiv. Ihr Mann. Ihr Haus. Ihr Schreibtisch. Ihre Eltern. Ihr Auto. Ihr Garten. Deshalb hatte Elisabeth den Vormittag damit verbracht, die sorgfältig beschrifteten Kartons mit den Fotos durchzusehen. Sie suchte die besten Aufnahmen heraus, verwarf sie, fand bessere, verwarf auch diese, und später waren die weißen Handschuhe nicht mehr weiß. Da hatte sie ein neues Paar angezogen. Schauspielerinnen und Schauspieler steigern ihren Marktwert, wenn sie öffentlich präsent sind. Manche ließen über ihren Agenten mitteilen, wie ihr Lieblingscafé hieß, welchen Schanigarten sie bevorzugten und wo sie ihre Modeaccessoires kauften. Elisabeth war da zurückhaltender. Es geht doch niemanden etwas an, wie ich privat lebe, dachte sie, und sie ersann für solche Porträts nebensächliche Geschichten aus ihrem Leben, die sie preisgeben konnte, ohne sich selbst zu verraten. Otsch hatte es bereits am Telefon abgelehnt, sich mit Elisabeth fotografieren zu lassen. Er habe seinen eigenen Beruf, sie ihren, und beides sollte in den Medien nicht durcheinandergebracht werden. Als sie ihn nach Wolff gefragt hatte, erklärte Otsch, er sei noch nicht im Sender gewesen. Er habe sich bei einem ihm empfohlenen Spezialisten angemeldet, um sich medizinisch endlich einmal durchchecken zu lassen. Elisabeth fand das in Ordnung. Männer gingen nicht gern zum Arzt.

Der Stapel der Fotos, die sie dem Magazin anbieten würde, lag auf ihrem Schreibtisch. Jetzt wollte sie sich um das Gemälde von Hübner kümmern. Der alte Chobot hatte ihr wenig Hoffnung auf einen hohen Verkaufspreis gemacht. Aber er hatte auch nicht ausgeschlossen, dass es ihm gelingen könne, den Kaufpreis für das Gemälde wesentlich zu erhöhen. Er sei nicht unerfahren, hatte er gesagt. Über 10 000 Euro müsse man gar nicht erst reden. Der Betrag ist absolut lächerlich, dachte Elisabeth. Sie würde hart bleiben. Ihre Gagen hatte sie immer hart verhandelt, begleitet von ihrem charmanten Lächeln, das ihr Publikum liebte. Ihr Agent hatte sie vorhin gefragt, ob sie sich auch eine Livestream-Lesung vorstellen könne: »Jedermann« als szenische Lesung, in der sie selbst alle Rollen übernähme. Ein interessantes Projekt zum Auftakt der Salzburger Festspiele. Er werde eine Profi-Kamera bei ihr installieren, hatte der Agent gesagt, er werde selbstverständlich im Hintergrund für Elisabeth da sein. Letztlich hatte sie zugesagt, denn die Gage war in Ordnung, und sie war ja auf Honorare angewiesen. Endlich ein Lichtblick. Und dann natürlich die Aussicht auf einen Erfolg von Chobot, und damit einen wesentlichen Erfolg für sie.

Bis in das Haus drangen die Turbinen eines startenden Passagierflugzeugs, das von Salzburg Richtung Süden flog und sich in den Wolkenhimmel bohrte, bis es verschwunden war. Endlich wieder ein Flugzeug, dachte Elisabeth, so lange Zeit war der Himmel tot gewesen. Umweltprobleme gab es wahrscheinlich schon – wo gab es sie nicht –, aber sie konnten doch kein Grund dafür sein, die gesamte Zivilisation in das Mittelalter zurückzuschicken. Elisabeth und Otsch flogen auch nicht mehr. Sie verzichteten aber auf Flugreisen nicht aus Umweltschutzgründen, sondern weil sie nach den schweren Jahren völlig unentschlossen waren, wohin sie reisen sollten. Es wäre besser, noch etwas zu warten.

Sie betrat ihr Schrankzimmer. Es sah ordentlicher aus als eine durchschnittliche Künstlergarderobe. Sie probierte verschiedene Kleider an, posierte vor dem Wandspiegel, drehte Pirouetten und hatte sich noch nicht für ein Outfit entschieden, das sie bei dem Pressetermin tragen wollte. Aber sie wusste jetzt, wie sie heute Nachmittag gekleidet sein würde, wenn Chobot ihr einen potenziellen Käufer des Gemäldes vorstellte. Den Mann mit den wirren grauen Haaren unter der Kappe hatte sie inzwischen zu respektieren gelernt. Natürlich war er ein Filou, aber sie vertraute seinem Sachverstand. Und wenn er schlitzohrig für sich eine höhere Provision aushandeln könnte, würde das nicht zu ihrem Schaden sein.

Chobot würde am Nachmittag mit einem kleinen Lieferwagen kommen. Er hatte das Format des Gemäldes sorgfältig vermessen. Er würde Luftpolsterfolien mitbringen, um das Bild vor Stößen und Kratzern auf der Leinwand oder am Goldrahmen zu schützen. Eigentlich sollten Bilder in eigenen gut gepolsterten Holzkisten oder Spezial-Containern transportiert werden, aber man kann es ja auch übertreiben, dachte Elisabeth. Der alte Mann schien ihr sehr erfahren im Umgang mit Kunstwerken zu sein.

Sie hatte am Morgen lange mit ihm telefoniert. Er hatte ihr seine Idee mitgeteilt, dem Interessenten das Bild in einer Storebox zugänglich zu machen. Dort lagerten Menschen, die zu Hause oder in ihren Geschäften über wenig Platz verfügten, gewöhnlich ihre Ware, ihre Handelsgüter ein. Jederzeit freier Zugang, eigener Schlüssel, Transportwagen, Aufzüge zu den Boxen im Untergeschoss, also kein Problem. Die einen holten ihre Sachen dort aus dem Keller, die anderen brachten sie dorthin. Ein sorgfältig verpacktes Gemälde würde überhaupt keine Aufmerksamkeit erregen. Es galt das Gebot der Diskretion. Chobot hatte in der Storebox ein geräumiges Lager gemietet, das größer als seine eigene Wohnung war. Die Miete war günstiger als die eines festen Lagerraums. Elisabeth hatte Verständnis dafür. Jedes Ladengeschäft, und sei es noch so klein, bedurfte solcher Lagerräume oder wie bei Chobot einer Storebox. Es war zu riskant, solche

Sammlungen ausschließlich in den Schubladen seiner Kunsthandlung aufzubewahren. Sie müsste endlich einmal den Laden besuchen, dachte Elisabeth, aber das war sicher später auch möglich.

Im Kunsthandel, das wusste Elisabeth, wurde auch betrogen und gefälscht, Käufer wurden übervorteilt, es wurde gestohlen, aber Chobot gefiel ihr als Mensch, der – aus einem ganz anderen Leben und Milieu stammend – im Café Isaak plötzlich auf ihrer eigenen Bühne gestanden war, als sei er vom Schnürboden eines Theaters sanft herabgeschwebt. Als sie gegenüber dem alten Mann einen Anflug von Zweifel gespürt hatte, sekundenlang, wie einen kurzen Schattenriss, der ganz schnell im Licht verschwindet, hatte Chobot der gnädigen Frau gegenüber jeden noch so leisen Vorbehalt sofort entkräftet. Er benötige mindestens eine Stunde nach der Abholung des Bilds, um es in die Storebox zu transportieren und dort auszupacken. Dann wolle er das Bild dort so positionieren, dass der Interessent das Kunstwerk optimal betrachten könne. Er habe eigens eine professionelle Beleuchtung installiert. »Wissen Sie, gnädige Frau«, hatte er gesagt, »das Ambiente muss stimmen. Ich werde mir sehr viel Mühe geben, für den Kunden eine angemessene Besichtigung zu ermöglichen.« Er schlug ihr vor, etwa eine Stunde nach seiner Ankunft in der Storebox dorthin nachzukommen.

»Gnädige Frau«, hatte er angefügt, »damit Sie sich nicht sorgen müssen, dass Ihr Gemälde und ich verschwinden, auf den Balkan, in dunkle Lagerhallen, in einen Lieferwagen Richtung Osten, könnten Sie mir ja Ihre Haushälterin zur Begleitung mitschicken. Sie haben Sie mir als tüchtige, resolute Dame geschildert. Sie müssen also nichts befürchten. Ich nehme an, Sie selbst werden ja nicht mitfahren wollen. Außerdem«, hatte Chobot gesagt, »hinterlasse ich Ihnen bis zur Unterzeichnung eines endgültigen Kaufvertrags meinen Reisepass. Wenn Sie darauf bestehen, hinterlege ich in Ihrem Haus auch einen stattlichen Geldbetrag. Ich bin kein Fälscher, ich bin kein Betrüger, ich bin nicht einmal ein richtiger Kunsthändler. Sie wissen ja, dass ich eher ein Antiquar bin als ein großer Kunsthändler. Ich bin einer, der Ihnen, gnädige Frau, helfen will, weil ich Sie als große Künstlerin bewundere und immer bewundert habe. Welch ein Glück, das uns im Café Isaak zusammengeführt hat.«

Natürlich hatte Elisabeth nicht auf einer Pfandhinterlegung bestanden. Die Haushälterin habe heute ihren freien Tag, sie solle nicht gestört werden. Zudem sei es doch gut, niemanden ins Vertrauen zu ziehen. Er wisse ja, dass sie das Thema NS-Raubkunst belaste.

»Ich bin Ihnen sehr dankbar, dass Sie sich so viel Mühe machen!«

»Gnädige Frau, für Sie tue ich alles.«

»Außerdem kenne ich Ihren Namen und ich habe Ihre Geschäftskarte mit der Telefonnummer.«

»Selbstverständlich, gnädige Frau.«

»Dann kommen Sie gegen 15 Uhr zu mir nach Aigen?«

»Pünktlich, selbstverständlich.«

»Und ich muss nichts vorbereiten? Ich bin keine erfahrene Handwerkerin.«

»Ich bringe alles mit, gnädige Frau, und ich bereite ein Dokument vor, damit Sie einen Beleg dafür haben, dass ich in Ihrem Auftrag das Bild abgeholt habe.«

Otsch hatte ihr erzählt, dass er einen Arzt aufgesucht hatte. Das konnte nicht schaden, in München gab es hervorragende Mediziner. Es könnte aber auch sein, dass er sich zu einem Psychologen begeben hatte, weil seine Anspannung und seine Apathie und seine gelegentlichen cholerischen Ausfälle in letzter Zeit zugenommen haben. Immerhin waren die zwei Wochen im Hotel am See sicher gut für ihn gewesen. In den nächsten Tagen wolle er dann im Funkhaus vorbeischauen und Wolff besuchen. Die Zeit wurde knapp, denn Otsch hatte sich vorgenommen, zur nächsten Hörfunkregie nach Norddeutschland zu reisen. Letztlich musste er wissen, wie er mit seinen Terminen umging.

Sie setzte sich an ihren Schreibtisch. Die Kleiderfrage für den Nachmittag war gelöst, die für den Pressetermin noch nicht, aber es musste ja nicht alles sofort erledigt werden. Neue Emails. Das Internationale Literaturfestival in Berlin fragte an, ob sie für eine literarische

Performance zur Verfügung stehe. Der ORF, Radio Salzburg, bat sie, eine Sprecherinnenrolle für ein Hörspiel zu übernehmen. Der Agent hatte sich noch einmal gemeldet: Die deutsche Wochenzeitung ZEIT habe Elisabeth von Harnier als eine der großen zeitgenössischen Schauspielerinnen gewürdigt.

Es gab Tage, an denen der eigene Optimismus regelrecht explodierte. Erst gab es leise, ganz leichte Erschütterungen, da bebte nichts, es zitterte vielleicht das Licht, das durch die Stäbe der schmiedeeisernen Fenstergitter in das Haus eindrang, und dann auf einmal das Feuer im Himmel, der Ausbruch des Vulkans. Alles wird gut. Es ist alles richtig. Man sollte den Zweifeln und Selbstzweifeln nicht so viel Raum geben.

Jetzt ist es Zeit, sich ein Glas Prosecco zu gönnen. Elisabeth geht in die Küche.

Mit einem Seitenblick streift sie das große Bild im Goldrahmen, das ihr so fremd geworden ist. Die Erinnerungen daran, wie es in der Villa des Großvaters an der Wand hing (sie kannte das Haus nur von Fotos her) oder später im Arbeitszimmer ihres Vaters, waren zerstoben. Das Gemälde muss weg. Es stört. Es macht Angst. Es belästigt sie. Es hat sich zu einem Fremdkörper in dem Haus entwickelt, in dem ihr jeder Winkel vertraut ist. Was nützen denn Fenstergitter, wenn die Bedrohung von innen kommt?

Der Prosecco war kalt. Er schmeckte köstlich.

Chobot würde in zwei Stunden hier sein.

Auf einem Notizblock neben dem Telefon hatte sie die von dem alten Mann genannte Adresse der Storebox in Salzburg notiert. Jetzt konnte sie ihre Handschrift nur mehr mit Mühe entziffern. Die Storebox würde sie in der Innsbrucker Bundesstraße finden. Bundestraße 1 Richtung Lofer und Kitzbühel. Dort lag der Ortsteil Himmelreich. Kurz vor dem Flughafen würde sie die Storebox finden, und dort würde Chobot auf sie warten.

Als sie damals als junge Schauspielerin am Theater engagiert war, dann für erste Filmproduktionen, ein Talent, das kaum sesshaft sein konnte, weil ihm nur Stückverträge oder zeitlich befristete Verträge angeboten wurden, als sie sich begeistert in das fahrende Volk der Bühnenkünstlerinnen und Filmschaffenden eingereiht hatte, die durch die Städte zogen, Freundschaften gründeten, Beziehungen beendeten, als sie an keinem Ort zu Hause war, aber an ihre Berufung geglaubt hatte, war sie längst aus ihrem Elternhaus ausgezogen gewesen.

Wer in die Welt aufbrechen wollte, durfte sich nicht von melancholischen Gefühlen überwältigen lassen. Ihr Zimmer aber blieb unverändert, für ihre Eltern ein Museum für Elisabeths Kindheit und Jugend, vielleicht ein Ankerplatz für spätere Jahre, wenn sie älter wäre, für sie selbst aber eine untragbare Last, die jede neue Freiheit eingrenzte. Nur weil das Zimmer da war. Nur weil es die Eltern täglich betraten. Nur weil ihre Spiele, Stoffpuppen und Schulhefte dort in den Schubladen auf sie warteten. Elisabeth hatte sich bald für einen radikalen Schnitt entschieden. Alles musste raus. Die Eltern sollten mit dem Zimmer machen, was sie wollten. Vielleicht an einen Studenten oder eine Studentin vermieten. Damals hatte sie ihre Koffer und Reisetaschen mit ihren Kuscheltieren und Kinderbüchern in einem Zeitlager, in einer Storebox verstaut. Die Monatsmiete konnte sie von ihren Anfangsgagen bezahlen. So war sie frei. So lagerten ihre Kindheit und Jugend hinter den Gittern des Lagerraums und sie blieben jahrzehntelang dort. Erst vor wenigen Jahren hatte sie den Vertrag gekündigt, die Sachen durchgesehen und nur weniges in ihr Haus mitgenommen. Schauspieler sind wie Schmetterlinge. Sie flattern von Blüte zu Blüte, und manchmal erfrieren sie auch, wenn der Nachtfrost unvermutet einbricht.

Nichts sprach dagegen, in einer Storebox an der Innsbrucker Bundesstraße über das Gemälde von Carl Wilhelm Hübner zu verhandeln. Das Ambiente war ihr vertraut, Chobot ein Glücksfall.

Gedanken über das Styling. Sie würde in keinem Fall gegenüber dem potenziellen Interessenten als eine Person auftreten, die auf den Verkauf des Bilds angewiesen war. Sie würde sich kleiden wie zu einem Pressegespräch. Elegant, etwas unnahbar, eine Künstlerin, die es keineswegs nötig hat, ein Bild zu verkaufen. Im Gegenteil: Sie benötige Platz für andere Gemälde, für zeitgenössische Kunst. Sie saß vor dem Spiegel wie in der Maske am Set. Perfektion war unverzichtbar. Das bedeutete auch, ihre weißen Handschuhe noch einmal auszutauschen.

Dann läutete es.

Weil es so still im Haus war, erschrak Elisabeth, obwohl sie damit gerechnet hatte, dass Chobot pünktlich kam. Vor der Einfahrt parkte ein grauer Lieferwagen.

Vor der Tür mit den beiden großen Türflügeln stand Chobot. Klein, freundlich, lebendig. Jetzt hatte er sich einen Schal umgelegt. Eigentlich war er ein ihr inzwischen vertraut gewordener Mensch. Ein wenig angestaubt, dachte sie. Ich kenne sonst keine angestaubten Menschen.

»Gnädige Frau, da bin ich.«

Der Postbote war noch nicht vorbeigekommen. Der Briefkasten war leer. Kein Hund bellte. Wer hinter den Mauern und Gittern in Aigen wohnte, liebte die Ruhe. Nur manchmal wurde es laut, wenn eine Limousine zu rasant startete.

»Kommen Sie herein«, sagte Elisabeth. Mit ihren weißen Handschuhen wies sie ihm den Weg in das Haus hinein, als würde Chobot ihn nicht kennen.

25

Kinder dürfen immer fragen.

Sie dürfen ihre Fragen auch wiederholen. »Wann sind wir da?« Während längerer Autofahrten müssen sich Eltern entscheiden, ob sie die Kleinen beschwichtigen oder ob sie eine ehrliche Antwort geben sollen. Warten kann gelernt werden. Geduld aufzubringen macht Mühe, aber es lohnt sich, Geduld in den Warteschleifen des Lebens aufzubringen. Immer muss gewartet werden. Beim Hochfahren des Computers, auf den Schleudergang in der Waschmaschine, der nicht zu lange dauern darf. Man wartet auf Post, auf einen Arzttermin, auf den Urlaub, auf ein Wiedersehen, auf die Abfahrt des Zuges, auf die Ankunft der U-Bahn. Auf den Auftritt. Auf ein neues Auto.

Wolff hatte in den Jahren der Krise einen Widerwillen gegen die ewig gleichen Fragerituale der Talkmaster in den Fernsehunterhaltungsformaten entwickelt, die wider besseres Wissen wie Kinder in ihre Gästerunden hineinfragten: »Wie lange noch? Wann ist es vorbei?« Jeder gut informierte Mensch wusste, dass kein Wissenschaftler und kein Politiker diese Fragen seriös beantworten konnten. Niemand wusste es wirklich. Basta. Volkskrankheiten und internationale Pandemien waren etwas Kompliziertes. Deshalb hatte Wolff darauf verzichtet, sich der Fülle solcher Banalitäten auszusetzen. Weshalb eigentlich konnte und wollte niemand warten? Nur Kinder durften solche Fragen stellen.

Er wartete auf Otsch. Der Regisseur hatte sich nicht gemeldet, obwohl er längst in München sein musste. Es gab keinen Anruf, keine Nachricht von ihm. Wolff hatte genug Arbeit zu erledigen. Wenn es an der Zeit war, würde Otsch kommen. Ganz sicher. Es gab keinen Grund zur Beunruhigung. Jeder Mensch war souverän in seiner Zeitplanung. Natürlich sollte man sich verständigen, wenn die eigene Planung andere Menschen betraf, aber Künstler hatten oft eine andere Auffassung. Sie kreisten um sich. Sie hatten autistische Züge. Künstler dachten vorrangig an sich, um den Glauben an sich selbst nicht zu verlieren. Wolff verstand das. Otsch war auch einer, der an sich glauben musste. Nur so konnte ein Selbstwertgefühl entstehen, das ihm die Kraft gab, sich als freiberuflich arbeitender Regisseur durch die Funkhäuser zu bewegen. Wenn er da sein wird, dachte Wolff, dann ist er da, und das muss ich akzeptieren.

Am Vormittag war Wolff bei einem Termin in Augsburg gewesen. Sein Navi führte ihn auf der Rückfahrt nach München nicht zur Anschlussstelle Augsburg-Ost, wahrscheinlich hatte es zu viele Staumeldungen in der Innenstadt registriert. Deshalb ließ sich Wolff nach Augsburg-Hochzoll leiten und dann auf die Ausfallstraße Richtung Friedberg. Seit Jahren hatte er diese Route nicht mehr gewählt. Er erkannte hinter Friedberg, der einstigen Freien Reichsstadt jenseits des Flusses Lech, die Gegend kaum wieder. Lagen hier früher noch Felder, einzelne Gehöfte, hier und dort ein kleiner Wald, war die Landschaft inzwischen mit gesichtslosen Einfamilienhäusern vertäfelt: sauber, mit und ohne Solaranlagen auf den Dächern, in den Gärten die ewig gleichen Schuppen für Rasenmäher, Gartenmobiliar und Wasserschläuche. Kaum unterschieden sich die Häuser voneinander. Sie sahen aus, als sei ein Wohnhochhaus Stockwerk für Stockwerk abgetragen worden und irgendjemand habe die Wohnungen auf den Feldern nebeneinandergestellt und jedem Stockwerk ein Dach aufgesetzt, gleichförmig sogar bei der Auswahl der Dachziegel. Wolff konnte sich nicht vorstellen, hier freiwillig zu wohnen, aber die Gleichförmigkeit störte ihn auch nicht. Ihn störte etwas anderes: Links und rechts von der Bundesstraße waren hohe Mauern errichtet worden. Sie tauchten plötzlich auf, die Einheitshäuser duckten sich tief hinter sie, sodass die Dächer kaum noch zu sehen waren. Kilometer um Kilometer eingemauert. Plötzlich fiel ihm wieder eine Gedichtzeile von Albrecht Goes ein:

Halb ein Hof und halb ein Garten/zehn, zwölf Schritte im Geviert/ wie, wie haben sich Akazie hier und Rotdorn her verirrt?

Der Dichter sprach von dem Zauber eines Hinterhofs, aber hinter diesen Mauern entlang der Straße wuchsen wohl Ziersträucher, Geranien und Nadelhölzer, die im Herbst kein Laub abwarfen. Es waren die Lieblingsareale für die Kunden der Gartencenter.

An Föhn-Tagen wäre von hier aus die Alpenkette im Süden gut sichtbar. Aber jede freie Sicht brach sich jetzt an den hässlichen Mauern, die vielleicht als Bestrafung für die uniformierte Einheitsarchitektur der Eigenheime von irgendeiner Stelle verfügt worden waren, um sie vor den Blicken der vorbeifahrenden Menschen zu verbergen. Dann aber erkannte Wolff beim Vorbeifahren die Protestplakate. Gegen Verkehrslärm. Für eine Umgehungstangente. Für die Umwelt. Das konnte er gut verstehen, aber die Mauern würden nicht abgerissen werden, wenn der Durchgangsverkehr über eine andere Strecke geführt wurde. Wahrscheinlich bestand der Zweck dieses Mauerbaus in der Reduzierung des Straßenlärms, geschaffen worden waren aber künstliche Enklaven, in deren gleichmäßiges Grundrauschen durch den Verkehr jedes Schließen eines Mülltonnendeckels oder das Zuklappen eines Fensters wie ein akustischer Blitz einschlug. Wolff war weitergefahren, und bei Dasing bog er nach einem Kreisverkehr auf den Zubringer zur Autobahn ein.

Also warten.
Es ist auch möglich, andere warten zu lassen.

Was warten konnte, legte Wolff auf den linken Aktenstapel seines Schreibtisches. Nichts muss gleich! hatte er einmal als Spruch auf einem Lebkuchenherz entdeckt. Dabei bemühte sich Wolff darum, die Stapel unerledigter Vorgänge immer möglichst schnell abzuarbeiten. Er war im Haus bekannt für seine schnellen Entscheidungen und

Rückmeldungen. Wolff hasste die fast meterhohen Manuskript- und Korrespondenzstapel, die er in anderen Redaktionen sah. Offensichtlich hatten seine Kolleginnen und Kollegen in den Kulturredaktionen den Wunsch, sich hinter den Papierstapeln wie in einem Schützengraben zu verschanzen. Er hatte allerdings noch nie einen richtigen Schützengraben gesehen außer die Tunnelsysteme des Vietkong in Vietnam. Aber selbst die den Touristen gezeigten Systeme waren Nachbauten. Er war nie in Verdun gewesen, immer auf der Autobahn an der Stadt vorbeigefahren. Die Soldatenfriedhöfe mit den weißen Kreuzen in Reih und Glied waren allerdings kaum zu übersehen.

Die Papierstöße auf den Redaktionsschreibtischen zeigten für Wolff zwei Alternativen auf: Entweder besaßen die Kulturleute kein Organisationstalent, sonst hätten sie das Chaos beseitigt, oder sie waren hoffnungslos überlastet, sodass ihnen nicht einmal die Zeit blieb, diese Papierberge abzubauen. Für beides wollte sich Wolff nicht entscheiden, denn vielleicht war es ja so: Die Stapel an Manuskripten, Pressemeldungen, Zeitschriften, Büchern, Katalogen und Briefen schafften auch eine Geborgenheit, in der sich das Individuum längst eingenistet hatte wie ein Kaninchen in seinem Bau. Papierberge schützten auch vor Bittstellern. Man musste nicht über den Arbeitsstress reden, er zeigte sich in den Stapeln auf dem Schreibtisch.

Es klopfte.

Otto Achatz öffnete die Tür und fragte: »Störe ich?«

Er trat ein und setzte sich.

Während des Gesprächs sah Wolff den Himmel über München, der von Westen her aufklarte. Die Fenster seines Büros waren leicht verschmutzt. In den nächsten Tagen würde ein Fensterputzer wieder auf dem schmalen Sims im 13. Stock des Hochhauses mit seinen beiden Eimern balancieren, bevor er sich mit der Sicherheitsleine wieder einklinkte. Ich sitze hier, dachte Wolff, und der arme Mann da draußen arbeitet in täglicher Lebensgefahr. Er hielt es nicht aus, in seinem Büro zu sitzen, während die Fenster gereinigt wurden.

In diesem Moment, er konnte es kaum begreifen, entdeckte er auf einmal den Flug eines Schwarms von Mauerseglern. Also doch, dachte er, es ist nicht aus. Er war wie elektrisiert. Es war kein Sommer vorstellbar, ohne dass die Mauersegler zurückkehrten: aus dem Süden, aus ihren Überlebensquartieren während des Winters. Ulf Beck war der einzige im Haus, mit dem er die Sehnsucht nach der Freiheit der Mauersegler teilte.

Otsch trug heute keinen Walkjanker, sondern einen aus edlem Tuch. Der Regisseur wirkte schmaler als bei ihrem letzten Treffen, er bewegte sich etwas verunsichert, aber sie konnten miteinander reden, und sie redeten sehr lange. Hin und wieder musste Wolff das Gespräch unterbrechen. Einmal rief die Intendanz an, einmal der Programmdirektor Kultur. Wolff musste in einem Streit in der Redaktion Kulturkritik und Literatur vermitteln, eine Schriftstellerin bat um einen Gesprächstermin nächste Woche, wenn sie in München war. Aber das Gespräch mit Otsch verlief trotzdem sehr konzentriert. Er lehnte den angebotenen Kaffee ab, verzichtete auf ein Glas Mineralwasser. Ihm lag offensichtlich nichts an den gewohnten Ritualen der Gastlichkeit. Er redete, und Wolff unterbrach ihn selten.

Otsch berichtete, dass er, ohne Elisabeth zu informieren, einen Termin bei einem Spezialisten vereinbart hatte, weil er sich endlich selbst Gewissheit verschaffen wollte, wie es um ihn stand. Wolff hörte zu. Otsch hatte diesmal nicht den stechenden Blick, er fixierte nicht die Lippen seines Gegenübers. Er schaute nach innen, und Wolff schaute nach außen und verspürte ein Glücksgefühl, weil er die so sehr vermissten Mauersegler wiederentdeckt hatte. Die Lichter in München tauchten langsam in die Dämmerung ein, und die Silhouetten der Stadtarchitektur im Süden und im Westen der Landeshauptstadt wurden schärfer und grenzten die Stadt vom Himmel über ihr ab. Die ersten Lichter funkten aus den Hochhäusern, die Straßenbeleuchtung würde erst viel später eingeschaltet werden.

Was Otsch erzählte, war verstörend.

Wolff begann fieberhaft darüber nachzudenken, ob und wenn ja, welche Perspektiven er dem Regisseur für die Zukunft anbieten könnte. Es durfte nicht sein, dass ein so großer Medienschaffender mutig, ehrlich und mit großem Ernst das Gespräch mit ihm suchte und dann das Funkhaus als einer verlassen musste, der jegliche Hoffnung im 13. Stock abgeliefert hatte und als Gebrochener durch die Drehtür in die Arnulfstraße hinausgehen musste, vorbei am Sicherheitspersonal des Empfangs, das ihn wie immer freundlich begrüßen und freundlich verabschieden würde. Man kannte sich seit Jahrzehnten. Für die Damen und Herren hinter dem schalterähnlichen Tresen würde sich nichts verändert haben, für Otsch aber sein ganzes Leben.

Wolff vermied es, vorschnell Versprechungen zu machen, die er nicht würde erfüllen können.

Otsch erzählte und erklärte. Noch nie hatte er so lange über sich gesprochen, noch nie einem anderen so viel über seine eigenen Wahrnehmungen anvertraut, Ängste, Hoffnungen, das ewig lange Warten und über seine Enttäuschungen. Wolff beobachtete die Mauersegler. Nein, ein Licht würde er jetzt in seinem Büro nicht einschalten. Es war gut, so wie es war.

Ihm fielen seine Beobachtungen heute Morgen östlich von Augsburg ein, die hohen, die langen, die schrecklichen Mauern, die das falsche Paradies der Einfamilienhäuser von der Schneise der Bundesstraße abgrenzten, und er fühlte für Augenblicke sogar eine Erleichterung darüber, dass der ihm so sehr vertraute Regisseur endlich seine eigene Mauer überwunden hatte, die sie trotz der engen Zusammenarbeit zunehmend getrennt hatte.

Wolff würde sich nicht als einen Romantiker beschreiben, aber er erlebte diesen Spätnachmittag mit Otsch wie eine Befreiung des Bewusstseins aus einer Isolation, für die niemand verantwortlich war, die einfach entstanden und von Jahr zu Jahr immer größer geworden war, mächtiger, beherrschend. Jeder ist in seine Existenz hineingeworfen, hatte Wolff bei Jean-Paul Sartre gelesen. Wenn das so war, dann musste das respektiert, mehr noch: geachtet werden. In der voranschreitenden Dämmerung flackerte das Gefühl einer bisher nicht gekannten Nähe zu Otsch auf.

Das passierte selten. Als Heranwachsender hatte sich Wolff, um seine Ängste einzusperren, seinen Mathematiklehrer in Badebekleidung vorgestellt, seine Lateinlehrerin in Dessous. Beides pubertäre Fantasien, die ihn einerseits abschreckten, andererseits amüsierten. Wolff hatte es sich noch als Schüler angewöhnt, sein Inneres nicht wie ein Exponat zu zeigen, sondern nur preiszugeben, was an Information nicht zu vermeiden war. Er hatte gute Erfahrungen damit gemacht, anders als seine Geschwister, die sich in den Jahren der jugendlichen Rebellion von ihrer Familie entfremdet hatten. Das hatte für Wolff nichts, aber auch gar nichts damit zu tun gehabt, sich wie so viele andere in seiner Klasse in körperliche Berührungen mit Gleichaltrigen hineinzuträumen, die einen in seiner Klasse in Mädchen, einige wenige andere in Jungen.

Viele Jahre später, vielleicht war es auch ein Jahrzehnt gewesen, hatte Wolff nicht mehr verstanden, weshalb ihm in seiner Pubertät körperliche Nähe zu seinen Eltern unangenehm gewesen war. In seiner Familie hatte es immer zärtliche Gesten gegeben. Er begrüßte seine Eltern, wenn er aus seinem Studienort nach Hause kam, mit einem Kuss und einer innigen Umarmung. In Frankreich hatten gleichaltrige Leute, wie er beobachtet hatte, überhaupt keine Probleme damit. Kuss links, Kuss rechts. Kuss links, Kuss rechts. Später hatte Wolff ohnehin nicht mehr die geringsten körperlichen Berührungsängste gegenüber seinen Eltern. Als sein Vater bei einer Klausurtagung in der Pause mit seinen Kolleginnen und Kollegen Fußball auf einer nassen Wiese spielen wollte und plötzlich ausgerutscht war, hatte Wolff seinem auf dem Gras liegenden Vater die Krawatte geöffnet, die Zigarre aus dem Mund genommen, ihn gestreichelt und gesagt: Versuche, tief zu atmen. Dann kamen die Rettungssanitäter und brachten seinen Vater aus dem Allgäu in das entfernte Klinikum in Augsburg. Ein schwerer Knochenbruch. Kompliziert. Ungewisse Prognosen. Wolff hatte seinen Vater damals als Chauffeur begleitet. Er fuhr gerne seinen Wagen, und sein Vater genoss es, dass sein Sohn ihn als Fahrer entlastete, und als vertrauter Partner.

Wolff sprach mit Otsch auch über Elisabeth.

Sie redeten nicht darüber, welche berufliche Zukunft sich für Otsch ergeben würde. Es war zu früh dafür. Der Pragmatismus vorschneller

Entscheidungen und Beschwichtigungen kann verletzen. Er hätte jetzt am liebsten Otsch umarmt, aber sie hatten sich nie umarmt. Wolff mochte es nicht, wenn sich Männer auf die Schulter klopften, um sich eine gegenseitige Sympathie zu signalisieren. Es war besser zu schweigen, zuzuhören und immer wieder durch Seitenblicke aus der Fensterfront nach Mauerseglern Ausschau zu halten, die sich so frei durch Raum und Zeit bewegten.

Die Kolleginnen im Vorzimmer hatten sich längst verabschiedet. Und sie beide, Wolff und Otsch, saßen hier im 13. Stock zusammen, während es über München dunkel wurde und sehr still im Hochhaus des Senders. Zu dieser Zeit rief niemand mehr an.

Wie lange sind Mauersegler am Tag und in der Nacht am Himmel unterwegs?

Wolff würde versuchen, das herauszufinden. In Kitzbühel hatte er Mauersegler beobachtet, die bei Dunkelheit noch unter dem Hahnenkamm zum Kirchturm geflogen waren, Nahrung an die Jungvögel abgegeben hatten und wieder in die einbrechende Nacht davongeflogen waren. Mauersegler mussten Augen wie Eulen haben.

26

Manchmal stellt man sich selbst ein Bein.

Chobot ärgert sich darüber, dass er seine eigenen Geschäftsregeln verletzt hat. Niemals aus der Deckung gehen. Keine Vertraulichkeit im Umgang mit Kunden und Verkäufern. Größtmögliche Diskretion. Kein Objekt im eigenen Laden aufbewahren. Risiko vermeiden. Im Hintergrund bleiben. Diesmal hat er alles falsch gemacht. Die Melange schmeckt heute nicht. Zu bitter einerseits, zu dünn andererseits. Das Croissant würde nicht einmal ein Hund haben wollen, aber er besitzt keinen Hund. Ich habe meine eigenen Grenzen überschritten, sagt sich Chobot, weil ich ganz vernarrt in diese Schauspielerin bin. Die gnädige Frau ist eine Grande Dame, ein Star, und wann hat er es schon mit einem Star zu tun? Zudem reizt einen Händler das Objekt durchaus. Es gibt also zwei Motive dafür, dass er alles falsch gemacht hat.

Keine Melange gleicht einer anderen. Kein Tag, denkt Chobot, ist einem anderen Tag ähnlich. Es ist klamm in seinem Laden. Chobot zieht seine Weste enger. Vor seinem Fenster stellen drei Täuberiche einer Taube nach. Er hasst diese Vögel. »Ratten der Lüfte« nennt sie Josef Hader, der Schauspieler, Kabarettist und Autor, Filmemacher und überdies sympathische Mensch, den Chobot bei einer Vorstellung in Salzburg einmal erlebt hat. Schwermütig wie er. In sich verschlossen wie er. Hader macht etwas daraus. Chobot auch, aber ganz anders. Er steht auf, geht vor die Tür. Er klatscht in die Hände, und die Ratten fliegen davon.

Der Termin draußen hinter dem Ort mit dem Namen Himmelreich war, geschäftlich betrachtet, erfolgreich. Chobot hat das sorgfältig verpackte Bild in die Storebox mit einem geleasten Kleintransporter gefahren. Selbstverständlich hat er auf zwei Wochen befristet einen neuen Lagerraum angemietet, der genug Platz für eine Schulklasse und ein größeres Gemälde bietet. Der Interessent und Elisabeth von Harnier sind gleichzeitig vor der Storebox eingetroffen. Die Schauspielerin war elegant wie immer gekleidet, sie hatte sich distanziert gezeigt, als sei sie nur eine Randfigur. Weiße Handschuhe, natürlich. Der potenzielle Kunde, der Chobot empfohlen wurde, stammt aus Saloniki. Sein Geld verdient er mit Import/Export. Du willst etwas. Du zahlst, möglichst bar. Es fehlt ihm selbst nicht an Kunden, die große Summen auf den Tisch blättern. In seiner Freizeit trainiert er junge Boxer. Dabei ist er übergewichtig. Und er ist inzwischen Veganer. Ein sympathischer Mann. Ein Familienmensch, der sich um seine alten Eltern in Saloniki kümmert, im Augenblick vor allem um seinen Vater, der todkrank ist. Da fährt er öfters hin. Vom Flughafen sind es noch einmal drei Stunden mit dem Auto bis zu den Eltern nach Hause. Beruflich ist er viel in Osteuropa unterwegs. Wo er wohnt, weiß Chobot nicht. Weshalb sollte ihn das interessieren?

Carl Wilhelm Hübners Gemälde »Die Auswanderer« sei ein besonders günstiges Angebot, hatte Chobot erklärt. 60 000 Euro plus Provision für ihn, Chobot, da kämen dann noch 7 000 Euro dazu, inclusive Transport- und Verpackungskosten. Ein Schnäppchen. Ein anderer Interessent wolle 100 000 Euro für das Bild bezahlen, aber er, Chobot, wolle doch seinen griechischen Geschäftspartner nicht enttäuschen.

Die Summe spielte offensichtlich keine Rolle. Der Kunde betrachtete das Bild mit einer LED-Lampe, immer wieder trat er einige Schritte zurück, um einen Gesamteindruck von dem Gemälde zu bekommen. Er entdeckte auf der Rückseite der Leinwand das Schreiben der Nasjonalgalleriet Oslo, das ihn aber nicht interessierte. Chobot redete. Elisabeth schwieg. Chobot erzählte, welche dramatische Geschichte dieses Bild erlebt hatte. Oft verstellten Legenden den Blick auf das Wesentliche, obwohl alle wissen, dass Märchen in sich nur Wahrheiten verbergen.

Alles war geklärt.

Der Interessent wollte noch einmal gründlich nachdenken. Zudem war es in diesen Tagen für ihn nicht ganz einfach, das Bargeld zu organisieren. Drei Tage Bedenkzeit. Chobot sagte, das sei kein Problem. Am vierten Tag aber, falls er bis dahin keine positive Nachricht erhalten habe, verkaufe er im Auftrag der gnädigen Frau das Bild an den zweiten Interessenten, der die doppelte Summe in Aussicht gestellt habe.

Chobot würde das Gemälde wieder sorgfältig verpacken, es dann wieder nach Aigen bringen und im Haus von Frau von Harnier aufhängen. Das könnte sie doch unmöglich allein schaffen. Deshalb hat er ihr seine Hilfe angeboten. Er sucht die Nähe zu dieser prominenten, so sympathischen Persönlichkeit, sie tut ihm gut.

Es kam aber anders.

Die Grande Dame Elisabeth weigerte sich, das Gemälde noch einmal in ihrem Haus zu beherbergen. »Ich habe mich verabschiedet«, sagte sie, »Abschiede lassen sich nicht wiederholen.« Chobot könne es doch hier in diesem Lagerraum deponieren.

»Niemals, gnädige Frau«, sagte Chobot. »Nur ein Vorhängeschloss. Das ist leichtsinnig.«

»Können Sie das Bild denn nicht in Ihrem Laden aufbewahren, in Ihrem Antiquariat oder in Ihrer Kunsthandlung oder wie Sie Ihr Geschäft bezeichnen?«, fragte Elisabeth.

»Das ist grundsätzlich ausgeschlossen«, sagte Chobot.

»Und wenn ich Sie ganz herzlich darum bitte?«

Jetzt steht das Gemälde im Hinterzimmer des Ladens. In Luftpolsterfolie verpackt. Stoß- und bruchsicher. Das schon. Ein Fremdkörper. Ein hoch explosiver Stoff in seinem Laden. Zum ersten Mal in seinem Leben hat Chobot seine eigenen Gesetze übertreten. Das Bild muss weg. Es kann hier nicht bleiben.

Gleich holt er sich einen neuen Kaffee nebenan. Die erste Lieferung der ungenießbaren Croissants dürfte inzwischen verkauft sein. Vielleicht hat er Glück. Die zweite Lieferung ist besser, und wenn die Espressomaschine über eine längere Zeit in Betrieb war, schmeckt der Kaffee auch besser. Und dann klopft jemand an die Tür, sie wird geöffnet, ohne dass Chobots »Herein!« gerufen hat, und der junge blonde Mann steht im Laden.

»Wir schließen«, sagt Chobot.

»Nur einige Fragen«, sagt der Mann.

»Nein, wir schließen. Trauerfall in der Familie!«

»Das tut mir leid«, sagt der Mann.

Dann verlässt er den Laden.

Die Tauben sind zurückgekehrt. Chobot hat sich auf dem Markt eine Wasserspritzpistole für Kinder und Jugendliche gekauft. Längst weiß er, wie hartnäckig Tauben sind. Eben von ihm verscheucht sind sie sofort von ihrem impulsiven Schreckflug wieder zurück. Er nimmt das Gerät, geht vor den Laden. Die Ratten fliegen auf. Sie respektieren die Geste, weil sie Chobots Ritual kennen. Er geht wieder zurück. Die Tauben sind wieder da. Jetzt spritzt er sie tatsächlich an, und sie verschwinden über den Dächern. Draußen ist es warm. Frühsommer in Salzburg. Weshalb ist es in meinem Laden so kalt?, denkt Chobot. Draußen liegt eine klebrige Wärme über der Stadt. Die Pfützen sind verdampft, manche Blätter an den Büschen rollen sich bereits ein, manche sind an ihren Spitzen schwarz gefärbt. Chobot hat nie verstanden, ob sie dann zu viel oder zu wenig Wasser bekommen haben, aber es ist egal. Der Verfall ist nicht zu übersehen.

Die zweite Tasse aus dem Thermobecher schmeckt ihm köstlich.

Das Croissant ist knusprig und flockig leicht.

Im Laden ist es nicht mehr so kalt.

Das Schild »Geschlossen« hat er inzwischen abgehängt.

»Ich bin zu sehr Pessimist«, denkt er.

Chobot hat sich bereits in seiner Jugend den eisernen Willen antrainiert, jede Form von Selbstmitleid zu unterdrücken oder sogar zu vernichten. Es lähmt dich nur. Es macht dich langsam. Es zerfrisst dich. Es macht dich zum Objekt, nicht zum Subjekt. Zu einem Menschen, der leidet. Zu einem Menschen, der anderen Menschen zur

Belastung wird. Der nur noch dem nachsinnt, was einmal gewesen ist, und der keine Kraft mehr hat, über den Tag hinaus einen Plan zu machen, wie sein Leben noch aussehen soll. Heute Vormittag ist es ruhig. Chobot liest die Zeitung. Er trinkt seine Melange. Er wäscht das Geschirr im Hinterzimmer ab. Dort steht das Gemälde von Elisabeth Achatz. Er will es gar nicht anfassen, obwohl es ihm im Weg steht. Das Bild muss weg. Aber es wird bald entfernt sein, denn der Kunde ist von dem Gemälde wie besessen. Er hat das in der Storebox genau beobachtet: wie der Mann das Objekt mit seinem Blick umkreiste und wie er es fixierte. Chobot kennt die Menschen, und er kennt ihre Blicke, wenn sie einen Kunstgegenstand betrachten, in den sie sich verliebt haben.

Alles ist gut, aber das Bild muss weg. Auf dem Weg zu seinem Laden ist er an der zentralen Buchhandlung in der Altstadt vorbeigekommen. Reiseführer, Kochbücher. Wandertipps. Bildbände über das barocke Salzburg. Kinderbücher. Bestseller.

Die »Amadeus« liegt vertäut am Ufer der Salzach. Bald wird sie die Touristen die Salzach hinauf und hinunter fahren. In den letzten Jahren lag sie wie eingefroren neben dem Steg. Die ganze Stadt war unter der Frostglocke der Pandemie erstarrt gewesen. Chobot denkt immer wieder über die Mindesthaltbarkeitsfrist der Mozartkugeln nach, die er in den Schaufenstern und Schaukästen entdeckt, garniert mit Notenschriften, barocken Perückengesichtern und Miniaturinstrumenten. Was passiert mit den abgelaufenen Mozartkugeln? Sie werden doch nicht schmelzen oder sogar explodieren und sich auf diese Weise selbst auflösen? Chobot lacht.

Gemälde haben keine Verfallsfrist. Er hat das sehr früh in seinem Leben verstanden. Im Gegenteil. Kunst wird wertvoller, je länger sie an den Wänden in unbekannten Häusern hängt, auf Dachböden deponiert ist, vergessen im Keller an der Wand steht oder in den Regalen von Garagen liegt. Die Kunst der Kunstvermittlung besteht darin, glaubt Chobot, warten zu können. Abzuwarten, bis es an der Zeit ist. Er hat sich selten geirrt.

Dann klingelt sein Telefon.

Der Kunde will die Frist der Bedenkzeit nicht nutzen. Er will das Bild unbedingt kaufen. Die Sache hat allerdings einen Haken. Der Preis ist zu hoch. Um 20 000 Euro zu hoch.

»Können wir darüber verhandeln?«

»Sie wissen, dass es einen anderen Interessenten für das Gemälde gibt, der wesentlich mehr bietet?«

»Die Dame sah nicht so aus, als wäre sie auf das Geld angewiesen.«

»Die gnädige Frau will das wertvolle Bild auch nicht verschenken.«

Vor seinem Laden sind die Tauben wieder gelandet. Chobot greift zur Wasserpistole, öffnet die Ladentür, während er telefoniert, und schießt eine Wassersalve auf die Ratten der Lüfte. Erschreckt fliegen sie auf, verlieren ein paar Federn beim Start.

Chobot telefoniert sehr lang mit dem Interessenten. Er vergisst sogar seinen Kaffee und das Croissant. Er erzählt alles, was er über Carl Wilhelm Hübner weiß. Er beschreibt das Bild »Die Auswanderer« und wiederholt, was er schon in der Storebox erzählt hat. Der Kunde, naiv ist er nicht, hat sich im Internet umgesehen. Er kennt die aktuellen Preise auf dem Kunstmarkt für Gemälde der Düsseldorfer Malerschule. Chobot hat ihm das nicht zugetraut. So verändert sich die Ausgangslage innerhalb eines halben Tages. Sein Gesprächspartner stellt nun seinerseits eine Frist, denn er sei nur noch wenige Tage in Salzburg. Chobot sagt ihm zu, noch einmal mit der Verkäuferin zu reden, aber er könne nicht garantieren, dass er erfolgreich sein werde. Er schlägt vor, sich noch einmal mit der gnädigen Frau zu treffen. Sie muss die Entscheidung treffen, denn sie ist die Besitzerin. Der Kunde ist einverstanden. Chobot sagt: »Das Gemälde befand sich früher im Besitz der Nasjonalgalleriet Oslo. Das macht es noch wertvoller.«

Dann vereinbaren sie einen Treffpunkt und die Uhrzeit für den übernächsten Tag. Es ist gut, sagt Chobot, wenn wir morgen noch einmal telefonieren, damit ich den Termin und die Uhrzeit nach Rücksprache mit der gnädigen Frau bestätigen kann.

Schon wieder sind die Tauben da. Chobot öffnet die Ladentür. Es stört sie nicht. Aber Chobot ist bewaffnet.

27

Wolff ging auch deshalb gerne bei dem Philosophen im Hinterhof der Volkartstraße vorbei, weil er dort Geschichten hörte, wie sie anderswo nicht erzählt wurden. Ein Gast empörte sich über Bekannte, die jeweils am Freitag am Stammtisch des Bierkellers anzutreffen waren, nach wenigen Maß frech, dann betrunken und sogar aggressiv wurden. Frauen waren am Stammtisch nicht zugelassen. Ja, wo sind wir denn? Und um Preußen handelt es sich auch noch.

Oder die Geschichte der beiden Dackel auf dem Viktualienmarkt. Ihre Besitzer, Mann und Frau, tragen seit Jahrzehnten Tracht, er seinen Rauschebart, sie ihr stattliches Holz vor der Hütt'n. Die beiden Dackel sind ebenfalls mit weiß-blauen Trachtenaccessoires geschmückt. Logisch, dass vor allem Japaner die vier Bayern fotografieren wollen. Vor den Krisenjahren gab es viele Japaner auf dem Viktualienmarkt. Also hatten die beiden Hundebesitzer eine gute Geschäftsidee. Für Fotos mit der 2-Personen-Trachtengruppe und den Dackeln verlangten sie fünf Euro.

Das war einige Jahre lang ein sehr einträgliches Geschäft.

Irrtümlich habe der Pfarrer in der Heilig-Geist-Kirche bei einer Tiersegnung die Dackel miteinander verheiratet, dabei seien sie doch Geschwister. Inzwischen sind die Dachshunde verstorben, und der Pfarrer, der zwei Pfarreien betreute, verlor die Gemeinde am Viktualienmarkt. Es war nicht gut, sich in den Vordergrund zu drängen und sich ständig in den Medien wiederzufinden. Auch im Ordinariat der Erzdiözese München und Freising wurden Boulevardzeitungen gelesen. Die Herren waren meist *not amused.*

Es waren aber solche Geschichten, die Wolff amüsierten und ablenkten. Immer wieder kamen neue dazu. Über Preußen, die im Hofbräuhaus am Stammtisch saßen, Trachtenträger und Gamsbärte mit einem Umfang wie der Federschmuck eines indigenen Häuptlings. Die größten Gamsbärte kosteten bis zu zehntausend Euro, und dabei, der Stammgast kicherte, hatten sie wahrscheinlich in den Bergen noch nie eine Gams gesehen.

Wolff hatte zwischen zwei Sitzungen Zeit gehabt, über seine Recherchen zur Geschichte des Gemäldes in Aigen nachzudenken. An den späten Abenden hatte er sich die Mühe gemacht, viele kunstwissenschaftliche Dateien zu durchforsten. Der langjährige Direktor des Lenbachhauses hatte sich leider noch nicht bei Wolff gemeldet. Also wollte er selbst weiterkommen. Irgendwann würde er dann Otsch und seiner Ehefrau Elisabeth erzählen, was er herausgefunden hatte. Es gab mehrere Theorien. Wolff notierte sie auf einem Papier.

1. Die Nasjonalgalleriet Oslo hatte das Bild von der Deutschen Botschaft mit deutschem Gruß und Dank für die Leihgabe zurückerhalten. Es fand dann seinen Platz wieder im Depot des Hauses. Möglicherweise wurde es dann über einen Kunsthändler zum Verkauf angeboten. Solche Verkäufe aus dem Depot waren nicht ungewöhnlich, vor allem wenn die Geldmittel für die Renovierung des Hauses, für die Restaurierung der wertvollsten Bilder, für Sicherheitseinrichtungen oder die laufende Finanzierung des Ausstellungsbetriebs fehlten. Gegen diese These, dachte Wolff, sprach aber der auf der Rückseite der Leinwand aufgeklebte handschriftliche Bescheid auf offiziellem Briefpapier, dass sich das Gemälde nicht mehr im Besitz der Nasjonalgalleriet Oslo befinde. Der Brief war datiert auf das Jahr 1934.

2. Die Deutsche Botschaft hatte das Gemälde nicht zurückgegeben. Es gab keine Frist für die Rücksendung der Leihgabe. Bis 1933 war Ernst von Weizsäcker Deutscher Botschafter in Oslo, auf seinen

Porträtfotos trägt er am Revers das Parteiabzeichen der NSDAP mit dem Hakenkreuz. 1934 wurde Heinrich Rohland Gesandter des Deutschen Reichs, ihm folgte 1939 bis 1940, dem Jahr des geheimen Unternehmens Weserübung, Curt Bräuer, ebenfalls Gesandter im Rang eines Botschafters. Wenn sich das Gemälde als Leihgabe noch in der Deutschen Botschaft befunden hätte, müssten Rohland oder Bräuer veranlasst haben, das Bild nicht zurückzugeben. Bald würde sich ohnehin wie in Dänemark auch die Lage in Norwegen radikal verändern, und zwar im Interesse des Großdeutschen Reichs.

3. Sollten sich aber die Gesandten im Rang eines Botschafters nicht um Petitessen wie eine Leihgabe der Nasjonalgalleriet gekümmert haben, wäre es auch denkbar, dass Mitarbeiter der Botschaft von den Bemühungen Hermann Görings wussten, massenhaft Gemälde zu sammeln, besser gesagt: zu rauben. Denn anders als sein Führer Adolf Hitler bezahlte der Reichswirtschaftsminister, Oberbefehlshaber der Luftwaffe, Preußischer Ministerpräsident und nach der »Weserübung« zum Reichsmarschall ernannt, so gut wie nie für die Bilder, die er nach Carinhall oder zum Reichsjägerhof in der Rominter Heide bringen ließ. Eindeutig gesichert war, dass auf Befehl des Reichsjägermeisters angeordnet worden war, alle Kunstschätze und den Alkoholvorrat vom Reichsjägerhof nach Carinhall zu verlagern. Das Reichssicherheitshauptamt hatte auf diese Weise die Vorbereitungen für ein Abfackeln des Reichsjägerhofs getroffen, ehe sich der einzige Beamte des Amtes abgesetzt hatte.

Wolff hatte den damaligen Hausmeister des Reichsjägerhofs in Rominten persönlich kennengelernt und viele Gespräche mit ihm aufgezeichnet. Der damals blutjunge Hausmeister war allein in Rominten zurückgeblieben. Als er den Gefechtslärm der russischen Armee, der immer näherkam, nicht mehr ausgehalten hatte, zündete er den Reichsjägerhof ohne Befehl an. Vergeblich hatte er sich telefonisch in der Zentrale der Wolfsschanze um einen Befehl bemüht.

Nach 50 Jahren hatte er sein Schweigen beendet, für das er sich aus Angst vor alten Kameraden und der russischen Armee entschieden hatte: für die einen war er ein Soldat, den man standrechtlich hätte erschießen sollen, für die Russen ein Täter, der unmittelbar vor ihrer Ankunft auf dem Gelände die gesamte Anlage abgefackelt hatte. Wolff wusste, dass dieser Hausmeister, der ohne Befehl gehandelt hatte, verhaftet worden war. Das Todesurteil war am nächsten Tag aufgehoben worden, weil die rote Armee tatsächlich die Ruinen des Reichsjägerhofs erreicht hatte. Es war ihm ein Sonderurlaub genehmigt worden, dann war der Marschbefehl an die Ostfront gekommen. Göring hatte auch im Reichsjägerhof Gemälde gehortet, aber der damalige Hausmeister konnte sich nicht mehr an die Bilder erinnern. Er verstand nichts von Kunst, wie er sagte.

Die Sendung war dann mit einem populären Medienpreis ausgezeichnet worden. Jetzt aber kam er über diese Spekulationen nicht hinaus.

Alle drei Theorien deuteten darauf hin, dass das Gemälde höchstwahrscheinlich nicht auf legalem Weg in deutschen Besitz gekommen war. Wie aber war es dann in das Haus von Otsch und Elisabeth in Salzburg-Aigen gekommen? Gerade weil ihn die Besitzverhältnisse nichts angingen, entwickelte Wolff einen sportlichen Ehrgeiz, der unbekannten Vergangenheit des Gemäldes nachzuspüren. Ganz sicher gab es noch andere Denkmöglichkeiten über den Weg des Gemäldes von Oslo nach Salzburg.

Eine frühere, mit ihm befreundete Kollegin hatte ihm beiläufig erzählt, dass Hermann Göring geraubte Kunstwerke aus jüdischem Besitz in Sonderzügen nach Berchtesgaden transportieren ließ, wo er sie in geheimen Stollen auf dem Obersalzberg vor Luftangriffen und Zerstörung durch die Geländegewinne der Roten Armee, der Amerikaner oder Franzosen bewahren und lagern wollte. In einer Fernsehdokumentation hatte seine Kollegin gesehen, dass ein Sonderzug nach der Ankunft in Berchtesgaden nicht mehr rechtzeitig evakuiert werden konnte, sodass Berchtesgadener Bürgerinnen und Bürger die Waggons plünderten. Bis heute lebe in Berchtesgaden ein Kunsthändler oder Kunstsachverständiger, der als Bub die Plünderung des Sonderzugs von Hermann Göring erlebt hatte, hieß es in der TV-Dokumentation. Dieser Mann wisse, auf welchen Dachböden, in welchen Kellern die Kunstwerke hingen. Er schweige, weil er nach so vielen Jahrzehnten keinen Unfrieden stiften wolle. Angst oder Sturheit eines Gestrigen? Wolff wollte sich nicht festlegen.

Es könnte also auch so gewesen sein: Wenn sich das Gemälde Carl Wilhelm Hübners tatsächlich in diesem Zug befunden hatte, dann wäre es bis Berchtesgaden gekommen. Von dort gibt es viele Wege nach Österreich, vorausgesetzt die Tatsache, dass eine Bewohnerin oder ein Bewohner der Marktgemeinde Berchtesgaden das Kunstwerk aus dem Waggon geholt und versteckt hätte.

Wenn dann einige Jahre später ein österreichischer Kommerzienrat gegenüber einem Kunsthändler seines Vertrauens den Wunsch geäußert hätte, ein Gemälde aus der ersten Hälfte des 19. Jahrhunderts erwerben zu wollen (Geld spielt keine Rolle), dann...

Wie aber stimmten diese Theorien von Wolff mit der Tatsache überein, wonach die Nationalsozialisten staatlichen Kunstbesitz respektierten?

Er stand auf und öffnete das Eckfenster seines auf zwei Seiten verglasten Büros im 13. Stock des Hochhauses. Das Büro war klimatisiert, aber die Klimaanlage war längst nicht mehr in Bestzustand. In der Raucherecke des Hofs zwischen den Studios, der Intendanz, den Direktionen und dem Redaktionsgebäude hatte er Kollegen von der Hausverwaltung zugehört, die sich über die zentrale Klimaanlage unterhalten hatten. Man muss die Fenster öffnen, beschloss Wolff, auch wenn es verboten ist. Es war für ihn nicht schwierig gewesen, sich einen Fensterschlüssel zu besorgen. Wolff pflegte seine Kontakte zu den Mitarbeitenden der Hausverwaltung, die im Winter den Schnee vor den Eingängen räumten, in der Inventarverwaltung Bilder und Möbel verwalteten, penibel auf die Einhaltung der Hausordnung achteten und im Vergleich zu den Programmleuten im Niedriglohnsektor steckengeblieben waren. Wenn es Probleme gab, die zunächst nicht gelöst werden konnten, dann traf sich Wolff am liebsten mit diesen Kolleginnen und Kollegen, die die Gebäude und ihre Nutzer wie kaum jemand anderer kannten. Wer ständig von unten nach oben blicken musste, gewöhnte sich eine andere Art der Wahrnehmung an.

Wolff mochte das. Wenn er mit ihnen sprach, dann fühlte er sich, als blickte er in einen Spiegel. Mit seinem Spiegelbild war er nicht immer einverstanden, und deshalb waren ihm die Kontakte in der Kantine oder nach Feierabend so wichtig, auch wenn es natürlich nicht nur um den illegalen Besitz eines Fensterschlüssels ging.

Ein herrlicher Tag.

Wolff atmete am offenen Fenster tief durch. Die Gipfel der Alpen glänzten immer noch weiß, es hatte im April und zwei Wochen im Mai dort immer noch geschneit. Er hörte das Anfahren der Straßenbahn, Haltestelle Hopfenstraße, er beobachtete zwei, drei Helikopter im Westen. Ein gelber Rettungshubschrauber flog wahrscheinlich zu einer der Autobahnen Richtung Lindau oder Stuttgart, der andere rot-weiß-lackierte kam aus dem Westen und steuerte den Stadtteil Neuhausen an. Das waren die Hubschrauber, die das Deutsche Herzzentrum in Neuhausen anflogen, oft in der Nacht. Sie transportierten in gekühlten Koffern das benötigte organische, lebende Material für Herztransplantationen oder einen anderen Organaustausch. Seltsam nur, dass Wolff von seiner Wohnung aus immer wieder beobachtet hatte, dass schwere, schwarze Helikopter nachts, oft spät nach Mitternacht, über die Münchner Innenstadt flogen, obwohl es ein Nachtflugverbot gab. Polizei? Militär? Politiker und Politikerinnen, die endlich nach Hause wollten, woher sie an diesem Tag auch immer gekommen waren?

Dann aber dies.

Kaum dass Wolff den Flug der Rettungshubschrauber verfolgt hatte, solange er sichtbar war, während er immer noch über das Gemälde von Otsch und Elisabeth nachdachte, vernahm er ein Geräusch, das er seit einem Jahr nicht mehr gehört hatte. Den Lustschrei der Mauersegler.

Eine ganze Reihe von Autorinnen und Autoren hatte in ihren literarischen Werken das Getschilpe der Mauersegler beschrieben, aber Wolff hatte in ihren Texten bislang nicht eine einzige adäquate

Wiedergabe des Gefühls entdeckt, das die akustische Kommunikation der Mauersegler mit ihrer Flugformation in ihm auslöste: ganz tief in der Seele, ganz tief im Unbewussten. Er war elektrisiert, wenn er die Rufe der Mauersegler hörte, und er hatte es längst aufgegeben, sie mit Worten zu beschreiben. Wenn du wissen willst, was Freiheit ist, dann lausche diesen Vögeln. Wenn du wissen willst, was dich heute von deiner Depression erlösen kann, von deinen Enttäuschungen, von deinen Versagensängsten, von deinem Übermut, von deiner Kollegin gegenüber, von deinem Vorgesetzten im Direktionsbau, von deiner Steuerberaterin, von deiner Hausverwaltung, dann höre den Mauerseglern zu und verfolge mit deinen Augen ihre Flugrouten am Himmel. Sie bleiben nur wenige Monate. Du musst diese Zeit nutzen. Die Gewissheit, dass sie da sind. Die Hoffnung darauf, dass sie immer wieder zurückkommen von ihren weiten Luftreisen in den Süden Afrikas. Dass sie für dich Erinnerung an deine Jugend bleiben, als die Mauersegler über den Garten zum Kirchturm flogen und als sich ihr akustisches Schwirren so tief in das Bewusstsein eingeschnitten hatte wie die Gravur in einem Kristallglas.

Das fühlte Wolff so.

Jemand, der ihm sehr nahegestanden war, hatte ihm einmal anvertraut: Wenn es eine Seelenwanderung gibt, dann war ich früher ein Mauersegler. Ich weiß das. Ganz sicher. Aber er kannte auch in seinem engsten Freundeskreis Menschen, die noch nie den Mauerseglern zugehört oder ihren Flug beobachtet hatten und die gar nicht wussten, welche geheimnisvollen Vögel über den Dächern Münchens ihre Sturzflüge wagten, sich wieder zum Licht erhoben und den unsichtbaren Ellipsen ihrer Flugbahnen am Himmel folgten. Ganz sicher waren es keine Schwalben. Er schloss das Fenster. Man sollte es nicht übertreiben.

Er würde heute noch versuchen, Otsch telefonisch zu erreichen. Lange hatte Wolff über sein Gespräch mit Otsch nachgedacht. Der Regisseur würde jetzt auf dem Weg nach Hamburg sein, um dort in den Studios die Regie für ein Dokumentarhörspiel zu übernehmen.

Diese eine Produktion noch, hatte Otsch gesagt. Das schaffe ich! Wolff hatte ihm nicht widersprochen.

Der Hausbote brachte den Speiseplan der Kantine, seine Kollegin im Vorzimmer legte ihm dezent die Hauspost auf den Schreibtisch. Sie wusste genau, wann Wolff für sie unerreichbar war. Er wusste, dass sie dies respektierte. Es gab nicht viel Schöneres im Beruf als solch gegenseitige Empathie. Er würde ihr morgen einen Blumenstrauß mitbringen.

Manche Abläufe blieben im Medienbetrieb konstant, so wie sie immer waren. Wenn sich alles veränderte, waren solche Rituale ein Trost. Wolff rebellierte gegen eingefahrene Regeln, aber je länger er in diesem Haus arbeitete, umso mehr begann er zu verstehen, weshalb in einem Medienhaus mit seiner ständigen Veränderung, seiner Personalfluktuation in den Redaktionen, den ständigen Strukturreformen und der andauernden Selbstbespiegelung der Organisation solche Traditionen einen großen Wert hatten. Sie waren die Konstanten in den Arbeitsprozessen unter der Leitung von Führungsstäben. Von oben wurden die Diskurse initiiert, damit die Analysen von unten, also aus den Programmen, nicht zu wichtig wurden. Von oben verordnet wurde, neue Begriffe für die vermeintlichen Veränderungsnotwendigkeiten in den allgemeinen Kenntnisstand des Hauses einzuführen, die Projektmanager waren von der Leitung des Hauses längst abgesichert, sie beschworen in ihren powerpoint-Präsentationen die Zukunft, träumten vom Change-Management und der Diversität künftiger Ausspielwege der Programme. Von kaum einem dieser Planer hatte Wolff je eine bemerkenswerte Sendung aus eigener Feder gehört oder einen profilierten Beitrag über ihre eigene Arbeit gelesen.

Die einzige Gegenwehr für Journalistinnen und Journalisten, denen die Inhalte der journalistischen Arbeit wichtig waren, konnte nur eine tiefernste Heiterkeit sein, dachte Wolff, und er war bisher damit gut gefahren. Die Strukturalisten, die Organisations-Reformer, die Konformisten und Populisten: Sie wurden nur durch ein bestimmtes Verhalten der Redaktionen verunsichert. Durch homerisches

Gelächter oder leise ironische Rückfragen zum – wie es dann hieß – durchaus faszinierenden Zukunftsentwurf für den Sender, den Wolff nun besser kannte als die meisten Projektmanager, die von außen angeworben worden waren. Heute McKinsey, morgen E&J, PWC oder KPMG, Serviceplan und andere. Unternehmensberatungen und PR-Agenturen. Die Strategie der Intendanz war nicht neu, das wusste Wolff längst, aber er empfand sie als ärgerlich in Zeiten, in denen die Honorarsätze der freien Mitarbeiterinnen und Mitarbeiter zwar linear erhöht worden waren, sie aber immer weniger Aufträge erhielten, während gleichzeitig die Quote der Wiederholungssendungen ständig anwuchs. Es war immer das alte Spiel: Die Unternehmensleitung verwies auf die gestiegenen Honorare, die freiberuflichen Mitarbeiterinnen und Mitarbeiter klagten über die Abnahme an Aufträgen und signifikante Einkommensverluste, die eine Verringerung ihrer Honorare bis zu 20 oder 30 Prozent bedeuteten.

Es ist nicht einfach, die Waage im Gleichgewicht zu halten, dachte Wolff, wobei sich die Schale zu Lasten der Freelancer längst gesenkt hatte. Aber auch diese Entwicklungen waren nicht neu. Wolff warb bei den Festangestellten dafür, möglichst viele Sendungen selbst zu realisieren, damit die »Freien« dann angemessen honoriert werden konnten. Jede Sendung war etatisiert, das heißt, bestimmte Honorarsätze für die Freien waren eingeplant. Je fleißiger sich die Festangestellten im Programm selbst einbrachten, umso mehr Mittel standen für die Freien zur Verfügung. So ließ sich mancher Einkommensverlust bei ihnen ausgleichen.

Wolff hatte sich längst für seine, wie er glaubte, konsequente Haltung entschieden. Die eigene Courage diente dem Programm und der Mut musste dafür investiert werden, die Freiheit der Sendungen und ihrer Inhalte zu verteidigen: nach innen wie nach außen. Den Bedrohungen von innen kannst du nur widerstehen durch Distanz, Überzeugungskraft und eben jene tiefe Heiterkeit. Dabei verstand sich Wolff nie als Konservativer, der sich notwendigen Veränderungen des Medienmarktes und der Publikumspräferenzen verweigern wollte. Aber er konnte es nicht verstehen, dass sich die öffentlich-rechtlichen Rundfunkanstalten immer stärker den Strategieplänen der privat-kommerziellen Programmanbieter annäherten, statt sich auf die eigenen Stärken, die Tradition, den Reichtum ihrer Programmgeschichte und ihren gesetzlichen Auftrag zu verlassen. Die Quoten-Diskussion würde auch seinen Sender zu Entwicklungen veranlassen, die sich in wenigen Jahren, wie Wolff glaubte, als verhängnisvoll und höchstwahrscheinlich als Irrtum erweisen würden. Als Verlust ihrer Identität. Ihrer Glaubwürdigkeit. Ihrer Berechtigung, von den Bürgerinnen und Bürgern des Landes finanziert zu werden.

Basta. Jetzt war es genug.

Auf dem Heimweg könnte er noch schnell bei seinem Weinhändler am Kurfürstenplatz vorbeischauen. Sollte das Birnchen an der Kaffeemaschine noch leuchten, würde er noch einen späten Kaffee bekommen. Wäre die Maschine aber bereits gereinigt und abgestellt, dann ließe sich noch für einige Minuten über den neuen Kriminalroman reden, den Wolff inzwischen gelesen hatte, wobei er die Handlung bereits nach zwei Tagen vergessen hatte. Sein Weinhändler war viel zuverlässiger. Er kannte die Namen der Autorinnen und Autoren, beschrieb aus der Erinnerung die Handlungen, von denen Wolff nichts mehr wusste, obwohl er die Bücher gelesen hatte.

Außerdem gab es genug zu besprechen.

Wolff hatte mit Beck telefoniert. Beck hatte seine Entscheidung nicht mehr geändert. Die Produktion mit Otsch sei nicht mehr möglich, nicht mehr zu retten. Aus. Vorbei. Mit Otsch niemals mehr. Mit ihm nicht. Mit dem Team nicht. Niemand kämpfe dafür, die Aufnahmen zu retten. Es ist ein Problem für dich, hatte Beck gesagt, aber bei der Lösung kann ich dir nicht helfen. Du bist der Chef, hatte er gesagt und dann lange geschwiegen. Er sei nicht mehr der, der er vor seinem Unfall gewesen war, hatte Beck gesagt. Du musst mir einfach glauben, dass es so ist. Ich bin krankgeschrieben, noch für eine längere Zeit.

Wenn ich wieder zurück bin, kann ich die Aufnahmen gerne durchhören. Vielleicht entsteht ein neues Konzept aus den Fragmenten. Da müssten wir dann natürlich Otsch fragen.

Wolff sah sich, bevor er sein Büro verließ, noch einmal im Raum um. Auf dem Glastisch in der Sitzecke lag die Süddeutsche Zeitung vom Wochenende. Er hatte das ganzseitige Interview mit dem ehemaligen Pantomimen und Experten für Körpersprache Samy Molcho über das Thema »Gesten« gelesen. Einen Satz hatte er angestrichen:

»Menschen markieren und verteidigen ihre persönlichen Grenzen, ob in der Arbeit, in der Öffentlichkeit oder in der Familie. Das können Orte sein oder geistige Gebiete, wie eine Sprache oder eine Religion.«

Oder ein Haus, dachte Wolff.

28

Es war still im Haus.

Es war aber nicht so, dass Elisabeth unter dem Schweigen im Haus gelitten hätte. Sie sang gelegentlich, manchmal sagte sie einen Rollentext auf, der ihr gerade eingefallen war. Es musste auf niemanden Rücksicht genommen werden. Ihre Absätze hämmerten auf den Steinfußboden im Salon, Otsch litt, wenn er zuhause war, immer darunter. Wie ein Specht im Haus, klagte er dann, und sie zog andere Schuhe an. Jetzt aber brach sich die Stille an den Wänden wie geräuschlose Wellen, sie überfiel Elisabeth, und ihre Gedanken wurden immer lauter. Die Innenwelt kann lärmen, wenn von draußen kein Geräusch durch die Gitterfenster dringt, kein Rasenmäher, kein Flugzeug, kein vorbeifahrendes Auto. Kein Motorrad und nirgendwo das Bellen eines Hundes. Es war totenstill, nur ihr Kopf lärmte.

Chobot hatte ihr am Telefon mitgeteilt, dass der potenzielle Käufer mit der gnädigen Frau noch einmal über den Preis verhandeln wolle. Wären sich beide, Verkäuferin und Käufer dann handelseinig, werde er, Chobot, sich darum bemühen, den Kaufbetrag noch an diesem Tag in bar auszuzahlen. Er bedauere sehr die neuen Unannehmlichkeiten, aber sie ließen sich schnell beseitigen. Vielleicht sei der Preis für das Gemälde zu hoch angesetzt, das könne ganz sicher ausverhandelt werden. Sie möge sich bitte keine Sorgen machen.

Es würde aber notwendig sein, sich noch einmal zu dritt persönlich zu treffen. Er schlage als Treffpunkt einen Ort vor, der für die gnädige

Frau gut zu erreichen sei. Länger als eine halbe Stunde werde sie nicht beansprucht. Dafür werde er sorgen.

Weshalb sollte der Verkauf nicht gelingen, wenn sich beide Seiten aufeinander zubewegten. Bei ihren Gagenverhandlungen war sie fast immer erfolgreich gewesen. Manchmal muss man etwas nachgeben, was aber kein Problem ist, wenn man zuvor seine Forderung etwas höher ansetzt als üblich. Das hatte sie von ihrem Agenten gelernt, der die meisten Honorarverhandlungen für sie führte. Der von Chobot angegebene Kaufpreis konnte gesenkt werden. Denn das Bild muss weg!, dachte Elisabeth, und da kommt es nicht auf den einen oder anderen Tausender an.

Auf dem Kies am Straßenrand vor dem Haus knirschten die Reifen eines Lastenfahrrads. Das sollte der Postbote sein, auf den sie schon gewartet hatte.

Sie blätterte die Briefe mit den Bitten um ein Autogramm durch, legte die Rechnungen auf einen eigenen Stapel nach links, rechts lag der Stapel der Zeitschriften, der Tageszeitung und der Bühnenzeitungen. Kein Brief von Otsch. Früher hatte er ihr, wenn er zwischen den Funkhäusern in Deutschland unterwegs war, Postkarten geschickt. Kleine Verse, witzige Grüße, später auch Kurzgeschichten, knapp wie Limericks: nur ein paar Zeilen, die sich auf der nächsten Postkarte fortsetzten, dann wieder und wieder, und so besaß sie seine kleinen Postkartengeschichten, die sie sorgfältig gesammelt hatte. Surrealistische Texte, manchmal gereimt, manchmal lautmalerisch. Sie liebte diese Lebenszeichen von ihm, auch wenn sie miteinander telefonierten. Diese Postkarten waren Liebesbeweise. Nur einmal hatte eine Postkarte sie nicht erreicht, sie war offensichtlich verlorengegangen, und Otsch hatte sich nicht mehr erinnern können, welchen Text er geschrieben hatte. So fehlte ein winziger Splitter in den Postkartengeschichten.

Sie würde nachher ihre goldenen Sneakers anziehen. Für den von Chobot genannten Ort eigneten sich hohe Absätze nicht. Sie würde ihren Trachtenumhang mitnehmen. Es war zwar warm geworden im Salzburger Land, aber sie nahm an, dass es am Treffpunkt schattig war. Im Internet hatte sie ihn sich angesehen, er war tatsächlich ganz in ihrer Nähe. Chobot würde das Bild selbstverständlich nicht dorthin transportieren, die Gefahr war zu groß, dass es beschädigt werden könnte. Vom Goldrahmen könnte eine kleine Ecke wegen einer unaufmerksamen Bewegung abspringen, hatte Chobot erklärt. Am Nachmittag gehe es nur um eine finanzielle Einigung, um alles andere kümmere er sich selbst. Er mache das, weil er die gnädige Frau verehre. Sie sei es ihm absolut wert, dass er seinen Laden schon wieder schließen müsse. Das mache er sehr gerne für sie.

Von dem beliebten Ausflugsort hatte Elisabeth schon gehört. Doch wer beruflich viel unterwegs war, dem fehlte meist die Zeit, die nähere Umgebung kennenzulernen.

Elisabeth wanderte nicht gern. Zu anstrengend, zu zeitaufwendig. Sie musste sich darum kümmern, Drehbücher zu lesen, Rollentexte auswendig zu lernen, mit den Regisseuren zu telefonieren und genug Zeit für das Leben mit Otsch zu haben, der ja auch selten zuhause war. Die Freude über das Wiedersehen war jedes Mal groß. Durch Distanz wuchs die gegenseitige Aufmerksamkeit. Das gemeinsame Essen wurde zum Festmahl. Und natürlich waren die gemeinsamen Fahrten in die Stadt ein besonderes Vergnügen. Mal kauften sie für Otsch ein, mal drängte Otsch sie in eine Boutique, ermunterte sie, diesen Mantel, jenes Kleid anzuprobieren. Es gab in Salzburg eine große Auswahl an eleganter Mode, wie sie den beiden gefiel, und sie freuten sich nach der Rückkehr in ihr Haus bei einem Aperitif darüber, die Tragetaschen auszupacken. Elisabeth sammelte die Taschen, die in der Kunststoffzeit wegen ihres Designs kleine Kunstwerke waren, während die Papiertaschen nur dazu dienten, den Hausmüll zu sammeln oder die Asche aus dem offenen Kamin zu den Tonnen zu bringen. Da hatte es doch inzwischen keinen Sinn mehr, dorthin zu gehen, wo sich Touristen und Einheimische auf den Plätzen und in den Gassen der Altstadt drängten, und zudem könnten manche Menschen sie erkennen. Sie hatte kein Interesse an ihnen, deshalb verweigerte sie sich Selfies oder spontan erbetenen Autogrammen. Es war besser, Distanz zu halten und vor allem den Postweg für eine distanzierte Kommunikation zu nutzen.

Ein kurzer Weg entlang eines Weidezauns. Tümpel gibt es dort, kleine Höhlen, größere Grotten, immer wieder eine feuchte Holzbrücke über den Bach, aus den Felsen tropft Wasser auf den glitschigen Boden. An heißen Tagen ein wunderbarer Ort. Aber doch nicht für sie. Die Mozarts und auch manche Freimaurer sollen hier gewesen sein, das Wasser der Bitterquelle wurde als Heilwasser geschätzt, dabei war es wahrscheinlich damals nur sauberer gewesen als das Trinkwasser der städtischen Brunnen mit ihren rostigen Wasserleitungen. Elisabeth las, dass sich nach dem düsteren Eingang der Grotte eine Art Dom öffnete. Irgendwoher dringt Sonnenlicht herein, sodass es nicht zu dunkel ist. Aber auf dem Felsboden steht das Wasser oft knöcheltief. Dorthin würde sie nicht gehen. Man hatte sich im Aigner Park am Zugang zu den Waldpfaden verabredet. Es war von Chobot sehr zuvorkommend, ihr eine Fahrt quer durch die Stadt zu ersparen, aber sie hätten sich natürlich auch wieder in der Gegend der Storebox treffen können. Doch Chobot bestand auf einem Treffen im Park. Am späten Nachmittag seien da nicht viele Passanten unterwegs. Sensible Verhandlungen bedürften eines geschützten Raums, hatte Chobot gesagt, möglichst ohne Augenzeugen, die ihre Neugier nicht beherrschen können. Das ist doch alles in Ordnung, dachte Elisabeth.

Sie würde allein dorthin gehen. Völlig überflüssig, sich von der Haushälterin begleiten zu lassen.

Einen größeren Briefumschlag hatte sie heute noch nicht geöffnet. Er enthielt eine Anfrage der Bregenzer Festspielleitung. Es wäre eine Ehre, wenn Elisabeth von Harnier bei den Festspielen einen Abend mit Lesungen österreichischer Autoren gestalten wolle. Leider kein Rollenangebot, aber die Liste der genannten Schriftstellerinnen und Schriftsteller begeisterte sie. Ein Gagenvorschlag für den Abend war beigefügt. Man bitte sehr freundlich um eine baldige Rückmeldung wegen der weiteren Planungen. Selbstverständlich sei Frau von Harnier hochgeschätzter und willkommener Gast im führenden Hotel am Ort. Mit vorzüglicher Hochachtung. Ein Vertragsentwurf war in doppelter Ausfertigung beigelegt. Ein frankierter Umschlag für die Antwort auch.

Elisabeth juchzte, und sie erschrak keineswegs über ihren Jubelschrei im stillen Haus. Eine angebrochene Prosecco-Flasche sollte noch im Kühlschrank stehen. Jetzt hatte sie sich ein Glas verdient.

Dann würde sie gemütlich aufbrechen und zum Treffpunkt gehen.

Er hieß: Hexenloch.

29

Wie seltsam ist es, dass eine Stadt mit gleicher Leidenschaft gehasst und geliebt werden kann. Die Salzburger Gegend sei eine der schönsten Ecken Europas, schrieb Karl Lagerfeld, »Ich liebe Salzburg. Ich habe Salzburg immer geliebt.«

Al Wolff wusste, dass Thomas Bernhard seine Heimatstadt als eine Todeskrankheit empfunden hatte, in welche die Bewohner hineingeboren und hineingezogen werden, was letztlich nur zum Suizid führen könne. Alexander von Humboldt soll in einem Brief Salzburg und seine Umgebung als gleichrangig schönsten Ort der Erde neben Neapel und dem Konstantinopel seiner Zeit beschrieben haben. Der Brief war nie aufgefunden worden, aber es wäre der Tourismuswerbung und der Festspielleitung zuzutrauen, dass sie auch ein ungesichertes Zitat Humboldts für ihre Selbstdarstellung verwendeten. Ein Humboldt irrte sich nie.

Am besten hatte Wolff bei seiner mehrstündigen Suche im Netz eine Rede gefallen, die Karl Markus Gauß zum Auftakt des Jubiläumsjahres »200 Jahre Salzburg in Österreich« gehalten hatte, in der er eine klare Position bezog: »Salzburg hat immer gewonnen, wenn es sich der Welt öffnete, ja, diese nach Salzburg holte, und Salzburg hat sich immer dann selbst geschadet, schweren Schaden zugefügt, wenn es auf die Aus- und Abschließung setzte.«

Es gab trotzdem immer noch genug Gitter in der Stadt, ein Eingeschlossen-Sein und ein Ausgeschlossen-Sein, und selbst das Alte

Testament kannte die »Gitter des Himmels«. Dieses Bild aus dem ersten Buch Mose hatte Wolff einmal in einer seiner Sendungen zitiert, er hatte sich die menschliche Projektion eines vergitterten Himmels als keineswegs eschatologische Vorstellung eingeprägt: Wenn es einen Himmel gab, musste er ein offener Himmel sein.

Wie stumpf konnten sonst so leuchtende und glänzende Städte aussehen, wenn es regnete. Das Wasser stürzt von den Kuppeln herab, es schießt aus undichten Dachrinnen und Leitungen auf die Straßen und Gassen, die Nässe kriecht in das Bewusstsein und verdunkelt jede Freude, endlich wieder in Salzburg zu sein. An manchen Regentagen mochte die Stadt tatsächlich eine Bernhard'sche Todeskrankheit sein, die ihre Bewohner wie ihre Besucher in gleicher Weise befiel.

Die wenigen Passagiere der öffentlichen Verkehrsmittel sind dann nur als Schatten zu erkennen, denn die Scheiben sind längst beschlagen und die Insassen sitzen unter der fahlen Innenbeleuchtung wie gestrandete Gespenster der Dämmerung. Großflächige nasse Flecken schwärzen die Barockfassaden, nehmen ihnen den ewigen Festspielglanz, und die kleinen Gruppen der Touristen in der Getreidegasse ducken sich unter riesigen Regenschirmen, die sie in ihren Hotels ausgeliehen haben.

Karl Lagerfeld wird an sonnigeren Tagen hier gewesen sein. Schwarze Wolken verhüllen die Berge, die Fassaden des Festspielhauses wirken in ihrer grauen Nässe bedrohlich. Erst wenn die Nebel nach dem Regen verdampfen, die Kanäle wegen der Wassermassen glucksen und rülpsen, kommt eine leise Erinnerung an bessere Tage auf.

Die Autofahrt nach Salzburg war unangenehm gewesen. Die Sicht war durch den starken Regen eingeschränkt, viele Wagen waren zu schnell unterwegs, und Wolff selbst hatte zweimal, dreimal am Lenkrad gespürt, wie Aquaplaning sein Auto in ein nicht mehr beherrschbares Geschoß zu verwandeln drohte. Bremsen war nicht möglich, also hatte er die Geschwindigkeit verringert und riskiert, dass ihm LKW dicht auffuhren und ihn vor sich hertrieben. Aber er hatte Glück gehabt. Er konnte seinen Wagen wieder in die Spur bringen.

Der Schrecken saß noch tief in ihm und ließ sich nicht abschütteln wie das Wasser auf einem durchnässten Regenschutz.

Es werden bessere Zeiten kommen, dachte Wolff, in denen aus den morastigen und kalten Gassen die barocke Heiterkeit der Stadt wiederauferstehen wird, eine wohltuende Wärme durch die Straßen und über die Plätze zieht und die Glocken der Kirchen nicht mehr so gedämpft über die Giebel der Stadt schallen, als seien sie in feuchte Tücher eingepackt worden, um ihren Klang zu ersticken.

Jetzt stand Wolff vor dem Haus in Aigen, das er schon zweimal besucht hatte. Hatte sich inzwischen etwas verändert? Er sah die Kameras, die nicht verkabelt waren, er erkannte das torähnliche robuste Eingangsportal mit seinen zwei Türen wieder, die auffallende Symmetrie der beiden Haushälften, die Büsche, die Dachgauben, die durch die Nässe blassen Lüftlmalereien rund um die Fenster und den Hauseingang.

Er sah die Gitter.

Die schmiedeeisernen Stäbe waren heute noch schwärzer, noch dominanter, auch brutaler in ihrer Wucht vor den Fenstern, als er sie in Erinnerung hatte. Im Haus brannte kein Licht. Die Außenbeleuchtung über dem holzgeschnitzten Haustor war ebenfalls nicht eingeschaltet, die Punktstrahler zum Garten hinter dem Haus funkten nicht in den Regen hinaus. Die Villa wirkte auf Wolff heute wie ein mittelalterliches Verließ. Ein dunkles Gefängnis, das sich gegen jeden Lichtreflex wehrt und in dessen ewiger Nacht jede Lebensfreude verkümmern muss. Außerdem war es kalt. Wolff hatte die Fahrt von München nach Salzburg angestrengt.

Natürlich hatte er Otsch sofort zugesagt, so schnell wie möglich nach Salzburg zu kommen, als der Regisseur ihn aus Hamburg über die Katastrophe informierte, die sich inzwischen ereignet hatte.

30

Otsch kam bei seiner Arbeit in der Studioproduktion gut voran. Er wusste genau, sprach aber nicht darüber, dass er hier im Norden seine letzte Regiearbeit vollenden würde. Das technische Team hatte sich auf ihn gefreut, die Dramaturgen und einige der ihm bekannten Journalistinnen und Journalisten hatten ihn herzlich begrüßt, als sei ein Mitglied der Familie nach langer Zeit wieder zurückgekehrt. Der Stoff war schwierig. Otsch hatte lange an seinen Ideen für eine Hörfunkinszenierung gearbeitet. In Hamburg angekommen war er sich sicher, die Hörcollage in mehreren Folgen aus Texten von Ernst Jandl, Friederike Mayröcker, Franzobel, Michael Köhlmeier, Thomas Bernhard, Arno Geiger, Elfriede Jelinek, Stefanie Sargnagel, dem Spätwiener Wolf Wondratschek, Wolf Haas und anderen realisieren zu können: ohne Selbstzweifel, ohne Ängste, als Regisseur zu versagen. Das Gespräch mit Al Wolff in München hatte ihm gutgetan. Wolff und er kannten jetzt die Lage, aber sie würden die Informationen darüber vorerst für sich behalten und schweigen.

Es war gut, dass er sich Wolff anvertraut hatte. Es war eine Befreiung. Sein ganz anderes *coming out.*

Von den Kompositionen, Arrangements und Audio Files, die zeitblohm und Olga Neuwirth für die Produktion geschaffen hatten, war Otsch überzeugt. Einige Musikaufnahmen würde er mit den Urhebern zusammen im Studio noch etwas professionalisieren. Sie kämen gerne nach Hamburg, hatten sie mitgeteilt. Die zuständigen Dramaturgen in der Redaktion hatten keinen Einwand dagegen. Noch waren die Etats nicht ausgeschöpft.

Mitten in einer sensiblen, komplexen und auch technisch höchst anspruchsvollen Phase der Produktion war Otsch aus dem Studio herausgebeten worden. Die Redakteurin bat ihn, sichtlich schockiert, sie in die Redaktion zu begleiten. Otsch müsse sofort in Salzburg eine Telefonnummer anwählen, die sie notiert habe. Schweigend gingen beide durch die Gänge, die Treppenhäuser, ein Stück durch die Außenanlage, bis sie angekommen waren.

Otsch rief die angegebene Nummer zurück. Er ließ sich mit der ebenfalls notierten Nebenstelle verbinden.

Eine Polizeibeamtin aus Salzburg teilte ihm mit, dass Elisabeth Achatz von Harnier von Touristen im Aigner Hexenloch aufgefunden worden sei, die zufällig an der Unglücksstelle vorbeigekommen waren. Elisabeth: schwerste Kopfverletzungen, mehrere Knochenbrüche. Wahrscheinlich mit den Sneakers auf einem felsigen Weg ausgerutscht und einige Meter in das Wasser abgestürzt. Sie habe den Unfall überlebt, liege aber auf der Intensivstation des Landeskrankenhauses Salzburg im Koma. Wie gesagt: wahrscheinlich ein Unfall, aber es gehöre zur Routine der Ermittlungsbehörden, jeden Verdacht auf eine äußere Einwirkung durch einen oder mehrere Täter auszuschließen. Die Salzburger Polizisten, die als erste am Unfallort waren, und der Notarzt hatten aber keine Spuren für den Verdacht einer Straftat gefunden. Elisabeth, erklärte ihm die freundliche und sensible Beamtin, müsse ausgerutscht, abgestürzt und längere Zeit im Bach gelegen sein, bis sie von den Wanderern entdeckt worden war. Sie hatten erst einmal das Hexenloch verlassen müssen, weil es dort kein Netz gab, um mit dem Mobiltelefon die Polizei und die Rettung zu verständigen. Man bitte ihn, möglichst umgehend nach Salzburg zu kommen.

Tut uns sehr leid.

Es ist unsere Pflicht.

Wir wollten Sie so schnell wie möglich informieren, bevor die Presse.

Sie wissen ja.

Wenn Sie Hilfe benötigen, sind wir gerne.

Nicht jedes Wort hatte Otsch verstanden. Mit brüchiger Stimme hatte er mehrmals zurückgefragt und darum gebeten, etwas lauter zu sprechen. Er musste sich setzen. Die Kollegin nahm seine Hand. Einen Kaffee? Bleiben Sie ruhig. Bleiben Sie erst einmal hier in der Redaktion. Ein Glas Wasser? Soll ich den Hausarzt anrufen?

Otsch wollte nicht ruhig bleiben.

Er konnte gerade noch »Wolff bitte!« sagen, bevor es ihm schwarz vor den Augen wurde. Sekunden? Minuten? Danach tat ihm der heiße Kaffee gut.

31

Wolff hatte der Anruf während eines Telefongesprächs mit dem Kulturreferenten der Landeshauptstadt München erreicht. Es sei sehr dringend, hatte ihm seine Programmassistentin auf einen Zettel geschrieben, den sie, ohne anzuklopfen, während des Telefonats auf den Schreibtisch neben sein Telefon gelegt hatte. Wolff hatte das Gespräch mit dem Kulturreferenten abrupt beendet.

Otsch hatte mit schwacher Stimme eine einzige Bitte geäußert. Er werde sofort die Produktion in Hamburg abbrechen und nach Salzburg zurückfahren. Vielleicht fliegen. Vielleicht mit der Bahn. Ob Wolff nach Aigen kommen könne?

Selbstverständlich würde Wolff kommen.

Jetzt stand Wolff im Regen vor dem Haus. Er hatte Otsch seine ungefähre Ankunft in Salzburg mitgeteilt. Nur mit dem starken Regen hatte niemand gerechnet. Er wusste nicht, wie Otsch von Hamburg nach Hause gekommen war. Er hätte ihn in München gerne persönlich am Hauptbahnhof abgeholt, aber der Regisseur hatte das Angebot entschieden abgelehnt. Otsch musste jetzt um diese Uhrzeit längst zu Hause sein. In der Klinik würde er sich um diese Zeit nicht mehr aufhalten. Der Regen war heftig, und das Haus wirkte auf Wolff, als sei jedes Leben in ihm erloschen oder vom Hochwasser weggeschwemmt worden.

Wolff geht auf das Eingangstor zu.

Er läutet, aber es gibt keine Reaktion.
Er weiß nicht, ob eine Alarmanlage eingeschaltet ist.
Er bleibt kurz vor dem Vordach stehen.
Er ist müde.

Hinter dem Gitterfenster rechts neben den beiden Flügeln des holzgeschnitzten Eingangstors entdeckte er in der Finsternis des Regentags und des dunklen Hauses ein fahles Oval. Es war kalt, und der Wind verstärkte die klammen Gefühle. Aber da stand wirklich Otsch und schaute ihn an. Blass wie eine weiß getünchte Wand. Ein schmal gewordenes Gesicht. Der Regisseur wirkte abgemagert. Seine Schultern hingen. Ein klapperdürrer, über Nacht alt gewordener Mann, der aus dem Fenster durch die Gitter blickte, die ihn einsperrten oder gerade jetzt beschützten. Wolff läutete mehrmals. Das Oval im Fenster bewegte sich nicht. Wolff spürte eine große Traurigkeit in sich, aber dann musste er ganz leise lachen. Denn ihm fiel seltsamerweise in diesem Augenblick ein Bibelzitat ein, das er für einen Vortrag über Kommunikation gesucht und in Sprüche Kapitel 7, Vers 6 im Alten Testament gefunden hatte:

Mein Freund ist gleich einem Reh oder jungem Hirsch. Siehe, er steht hinter unsrer Wand, sieht durchs Fenster und schaut durchs Gitter.

Nein, er durfte jetzt nicht lachen. Er läutete noch ein paar Mal. Dann faltet er seinen Regenschirm zusammen, obwohl es immer noch regnete, und trommelte mit dem Griff auf das Holztor. Einmal. Mehrmals. Andauernd.

Ein Türflügel wird geöffnet.
Der in sich zusammengesunkene Regisseur sagt kein Wort. Nur eine kleine Handbewegung. Bitte herein. Er schweigt.

Wolff schweigt.
Aber er umarmt Otsch, wie er noch nie einen Kollegen umarmt hat.
Beide lösen sich nicht voneinander. Sie bleiben unter dem Vordach stehen.

Der Regen peitscht bis hierher herunter, aber das hat keine Bedeutung in diesem Augenblick.
Der große Otsch ist so klein.

Wolff hat noch kein Wort gesagt. Er nimmt, weil er nicht reden will, denn kein Satz von ihm wäre der Situation angemessen, den schmalen Mann in seine Arme wie ein Kind, das nach nichts anderem als Geborgenheit und Schutz und Trost und Nähe verlangt.

Dann endlich gehen beide in das Haus.

32

In der Krise wächst der Mensch.

Wenn er Glück hat, denkt Chobot, wächst er auch über sich selbst hinaus. Aber wohin soll er denn wachsen, der Mensch in der Krise? Hier im Laden ist es zu eng für jedes Wachstum, und die Probleme stehen hier dicht an dicht wie die Koffer in der Gepäckaufbewahrung des Salzburger Hauptbahnhofs herum. Er hat früher immer wieder mal einen Gepäckaustausch im Bahnhof organisiert, Kunstwerk gegen Geld, aber seit einem Jahrzehnt ist er vorsichtig geworden, und außerdem passen große Bilder ohnehin in kein Schließfach und schon gar nicht in eine Gepäckaufbewahrung, deren Mitarbeiter darauf achten, dass sich die Bahnreisenden mit einem Dokument legitimieren können. Damals hat er die Idee entwickelt, eine kleinere Lagerhalle oder eine Scheune am Stadtrand zu mieten oder zu kaufen, dort draußen, wo die Stadt so hässlich ist, als wolle sie Thomas Bernhards Totenrede auf Salzburg nachträglich rechtgeben. Es ist ihm gelungen, einen solchen Besitz zu erwerben. Denn Besitzer sind freier als Mieter, und Freiheit ist nichts anderes als die Möglichkeit, hohe Wände um sich herum errichten zu können, damit niemand einen Blick auf das Areal dahinter werfen kann. Das gilt auch für sein geheimes Depot. Chobot liebt die drei Affen. Nichts sehen, nichts hören, nichts sagen. Hässlich findet er nur die kleinen Skulpturen in Bronze, Keramik oder Kunststoff, die immer wieder einmal auf den Märkten für Touristen angeboten werden.

Sein Laden wird ihm zu eng. Nicht einmal die drei Affen würde er hier in einem Regal aufstellen wollen. Die Luft ist stickig. Die Ratten der Lüfte sind zurückgekehrt. Im Hinterzimmer steht ein Gemälde, das er hier nie aufbewahren wollte. Er wird heute ausnahmsweise seine Melange und sein Croissant außerhalb seines Ladengeschäfts genießen. Er wird heute die Tauben vor der Tür in Ruhe lassen.

Er wird ein paar Minuten hinübergehen zum Café Isaak.

Er muss dringend nachdenken.

Chobot steht auf. Es wäre doch gelacht, wenn er heute nicht alle Probleme aus seinem Laden und seinem Bewusstsein entfernen und auf Dauer entsorgen könnte. Es ist ihm doch immer gelungen, Krisen und Probleme zu überwinden, oder wenn es nicht möglich war, sie dann schnell wieder loszuwerden.

Alles hatte doch gut begonnen.

Die gnädige Frau wollte sich von einem Gemälde trennen. Das war ihr Problem.

Der Kunde wollte es erwerben, das war sein Problem.

Chobot wollte den Deal vermitteln, das sollte sich doch nicht für ihn zu einem Problem auswachsen.

Aber es war dann doch alles aus dem Ruder gelaufen.

Die Schauspielerin und der Grieche, die schmale Künstlerin in ihren goldenen Sneakers, die er zuvor noch nicht an ihren Füßen gesehen hatte, und der vermögende Hobby-Boxsportler hatten sich nach der kurzen Begrüßung am Eingang des Hexenlochs prächtig miteinander unterhalten. Elisabeth von Harnier kicherte wie ein junges Mädchen, der Grieche bewegte sich wie ein Tanzbär auf dem nassen Pfad und er gab sich Mühe, sie zu beeindrucken. Durch die Schilderung seines in Westeuropa erworbenen Schatzes an Kunstwerken, seine internationalen Geschäftsbeziehungen, seine in Griechenland auf ihn wartende Großfamilie und seine persönlichen Kontakte, die er zu Parteien, Regierungsmitgliedern und einflussreichen Prominenten in Österreich aufgebaut und natürlich auch gepflegt hatte.

Zeit war vergangen. Kaffeetassen waren ausgetrunken worden. Chobot hatte seinen Laden mehrfach aufgesperrt und wieder zugesperrt.

Chobot versuchte, die Rolle des Vermittlers einzunehmen. Der Grieche wollte zu wenig bezahlen, die Schauspielerin wollte zu viel für das Gemälde verlangen. Immer wieder nahm Chobot seine Kappe ab als ein Zeichen seiner zuvorkommenden Dienstleistungsbereitschaft, immer wieder versuchte er, die beiden davon zu überzeugen, dass Gerechtigkeit nur darin besteht, dass sich beide Schalen der Waage auf gleichem Niveau befinden, sich also nicht die eine senkt, und die andere nach oben bewegt. Vielleicht lag es am Wetter, aber die Positionen verhärteten sich. Erst wollte der Grieche die Verhandlung abbrechen, dann Elisabeth von Harnier. Dann drohte Chobot, er werde sich jetzt zurückziehen. So ging es hin und her.

Und irgendwann hat Chobot die Schauspielerin mit seinen funkelnden Augen angesehen und leise gesagt:

»Gnädige Frau, Sie wissen, wo Sie mich finden.«

Und zum Griechen hat er gesagt:

»Ich hasse es, wenn Kunden mündliche Absprachen nicht einhalten.«

Er hat sich umgedreht und das Hexenloch verlassen. Es war ein unwirtlicher Ort für lange Verhandlungen, wenn die dichten Regenwolken über Salzburg liegen und sich in keine Richtung vertreiben lassen, sondern schwer auf dem Land und den Dächern der Stadt lasten.

Das ist die Stufe 6 der Verkaufsgesprächs-Psychologie. Du musst weggehen, nur dann besteht bei verfahrenen Verhandlungen die Chance, dass einer der beiden Interessenten dir nachläuft wie ein aufsässiges Kind, dem die völlig entnervten Eltern androhen, sich zu entfernen. In repressiven Erziehungsmustern ist es dann so, dass die Kinder den Eltern nachlaufen, um nicht mutterseelenallein in der Welt zurückgelassen zu werden.

Chobot hat sich mehrfach umgedreht. Niemand war zu sehen. Der Grieche und die Schauspielerin hatten ihren Dialog noch nicht beendet. Ihr kommt schon wieder, dachte er, aber es würde schwer werden, der gnädigen Frau zu vermitteln, weshalb er sie beide im Hexenloch verlassen hat. Ein Argument hat er sich inzwischen ausgedacht: Auch ein Chobot ist nur ein Mensch. Er selbst fühle sich enttäuscht und verletzt. Eine Mitleidstour.

Die Melange im Café Isaak schmeckt ausgezeichnet, heiß und leicht und duftend, aber heute bitterer als sonst, das Croissant ist nicht ganz frisch. Chobot steht auf, um sich eine der auf dem alten Buffet ausgelegten Zeitungen zu holen, und er greift nach der Tabloid-Beilage mit den Lokalmeldungen der Salzburger Nachrichten. Zeitungen und Magazine lassen sich von vorne oder von hinten lesen. Es gibt unterschiedliche Gewohnheiten für das Leseverhalten des Publikums. Die Redaktionen lassen es immer wieder analysieren, mal werden Leserbriefe ganz vorne platziert, mal ganz hinten. Das sind Glaubensfragen, und in Glaubensfragen sind letzte Wahrheiten nicht gesichert.

Chobot blättert, von hinten nach vorne, und dann springt ihm mit aller Brutalität eine Wahrheit in die Augen:

SALZBURGER SCHAUSPIELERIN IM
HEXENLOCH SCHWER VERUNGLÜCKT

Weshalb ist es so kalt im Café Isaak? Chobot friert. Er bezahlt und verlässt das Isaak. Als er in die Linzer Gasse hinaustritt, stolpert er. Alte Männer mit wirren grauen Haaren unter der Kappe stolpern immer wieder einmal, jeder weiß das, das ist einfach so, wenn Leute älter werden. Aber Chobot stolpert nicht deshalb. Wie in Trance geht er, ein alter Träumer, einer, den niemand mehr braucht, einer, dessen Tage gezählt sind. Nicht mit mir, denkt Chobot. Er spürt, wie Wut in ihm aufsteigt. Ruhig bleiben, sagt er sich, und erst einmal die Ratten der Lüfte vertreiben, wenn ich beim Laden bin.

Dann wird man sehen.
Aber das Bild muss weg.
Er wird viel telefonieren müssen.
Es gibt immer eine Lösung, denkt Chobot.

Niemand war ihm nachgelaufen. Elisabeth Achatz nicht und der Grieche nicht. Da hatte sich Chobot umgedreht und war zurückgegangen. Das Scheitern war ein Problem. Aber besser zu scheitern ist eine Herausforderung.

33

Wolff hatte in seinem Leben die Erfahrung gemacht, dass im Unglücksfall oder bei Katastrophen Worte nicht viel helfen können.

Als sein Vater überraschend im Ausland an einem Herzinfarkt gestorben war, hatte eine Freundin der Familie einen Kuchen vor die Haustür gestellt. Als der Bruder einer guten Freundin völlig unerwartet starb, war er zu ihrem Haus in einem südlichen Wohnvorort von München gefahren. Mit einem Händedruck hatte er ihr eine Tüte mit einem Brathendl und Pommes Frites überreicht und sich sofort verabschiedet.

Hier in Aigen hatte die Haushälterin, die er noch nicht gesehen hatte (ob es sie wirklich gab?), eine Platte mit kleinen belegten Appetithappen auf den Couchtisch gestellt. Vielleicht war es auch eine Freundin von Elisabeth gewesen. Im Unglück dachte selten jemand daran, dass der Mensch nicht allein vom Schrecken leben kann. Otsch deutete auf die Platte. Er goss sich randvoll schottischen Whisky in ein Glas und zeigte auf Wolff, der den Kopf schüttelte. Jetzt bitte nicht. Inzwischen war die Beleuchtung im Haus eingeschaltet. Mit dem sanften Licht wich die Beklemmung, die Wolff überfallen hatte.

Otsch begann zu reden.

»Elisabeth geht eigentlich nie spazieren. Sie wandert auch nicht. Sie ist eine typische Städterin, der die Natur unheimlich ist, nicht für ihren Verstand aber für ihre tiefe Gefühlswelt. Sie empfindet sich zum

Beispiel in einem Wald oder auf einem Berg als schutzloses Wesen. Wälder wie Berge behindern den freien Blick, aber auf die Gipfel will sie nicht hinaufgehen, um einen Blick in die Täler zu werfen.«

»Und ihre alpenländische Tracht?«, fragte Wolff. Er sprach lauter, als er es gewohnt war.

»Sie liebt das Land. Seine Kultur. Es stört sie nicht, wenn Hügel am Horizont das Land begrenzen. Berge findet sie nur dann schön, wenn sie sehr weit entfernt von ihr herumstehen.«

»Aber hier im Salzburger Land?«

»Na ja, Kindheitserinnerungen und alpenländisches Flair.«

»Wäre Wien nicht ein besserer Wohnort?«

»Sie liebt diese Stadt.«

»Ja, sie hat öfters in den Medien erzählt, wie sehr sie die Salzburger Alpen liebt.«

»Na ja, das hat sie in Interviews gesagt, weil es von ihr erwartet wird. Hier muss sie Dirndl tragen, weil es sich so gehört für eine Schauspielerin, die hier zu Hause ist.«

Otsch trug seinen Trachtenjanker.

Wolff wollte ihn jetzt nicht darauf ansprechen.

Er schweigt.
Wolff schweigt.
Das Haus ist still.

Die Produktion in Hamburg sei sehr gut angelaufen. Er wisse, dass es seine letzte Regie sei. Mit dem Spezialisten in München hatte er alle Optionen erwogen, über Therapien, technische Möglichkeiten und auch über operative Eingriffe gesprochen. Während der Bahnfahrt nach Hamburg hatte er einen dicken Stapel wissenschaftlicher Fachzeitschriften studiert, die ihm der Spezialist freundlicherweise mitgegeben hatte. »Es ist, wie es ist«, sagte Otsch. »Es dauert nicht mehr lange, bis ich aus der akustischen Welt, eurer Welt, meiner früheren Welt, ausgestoßen sein werde. Das ist schwer zu verkraften.« Das sei für ihn noch gar nicht vorstellbar, obwohl sich die Welt seit ein paar Monaten von ihm zu verabschieden beginne. Mit ihren lauten und leisen Geräuschen. Ein Abschied von den Stimmen und Sprachen, den Schwingungen der Konsonanten und Vokale im Studio, der Musik, dem Verkehrslärm und dem Sirren der Aufzüge in den Funkhäusern. Von Zwischenrufen und vom Flüstern. Vom Vogelgezwitscher und dem Bellen von Hunden.

Otsch brach ab und zeigte auf die Servierplatte. Baguette mit Wildlachs. Avocadopaste. Sardellen. Kirschtomaten. Luftgetrocknetes Bündner Fleisch. Kalter Braten. Gurken. Grob geraspelter Meerrettich. Kleine Maiskolben. Pfeffersalami. Gekochter Schinken. Der Imbiss stammte wahrscheinlich aus dem italienischen Feinkostladen in Parsch.

»Jetzt doch ein Gläschen Prosecco?«, fragte Otsch.
Wolff nickte.
»Elisabeth hat noch eine angebrochene Flasche im Kühlschrank, dort steht sie bestimmt noch nicht lang. Ich habe sie eben entdeckt.«

Der Regisseur, dachte Wolff, braucht Zeit, um über den Unfall von Elisabeth zu reden. Wir haben Zeit.

»In einem halben Jahr bin ich völlig taub, kein Tinnitus, keine Durchblutungsstörung. Ein Absterben von Nervenzellen. Oder der Flimmerhärchen. Oder so ähnlich. Irreparabel«, sagte Otsch. »Ich weiß nicht, wie es dann weitergeht.«
Wolff trank einen Schluck vom kalten Prosecco.
»Sie könnten für uns konzeptuell weiterarbeiten«, sagte Wolff. »Repertoireprogramm-Ideen entwickeln, schreiben, Einführungen verfassen. Uns bei Besetzungsfragen beraten. Booklets für unsere Hörbücher entwickeln. Das wäre für uns eine große Hilfe!«

Otsch sagte nichts.

Nach einer langen Pause, während der Wolff vermutete, dass er akustisch vom Regisseur nicht verstanden worden war, sagte Otsch sehr leise:
»Was wollte sie im Hexenloch?«
»Sie war dort noch nie?«

»Nein. Noch nie. Weshalb auch?«

»Sie haben keine Vermutung?«

»Ich bin völlig ratlos«, antwortete Otsch.

»Vielleicht hat sie sich zu einem Spaziergang mit einer Bekannten verabredet?«

»Das hat sie nie gemacht. Sie ging nicht gerne spazieren.«

»Vielleicht fühlte sie sich im Haus zu einsam?«

»Sie liebte es, allein zu sein. Sie hatte genug zu tun. In den letzten Tagen und Wochen kamen viele Anfragen. Das hat sie mir ganz glücklich am Telefon erzählt.«

»Wie geht es ihr?«

»Sie liegt immer noch auf der Intensivstation im Koma.«

»Waren Sie bei ihr?«

»Ich durfte sie noch nicht besuchen.«

»Ihr Zustand?«

»Ernst. Sehr ernst. Nicht die Knochenbrüche. Der Kopf!«

»Wann dürfen Sie hin?«

»Man hat mir versprochen, mich zu verständigen, wenn es möglich ist.«

»Wie lange könnte das dauern?«

»Das weiß niemand. Ich habe die Produktion in Hamburg abgebrochen.«

»Sie bleiben hier?«

»Natürlich.«

»Haben Sie jemanden, der Ihnen in diesen Tagen zur Seite steht?«

»Ja.«

»Es ist nicht gut, allein zu sein.«

»Gute Bekannte aus der Stadt. Freunde. Ja, Freunde!«

Otsch rührte die belegten Brote nicht an. Er hatte seinen Whisky ausgetrunken, füllte sein Glas noch einmal. Randvoll. Es sah aus, als drücke das Glas mit seinem irrealen Gewicht den kleinen und mageren Regisseur in den Sessel hinein. Doch jetzt reckte er sich, setzte sich auf die Kante des Sessels, streckte sich und neigte sich, so gut es ihm möglich war, Wolff zu.

»Ich habe eine einzige persönliche Bitte an Sie. Ich weiß mir keinen anderen Rat, aber ich will Sie natürlich auch nicht belästigen.«

»Ich höre.«

»Auf ihrem Schreibtisch fand ich einen Notizzettel mit einer Salzburger Telefonnummer.«

»Das muss nichts bedeuten. Eine Schauspielerin wie Elisabeth telefoniert doch mit vielen Leuten.«

»Auf dem Display habe ich gesehen, dass sie diese Nummer öfters angerufen hat. Es ist eine Telefonnummer, die sie nicht in ihrem Telefonbuch gespeichert hat.«

»Weshalb haben Sie dort nicht einfach angerufen?«

»Schauen Sie. Genau das schaffe ich im Augenblick nicht. Ich habe dafür keine Kraft. Ich habe auch, wenn ich ehrlich bin, ein wenig Angst.«

»Wenn es eine Apotheke oder ein Modehaus ist?«

»Diese Nummern hat sie alle gespeichert. Aber die Telefonnummer auf dem Zettel nicht.«

»Ein Zufall?«

»Vielleicht gibt es eine völlig banale Antwort. Aber ich habe Angst davor, anzurufen. Ich weiß selbst nicht, wovor ich Angst habe. Ich spüre eine zu große Blockade, um zu telefonieren.«

»Was erwarten Sie von mir?«

»Dass Sie das für mich machen!«, bat Otsch. »Sie sind zu mir nach Salzburg gekommen. Sie haben mich jetzt besucht. Ich bin Ihnen unendlich dankbar.«

»Ich musste zu Ihnen kommen.«

»Nein, das war nicht selbstverständlich.«

»Doch. Ich musste kommen!«

»Danke. Ich werde Ihnen immer dafür dankbar sein.«

»Otsch, auch in unserem Arbeitsbereich wird das Klima immer kälter. Ich beobachte täglich, wie sich alles verändert. Sie werden es auch erlebt haben oder erleben.«

»Bei Ihnen in München und jetzt in Hamburg wurde ich wie ein Freund empfangen.«

»Es wird trotzdem eiskalt. Aber man kann Widerstand leisten.«

»Wer leistet denn noch Widerstand?«, fragte Otsch.

»Es sind nicht wenige. Wir beide gehören dazu.«

»Versuchen Sie herauszufinden, wer unter der Telefonnummer zu erreichen ist?«

»Ich bin kein Privatdetektiv«, sagte Wolff, »aber okay: Geben Sie mir den Notizzettel.«

Otsch lächelte.

Es war rational völlig nahvollziehbar, dass sich die Psyche der Menschen veränderte, wenn sie schlechte Nachrichten erhielten und sich ihnen stellen mussten, sofern sie nicht doch die Flucht ergriffen. Das mochte vorkommen. Der Schreck nach einem Unfall ließ manchen Autofahrer zu einem Unfallflüchtigen werden, obwohl er diese Fluchtbewegung für sich immer kategorisch ausgeschlossen hatte. »Schock«, hieß es dann. Andere brachen zusammen, wieder andere erlebten eine Explosion der Aggressivität in sich, von deren Existenz sie bisher nichts gewusst hatten. Die einen erstarrten, die anderen erzitterten unter der Wucht von Katastrophen. Während der eine verstummte, schrie der andere. Beide waren dann jeder Kommunikation entzogen.

Wolff hatte gerade heute beobachtet, wie solche trostlosen Regenzeiten die Stadtarchitektur veränderten, wie schwer die nassen Häuser und Türme zu ertragen waren, wenn ein Besucher Salzburgs nach seiner Schönheit und barocken Pracht suchte, wie profan sich Ornamente und Simse und Kuppeln und mit Pfützen überschwemmte Plätze auf einmal zeigten, als hätten sie sich von der Verpflichtung befreit, für Ewigkeiten glanzvoll und prächtig zu sein.

Dass sich selbst Innenarchitekturen verändern konnten, wusste Wolff auch. Das hatte er schon erlebt. Dass einladende und behagliche Wohnzimmer und Salons plötzlich zu kalten Kammern wurden, sinn- und seelenlos, fahl, jedes noch so leise Geräusch als unheimliches Echo wiedergebend, ihrer Geborgenheit beraubt, ihrer bisher wahrgenommenen Eleganz verlustig. Der Salon im Haus von Elisabeth und Otsch wirkte auf ihn wie eine Bühne nach der Vorstellung, wenn die Scheinwerfer erloschen sind und die Spotlights nur noch vor sich hin glimmen und die Abkühlungsprozesse in einen schwarzen Raum hinein knacken, auf dem vorher der Wettstreit zwischen den Innenwelten und den Außenwelten der menschlichen Existenz stattgefunden hat. »Alles vorbei! Alles vorbei!«, war eines der letzten Worte von Lola Müthel in den Kammerspielen München in Thomas Bernhards Drama »Ein Fest für Boris gewesen« – dieser unvergessene, bis heute nachhallende Klagelaut, der damals nicht nur Wolff erschüttert hatte.

»Ich würde sehr gerne eine Zigarette rauchen«, sagte Wolff, »nein, bitte keinen Aschenbecher, ich gehe für ein paar Minuten nach draußen. Kalter Rauch hier im Salon ist morgen sehr unangenehm.«

Otsch nickte.

Er sank wieder in seinen Sessel zurück. Wolff stand auf und ging hinaus. Es regnete nicht mehr. Über die Straßen zogen Nebelschwaden, über jeder Pfütze stand der Dunst, aber vielleicht hatte Wolff jetzt auch ein Glas Prosecco zu viel getrunken. Der Himmel war nicht mehr in seiner Schwärze verschlossen, inzwischen zogen hellere Wolken vorüber. Es sah aus, als würde der Mond wie ein Pingpongball von Wolke zu Wolke springen, was natürlich Unsinn war. Jetzt, in diesen letzten Maitagen, zeigte sich der Mond mit dem größten Umfang des Jahres. Wolff zündete sich eine Zigarette an. Er hatte es in der Villa nicht mehr ausgehalten, und er haderte mit sich wegen seiner Ungeduld. Schon einmal, als sein jüngerer Bruder gestorben war, hatte er immer wieder die Intensivstation der Universitätsklinik in Marburg verlassen, um eine Zigarette zu rauchen. Nikotinmangel und Tabaksucht waren nicht der Grund dafür gewesen, sondern er musste immer wieder für einen kurzen Augenblick Abstand gewinnen, um danach wieder stark zu sein und die Hand seines sterbenden Bruders halten zu können.

Natürlich würde er die Identität der von Elisabeth notierten Telefonnummer feststellen.

Natürlich würde er Otsch beistehen, den morgigen Tag zu planen und ihn, wenn es möglich war, in die Klinik begleiten. Ganz sicher war Otto Achatz bestens vernetzt. Ganz sicher hatte er Freunde, die ihm nahestanden, in den Redaktionen der Sender, in den dramaturgischen Abteilungen der großen Bühnen, bei Künstlern, Autoren und Lektoren, Kritikern und Toningenieuren, Frauen und Männern. Aber seit Wolff hier im Haus war, hatte niemand angerufen.

Ob jemand in der Intensivstation der Klinik Elisabeth die weißen Handschuhe ausgezogen hatte? Wolff fand seinen eigenen Gedanken absonderlich. Was war denn los mit ihm? War er schon zum Zyniker geworden?

Als er wieder mit Otsch zusammensaß, der seine Körperhaltung kaum verändert hatte, läutete das Telefon. Otsch hörte es nicht.

»Das Telefon läutet«, sagte Wolff.

Der Regisseur schreckte auf.

»Telefon!«, sagte Wolff.

Otsch stand auf und griff nach dem mobilen Telefon. Es gab einige Nebenstellen im Haus für die Festnetznummer und entsprechend viele Geräte.

»Wann?«, fragte Otsch.

»Sind Sie sich sicher?«

»Wie?«

»Ja, natürlich.«

»Morgen?«

»Was kann ich …?«

»Wissen Sie schon?«

»Aha.«

»Ich verstehe Sie nicht. Können Sie wiederholen, was Sie gerade gesagt haben?«

»Ihr Beileid?«

»Der Chefarzt, aha.«

»Alles versucht.«

»Ich danke Ihnen. Gute Nacht.«

Elisabeth war aus dem Koma nicht mehr erwacht. Hörte er. Die Ärzte hatten alles unternommen, um ihr Leben zu retten, es hatte nichts geholfen. Hörte er. Zu schwere Verletzungen, ein schweres Schädel-Hirn-

Trauma, die Knochenbrüche waren massiv, aber nicht lebensgefährlich. Organversagen, Herzversagen. Sie hatte nicht leiden, ihren Zustand nicht bei Bewusstsein erleben müssen. Sie war im Niemandsland hinter dem Leben schon zu weit angekommen. Wenn er morgen in die Klinik kommen könne, wäre das gut. Hörte Otsch. Er hatte alles gehört und er begann sehr langsam, auch zu verstehen. Sonst hörte er Stimmen am Telefon nicht mehr gut, aber vielleicht redeten die Menschen auf der Station in solchen Situationen lauter, wenn sie Angehörige informieren mussten. Vielleicht auch lag es an der Stille im Haus, die alles Lebendige erstickte. Auch Wolff hatte das Gespräch mit der Universitätsklinik Salzburg Wort für Wort verstanden.

Er blieb bei Otsch. Später wusste er nicht mehr genau, ob er eine Stunde oder mehrere Stunden bei ihm gesessen war. Meist hatten sie geschwiegen.

Als er ging, holte er seinen feuchten Mantel aus der Garderobe im Vorraum. Er war in den Salon zurückgekehrt, um sich von Otsch zu verabschieden. Sie umarmten sich wieder, und er sah, als er über die Schultern des Regisseurs blickte, einen weißen Fleck an der Wand des Salons. Das Gemälde von Carl Wilhelm Hübner war nicht mehr an seinem Platz. Feine Staubränder zeigten, wo das Bild gehangen hatte.

»Wo ist Euer Gemälde?«

»Weg. Weg. Weg«, sagte Otsch. »Ich weiß nicht, was da passiert ist.«

»Elisabeth?«

»Weg. Weg. Weg. Ich weiß es nicht.«

Dann ging Wolff. Die Wolken hatten sich verzogen. Der Mond war groß und riesig rund. In der Ferne sah er die Lichtglocke über Salzburg. Die Luft war frisch, sie roch nach Erde.

34

In solchen Nächten ist selbst der Schlaf ein Albtraum.
Es ist besser wachzubleiben.

Otsch bewegte sich wie ein Schlafwandler durch das stille Haus. Er schlich hinauf, er ging am Schlafzimmer vorbei zum Arbeitsstudio seiner Frau, er saß an ihrem Schreibtisch. Dann schlich er auf ihrer Seite des Hauses wieder hinunter. Er trank noch einen Whisky, dann stieg er wieder die Treppen hinauf und öffnete die Tür zu seinem Büro.

Es war gut, es war ein wunderbarer Freundschaftsdienst, dass Wolff heute zu ihm gekommen war. Ein Zufall, dass Wolff noch im Haus gewesen war, als die Klinik spätabends angerufen hatte. Jetzt war es noch später. Alles war noch endgültiger. Ihm fiel eine Sendung über den »Matthäus-Effekt« ein, bei der er die Regie gehabt hatte. Erfolg führte zu noch mehr Erfolg. Der grandiose Schauspieler Wolfgang Büttner war schon seit Jahrzehnten tot, fast niemand konnte sich noch an ihn erinnern, aber Otsch hatte seine Stimme im Kopf, als er einen Vers aus dem Matthäus-Evangelium gelesen hatte:

Denn wer da hat, dem wird gegeben, dass er die Fülle habe; wer aber nicht hat, dem wird auch das genommen, was er hat.

Otsch war empört, bis ihm Büttner ganz ruhig erklärt hatte, dass nur Menschen enteignet würden, die Talent besäßen, es aber verkommen ließen. Genau dies sage der Evangelist. Er hatte ihm damals im Studio in sein Ohr geflüstert: »Der Teufel scheißt immer auf den größten Haufen«, wusste aber nicht mehr genau, ob der Satz von Martin Luther stammte oder ob Luther nur einen bekannten Spruch in einer seiner Weimarer Tischreden zitiert hatte. Und dann hatte er seine eigene Interpretation angefügt: »Der Teufel stoffwechselt stets auf den dicksten Haufen«, aber Otsch hatte damals geglaubt, dass Büttner seine etwas vornehmere Variante nicht selbst erfunden hatte. Reichtum kommt zu Reichtum. Lernerfolg zu den erfolgreich Lernenden. Steuererleichterungen zu den Vermögenden.

Aber was ist mit dem Unglück?

Er war zu alt, um sich einem neuen Beruf zuzuwenden, dachte Otsch. Er war als alter Regisseur schon jetzt nicht mehr vermittelbar. Beethoven war schon völlig taub, als er seine 9. Symphonie komponierte, die er bei der orchestralen Uraufführung nicht mehr hören konnte. Aber ich bin kein Komponist, dachte er. Ein Dirigent, der seine Hörfähigkeit verloren hatte, konnte kein Orchester mehr leiten. Ich weiß, dass viele Menschen eine Behinderung ihrer körperlichen und geistigen Leistungsfähigkeit annehmen und hart trainieren, mit ihr in enger Partnerschaft zu leben und sich selbst nicht aufgeben.

Aber ich?, dachte Otsch. In meinem Alter schaffe ich das nicht mehr. Gut, Wolff hatte ihm auch heute Abend Perspektiven angeboten. Sie würden, da ist er Realist, nur als Überbrückung in das totale Nichts taugen. Das Nichts kam auf ihn zu. Das In-sich-eingesperrt-Sein. Das Ausgesperrt-Sein von jeder direkten Kommunikation mit den Menschen, die ihm so wichtig waren und sind. Er nahm sein Glas und trank. Seine Hand zitterte dabei.

Er schämte sich, weil er nur an sich gedacht hatte. Dass Elisabeth in diesem Haus nie mehr sein würde, nicht mehr bestimmen konnte, was zu tun und was vor allem von ihm zu tun war, würde keine Befreiung sein. Dass er ihre Stimme nicht mehr hören würde, nun gut, das wäre ohnehin so gekommen. Dass sie nicht mehr lebte: Das war die Katastrophe. Der Teufel musste in Aigen den dicksten Haufen gefunden haben. Otsch stand auf und schlurfte durch den Salon. Er stieg die Treppe hinauf. Er stand vor ihrer Tür. Er ging weiter und stieg die Treppe wieder herunter. Es waren sinnlose Bewegungen, aber im Augenblick hatte nichts mehr einen Sinn.

Wo war Carl Wilhelm Hübners Gemälde geblieben, das Elisabeth mehr als er geliebt hatte? Wahrscheinlich hatte sie im reichverzierten Viereck des Goldrahmens mehr ihren Großvater gesehen als die Darstellung von Auswanderern nach New York, denen der Abschiedssegen gespendet wurde. Otsch fiel ein, dass Elisabeth nach dem zweiten Besuch von Wolff verunsichert gewesen war. Immer wieder hatte sie davon gesprochen, dass Hübners Bild vielleicht doch ein Fall von NS-Raubkunst sein könnte.

»Du hast Wolff doch gesagt: Kunst ist Kunst, und dass dich die Wege nicht interessieren, auf denen das Gemälde aus Oslo zu deinem Großvater kam.«

»Das interessiert mich auch nicht, mein Lieber. Aber wenn es doch so war? Meinst Du, wir können es uns leisten, im Zusammenhang mit NS-Raubkunst in den Medien aufzutauchen?«

»Du übertreibst.«

»Du siehst das wahrscheinlich richtig. Aber wenn es doch so war?«

»Es war ein Fehler, das Bild von der Wand zu nehmen und die Rückseite der Leinwand mit dem handschriftlichen Brief der Galerie Wolff zu zeigen.«

»Der war doch so fasziniert von dem Bild.«

»Er wird ganz sicher nicht darüber reden.«

»Weshalb sollte er auch?«

Mit ihrer weißen Handschuhhand hatte damals Elisabeth ihr Prosecco-Glas gegriffen.

»Mein Schatz, auf unser Wohl!«

Es war unwahrscheinlich, dass Einbrecher im Haus gewesen waren. Nicht die geringste Spur deutete darauf hin. Weshalb war dann das schwere Bild abgenommen worden? Welche Gründe hatte es dafür gegeben? Elisabeth konnte das allein nicht geschafft haben. Es mussten zwei Personen gewesen sein. Weshalb war Elisabeth im Hexenloch abgestürzt? Was hatte sie dort zu suchen? Kein Entführer hätte sein Opfer in das Hexenloch gezerrt. Ein Entführungsfall konnte es nicht gewesen sein. Ein Liebhaber, von dem er nichts wusste? Ein junger Mann, mittellos, ein erotischer Typ. Nein, das kam nicht in Frage. Ein dummer Gedanke.

Die Telefonnummer auf dem Notizzettel. Wen hatte sie mehrmals angerufen? Er hatte, bevor Wolff gekommen war, schon nachgesehen: die Ziffern waren in ihrem Mobiltelefon nicht gespeichert, auch in ihrem Adressenverzeichnis nicht aufgeschrieben. Ach ja, er hatte den Zettel Wolff gegeben und ihn gebeten, die Nummer zu identifizieren. Das hatte er vergessen. Wolff war zuverlässig.

Er würde sich melden, sobald er etwas herausgefunden hatte.

Heute Nacht, beschloss Otsch, würde er nicht in seinem Bett schlafen. Er würde noch einen Whisky trinken und hier sitzen bleiben. Der Mond schien durch die Gitterstäbe vor den Fenstern des Salons. Offenbar hatten sich die Regenwolken verzogen. Er schaltete die Lampen aus, nur die indirekte Beleuchtung über den Bildern von Paul Klee und Wilhelm Zügel leuchteten matt.

Wo war Elisabeth jetzt?

Wo war das Bild?

Und warum hat der Teufel, der große Scheißer, ihn und Elisabeth ausgerechnet hier in Aigen gefunden?

35

Als wäre nichts gewesen.

Als hätte es nicht bis Mitternacht geregnet, bis der Himmel aufriss und der Mond wie eine Blutorangenscheibe über Salzburg lag. Als sei nichts geschehen, was die Lebensfreude trübte und den Appetit beim Frühstück im Hotel. Noch immer gab es kein Buffet. In den Krisenjahren war am Tisch serviert worden, wenn die Hotels überhaupt geöffnet hatten, und Frühstücksbuffets waren seitdem nicht mehr üblich. Wolff fand das gut. Er mochte es nicht, während des Frühstücks ständig aufstehen zu müssen, weil ein Butterpäckchen, ein Löffel oder ein weichgekochtes Ei auf dem Tisch fehlten. Ihm missfiel es, schon morgens anzustehen und zu warten, bis sich eine Großfamilie mit allem versorgt hatte, darauf zu warten, bis er aus dem Kaffeeautomaten eine neue Tasse füllen konnte.

Er hatte kurz mit Otsch telefoniert, der nicht sehr wach zu sein schien. Er würde schlecht oder gar nicht geschlafen und zu viele Gläser des rauchzarten Whiskys getrunken haben, den Wolff auch schon gekostet hatte. Die Auskunft der Klinik war eindeutig: Elisabeth wies Verletzungen auf, die der Sturz in die Klamm verursacht hatte, es gab kein Indiz für eine äußere Gewalteinwirkung. Die Polizei ermittelte, was nach Unfällen mit Todesfolge üblich war, und hatte den Leichnam noch nicht freigegeben. Spezialisten waren in der Klinik. Am Unfallort waren keine Spuren erkennbar. Ein verfaulter Querbalken am Geländer oberhalb der Klamm war gebrochen. Wahrscheinlich war Elisabeth hier heruntergestürzt. Der Regen hatte alle Spuren weggewaschen, falls es welche gegeben haben sollte. Die goldenen Sneakers der Schauspielerin wiesen flache Sohlen ohne jegliches Profil auf, sie glichen eher Ballettschühchen. Auf feuchtem Grund rutschten Füße dann leicht aus.

Otsch wurde von den Behörden um etwas Geduld gebeten; einige wenige Untersuchungen seien noch notwendig, dann werde es möglich sein, von seiner Ehefrau Abschied zu nehmen und ihre wenigen Habseligkeiten abzuholen, die sie im Hexenloch bei sich gehabt hatte. Man äußerte sein herzliches Beileid gegenüber dem Regisseur und empfahl ihm, sich möglichst von einem vertrauten Menschen in die Klinik begleiten zu lassen. »Es ist ein schwerer Gang für Sie«, sagte jemand, »da ist es gut, wenn Sie nicht allein sind.«

Die Tagespresse berichtete auf ihren Gesellschaftsseiten über den Unfalltod von Elisabeth Achatz von Harnier. Viele Fotos. Lesungen, Bühnenauftritte, Filmszenen und Empfänge. Statements ihres Agenten, von Intendanten, von Kolleginnen und Kollegen, die mit ihr auf der Bühne gestanden hatten. Wolff entdeckte keine einzige Spekulation über die Todesursache. Ein tragisches Unglück. Ungeeignetes Schuhwerk.

Er würde Otsch erst am frühen Abend in Aigen treffen, der Regisseur hatte viel zu erledigen. Wolff sah keine einzige Wolke am Himmel. Die Schlechtwetterfront war weitergezogen, hatte ihre Pfützen hinterlassen, und die Frierenden saßen wieder auf den Bänken und freuten sich über die wärmende Sonne. Die Kuppeln über der Stadt glänzten wie frisch geputzt, die dunklen Wasserspuren auf den Fassaden trockneten, und die Pfingstfestspiele würden demnächst beginnen. Eine Wiederauferstehung in den Straßen, den Parks und im Gemüt der Menschen, die sich nach Heiterkeit und der Leichtigkeit des Seins sehnten. Er bummelte nach dem Frühstück auf dem Fußweg Richtung Innenstadt. Einige Kilometer müsste er gehen, aber die Bewegung tat ihm gut. Eigentlich suchte er in der Stadt nichts, aber sie zog ihn an und er folgte ihrem Ruf.

Er betrachtete die Schaufenster der Buchhandlungen und Galerien, entdeckte ein neues Antiquariat, das er bisher nicht gesehen hatte. Gelegentlich telefonierte er mit der Kollegin in seinem Vorzimmer im Funkhaus. Einige Entscheidungen konnte er auch in Abwesenheit treffen. Er bat, die anstehenden Termine zu verschieben, denn er wisse noch nicht, wann er wieder in München sei.

»Ich bin aber immer erreichbar für Euch!«, sagte er. Seinen Dienstreiseantrag hatte er kurz vor der Abreise gestellt. Da er jetzt noch nicht wissen konnte, wie viele Tage er in Salzburg bleiben würde, beschloss er, die Spesen zu teilen. Die Hälfte würde er seinem Sender in Rechnung stellen, die andere Hälfte würde er privat bezahlen. Das war er Otsch einfach schuldig.

In einer Kunsthandlung betrachtete er die ausgestellten Gemälde. Spätes 19. und frühes 20. Jahrhundert, die Bilder wirkten auf ihn flach und konformistisch, wie damals für den Markt hingehuschte Auftragsproduktionen. Daneben die Ölbilder mit den obszön dicken Pinselstrichen, auf denen sich gerne der Staub einnistete: Hässliche Landschaftsgemälde mit den üblichen Arrangements aus Natur, Architektur, Gewässern und den ewig gleichen Gesichtern von Bäuerinnen und Bauern. Die Schaukästen in den Passagen erinnerten ihn an Ahnengalerien: Dirigenten in exzessiven Posen, Solistinnen und Solisten, Detailaufnahmen von Konzerten, Einzelszenen von Orchestern und verstaubte Cover von CD-Alben mit klassischer Musik. Mozart hier, Karajan dort. Immerhin auch ein Porträt von Max Reinhardt. Mal schwebte eine Geige an transparenten Schnüren von oben herab, mal lag eine Klarinette zwischen den Fotos auf dem Boden. Zum Glück war niemand auf die Idee gekommen, in den Schaukästen Mozartkugeln zu verstreuen.

Plötzlich fiel Wolff der Notizzettel ein, den ihm der Regisseur gestern in die Hand gedrückt hatte. Er suchte lange, klopfte seine Taschen ab, durchforstete seinen Geldbeutel, dann die Brieftasche. Den Zettel hatte er eingesteckt. Ganz sicher. Aber er konnte ihn nicht finden. Vielleicht hatte er den Zettel auf den Schreibtisch im Hotel gelegt, unter das Poster von Leherb. Er müsste dann umkehren und den Weg bis Aigen zurückgehen. Er könnte auch mit dem Taxi fahren.

Er griff eher zufällig in die hintere Hosentasche, um ein Feuerzeug herauszuholen. Er fingerte in der schmalen Tasche herum. Da knisterte ein Papier. Der Notizzettel. Also musste er jetzt glücklicherweise nicht zum Hotel zurückgehen. Er schlenderte zur Brücke über die Salzach. Ein Cappuccino im Café Isaak in der Linzer Gasse war ein guter Grund, sich dorthin zu bewegen.

Das Café war nicht voll. Die meisten Menschen saßen in den Schanigärten und in den Außenbereichen der Restaurants, die in den Krisenjahren so lange geschlossen gewesen waren. Die Sonne hatte viele Monate hindurch auf menschenleere Flächen gestrahlt, niemand hatte in diesen Jahren vor den Cafés sein Gesicht der Wärme entgegengestreckt. Es waren kalte Jahre gewesen. Aber jetzt waren sie vorbei, die Sonne schien, der Himmel leuchtete unverschämt blau, wie von Blattgold überzogen zitterten die Blätter der Birken, die Salzach hatte das braune Schmelz- und Regenwasser bereits in den Norden geschwemmt, und die schwarzen Mauern der Festung Hohensalzburg schimmerten wieder in trockenem Weiß.

Nur Wolff saß jetzt lieber im Café, um nachzudenken.

Er bestellte sich einen Cappuccino mit einem Glas Wasser und einen Punschkrapfen. Schon zu lange hatte er keinen Punschkrapfen mehr auf dem Teller gehabt, diese zuckersüße, klebrige, rosafarbene Scheußlichkeit, die er doch so gerne mochte.

Elisabeth war tot.

Das Gemälde fehlt.

Otsch wird taub.

Wolff hatte sich die arte-Dokumentation über NS-Raubkunst besorgt, auf die ihn seine frühere Kollegin hingewiesen hatte. In der Aufzeichnung hatte sich Wolff immer wieder die Augenzeugenberichte über die 29 Konvois Hermann Görings aus Carinhall und aus Paris, wo die geraubten Kunstwerke gesammelt und untergebracht worden waren, genau angesehen. 138 Güterwaggons mit über 4500 Kisten. 1940 hatte sich Göring den Einsatzstab-Reichsleiter Rosenberg

ERR unterstellt, über 900 Mitarbeiter waren in Paris für die geraubte Kunst tätig gewesen. Die Dokumentation bestätigte, dass zwei Züge in Berchtesgaden stehengeblieben waren, in Unterstein plünderte die Bevölkerung die Waggons, schnitt große Leinwände aus den Rahmen, damit sie in ihre Wohnungen passten. Ein Augenzeuge, damals Schüler, erzählte, dass mindestens 30 wertvolle Kunstwerke bis heute in Berchtesgaden versteckt oder eingemauert seien. Er kenne die Namen, aber er müsse schweigen. Es sei die Angst vor Rache, die ihn verstummen ließ. Zu Rächern, fürchtete er, könnten die Nachkommen der damaligen Bürger in der Marktgemeinde werden, die die geraubten Kunstwerke noch einmal geraubt hatten.

Ausgerechnet Rosenberg, dessen Vornamen Wolff von seinen Eltern erhalten hatte und den er wegen des NS-Reichsleiters in dieser Form abgelegt hatte.

Görings Kunstberater, Walter Andreas Hofer, konnte auch nach 1945 als europäischer Kunsthändler unbehelligt weiterarbeiten. Hofer, das zeigte die arte-Dokumentation, mutierte zum Berater der US-Dienststellen, die mit Görings penibel geführtem Katalog jedes einzelnen Raubstücks befasst waren. Es war denkbar, dass Elisabeth mehr über die Herkunft des Hübner-Gemäldes gewusst hatte, als sie zugab. Aber Wolff hatte sie als uninformierte Enkelin erlebt, die von nichts eine Ahnung hatte. Weil ihn das Bild nicht losgelassen hatte, hatte Wolff noch in München weiterrecherchiert, und er war auf die Datei »lost art« im Netz gestoßen, in der vier Gemälde Hübners als »vermisst« verzeichnet waren. »Die Auswanderer« war nicht aufgeführt.

Er holte den Notizzettel von Otsch aus seiner hinteren Hosentasche. Eine Salzburger Telefonnummer. Unter einem Vorwand könnte er jetzt dort anrufen, aber der alte Herr, zwei Tische weiter, ein grauhaariger Mann mit einer Kappe, würde sich wahrscheinlich gestört fühlen. Der Alte saß da und blickte stumm in die Tasse mit der Melange und auf den Teller, auf dem ein Croissant lag.

Al Wolff begann, sich zu langweilen. Die Tageszeitungen und zwei Boulevardblätter lagen auf dem Tisch des Alten, der ein Exemplar nach dem anderen durchblätterte. Von manchen Seiten konnte er seinen Blick nicht heben, es dauerte lange, bis er eine neue Zeitungsseite aufschlug. Wenn es dem Tischnachbarn nicht gefällt, dass ich telefoniere, kann er mir das sagen, dann kann ich immer noch nach draußen gehen, dachte Wolff. Er tippte die Telefonnummer, die Elisabeth notiert hatte, in sein Handy ein. Als die Verbindung hergestellt war, klingelte das Mobiltelefon des alten Mannes, der die Zeitung auf die Seite legte und es aus der Jackentasche hervorholte.

»Hier Wolff. Entschuldigen Sie bitte, ich glaube ich habe mich verwählt. Wer sind Sie bitte?«

»Hier Chobot.«

»Ist dort das Kunstmuseum?«, fragte Wolff, einer Eingebung folgend.

»Nein, hier ist Chobot.«

»Sie haben nichts mit Kunst zu tun?«

»Kommt darauf an.«

»Ich habe Ihre Telefonnummer von einem Freund bekommen, der Sie mir empfohlen hat.«

»Wer ist der Freund?«

»Das würde ich Ihnen sehr gern persönlich sagen.«

»Dann wissen Sie ja, wo Sie mich finden. Guten Tag.«

Der alte Mann hatte das Gespräch beendet. Er steckte das Mobiltelefon in seine Jackentasche. Unter der Jacke trug er eine bemerkenswerte Weste. Ein altes Stück.

Al Wolff hatte während des kurzen Telefonats den Nachbarn am Tisch beobachtet, der lippensynchron zum Gesprächspartner in Wolffs Handy seine Fragen beantwortet hatte. Er glaubte schon lange nicht mehr an Zufälle.

Er hatte die Vorstellung, dass sich Lebenslinien nicht ohne Sinn kreuzten, dass Ereignisse nicht ohne eine tiefere Bedeutung geschahen und dass man gerade an den entferntesten Orten immer wieder Menschen traf, die man lange nicht mehr gesehen hatte. Es kam nicht darauf an, darüber nachzudenken, wer die Figuren auf dem Schachbrett bewegte, es kam darauf an, die Logik der Bewegungen zu erkennen und sie im besten Fall zu nutzen. Wann, wenn nicht jetzt? Wolff stand auf, ging am unbesetzten Tisch vorbei auf den alten Mann zu, der sich wieder hinter den Tageszeitungen versteckte.

»Entschuldigen Sie. Kann es sein, dass wir gerade eben miteinander telefoniert haben?«

»Kann sein. Kann nicht sein. Was wollen Sie von mir?«

»Darf ich mich einen Augenblick zu Ihnen setzen?«

»Muss das sein?«

»Wenn ich Sie darum freundlich bitte?«

Der alte Mann legte die Zeitung auf die Seite. Seine Tasse hatte er ausgetrunken.

»Darf ich Sie auf einen Kaffee einladen?«

»Wenn sich das nicht vermeiden lässt, bitte.«

So kamen sie schließlich doch ins Gespräch.

Wolff bestellte eine Melange und für sich einen zweiten Cappuccino. Er erfuhr, dass Chobot mit Handschriften, Stahlstichen und Autografen handelte und ein sehr kleines Antiquariat besaß. Wolff erkundigte sich nach Kupferstichen mit Städteansichten. Ihm war nichts anderes eingefallen, aber er besaß in München einige sehr schön gerahmte Städteansichten, die in seinem Flur an der Wand hingen. Erinnerungen, Erbstücke, Geschenke von Freunden, die sein Interesse an den alten Darstellungen kannten. Wolff hatte oft über die Veränderungen der Stadtarchitekturen geredet, über den Flächenfraß auf den einstigen Wiesen und in den ausgetrockneten Sümpfen, über die originalen Stadtsilhouetten, deren stolze Türme und Kuppeln heute wie Unkraut im Schatten der Schlote und Hochhäuser sprossen, klein geworden und alles andere als dominant. Das Stichwort »Städteansichten« schien unverfänglich zu sein, daraus könnte sich ein Gespräch entwickeln. Wolff nahm jetzt keine Rücksicht mehr.

»Haben Sie auch Salzburg-Stiche?«

»Ein oder zwei, mag sein. Vielleicht auch ein paar mehr.«

»Kolorierte?«

»Einen.«

»Kolorierte sind meist nachbearbeitet, ich bevorzuge die nicht-kolorierten.«

»Ich auch. Aber die Touristen.«

»Verstehe. Alte Stiche?«

»Augsburger Werkstätten. Nürnberg. Salzburg.«

»Weshalb gibt es auf dem Markt so viele Stahl- und Kupferstiche?«

»Werden nachgedruckt. Nicht legal. Aber die Nachfrage.«

»Auch Lithografien werden neu gedruckt.«

»Dali, ja. Sogar die Signaturen werden gefälscht.«

»Bei Ihnen kann ich sicher sein?«

»Ich verkaufe nur Originale.«

Der alte Mann stand auf. Er müsse jetzt wieder in seinen Laden zurück.

»Ich würde mir gerne Ihre Angebote ansehen. Ist das möglich?«

»Heute geht das nicht. Kommen Sie morgen vorbei.«

Chobot notierte auf seiner Karte die Adresse seines Ladens. Dann nickte er, tippte mit einem Finger an seine Kappe und verließ das Café Isaak. Der Stapel Zeitungen lag noch auf dem Tisch.

Es wurde Zeit, sich auf den Weg nach Aigen zu machen. Eine zu große persönliche Nähe zu Otsch hatte Wolff eigentlich vermeiden wollen. Er pflegte zu den Künstlern und Darstellern eine freundliche Distanz. Nur aus der Distanz heraus war es möglich, ihre Arbeit objektiv, fast objektiv zu bewerten. Es ist nicht so, dass wir in den Programmbereichen und Redaktionen unseres Rundfunks eine einzige große Familie sind, dachte Wolff. Wer aus Altersgründen das Haus verlassen hatte, spürte schnell und brutal, welchem Irrtum er seit Jahren und Jahrzehnten aufgesessen war. Wenn du einmal weg bist, wird es still. Wolff hatte sich deshalb sehr früh dafür entschieden, distanziert zu bleiben. Aber mit Otto Achatz war alles anders gekommen.

Die gestrige Düsternis der Villa war verschwunden. Obwohl es taghell war, brannten die Außenlampen. Ein Taxi startete vor dem Haus. Die beiden holzgeschnitzten Türflügel des Eingangs standen offen. Die Lüftlmalerei um die Fenster herum war nicht mehr verblasst, der Kies strahlte in hellem Weiß. Wolff läutete, klopfte an die Tür und wartete.

Otsch kam aus dem Haus. Er trug einen dunkelblauen Trachtenjanker, den Wolff noch nicht gesehen hatte. Er umarmte ihn und führte ihn in sein Haus hinein.

»Ich komme gerade aus der Klinik. Schrecklich.«

»Konnten Sie sich von Elisabeth verabschieden?«

Otsch antwortete nicht.

Er weinte.

36

Wolff blieb fast zwei Stunden. Die meiste Zeit schwiegen beide, aber Otsch war mit seinem Schweigen wenigstens nicht allein. Es war gut, dass Wolff bei ihm blieb, denn der Regisseur hatte sich in sich selbst zurückgezogen, wie ein Tier in seine Höhle, weil es Angst vor der Welt draußen hatte. Immer wieder stellte Wolff eine Frage, aber der Mann im Trachtenjanker antwortete nicht. Plötzlich sah er seinen Gast an.

»Entschuldigen Sie. Ich war in Gedanken.«

»Haben Sie gehört, dass Beck mich angerufen hat?«

»Wer bitte?«

»Der Toningenieur.«

»Ach so. Ulf.«

»Ja.«

»Und?«

»Er will unbedingt wieder arbeiten. Zuhause ist es ihm zu langweilig.«

»Das verstehe ich.«

»Er ist überzeugt, dass er aus den Sprach- und Musikaufnahmen eine Kompaktfassung herstellen kann. Dann wäre die Produktion nicht verloren.«

»Ach ja?«

»Er würde Ihnen selbstverständlich die Audio Files seiner Collage vorher zugänglich machen.«

»Soll er.«

Otsch zog sich wieder in seine Höhle zurück. An der Wand des Salons klaffte ein weißes Viereck. Die schmalen Staubstreifen, die Wolff gestern noch anstelle des Bilderrahmens und des Gemäldes entdeckt hatte, waren entfernt worden. Es gab also doch eine Haushälterin oder eine Zugehfrau in der Villa. Eine weiße Wand mit Staubrändern von einem Bild, das sich hier nicht mehr befand, wäre eine Provokation.

Otsch hatte noch immer keine Antwort auf die Frage, ob er sich vorstellen konnte, was mit dem Bild von Hübner geschehen sein könnte. Vielleicht hatte Elisabeth? Wer sonst? Elisabeth, aber weshalb? Sie hatte doch früher nie. Nein, über das Gemälde hatten sie nicht mehr geredet.

Wolff schlenderte vom Mirabellplatz durch einen Torbogen an dem kleinen Textilgeschäft vorbei, das im Fenster ausgesucht schöne Krawatten ausgestellt hatte, dazu einige Herrenhemden und Pullover. Niemand trug mehr Krawatten. Wolff hatte in seinem Schrank eine ganze Kollektion, aber er war sich nicht sicher, ob er den einfachen Windsorknoten, den doppelten Windsorknoten oder den Shelbyknoten überhaupt noch beherrschte. Bei offiziellen Anlässen waren Krawattenträger in der Minderheit. Da sich Wolff nicht entscheiden konnte, ob er den Abschied von der Krawattenmode als Verlust oder Befreiung empfand, trug er bei offiziellen Anlässen gerne einen taillierten Anzug, darunter ein dunkles Hemd mit Stehkragen. Er blieb vor dem Schaufenster stehen. Karos, Streifen und Punkte konnte er nicht mehr sehen, ganz egal, wie bunt das jeweilige Muster war. Batikkrawatten wirkten zu blass. Wenn schon Krawatte, dann schätzte Wolff unifarbene Binder mit einem kleinen farbigen Emblem: einem Viereck, einem Schneckenhaus, einer Pyramide. Aber solche Krawatten waren nirgendwo mehr zu finden. Er ging am Café Isaak vorbei, von dort, weil er zu früh hier war, wieder hinunter in die Gasse, in der Robert Jungk gewohnt hatte. Die Häuser waren, wie Wolff dachte, ganz sicher hochwassergefährdet. Wenn hier das dunkelbraune Schmelzwasser in den Gassen stand, fraß sich die Nässe in die dicken Mauern. Er erkannte das Antiquariat wieder, das er bei seinen Recherchen zum Tod seines früheren Chefredakteurs in der Teufelsgasse mehrfach besucht hatte, kehrte wieder um, stieß auf einen Vers von Georg Trakl an einer Hauswand, ging stadtauswärts weiter und bog dann in eine kurze Gasse mit einem kleinen Platz nach ein paar hundert Metern ab. Auf dem Platz saßen zwei grau-violett-farbige Stadttauben. Ganz oben in der Freiheit des endlosen Himmels über der Stadt folgten Mauersegler ihren vorgezeichneten elliptischen Bahnen. Wolff dachte darüber nach, ob Tauben so etwas wie Neid auf die freien Vögel dort oben empfinden konnten, und er lachte, weil der Gedanke so absurd war.

Die Festspielstadt wirkte auf ihn nahezu unverändert. Sie war immer noch nicht ganz aufgewacht aus dem Dämmerschlaf der Krisenjahre. In den Schaufenstern der Läden und eleganten Shops hatte er Artikel wiederentdeckt, die er vor drei Jahren hier schon gesehen hatte. Ihm fiel das Wort »Ladenhüter« ein. Es war eigentlich ein schönes Wort. Dinge, die an ihrem Ausstellungsplatz bleiben wollten, um eine Vertrautheit zu schaffen. Zum Beispiel für einen Besucher wie ihn, der sich auch in München darüber freuen konnte, wenn sich nicht alles über Nacht veränderte. Beide Städte, München und Salzburg, muteten ihn wie ein Film in *slow motion* an. Langsamer geworden, aber deshalb keineswegs unsympathischer. Wolff misstraute ohnehin den agilen, juvenilen BWL-Leuten, die immer ungeduldiger Veränderungen anmahnten, aber dann einräumen mussten, ganz ohne bittere Entscheidungen für den einzelnen und die Gesellschaft seien die regionalen und europaweiten Ziele nicht zu erreichen.

Die Ladenhüter, die Tauben und die Mauersegler: Sie empfand Wolff als Symbole für wirtschaftlich und sozial völlig überholte Konventionen einer Stadt, die aber ihren Charakter ausmachte. Die Geschwindigkeit der Mauersegler am Himmel über Salzburg wie die behäbige Langsamkeit der Tauben oder das Beharrungsvermögen der Ladenhüter. Sie bildeten den Kontrast zu den Wechselprogrammen der Mode-Shops, die in ihrer Dekoration der Schaufenster mal einer Theaterbühne, mal einer Kunstgalerie ähnelten.

Chobot begrüßte ihn nur mit einem kurzen Kopfnicken. Er öffnete die Schubladen, blätterte die zwischen Seidenpapieren aufbewahrten Drucke und Stiche durch, zog schließlich einen Stapel nichtgerahmter

Stahl- und Kupferstiche heraus und legte sie auf eine Tischplatte, die in ihren besseren Zeiten wohl die Funktion eines ordentlichen Verkaufstischs gehabt haben mochte.

Die Stadtansichten waren nicht koloriert. Chobot, der alte Mann mit der Ernst-Fuchs-Kappe, hatte ein gutes Gedächtnis. Die Bilder gefielen Wolff. Er bat um die Lupe, die auf einem Regal lag, und untersuchte die Signaturen und die meist handschriftlich unter den Städtebildern eingefügten Erklärungen.

»Das sind gute Arbeiten«, sagte Wolff.
»Originale«, sagte der alte Mann.

Die Tasse Melange hatte Chobot ausgetrunken, ein paar Krümel deuteten darauf hin, dass er ein Croissant auch schon verzehrt hatte. Wolff fragte nach den Preisen, und er staunte. Die Stiche waren billiger als in vergleichbaren Schwabinger Antiquariaten in München.
»Wir haben Zeit. Es eilt nicht«, sagte der Alte.
»Das ist gut«, sagte Wolff.
»Ich habe noch ein paar andere Bilder hier, muss sie erst finden.«
»Das ist sehr freundlich von Ihnen«, sagte Wolff.

Der Alte kramte in seinen Schubladen herum. Dann brachte er andere Stadtansichten: Salzburg vom Ostufer der Salzach aus betrachtet, die Festung. Das Schloss Leopoldskron, ein Bild jüngeren Datums. Die Residenz. Die Flößer auf der Salzach. Die Seidenpapiere waren angestaubt. Chobot dürfte keinen hohen Umsatz in seinem kleinen Laden machen.
»Die Bilder liegen hier schon lange herum«, sagte Chobot.
»Das macht sie besonders wertvoll für mich«, sagte Wolff.
Er beschloss, zwei Kupferstiche zu erwerben: eine Ansicht des Unterbergs und eine Darstellung der Festung Hohensalzburg. Der Alte verpackte die Bilder wieder im Seidenpapier, schlug dann eine Noppenfolie um die Passepartouts. Er möge sie bitte abstauben, bevor er sie rahmen lasse, sagte Chobot. Er nahm den Betrag für die beiden Bilder entgegen, zog eine Schublade auf und bedauerte, kein

Wechselgeld zum Herausgeben zu haben. Wolff sagte, dass er gerne darauf verzichte. Chobot bedankte sich, tippte mit einem Finger an seine Kappe, und murmelte etwas wie »stets zu Diensten« vor sich hin. Die eingepackten Bilder lagen auf der Tischplatte, aber der Kunde verabschiedete sich nicht, er verließ den Laden nicht. Der Alte wurde misstrauisch.

»Bitte setzen Sie sich«, sagte Wolff.

Der Alte setzte sich.

»Ich bin nicht wegen der Stiche zu Ihnen gekommen.«

»Ach nein?«

»Weshalb hat Elisabeth von Harnier Sie mehrmals angerufen?«

»Sind Sie von der Polizei? Ein Privatdetektiv?«

»Wie Sie meinen«, sagte Wolff.

»Was wollen Sie?«

»Was sagt Ihnen der Name Carl Wilhelm Hübner?«

»Nichts.«

»Das glaube ich Ihnen nicht«, legte Wolff nach.

»Elisabeth von Harnier ist eine großartige Schauspielerin. Weltberühmt. Mit solchen Kreisen habe ich nichts zu tun.«

»Das glaube ich Ihnen nicht, weil ich mehr weiß, als Sie mir zutrauen.«

Er setzte sich auf die Tischplatte, nicht ohne vorher die verpackten Stiche zur Seite zu räumen. »Ich erzähle Ihnen eine Geschichte«, sagte Wolff, »und Sie hören zu.«

Der Alte hatte auf einmal zwei rote Streifen im Gesicht, auf jeder Seite. Er wollte zum Thermobecher greifen, entdeckte aber seine zitternden Hände und faltete sie über seinem Bauch zusammen. Dann zupfte er an seiner Weste herum.

Wolff spürte, wie er selbst immer ruhiger wurde, während er Chobot beobachtete, dessen Nervosität zunahm. Er klopfte die Kappe auf dem kleinen Schreibtisch aus, setzte sie auf, setzte sie ab, drehte sie mit seinen Händen, setzte sie wieder auf, spielte an den Knöpfen seiner Weste, blickte Wolff anders als zuvor nicht mehr an. Er schaute auf den Boden. Ein Mann, der Angst hatte.

»Sie haben mit Elisabeth von Harnier über ein Gemälde geredet.«
»Wie kommen Sie darauf?«
»Das müssen Sie mir sagen!«
»Ich weiß von nichts.«
»Ein Gemälde von Carl Wilhelm Hübner, im Besitz von Otto Achatz und Elisabeth Achatz von Harnier.«
»Kenne ich nicht.«
»Die Auswanderer.«
»Was wollen Sie von mir?«
»Wir können das Spiel so weiterspielen«, sagte Wolff.
»Was wollen Sie von mir?«
Wolff sagte ihm, ruhig, genau formulierend, dass er darüber informiert sei, dass Elisabeth von Harnier ihm das Gemälde von Hübner anvertraut habe. Es sei zweifelsfrei erwiesen, dass zu einem Zeitpunkt zwischen den telefonischen Kontakten der Schauspielerin mit Chobot das Gemälde aus dem Haus verschwunden sei. Kein Indiz spreche für einen Diebstahl, die Sachlage sei klar.

Wolff schlug mit der Faust auf den Tisch, die Thermotasse und die Porzellantasse klirrten. Chobot erschrak. Vor Gewalt hatte er Angst.

»Sie erzählen mir jetzt Ihre Version der Angelegenheit. Sie haben keine Chance. Wenn Sie mir Märchen erzählen, verständige ich die Polizei, die Ihren Laden auf den Kopf stellen wird. Das Gemälde ist hier, oder Sie haben es inzwischen aus Sicherheitsgründen anderswo gelagert.«
Chobot schwieg.
»Dann schaue ich mich hier um. Sie werden es nicht verhindern können.«
Wolff erschrak über seine eigene Drohung. Aber er konnte nicht mehr zurück. Er ging an Chobot vorbei, der völlig teilnahmslos zusah, er betrat das Hinterzimmer. Solche Antiquariate (oder wie sollte man einen solchen Laden sonst nennen?) haben einen eigenen Geruch, eine Mischung aus Staub, altem Papier, vertrocknendem Klebstoff aus Einband und Buchrücken, Kaffee und – wie im Augenblick – aus Angstschweiß. Es gibt wenige schmale Gassen in diesen kleinen

Antiquariaten, denn die Ladenbesitzer sind Messies, die Erkenntnisse, Hoffnungen, Enttäuschungen, Abenteuer, Fantasien und Utopien der längst verstorbenen Urheber zu großen Stapeln aufschichten: in den Regalen, auf den Ablagetischen, in den schmalen Gängen. In der Literatur sind seit Jahrhunderten solche Zauberreiche und Eintrittszonen in die Parallelwelten hinter dem Spiegel beschrieben worden. Solche Räume sind einerseits Rückzugsorte in die alte analoge Welt, und andererseits ein Albtraum für jeden Menschen, der sich nach Ordnung sehnt. Wer je eine Ladenräumung wegen Geschäftsaufgabe in einem Antiquariat erlebt hat, dachte Wolff, wird nicht widersprechen. Auch große Antiquariate verfügen oft nicht über Tageslicht, und hier bei Chobot war es besonders dunkel. Der alte Mann bewegte sich nicht. Er saß in seinem Stuhl wie eine Eidechse, die von einem Kälteeinbruch überrascht wurde.

Wolff sah sich um. Ein chaotischer kleiner Raum. Ein Hinterzimmer, vollgestellt mit Mobiliar, das nicht mehr gebraucht wurde, aber von dem sich Chobot offensichtlich auch nie getrennt hatte: Mappen für den Transport von Stichen und aus Büchern herausgeschnittene Illustrationen, Bücherstapel, Handwerkszeug, Eimer mit versteinertem Kleister, versteinerte Pinsel, Geschirr, ein Waschbecken, mehrere Kunststoffschüsseln, eine Trittleiter, mehrere meterhohe Rollen Packpapier, Schachteln mit Schnüren und Klebebändern. Eine Rolle Luftpolsterfolie. Dies alles ging ihn nichts an. Nur Elstern füllten ihre Nester mit allem, was blinkte, und sie fühlten sich wohl darin. Sonst würden sie es lassen, dachte Wolff. Holzstühle, deren Polster aufgeschlitzt waren, ein zusammengerollter Teppich. Hinter dem Teppich entdeckte Wolff einen großformatigen Gegenstand, verpackt in mehreren Schichten Luftpolsterfolie, zusammengeklebt mit breiten Paketklebestreifen. Er sah genau hin: das Paket war völlig staubfrei, also konnte es hier im Hinterzimmer noch nicht sehr lange lagern.

»Wenn Sie überhaupt noch eine Chance haben«, sagte Wolff, »dann packen wir das Gemälde jetzt gemeinsam aus.«

»Was wollen Sie von mir? Ich bin ein unbescholtener Antiquar.«

»Wir werden sehen«, sagte Wolff, »und jetzt kommen Sie mit.«

Chobot erhob sich mühsam.

Wolff fand ein Teppichmesser und nahm es in die Hand.
»Wir werden sehen«, sagte er.

Es war wahrscheinlich eine direkte Folge der Schockerfahrung nach dem Tod von Elisabeth von Harnier, dass Wolff sich entgegen allen seinen bisherigen Verhaltensregeln mit Bluff und großem Leichtsinn als Ermittler aufspielte. Er erkannte sich selbst kaum. Was hatte ihn denn zu diesem Verhalten veranlasst, für das ihn Chobot sofort anzeigen und verklagen könnte? Es war nicht der Zeitpunkt, jetzt darüber nachzudenken. Er nahm das Messer und schnitt die Verpackung auf. Der Bilderrahmen hatte reliefartige Strukturen. Dann schimmerte Gold durch die Verpackung, von der das Bild noch nicht befreit war. Als die Folie schließlich auf dem Boden lag, erkannte Wolff das Gemälde wieder: »Die Auswanderer« von Carl Wilhelm Hübner.

37

Nur wer über die Begabung verfügt, Menschen zu beobachten, ohne aufdringlich zu sein, ihre Gewohnheiten, ihre Bewegungen, den Takt ihrer Schritte, ihre Gesten und ihre Verhaltensweisen, kann ihre unsichtbaren Trampelpfade zwischen den Gehwegen, Grünstreifen, den kopfsteingepflasterten Straßen und den repräsentativen Plätzen der Städte entdecken, ganz egal, in welchen Städten sich diese befinden. Bruce Chatwin hatte die unsichtbaren »Traumpfade« der Aborigines in Australien aufgespürt, ihre Routen im endlosen Outback, in dem sich jeder Fremde verirren muss, und mancher Fremde war dorthin aufgebrochen und man hatte ihn nie mehr gefunden. Nicht lebendig, nicht tot. Er war und blieb verschwunden. Nur die Aborigines vertrauten ihren nicht kartografierten Linien und ihrer Erfahrung, Wege und Ziele zu finden.

Wolff kannte in seinem Münchner Viertel solche Traumpfade. Die Abkürzungen über die Grünstreifen von Kindern auf Rollern. Die diagonalen Wege der Passanten, die unter der Last ihrer Einkaufstaschen ihre schweren Schritte auf Fußwege setzten, die die Stadtplaner nicht vorgesehen hatten. Dort wuchs kein Gras mehr. Aber auch auf den asphaltierten Gehwegen gab es unsichtbare Linien, denen die Menschen folgten. Wer ihnen über längere Zeit zusah, konnte ihre Bewegungen vorausberechnen, so wie Wolff sich sicher war, die Flugbewegungen der Mauersegler über der Stadt in dem Fensterrahmen seines Büros mit großer Wahrscheinlichkeit richtig einschätzen zu können. Die Ellipsen blieben, ihre Spiralen bei Aufstieg und Abstieg auch, sie verschoben sich gelegentlich nach links oder rechts. Aber ihr Flug überraschte einen Beobachter nicht, der ihnen immer wieder zusah. Es gab Straßen in Wolffs Münchner Stadtviertel mit Ampeln zur Selbstbedienung. Natürlich war es möglich, manchmal einige Minuten zu warten, bis die rote Ampel die Fahrzeuge stoppte und der Übergang für Fußgänger freigeschaltet war. Aber 50 Meter daneben hatten sich die Trampelpfade neben dem Gehweg in die Grünstreifen hineingefressen. Lehmig, voller Pfützen, schlüpfrig für leichte Schuhe. Im Bereich der Straßenkreuzungen der Nymphenburgerstraße wusste Wolff genau, an welchen Ecken die Fahrradkuriere und Pizzaboten ausscheren würden, er achtete auf die Elektrorollerfahrer, die meist die Gehwege benutzten, obwohl es verboten war. Dort stellten sie auch ihre Geräte ab, die dann in den Nächten grün oder rot blinkten und die Dunkelheit belebten: eine digitale Scheinwirklichkeit, als würden an den Ecken kleine Giraffen stehen und ihre Umwelt anfunkeln.

Wolff kannte seine eigenen Trampelpfade, er versuchte immer wieder, sich selbst zu überlisten und – schon wegen der Kinder, die ihn vielleicht beobachteten – die Straßen korrekt zu überqueren und die Grünstreifen neben den Gehwegen nicht zu betreten. Dieses Recht hatten nur Hunde. Aber auch nur dann, wenn ihre Frauchen und Herrchen deren Hinterlassenschaften in rosagefärbten Tüten von den Grasstreifen abhoben und sie in den nächsten Papierkorb warfen.

Er wechselte in der Frundsbergstraße immer an derselben Stelle die Straßenseite. In diesem Haus wohnte ein ihm bekannter ehemaliger Verleger, den er sehr schätzte, dort um die Ecke stand ein großes, sehr schön renoviertes Haus mit Mietwohnungen und Geschäftsräumen, das angeblich ein früherer prominenter Politiker und erfolgreicher Rechtsanwalt besaß. Einige Häuser weiter hatte der Schriftsteller und Mediziner Ernst Augustin gewohnt, der sein Treppenhaus mit Fresken selbst bemalt hatte. Nach einer Operation, bei der sein Sehnerv durchtrennt worden war, konnte er seine Bilder nicht mehr sehen, aber er hatte sie sich so tief eingeprägt, dass er auch danach jedem Besucher die Fresken zeigen und erklären konnte. Vor einigen Jahren war er, inzwischen verwitwet, in München gestorben.

Vorbei an Ysenburgstraße, an der Ecke eine Chemische Reinigung. Dann in die Volkartstraße, und dort unter einem schwarzen Geschäftsschild hinein in den Hinterhof, in das Zauberreich des Philosophen, der seinen Laden öffnete und schloss, wie es ihm gerade in die Tagesplanung passte, und der es nach der Kündigung seiner alten Schatzkammer mit Kaffee, Tee, Spezialitäten, Wein, Likören, Gebäck in schönbedruckten Dosen geschafft hatte, eine neue Oase in München-Neuhausen aufzubauen: für sich, aber vor allem für die Menschen, die seine Gastlichkeit, sein Interesse, seine Freundschaft und seine Gelassenheit schätzten. Manchmal, meist im Frühjahr, trug er einen leichteren Hut auf seinem Kopf. Er trug nur Hüte mit einer breiten Krempe. Im Herbst tauschte er sie gegen schwerere aus. Auf dem Sitzplatz neben ihm stapelten sich Zeitungen, Rechnungen, Kataloge. Kam Wolff bei ihm vorbei, räumte er einen Sitzplatz für ihn frei.

Wolff erzählte, was er in Salzburg erlebt hatte. Dass er den alten Kunsthändler und Antiquar wie ein Inquisitor oder Staatsanwalt bedrängt hatte, weil er sich so sicher gewesen war, das Gemälde bei ihm zu finden. Er hatte es gefunden, und deshalb war er sich keiner großen Schuld bewusst, gegenüber dem alten Mann übergriffig geworden zu sein. Aber Gewissensbisse verspürte Wolff dennoch. Es war nicht legal gewesen, den Laden zu durchsuchen, aber legitim war es schon.

Der Philosoph nickte ihm zu. Dann stand er auf, um den Cappuccino hinter der Theke zu brühen, und er fragte wie immer:

»Brauchen Sie Zucker?«

Wolff antwortete wie immer:

»Vielen Dank. Keinen Zucker.«

Das war ihr Spiel, ihr eingeübtes Ritual.

Später ging er die Nymphenburger Straße entlang. Die Parteizentrale der einzig richtigen Partei in Bayern, wie sie sich selbst sah, war inzwischen nach dem Abriss des Vorderhauses durch einen Neubau ersetzt worden. Die Container der Baubüros nahmen die Hälfte der Straße ein, weshalb die Höchstgeschwindigkeit auf den verengten Fahrbahnspuren auf 30 Stundenkilometer gesenkt worden war.

Schräg gegenüber, wenn man weiter ging, sah man die Sudkessel der Brauerei hinter den großflächigen Fensterscheiben, aber vor dem Stiglmaierplatz bog Wolff Richtung Funkhaus ab. Er folgte seinem eigenen unsichtbaren Trampelpfad. Vorbei am Zirkus Krone an der Marsstraße. Einst waren hier die Soldaten in ihre Kasernen marschiert. Heute säumten Versicherungsgebäude und andere Bürobauten die breite Straße, die nach den Krisenjahren wegen der Einrichtung von Radwegen um eine Fahrspur schmäler geworden waren. Der Fahrradverkehr hatte erheblich zugenommen, weil nur wenige Menschen mit anderen zusammen in der Straßenbahn, in der S-Bahn und in der U-Bahn unterwegs sein wollen. Mit den provisorisch markierten Pop-up-Radwegen war längst die neue Aufteilung der Fahrwege entstanden, auf denen Autos keine Priorität mehr für sich beanspruchen durften. Wolff hatte gehört, dass die Fahrradgeschäfte immer noch große Probleme damit hatten, neue Räder zum Verkauf anzubieten. Die Produzenten konnten sie wegen der großen Nachfrage und Problemen bei der Beschaffung von Einzelteilen und Rohmaterialien kaum noch liefern. Wolff besaß ein leichtes Fahrrad aus Aluminium, es war sicher 40 Jahre alt, sah aber immer noch gut aus. Nur der Gepäckträger hatte seinen Glanz verloren und war stumpf geworden. Er wollte aber nicht mit dem Rad in das Funkhaus fahren wie viele seiner Kolleginnen und Kollegen. Er hasste es, mit ihnen im Fahrstuhl des Hochhauses eingesperrt zu sein, so verschwitzt wie sie aus der Tiefgarage gekommen waren. Lieber ging er zu Fuß, und sah, wie er glaubte, auch mehr als die Radler auf ihrem Weg. Dass die mehrsprachige Malschule für Kinder ihren Laden inzwischen aufgegeben hatte, dass auf dem alten Postgelände der Weltkonzern Google ein neues Zentrum errichtet hatte, dass der Flieder neben den Papierkörben vor dem Gymnasium wieder weiß und lilafarben blühte, dass es nach Hopfen roch und dass vor der Villa links neben dem Zirkus Krone ein Auto mit dem Kennzeichen M-CK stand, wahrscheinlich der Dienstwagen der jungen Eigentümergeneration. Er sah an der Kreuzung das Display mit Werbung und Informationen an der Wand, hinter der sich die Ställe der Zirkustiere befanden. Die Marsstraße senkte sich zur Innenstadt hin, Wolff ging mit leichten Schritten und fand auf einer Parkbank eine weiße Margerite aus Kunststoff, die vielleicht ein Kind verloren hatte. Der Stängel war abgebrochen. Wolff nahm die weiße Blume in seine Hand, untersuchte sie, sie war sauber, und er steckte sie in seine Jackentasche. Er hatte einen kleinen Schatz gefunden. Er würde ihn in Ehren halten. Schon in seiner Kindheit hatte er verstanden, dass solche entdeckten Schätze einen Wert hatten und eine Botschaft enthielten, die sich oft erst viel später entschlüsselte.

Auf seinem Schreibtisch im Hochhaus des Senders fand er eine Traueranzeige für Elisabeth Achatz von Harnier, unterschrieben von ihrem Ehemann Otto Achatz. Auf der linken Seite lächelte die berühmte Darstellerin ihre Betrachter an, auf der rechten Seite stand unter dem Text der Hinweis auf das Datum der Trauerfeier in Salzburg-Aigen. Wolff hatte nicht die geringste Lust, schon wieder nach Salzburg zu fahren. Er würde ein paar Tage darüber nachdenken, denn der Termin war erst für die nächste Woche angesetzt.

Er las einige juristische Fachaufsätze und sah, dass der Privatbesitz von NS-Raubkunst und der unter dem Emigrationsdruck meist schnell und zu billig verkauften Kunstwerke von der »Washingtoner Erklärung« der 44 teilnehmenden Staaten und 12 nichtstaatlichen Organisationen über den Umgang mit dem Problem der NS-Raubkunst aus dem Jahr 1998 nicht betroffen war. Wenn Elisabeth einen Verkauf des Gemäldes von Carl Wilhelm Hübner geplant hatte, tat sie es aus moralischen Gründen oder deshalb, weil sie befürchtet hatte, ihren Namen im Zusammenhang mit NS-Raubkunst in der Presse zu finden. Dabei war es keineswegs gesichert, dass ihr Kunstwerk auf illegalem Weg von Oslo in das Haus ihres Großvaters gekommen war. Aber es war natürlich auch nicht auszuschließen.

Wolff hatte während seines Besuchs im Salzburger Laden von Gustav Chobot sein Handy heimlich eingeschaltet und ihr Gespräch als Audio File aufgezeichnet. Das war gewiss nicht die feine journalistische Art, aber er hatte sich spontan dazu entschlossen. Gerichtsverwertbar sind illegale Mitschnitte ohnehin nicht, und Wolff wusste natürlich, dass sie auch nicht gesendet werden durften, wenn die Gesprächspartner vorher nicht informiert wurden und ihre Zustimmung für eine Aufnahme gegeben hatten.

Er stand auf und sagte im Vorzimmer, er wolle die nächste halbe Stunde nicht gestört werden. Er sei nur in dringenden Fällen erreichbar. Er müsse an einem Manuskript arbeiten. Er schaltete sein Handy ein, setzte die Kopfhörer auf und schrieb das heimlich angefertigte Tondokument ab. Es begann wie ein Verhör, nachdem Wolff das verpackte Gemälde vor den Augen des erstarrten alten Mannes ausgepackt und als Eigentum von Frau und Herrn Achatz identifiziert hatte.

»Dies hier ist das Gemälde, das bis vor wenigen Tagen in Aigen im Haus von Elisabeth Achatz von Harnier und Otto Achatz hing. Sie haben es gestohlen.«

»Das stimmt nicht. Aber das geht Sie nichts an.«

»Wie war es dann?«

»Weshalb soll ich Ihnen das sagen?«

»Wenn Sie eine weiße Weste haben, warum nicht?«

»Weil es Sie nichts angeht. Verlassen Sie meinen Laden!«

»Das mache ich, aber nicht jetzt. Wenn Ihnen das nicht gefällt, rufen Sie die Polizei.«

»Keine Polizei!«

»Dann müssen Sie meine Fragen beantworten.«

Chobot hatte ihm dann erzählt, wie er die Schauspielerin zufällig im Café Isaak in der Linzer Gasse getroffen und erkannt hatte, und wie sie miteinander ins Gespräch gekommen waren. Er kannte ihre Filme, hatte sie auch oft auf der Bühne gesehen.

»Sie trug weiße Handschuhe. Sie erzählte, dass Sie nach der langen Pause durch die Krise endlich wieder vor Publikum auftreten könne.«

»Danach habe ich Sie nicht gefragt.«

»Wie das so ist. Sie hat von sich erzählt, ich später von mir. Und dann sagte sie, dass sie ein Gemälde verkaufen will, von dem sie sich unbedingt trennen müsse. Ich habe ihr empfohlen, sich an eine Galerie oder ein Auktionshaus zu wenden.«

»Und?«

»Sie hat das kategorisch abgelehnt. Die legale Herkunft des Bilds sei nicht gesichert. Und dann hat sie mich gefragt, ob ich ihr nicht helfen könne. Als Kunsthändler sei ich doch kompetent.«

»Sie haben dann Ihre Hilfe angeboten?«

»Natürlich. Die gnädige Frau hat mich fast angefleht.«

»Was haben Sie dann unternommen?«

»Na ja, ich war etwas klamm. Ein Kunde hatte einen Verkauf rückgängig gemacht.«

»Und Sie wussten, wem Sie das Gemälde von Hübner empfehlen würden?«

»Na ja, ich musste schon lange nachdenken.«

»Aber dann?«

»Dann fiel mir ein früherer Kunde ein.«

»Der schon Gemälde von Ihnen erworben hatte?«

»Ich verkaufe keine Gemälde. Sie sehen ja. Haben Sie ein Gemälde in meinem Laden entdeckt?«

»Eines schon. Es steht hier.«

»Das habe ich von Frau von Harnier in Kommission bekommen.«

»Haben Sie einen von Frau Achatz unterschriebenen Auftrag, einen Beleg dafür?«

»Ich glaube nicht.«

»Sie glauben?«

»Es ging ja alles so schnell.«

»Aber obwohl es so schnell ging, ist Ihnen ihr alter Kunde eingefallen?«

»Ich weiß, dass er viel Geld für repräsentative Bilder ausgibt. Der Hübner ist so ein Bild.«

Chobot hatte dann erzählt, wie er sich das Gemälde im Haus von Elisabeth von Harnier angesehen hatte, auch die Rückseite der Leinwand. Er erzählte von dem Treffen mit dem Interessenten in einem Depot der Storebox. Die Schauspielerin und der Kunde hatten sich auf den Kaufpreis geeinigt.

»Den Sie vorgeschlagen haben?«

»Das ist ja mein Beruf. Also bei den kleinen Kunstwerken. Da ich keine Gemälde vermittle, habe ich mich erst einmal kundig gemacht. Auktionspreise und so weiter.«

»Und dann?«

»Dann sollte ich das Bild hier deponieren, weil es Frau von Harnier zu Hause nicht mehr haben wollte.«

»Deshalb habe ich es hier in Ihrem Laden entdeckt?«

»Ganz legal. Ich sollte es bis zur Übergabe aufbewahren.«

»Welche Zahlungsmodalität haben Sie vereinbart?«

»Bar. Der Kunde zahlt nur bar.«

»Warum?«

»Da müssen Sie ihn fragen. Der hat genug Geld. Das will er unter die Leute bringen.«

»Und an Sie. Sie haben doch sicher eine Provision für sich kalkuliert.«

»Bescheiden. Sehr bescheiden. Wegen Frau von Harnier. Ich verehre sie.«

Der alte Mann war immer tiefer in seinen Sessel gesunken. Wolff hatte wahrgenommen, wie absurd seine Bemerkung über eine weiße Weste gewesen war. Chobots Weste war fleckig, stumpf, einzelne Fäden hingen aus dem Stoff. Vor dem Fenster gurrten die Tauben, aber Chobot hörte sie nicht. Seine Kappe hatte er tief in die Stirn gezogen. Seine Hände zitterten. Seine Stimme klang fast weinerlich. Um es Frau von Harnier zu ersparen, wieder von Aigen quer durch die Stadt zu fahren, hatte er ein nochmaliges Treffen mit dem Kunden vorgeschlagen, möglichst nahe an der Villa der Schauspielerin. Das Hexenloch.

»Warum?«

»Weil man da ungestört reden kann. Keine Fotografen. Die gnädige Frau fürchtete die Fotografen.«

»In den letzten Jahren hat sie niemand fotografiert. Die Theater waren geschlossen, die Produktionen im Fernsehen wurden verschoben, öffentliche Veranstaltungen waren untersagt.«

»Na ja, das mag schon stimmen. Aber auch der Kunde wünschte sich einen Treffpunkt, wo man ungestört reden kann.«

»Weshalb muss bei dem Tausch Bild gegen Geld viel geredet werden?«

»Weil dem Kunden der vereinbarte Kaufpreis plötzlich als zu hoch erschien. Der hat im Internet Preise verglichen.«

»Sie haben das Bild zum Hexenloch gebracht?«

»Nein, natürlich nicht. Es blieb hier. Da hinten, wo Sie es gefunden haben. Wir wollten noch einmal verhandeln. Dann hätte er nach einer Einigung auf den Kaufpreis bar bezahlt und wäre mit mir hierhergekommen, um das Gemälde abzuholen.«

»Otto Achatz?«

»Der ist auf Dienstreise, hatte die gnädige Frau gesagt. Das Bild gehört ihr.«

Wolff stellte fest, dass Chobot inzwischen seinen Widerstand aufgegeben hatte. Er wirkte wie befreit, dass er über die letzten Tage und Wochen reden konnte. Sein Gesicht war nicht mehr so fahl, er streckte sich, die Weste warf weniger Falten. Hin und wieder lächelte er sogar in sich hinein. Chobot tat ihm jetzt fast leid, aber das Gespräch würde noch härter werden.

»Ich würde jetzt gerne einen Kaffee holen und auch Ihnen einen mitbringen. Aber laufen Sie nicht davon. Ich rate Ihnen dringend, hier im Laden zu bleiben. Ich bin gleich wieder da.«

Wolff atmete draußen tief durch. Im Laden herrschte eine beklemmende Atmosphäre. Er kannte den Wunsch nach Luft und Licht und Leichtigkeit von Besuchen im Krankenhaus, wo er immer wieder Gelegenheiten gesucht hatte, für kurze Augenblicke das Zimmer zu verlassen, um die andere Welt draußen zu erleben. Danach war er wieder ein geduldiger Besucher und Zuhörer. Er sah über Salzburg die Mauersegler, er spürte den leichten Wind, es wurde wärmer. Er schaute hinauf zum Mönchsberg und zum Kapuzinerberg, hinüber zur Festung Hohensalzburg. Gleich um die Ecke, in der breiteren Straße, kaufte er vier Becher Kaffee, zweimal Melange und zweimal Cappuccino. Und ein Croissant für Chobot.

»So viel Kaffee für mich? Wollen Sie hier bis zum Abend bleiben?«

»Wir haben noch nicht über alles geredet.«

Chobot freute sich über den Kaffee, und Wolff freute sich auch. Solche kleinen Gesten schaffen Nähe, dachte er, für Chobot bin ich jetzt kein Feind mehr. Er ist kein Kaninchen mehr, das vor Angst erstarrt die Schlange beobachtet. Oder doch? Ja, doch. Denn Chobot verfolgte jede Bewegung Wolffs mit seinen müden Augen, wie er in den heißen Cappuccino vorsichtig hineinblies, damit der Milchschaum nicht in kleinen Flocken zerstob, wie er sich wieder auf den Ladentisch setzte, nicht ohne zuvor wieder die beiden verpackten Stiche auf die Seite zu legen.

»Wie ging es weiter im Hexenloch?«

»Ich war überrascht, wie wenig kompromissbereit die gnädige Frau war. Es war kalt am Ort, nass. Ungemütlich. Deshalb waren keine Leute da. Die gnädige Frau hatte goldene Sneakers an, damit sollte man nicht in einer solchen Klamm herumlaufen. Vielleicht hat sie gefroren. Vielleicht war ihr der Treffpunkt unheimlich. Sie war jedenfalls knallhart.«

»Und der Kunde?«

»Der ist brutal.«

»Was meinen Sie?«

»Der weiß, wie man seinen Vorteil aus jedem Geschäft herausholt.«

»Und Sie?«

»Ich bin gegangen.«

»Ende der Vorstellung?«

»Nein. Die Kunden laufen einem dann meist nach. Und dann kommt wieder Bewegung in die Verhandlungen. Alte Erfahrung.«

»Erfolgreich?«

»Nein, da kam mir niemand nach. Nicht die gnädige Frau, nicht der Kunde.«

»Und dann sind Sie umgekehrt?«

»Dann bin ich umgekehrt.«

»Warum?«

»Ich konnte die gnädige Frau doch nicht im Hexenloch stehenlassen. Das gehört sich nicht.«

»Aber der Kunde war doch bei ihr.«

»Ja eben. Deshalb bin ich umgekehrt.«

»Das verstehe ich nicht.«

»Ich kenne ihn. Deshalb bin ich umgekehrt.«

Dann hatte Chobot erzählt, was danach geschehen war. Er redete, ohne eine Pause zu machen. Wolff stellte keine Fragen. Er saß auf dem Ladentisch, ohne sich zu bewegen. Es war nicht klar, ob Chobot dies alles ihm erzählte oder ob er ein Selbstgespräch führte, ohne zu wissen, dass Wolff es aufzeichnete. Dieser alte Mann, der möglicherweise seit Jahrzehnten den Betrug von Kunden, die über viel Geld verfügten, von Finanzbehörden, die zu viel Geld von ihm forderten und von Verkäufern, die in Zahlungsschwierigkeiten steckten, zu seinem Geschäftsmodell gemacht hatte, machte Inventur. Alles musste raus. Jetzt war es egal, was sich aus seiner Beichte entwickeln würde. Es gibt Lasten, denen auch ein starker Rücken nicht standhalten kann.

Chobot hatte leise in sich hineingelacht.

»Auch wenn es niemand glaubt, habe ich ein Gewissen.«

Man sah ihm an, dass ihm das Gemälde Unbehagen bereitete. Plötzlich rappelte sich Chobot mit einem Blick auf die Tauben in die Höhe, als wollte er zur Tür hinaus. Wolff stellte sich ihm in den Weg.

»Ihnen ist klar, dass ich das Bild jetzt mitnehme und zu Herrn Achatz bringe?«

»Sie müssen den Empfang bestätigen.«

»Kein Problem.«

Wolff hatte seinen Stift aus der Tasche des Sakkos geholt, suchte nach einem Blatt Papier, und schrieb dann eine Empfangsbestätigung.

»Und jetzt verlange ich von Ihnen den Namen des Kunden!«

»Den kenne ich nicht.«

»Sie hatten aber immer wieder Kontakt zu ihm.«

»Wir haben telefoniert.«

»Die Telefonnummer bitte. Jetzt! Sie wissen, wo er hier in Salzburg wohnt, wenn er in der Stadt ist?«

»Bitte lassen Sie meinen Namen aus dem Spiel! Bitte! Bitte!«

»Ich weiß nicht, ob das möglich ist«, sagte Wolff.

Er bekam die Information. Er stand auf, bedankte sich bei Chobot, der sich seinerseits für den Kaffee bedankte, er griff nach dem Bild, befestigte die abgelösten Klebestreifen wieder auf der Luftpolsterfolie, bat um eine Paketschnur und band die erworbenen beiden Stiche mit dem Gemälde von Hübner zusammen. Chobot öffnete die Tür.

»Sie wissen schon, dass ich jetzt zur Polizei gehen muss?«
»Ich habe das schon befürchtet. Aber es ist in Ordnung.«

38

Böllerschüsse für die Lebenden und die Toten.

Fahnen schwenken. Rot-weiß-rot und die Farben Salzburgs mit dem Löwen auf dem gelben Feld. Später die Fahnen senken. Dann muss niemand Trauer im Gesicht zeigen, die zum Boden gesenkten Fahnen reichen als Zeichen aus. Überhaupt Fahnen. Wenn sich das Heilige im allgemeinen Bewusstsein zurückzieht, treten die bunten Tücher der Flaggen an seine Stelle. Fahnen und Flaggen dienen als Einladung, oft als Aufforderung, sich hinter ihnen einzureihen. In lockerer Formation oder in der Bewegungsmechanik der Marschierenden. Fahnen werden gehisst, gesenkt, verbrannt. Immer wieder dienen sie als Objekt für Hass und Rebellion. Dann aber tragen die Rebellen wieder neue Fahnen. Der Mensch braucht Symbole in Situationen, in denen die Sprache verstummt. Es ist aber auch sehr schwer, auf dem Friedhof die richtigen Worte zu finden.

Wolff war frühzeitig zum Friedhof Aigen des Magistrats Stadt Salzburg gekommen. Fast niemand trug schwarze Trauerkleidung, die Freunde und Bekannten von Elisabeth Achatz von Harnier kamen im Dirndl und in Trachtenjankern. Es waren Leute von Film, Funk und Theater erschienen, zwei Intendanten, einige TV-Produzenten, Dramaturginnen, eine bekannte Maskenbildnerin und eine Garderobenfrau, die Elisabeth sehr verehrt hatte. Um Otsch in dieser schweren Stunde beizustehen, waren auch einige Regisseure und Redakteurinnen aus deutschen und österreichischen Rundfunkanstalten hier. Die

Gruppe stand vor der Kapelle, es wurde gelacht und gescherzt, bis eine kleine Glocke nervös zu bimmeln anfing. Totenglocken bimmeln. Zu Elisabeth hätte besser das Geläut des Salzburger Doms gepasst, dachte Wolff. Er hatte für sich beschlossen, einen anthrazitgrauen schmalen Anzug und sein graues Stehkragenhemd anzuziehen, hatte die Kleidung im Hotelzimmer sofort ausgepackt und auf Bügel gehängt, damit nichts verknitterte. Die grauen Lederhalbschuhe glänzten. Für alle Fälle trug Wolff einen dunklen, sehr leichten Regenmantel über dem Arm. Er bewahrte ihn davor, Bekannte mit einem Handschlag zu begrüßen. Fast niemand schüttelte die Hände. Nach der Krise war diese Gewohnheit noch nicht aus der Tiefe ihrer Abwesenheit zurückgekehrt. Die Berührung der Ellenbogen hatte Wolff immer als ungelenke Geste der Begrüßung verstanden, als verkrampften Ersatz für die körperliche Nähe zwischen Menschen, die längst verlorengegangen war. Als Da Capo des früheren Ententanzes auf dem Oktoberfest in München. Wenn Wolff jemanden begrüßte, nickte er seinem Gegenüber zu. Das musste reichen in einer Gesellschaft, deren Mitglieder sich voneinander entfernt und noch nicht wieder angenähert hatten. Mit der geschlossenen Faust eine andere Faust zu berühren lehnte Wolff als Begrüßungszeremonie ab. Die Geste war ihm zu konfrontativ.

In der Kapelle waren zwei Trompeten zu hören, eine Solistin sang, begleitet von Instrumentalisten, einige Rezitative aus Mozarts »Exsultate, jubilate«. Statt eines Soprans hatte Mozart bei der Uraufführung damals noch die helle Stimme eines Kastraten gehört.

Es leuchtet der freundliche Tag,
schon fliehen Wolken und Stürme;
Den Gerechten
ist unerwartete Ruhe gekommen.
Überall regierte die dunkle Nacht;
erhebt euch endlich voll Freude,
die ihr euch bis jetzt gefürchtet habt,
und freudig überreicht der glücklichen Morgenröte
mit vollen Händen Blütenzweige und Lilien.

Vor dem Altar stand ein blumenumkränztes Porträtfoto von Elisabeth, eine vergrößerte Kopie des Bildes, das Wolff in der Traueranzeige gesehen hatte. Ein lächelnder Bühnen- und Fernsehstar. Wolff überlegte kurz, ob Elisabeth von Harnier auch während des Fototermins ihre weißen Handschuhe getragen hatte.

Otto Achatz saß in der ersten Reihe. Schmal und noch kleiner geworden, versank er fast in seinem Trachtenjanker, der für ihn inzwischen zu groß geworden war. Otsch schwieg, sprach mit niemandem. Deshalb wurde er in Ruhe gelassen. Wolff wollte nicht neben ihm sitzen, da die Plätze für entferne Verwandte reserviert waren. Er hatte ihn kurz begrüßt und wie bei seinen Besuchen in der Villa schweigend umarmt. Von den Traueransprachen des Pfarrers, des Bürgermeisters, eines Theaterintendanten und einer befreundeten Schauspielerin hatte Wolff nichts behalten. Er war zwar hier, aber seine Gedanken galten anderem. Gelegentlich schnappte er Worte vom »tragischen Schicksal« und »vom erschütternden Unfall« auf. Er wusste als einziger in der Trauergesellschaft, dass beide Zuschreibungen falsch waren.

Als Chobot sich dazu durchgerungen hatte, den Tathergang zu beschreiben, wahrscheinlich weil er vor Angst wie gelähmt war, ein Schatten könne auf ihn selbst fallen, hatte Wolff seinen Gesprächsstil verschärft.

»Sie sind also umgekehrt?«

»Das sagte ich doch schon. Ich konnte sie mit dem Kunden nicht allein lassen.«

»Ein Grieche, sagten Sie schon öfters.«

»Ich bin mir nicht ganz sicher.«

»Ein brutaler Mann, sagten Sie.«

»Oh ja. Jemand wie ich spürt das sofort. Einer, der seinen Willen durchsetzt. Notfalls mit Gewalt.«

»Schon erlebt?«

»Nicht direkt. Aber schon davon gehört.«

Der alte Kunsthändler war also umgekehrt und hatte schon von Weitem gehört, dass Elisabeth und der an ihrem Gemälde interessierte Mann laut miteinander stritten. Elisabeths Stimme überschlug sich. Sie wollte gehen. Der Mann hielt sie am Ärmel fest. Sie schlug ihm auf die Hand. Er verlor seine Beherrschung. Diese Frau, diese geldgierige »gnädige Frau« wollte ihn wohl zum Loser machen. Ihn, der von Geschäften mehr verstand als diese Person. Chobot war zutiefst erschrocken, denn noch nie hatte er die Schauspielerin so aufgebracht gesehen, ihre Stimme so schrill wahrgenommen. Er war kein besonders mutiger Mann. Als Held wäre ich eine Niete, aber dafür lebe ich länger als die Helden, war Chobots Lebensdevise. Jetzt aber hatte er einschreiten müssen, denn der Streit würde auf ihn selbst zurückfallen. Er hatte das Gespräch im Hexenloch organisiert. Er schrie mit seiner kleinen Stimme, dass der Kunde die gnädige Frau endlich in Ruhe lassen solle. Er rief ihr zu, dass er notfalls die Polizei rufe. Um wieder im Netz zu sein müsste er aber das Hexenloch verlassen, denn hier gab es kein Netz. Noch einmal wegzugehen wäre zu gefährlich.

Chobot hatte dann lange geschwiegen.
Wolff hörte dem Schweigenden zu.
Es war dann gekommen, was kommen musste.

Elisabeth von Harnier hatte dem immer ordinärer und brutaler auf sie einredenden Mann mit ihrem Handschuh ins Gesicht geschlagen, um von ihm loszukommen. Chobot war dazwischen gegangen, aber der Mann hatte ihn auf den Boden gestoßen.

»Wollen Sie meine blauen Flecke sehen?«

»Das ist nicht nötig. Ich glaube Ihnen.«

»Ich hatte Prellungen am ganzen Körper. Das ist für einen alten Mann wie mich schon eine Katastrophe. Ich wäre beinahe selbst in die Klamm gefallen.«

»Und Elisabeth?«

»Er hat sie mit voller Wucht gegen das Geländer gestoßen.«

»Und?«

»Die gnädige Frau rutschte mit ihren goldenen Schuhen aus. Der obere Balken des Geländers war morsch. Er zerbrach. Sie wollte sich an dem nassen Holz festhalten, aber es gab keinen Halt. Sie fiel über den geborstenen Balken, rutschte auf den Abgrund zu.«

»Sie konnten sie nicht festhalten?«

»Ich lag noch auf dem nassen Boden und rang nach Luft.«

»Und dann?«

»Als die gnädige Frau schrie, weil sie Angst hatte, versetzte ihr der Mann einen heftigen Tritt. Dann war sie weg.«

»Sie haben nicht versucht, sich um sie zu kümmern?«

»Der Mann rannte davon, Richtung Ausgang. Ich rappelte mich hoch, um ihn zu verfolgen. Sie können sich vorstellen, dass ich keinen Erfolg hatte.«

»Sie sind nicht noch einmal zurückgegangen, um sich um Frau von Harnier zu kümmern?«

»Ich hatte nur noch Angst.«

»Sie hätten sie retten können.«

»Daran denke ich jede Minute, jede Stunde, jede Nacht.«

Wolff kannte keinen einzigen Polizeibeamten in Salzburg, keine Polizistin. Doch, einen kannte er. Es hatte wenig Sinn, die Notrufnummer zu wählen und seinen Verdacht eines Totschlags an der Schauspielerin Elisabeth Achatz von Harnier mitzuteilen. Er erinnerte sich daran, dass er damals, als er den Tod seines Chefredakteurs durch Zufall aufgeklärt hatte, sehr gute Gespräche mit einem Beamten des Landeskriminalamts gehabt hatte. Dessen Telefonnummer hatte er gespeichert.

Der Beamte war sofort am Telefon gewesen.

Er hatte Wolff auf Anhieb erkannt, der ihn in knappen Sätzen informierte.

»Wo befinden Sie sich?«

»Vor dem Laden des Kunsthändlers Chobot.«

»Ich weiß. Wir kennen ihn. Wollen Sie zu mir ins Amt kommen?«

»Das geht leider nicht«, sagte Wolff, »ich habe das Gemälde und muss es Otto Achatz wieder zurückbringen.«

»Ich komme sofort. Sie können anschließend von uns nach Aigen gefahren werden.«

»Dann benötigen Sie einen Kleintransporter.«

Es klingelte vorne in der Kapelle. Ein leises Geläute wie bei den Schlitten in St. Petersburg. Wolff hatte die großen russischen Autoren gelesen, und die längst vergessenen Bilder und Geräusche waren auf einmal nah. Die heilige Eucharistie mit der Wandlung. Elisabeth Achatz von Harnier war keine gläubige Person gewesen, aber sie hatte ihre Bindung an die katholische Kirche auch nie ganz aufgegeben. Weihrauch. Der Herr segne euch. Darauf wollte sie nicht verzichten.

Dann die Abschiedsszenen. Jeder Trauernde trat vor den Altar, verneigte sich vor dem Porträtfoto und legte einen Blumenstrauß oder auch nur eine einzelne Rose nieder. Ein Filmproduzent, der besonders lange vor dem Porträt verweilte, beugte sich zu den Blumen hinunter und legte neben sie eine Filmklappe. Eine Erinnerung an ihre Arbeit vor der Kamera. Eine nicht minder bekannte Schauspielerin kniete sich nieder und widmete Elisabeth ein Schminkutensil, eine silberne Dose, deren Deckel mit Intarsien aus Bernsteinstücken verziert waren. Sicher ein kostbares Abschiedsgeschenk, dachte Wolff.

Als alle Gäste von ihrer Trauer überwältigt waren, eilten sie hinaus auf den sonnenbeschienenen Vorplatz der Kapelle. Welches Glück, hier wieder aufatmen zu können. Einige zündeten sich Zigaretten an. Lange genug war geschwiegen worden, jetzt musste niemand mehr flüstern und leise sein. Die einen erzählten sich Anekdoten von Elisabeth, die eine starke Persönlichkeit gewesen war, andere tauschten Vermutungen über den Unglücksfall aus, und dabei war es wie immer besonders interessant, dass die einen alles zu wissen schienen, und die anderen staunend zuhörten.

Otsch kam nicht heraus.

Otsch saß immer noch in der ersten Bank. Der Pfarrer war längst gegangen. Er hatte einen, wie es auf der Bühne heißt, seitlichen Abgang in die Sakristei. Weshalb sollte er auch an der Türe stehen und die Trauergemeinde verabschieden? Das war doch nicht üblich. Oder? Wolff empfand den Abgang des Seelsorgers als unwürdig. Er ging noch einmal in die Kapelle hinein, langsam bewegte er sich nach vorn, wo Otsch saß. Wie ein Schauspieler, der noch nicht verstanden hat, dass der Vorhang gefallen und die Vorstellung beendet ist. Wolff setzte sich neben ihn. Er schwieg. Der Regisseur hatte die Augen geschlossen. Seine Hände zitterten. Das lag nicht an der Kälte des Raums. Wolff legte den Arm um Otsch, aber dieser reagierte nicht auf die Berührung.

Weshalb ist der Abschied von einem Lebenspartner auf dem Friedhof besonders brutal? Wolff wusste, dass unendlich viele Menschen Tag für Tag, Jahr um Jahr Abschied von ihren geliebten Lebensmenschen nahmen. Hier ein Kleidungsstück. Dort handschriftlich notiert: eine Telefonnummer. Ein Foto. Eine bestimmte Ordnung im Besteckkasten. Eine besondere Art, die Wäsche zusammenzulegen. Ihre gesammelten Steine aus vielen Ländern, in die sie gereist waren. Die Muscheln. Die von ihr hochgezogenen Kakteen, die sie mit Umsicht und Verstand versorgt hatte. Ihre Bücher. Ihre Reisenotizen. Ihre Kleidungsstücke, von denen jedes eine Erinnerung war. Da haben die Menschen Angst vor dem Friedhof? Nein, dachte Wolff, der Abschied ereignet sich in ewiger Folge dort, wo man zu Hause war. Er hatte es sich seit einigen Jahren angewöhnt, über seine privaten Lebenskrisen und die Katastrophen in seinem Leben nicht zu sprechen, weil er sich von solchen Offenbarungen nichts erwartete. Das bedeutete für ihn aber nicht, dass die Zeit alle Wunden heilte. Wunden schmerzen immer.

Otsch hustete.

»Wollen wir hinaus in die Sonne gehen?«, fragte Wolff.
Otsch nickte.
»Otsch, ich muss Ihnen etwas sagen, was ich draußen nicht sagen kann: Ihre Frau ist nicht verunglückt.« Wolff musste eine Pause einlegen. »Ihre Frau ist in den Tod gestoßen worden.«
Otsch starrte ihn an.
»Ich besuche Sie heute Nachmittag. Dann werde ich Ihnen sagen, was passiert ist.«
»Sie wissen das?«
»Ja. Leider. Und die Polizei weiß es inzwischen auch.«
»Al. Lieber Wolff. Können Sie mir eine Bitte erfüllen?«
»Wenn ich kann, dann gerne«, sagte Wolff.

»Ich will nicht in das Lokal mitkommen. Können Sie das meinen Gästen irgendwie vermitteln? Und Sie kommen heute Nachmittag?«

»Ja. Sie können sich darauf verlassen.«

Die Fahnen und Flaggen waren eingerollt. Der Pfarrer war nach Hause gegangen. Die Teilnehmerinnen und Teilnehmer an der Trauerfeier bewegten sich in die Richtung des Lokals in Aigen, in dem Otsch ein Nebenzimmer reserviert hatte. In solchen Phasen zwischen der Erfahrung der Sterblichkeit und der Hoffnung auf einen heißen Kaffee, einen Imbiss oder einen anständigen Schluck Alkohol verändert sich jede Gemeinschaft. Jeder Anflug von Heiterkeit gleicht einem Fluchtversuch vor schwarzen Gedanken, jeder Meter Fußweg ist eine Befreiung aus dem Areal einer Endgültigkeit, die man zum Glück selbst noch nicht erdulden muss. Wolff kannte diese Grenzüberschreitungen zwischen dem Schattenreich des Todes und der vitalen Lebendigkeit der Überlebenden. Die Schützen waren abgezogen. Wahrscheinlich wartete auf sie der Schnaps im Lokal, das nicht weit entfernt war. Sie hatten sich einen Schnaps verdient. Die Musiker und die Sängerin waren bereits in ihr Auto eingestiegen und losgefahren. Man würde sich treffen.

Otsch wollte zu Fuß nach Hause gehen. Allein. Ohne Wolff.

»Ich brauche das, Entschuldigung.«

Wolff hatte nur genickt.

Es gab keine Beisetzung am offenen Grab. Elisabeth hatte immer von ihrem Schauder gesprochen, in einem Grab zu liegen, zu dunkel, zu eng, eingesperrt. Sie hatte klaustrophobische Ängste. Deshalb hatte sie schon vor Jahren entschieden, wenn es sich eines Tages ereigne, im Feuer ihre materielle Existenz zu beenden. Otsch wollte ihr diesen Wunsch erfüllen. Er war es ihr schuldig. Wolff verließ den Friedhof in Aigen.

Draußen hatte sich nichts verändert. Die Sonne schien. In den Vorgärten wurde der Rasen gemäht. Der Postbote fuhr von Haus zu Haus. In der Tankstelle wechselten sich die Fahrzeuge an den Zapfsäulen ab. Die Autofahrer bezahlten an der Kasse, und manche kamen zurück mit einem Six-Pack Bier, einigen Weinflaschen, Magazinen oder einem der gleichförmigen Blumensträuße in Cellophan verpackt. Hier bei uns in der Kapelle war ein Kosmos zusammengebrochen, aber dort drüben, wenige Meter weiter, hatte niemand die Detonation gehört. Wolff hatte viele Trauerfeiern erlebt, oft genug musste er die Trauerrede für verstorbene Kolleginnen und Kollegen halten. Auf den Wegen zwischen den Gräbern, in den Alleen, an den Brunnen und Gießkannenständern vorbei, hinter dem Sarg langsam schreitend wie die anderen Trauernden oder der Friedhofsbeamte mit der Urne, hatte er immer darüber gestaunt, dass außerhalb der Friedhofsmauern die Straßenbahnen weiter fuhren, die Busse, die Autos, die Rettungswagen, dass am Himmel die Kondensstreifen der Flugzeuge verwehten, dass die Kinder lachten oder weinten, dass die Müllabfuhr die Abfalltonnen draußen vor den Mauern lärmend entleerte, dass die Welt überhaupt nicht beeindruckt war von der Katastrophe derer, die innerhalb der Friedhofsmauern ihren Halt, ihre Zukunft und vor allem ihre Lebenssicherheit verloren hatten.

Das Gespräch mit dem Beamten des Landeskriminalamts war sehr angenehm gewesen. Er hatte alle Details im Kopf, wusste genau, wie Al Wolff damals der Polizei geholfen hatte, den Totschlag an seinem Münchner Hörfunk-Chefredakteur aufzuklären. Wolff hatte damals starke Vorbehalte gehabt, die gewachsen waren, als er den unscheinbaren, grau gekleideten Kriminalbeamten getroffen hatte, aber es hatte nicht sehr lang gedauert, bis sich zwei Menschen gegenübersaßen, die sich sympathisch waren. Der Kriminalbeamte war erfahren im Leben, kein Hypochonder, nicht eitel, er war ruhig, sachorientiert und in diesen Gesprächen auch einfühlsam. Der Kriminalbeamte und Wolff hatten sich nach kurzer Zeit gut verstanden.

So war damals der Todesfall in der Teufelsgasse aufgeklärt worden.

Wolff hatte berichtet, was er inzwischen wusste. Er spielte dem Beamten die Aufzeichnung seines Gesprächs mit Chobot vor. Journalisten sollten das nicht tun, aber in diesem Fall war Wolff kein Journalist, der für ein Medium recherchierte. Er hatte mit kurzen, präzisen Sätzen den Kriminalbeamten über seine Beobachtungen, seine

Gespräche mit Chobot, mit Elisabeth, über die Existenz des Gemäldes von Carl Wilhelm Hübner und seine Arbeitsbeziehung zu Otto Achatz informiert. Er sagte ihm, was er über den Kunden, angeblich einen Griechen, von Chobot erfahren hatte, vergaß aber nicht darauf hinzuweisen, dass Chobot ein bedauernswertes Individuum sei, dem man kein eigenes Verschulden am Tod der Schauspielerin anlasten sollte. Der Beamte hatte ihm daraufhin vertraulich gesagt, dass der alte Chobot zwar ein kleines Antiquariat in Salzburg besitze und dort auch immer anzutreffen sei, aber im Verdacht stehe, illegal wertvolle Gemälde zu verkaufen, deren Herkunft unklar sei. Steuerhinterziehung, Hehlerei, Erpressung, Verkauf von gefälschten Bildern, Betrug: Das waren die Verdachtsmomente der Behörde. Sie sei dem alten Mann auf der Spur.

»Ich glaube nicht, dass er lügt«, sagte Wolff.
»Hoffentlich haben Sie recht«, sagte der Kriminalkommissar.

Wolff hatte noch vor der Trauerfeier das Gemälde Carl Wilhelm Hübners nach Aigen in die Villa von Elisabeth und Otto Achatz zurückgebracht. Die Polizei hatte tatsächlich einen Kleintransporter geschickt. Das in Noppenfolie verpackte Gemälde hatte darin gut Platz. Otsch war irgendwo, aber die Haushälterin hatte Wolff wie einen alten Bekannten empfangen. Er war mit dem verpackten Gemälde in den Salon gegangen, hatte die Klebestreifen um die Folie abgezogen und schließlich das von der Verpackung befreite Bild wieder an den Haken gehängt, der nicht entfernt worden war. Der Salon besaß jetzt wieder seine alte Symmetrie der Bilder. Nichts fehlte. Elisabeth Achatz fehlte. Und Otsch fehlte.

Wolff rollte die Folie zusammen, die Klebestreifen mussten entsorgt werden. Die Luftpolsterverpackung aber könnte er Chobot zurückgeben. Er hob das Gemälde noch einmal vom Haken. Auf der Rückseite der Leinwand befand sich immer noch das Schreiben der Nasjonalgalleriet Oslo aus dem Jahr 1934. Der Kunsthändler hätte es entfernen können, aber er hatte die Bestätigung offensichtlich nicht angefasst.

Es war nicht einfach gewesen, das Bild mit dem schweren Goldrahmen wieder an die Wand zu hängen. Wolff hatte kein gutes Gefühl dabei. Er war nur Gast im Haus. Aber der Regisseur sollte nicht länger auf ein weißes Viereck auf der Wand starren müssen, leer und tot und ungewohnt. Wer nicht gern sein Haus mit den Fenstergittern verlässt und bis auf wenige Ausnahmen keine Besucher hierher einlädt, ist auf Sicherheiten angewiesen: dass sich innen wenigstens nichts so radikal verändert wie die Welt da draußen. Man muss die Bilder gar nicht ansehen, die so oft schon betrachtet wurden, aber es ist gut zu wissen, dass sie da sind. Hübners Gemälde war auf einmal nicht mehr da gewesen, wo es sein sollte, und die Leerstelle an der Wand glich einer Projektionsfläche, auf der sich Verlustängste und Selbstzweifel zu einem schauerlichen Bild zusammenfügten.

Danach hatten ihn die Polizisten vor seinem Hotel abgesetzt, wie er es sich gewünscht hatte, und sich freundlich von ihm verabschiedet.

Der Kriminalbeamte informierte ihn beim Aussteigen, dass bereits eine Fahndung nach dem Kunden ausgeschrieben sei. Der Mann sei seinem Dezernat schon bekannt. Ob es Wolff morgen Vormittag möglich sei, auf einen Kaffee in das Landeskriminalamt zu kommen? Wolff erinnerte sich: Der Kaffee in der Kantine war damals hervorragend gewesen. Er schmeckte nicht so metallisch-chemisch wie die ersten Kaffees am frühen Montagmorgen gleich nach der Öffnung der Kantine in seinem Funkhaus.

39

Als Wolff die Tür zum Nebenzimmer des Restaurants öffnete, blieb er im Türrahmen stehen wie ein Fremder, der hier nichts zu suchen hat. Es ging laut zu, immer wieder Gelächter. Die Damen kicherten schrill. Die Trauergemeinde hatte das Leben wieder für sich zurückerobert. Auch wenn die Anlässe furchtbar waren, so war es gut, sich endlich einmal wiederzusehen.

Wie lange haben wir uns?
Was hast du inzwischen gedreht?
An welchem Theater warst du zuletzt?
Ach, das war doch damals unter der Regie von …
Lebt eigentlich die Dings noch?
Weißt du noch wie der …?
Nein, nein, ich wollte mich verändern.
Warst du nicht auch in Zürich?
Hast du den verrückten Dramaturgen …?
Schade um die Elisabeth, dass sie so …
Ihren Zenit hatte sie wohl …
Der Otto, macht der nicht auch Regie im …?

Wolff stellte fest, dass der Ehemann Elisabeths von niemandem vermisst wurde. Vielleicht hatten sich am Anfang einige umgesehen, wo Otto saß, es wurde kurz darüber geredet, und dann musste man sich eben mit der Tatsache abfinden, Gast zu sein bei einem Treffen ohne Gastgeber. Es war nicht ungewöhnlich an solchen Tagen.

Wahrscheinlich war Otto Achatz emotional noch nicht in der Lage, sich zu den Trauergästen zu gesellen, man kannte das. Er wird schon noch kommen. Man muss es ihm zugestehen. Es ist schwer für ihn. Vielleicht will er sich zu Hause noch umziehen. Jetzt warten wir mal ab.

Aber niemand wartete ab. Nach einer Trauerfeier im Wirtshaus zu sitzen ist so ähnlich wie die Freiheit eines Schwans am Himmel, egal ob er allein dem Sonnenuntergang entgegenfliegt oder sich in eine Flugformation einreiht. Es ist so unendlich mühsam für den Vogel, Flügel klatschend, auf dem Wasser stampfend, tretend, knallend, die Geschwindigkeit zu erreichen, die ihm den Start in ein anderes Element möglich macht. Ein Wirtshaus sorgt für den Auftrieb in die Heiterkeit nach dem Absturz der Gefühle in den Ritualen von Abschied und Totengedenken, in die Abgründe der eigenen Ängste und in die schweren Gedanken über die letzten Dinge. Nach ein paar Halben Bier und dem ersten Schnaps verdunsten die schwarzen Wolken schnell. Sie verlieren sich in der Wärme eines vollbesetzten Nebenzimmers. Die Tradition des Leichenschmauses, dachte Wolff, ist nichts anderes als eine jahrtausendealte Überlebenstechnik, die von den meisten Trauergästen beherrscht wird, nur von Otto Achatz nicht.

In der Garderobe hatte Wolff die zusammengerollten Fahnen und Flaggen entdeckt, die wie große Regenschirme an der Wand lehnen. Die rot-weiß-roten, die Dienstflaggen mit dem Wappen und die Landesflaggen ohne Wappen, die Stadtflagge mit den drei Türmen und dem Tor unter ihnen und die Traditionsfahnen des Schützenvereins. Die Vorderlader für die Böllerschüsse waren aus Sicherheitsgründen im Vereinsbus deponiert.

Etwas zögernd, dann den Gästen zugewandt bewegte sich Wolff durch den Raum, traf hier am Tisch gute Bekannte, dort Kolleginnen, ganz hinten Schauspielerinnen, die er für größere Produktionen auch schon engagiert hatte. Das Rauchen war in Innenräumen inzwischen endgültig verboten. Es hatte lange genug gedauert, bis das Problem geklärt war. Erst die Teilung der Lokale in Raucher- und

Nichtraucherzonen, die Installation von Trennwänden aus Glas, schließlich das allgemeine Verbot, das die Wirte, die in ihre Innenarchitektur zugunsten der Gesundheit viel Geld investiert hatten, zu betrogenen Idioten machte. An das Rauchverbot hielten sich die meisten, aber weil man hier im Nebenzimmer Teilnehmer einer privaten Veranstaltung war, zückten vor allem die Damen ihre Etuis mit den Zigaretten. Rauch stieg über den Tischen auf. Wolff wollte lieber draußen vor der Tür eine Rauchpause einlegen. Er mochte es ohnehin nicht, von anderen Menschen auf seine Abhängigkeit vom Tabak angesprochen zu werden. Dabei rauchte er seit seinem 16. Lebensjahr nicht »auf Lunge«, sondern er paffte, wie man einen Zigarillo raucht. Deshalb hatte er sich sehr früh für braun gefärbte Zigaretten entschieden, die unaufmerksame Beobachter für Zigarillos hielten. So ersparte er sich überflüssige Ermahnungen. Zigarettenraucher waren Suchtgefährdete. Wer Zigarillos rauchte, galt als Genießer und Kenner einer gepflegten Rauchkultur.

Bevor er sein Feuerzeug anknipste, atmete Wolff tief durch. Ein leichter, frühsommerlicher Wind wehte aus den Bergen mit der Salzach flussabwärts, neben den Parkplätzen sprossen die Blüten des Löwenzahns im Kies auf, ein paar Gänseblümchen daneben, die sich neben den Plastikmüllresten eingerichtet hatten, und einige Ameisenstraßen kreuzten sich. Weil er genau hinsah, entdeckte Wolff, wie sich die Ameisen bei Begegnungen im Gegenverkehr auf ihren Traumpfaden jeweils kurz abtasteten und dann weitergingen. Er hatte gelesen, dass sich die Insekten mit den Fühlern gegenseitig beschnupperten. Eine olfaktorische Kontrolle. Eine Katastrophe aber für eine Ameise, die nicht als zugehörig anerkannt wird. Praktizierten Ameisen eigentlich einen Rassismus gegenüber anderen Ameisenvölkern? Wolff hatte keine Ahnung, aber die Frage wäre ein gutes Thema für weitere Recherchen. Man wusste immer viel zu wenig. War es denn vielleicht nicht so, dass die Ameisen als Individuen gar nicht existierten, sondern dass sie die Funktion von Tentakeln eines großen Lebewesens hatten, eines Staates als geschlossene Einheit, der von einer eingesperrten Königin repräsentiert wurde? Konnte denn zum Beispiel eine solidarische Gemeinschaft wirklich existieren, dachte Wolff, während er vor dem Haus rauchte, wenn Grenzzäune gezogen, Mauern errichtet und Gräben ausgehoben wurden? Wenn anders riechende Ameisen auf fremdem Terrain mit ihrer Vernichtung rechnen mussten?

Wolff hatte während der Rauchpause mindestens vier Ameisenarten mit jeweils unterschiedlicher Körpergröße entdeckt. Alle tasteten sich unaufhörlich ab, um sich zu erkennen. Nicht die Kleinen die Großen. Nicht die Großen die Kleinen. Die Ameisen-Kasten hielten voneinander Abstand. Feinde hatten ohnehin keine Chance, voranzukommen. Kann es sein, dachte Wolff, dass die ständige Berührung anderer, diese stetige körperliche Kommunikation, uns vor Einsamkeit und Depression besser schützen würde als jede Distanz, die uns Schutzräume errichten lässt mit hohen Zäunen, Schallschutzmauern und Tresorverließen? Solche seltsamen Gedanken kamen einem nur dann in den Sinn, wenn man vor einer Stunde in einer Friedhofskapelle gesessen war und jetzt nicht verstand, wie sich die Trauer und die Geselligkeit im Nebenzimmer miteinander vereinbaren ließen. Aber das hatte sich Wolff ja schon früher überlegt. Der Phönix steigt wieder aus der Asche, aus der trockenen Erde wachsen Knospen, und aus den Ängsten und Abschieden taucht eine wilde Lebenssehnsucht auf. Nur die Ameisen folgten ihren stets gleichen, genetisch von Generation zu Generation überlieferten Gesetzen, die für jeden Betrachter so individuell, so einsam wirkten, aber in Wirklichkeit nichts anderes waren als ein alternativloser Gehorsam, eine ererbte Abhängigkeit von Regeln, die sie selbst nicht für sich beschlossen hatten. Wir alle sind nicht frei, dachte Wolff, drückte seine Zigarette aus, warf sie in den Abfalleimer und ging hinein.

Vielleicht würde Otsch doch noch kommen. Wahrscheinlich nicht. Eine halbe Stunde würde Wolff noch bleiben, nicht länger. Dann wollte er in seinem Hotel einen Bericht für den Kriminalbeamten schreiben, weil er keine Lust hatte, im Landeskriminalamt als Zeuge vernommen zu werden und unter Schmerzen zuzusehen, wie ein Beamter Buchstabe für Buchstabe in seinen Computer hineinstocherte. Natürlich würde er sich zum Tatverdacht äußern. Wer sich äußert, der verlässt sein Inneres. Jetzt verstand Wolff, weshalb Otto Achatz lieber schwieg. Wer zu viel redet, dachte er, macht den gleichen Fehler wie einer, der die Schlüssel für die Wohnungstür außen stecken lässt. So erhielten möglicherweise fremde Menschen freien Eintritt in Innenwelten, in denen sie nichts zu suchen hatten.

Im Hotel schrieb er seine Aussage. Im Wesentlichen wiederholte er in knapper Form, was er dem Kriminalbeamten schon berichtet hatte. Die besondere Bewandtnis des Gemäldes. Die leere Stelle an der Wand im Salon von Elisabeth und Otto Achatz. Die erste Begegnung mit dem Kunsthändler im Café Isaak, dessen Mobiltelefon geklingelt hatte, als Wolff eine unbekannte Telefonnummer anrief, die ihm Otto Achatz zugesteckt hatte, notiert von Elisabeth auf einem Zettel. Später dann im Laden des Händlers die Entdeckung des Bildes, sein hartes Gespräch mit Chobot. Schließlich Chobots Zeugenaussage. Sein Schuldgefühl wegen des brutalen Totschlags und der unterlassenen Hilfeleistung.

Als er am nächsten Morgen im zuständigen Dezernat seinen Bericht abgab, informierte ihn der Kriminalbeamte darüber, dass Chobot gerade vernommen werde. Dabei ging es nicht nur um die Ereignisse im Hexenloch, sondern auch um die obskuren Geschäfte des Kunsthändlers.

Der Cappuccino in der Cafeteria, zu dem Wolff von dem Beamten eingeladen wurde, schmeckte köstlich.

»Sie wären ein sehr guter Kriminalpolizist geworden.«

»Ich bin lieber Journalist«, sagte Wolff.

»Sie haben uns jetzt zum zweiten Mal einen großen Dienst erwiesen«, entgegnete der Kriminalkommissar.

»Zufall. Denken Sie nicht?«

»Für uns ein glücklicher Zufall. Wir sind Ihnen sehr dankbar. Wir werden Sie in unserer Presserklärung selbstverständlich erwähnen.«

»Mir wäre es lieber, wenn Sie darauf verzichten«, sagte Wolff.

»Ich werde dafür sorgen, dass Ihre großartige Mitarbeit in irgendeiner Weise anerkannt und geehrt wird.«

»Aber bitte keine Medaille oder gar einen Orden« wehrte Wolff ab. »Ich halte es mit den Hanseaten, die grundsätzlich keine Ordensverleihungen für sich akzeptieren.«

Der Kommissar versprach Wolff, ihn über die weiteren Ermittlungen zu informieren. Die Fahndung nach dem Kunden verlaufe erfolgversprechend. Über die im Handy von Chobot gespeicherte Telefonnummer habe die Polizei seinen Namen ermittelt. Man wusste über die Handyortung, wo er sich gerade aufhielt: auf der Autobahn von Salzburg Richtung Linz. Ein Einsatzkommando sei unterwegs.

Dann verabschiedeten sich die beiden voneinander.

Wolff musste nach München zurückfahren, denn morgen um 10 Uhr war ein Abhörtermin im Produktionsstudio angesetzt. Beck würde ihm dann zeigen, welche Collage er aus den unvollendeten Aufnahmen unter der Regie von Otto Achatz realisiert hatte.

»Das Stück ist natürlich um ein Viertel gekürzt, aber es ist dichter geworden. Ich glaube, dass wir die Aufnahmen retten können.«

Wolff solle sich das mal anhören, bevor Otsch die Gelegenheit dazu erhalten würde, die Produktion unter seinem Namen freizugeben oder sie für jede Ausstrahlung im Programm zu sperren. Dieses Recht stand ihm zu.

Wolff erreichte die Autobahn sehr schnell. In Aigen hatte er bei Otsch geläutet, aber niemand hatte geöffnet. Es war still im Haus geblieben. Er würde ihn am Abend anrufen, wenn er wieder in München war. Mit jedem neuen Kilometer der Distanz zu Salzburg und Aigen konnte Wolff freier atmen.

40

Es dauert gelegentlich sehr lang, bis sich die Nebel der Ungewissheit verziehen und die Sonne wieder für einen klaren Blick sorgt. Anders als beim Wetter können im richtigen Leben Ereignisse nicht vorausgesehen werden. Es gibt Ahnungen und Vorahnungen, es gibt Erwartungshaltungen. Es mag Prognosen und Berechnungen geben. Aber dann kommt alles doch ganz anders.

Wolff war mit seinen Recherchen zum Bild von Otto Achatz und Elisabeth Achatz von Harnier weitergekommen. Er konnte diese einfach nicht ruhen lassen.

Es war möglich, dass ein hoher NS-Funktionär das Gemälde von Carl Wilhelm Hübner nach 1938 verschenkt hatte, um sich bei einem unbekannten Beschenkten anzubiedern, einem Diplomaten, einem Unternehmer, einem Politiker. Ein Kunsthistoriker, mit dem Wolff lange telefoniert hatte, hielt diese These allerdings für unwahrscheinlich, wenn auch nicht vollkommen ausgeschlossen. Staatseigentum war in den skandinavischen Staaten für die deutschen Nationalsozialisten weitgehend sakrosankt. Es wurde vom NS-Staat geschont, anders als in den osteuropäischen Ländern, wo von Anfang an jüdisches Eigentum geraubt worden war. Das wusste Wolff bereits. Er erfuhr, dass der Pariser Einsatzstab-Reichsleiter Alfred Rosenberg ausschließlich für die Beschlagnahme von Kunstgegenständen zuständig gewesen war, die sich in jüdischem Besitz befunden hatten. Die Zuständigkeit galt aber nicht für skandinavische Länder. Wenn also die

Nasjonalgalleriet Oslo im Jahr 1934 schriftlich bestätigt hatte, das Gemälde befinde sich nicht mehr in ihrem Besitz, hatte sie wahrscheinlich die Anfrage eines Kunsthändlers oder Besitzers beantwortet, der durch eine solche amtliche Bestätigung den Verkaufspreis steigern konnte. Der Hinweis auf Oslos Nasjonalgalleriet war eine gute Garantie für den Wert des Bilds.

Wolff wusste nicht genau, weshalb er seine Forschungen über das Bild nach Elisabeths Tod überhaupt noch betrieb. In ihm nagte ein dumpfes Schuldgefühl, das ihm keine Ruhe ließ. Von Otsch hatte er nichts Neues gehört. Er saß wahrscheinlich allein in seinem Haus in Salzburg-Aigen und musste sein künftiges Leben ordnen. Hübners Gemälde, dachte Wolff, hängt jetzt im Salon an seinem alten Platz. Indirekt ausgeleuchtet von den versteckten Lampen.

Dass es in einem der Sonderzüge Görings nach Berchtesgaden gekommen war, war nicht auszuschließen, obwohl es Wolff in der sorgfältig geführten Liste der von Göring geraubten Kunstwerke nicht gefunden hatte. Aus allem ergab sich für Wolff allmählich eine stringente Erklärung.

In den Zwanzigerjahren des 20. Jahrhunderts musste sich die Nasjonalgalleriet Oslo von Hübners Gemälde getrennt haben, wahrscheinlich durch einen Tausch mit einer anderen Galerie oder einen Verkauf auf dem Kunstmarkt. Besonders aktiv waren jüdische Kunsthändler, die den europäischen Markt dominierten, unter ihnen viele sehr bekannte, hoch geschätzte und mit diversen Orden ausgezeichnete Persönlichkeiten. Als der NS Staat mit der Enteignung der Juden begann, gab es Notverkäufe und es gab, kurze Zeit später, die totale Beschlagnahme aller Kunstwerke in jüdischem Besitz. Deshalb sollte die Bestätigung, wonach Hübners Gemälde einst der Nasjonalgalleriet Oslo gehört hatte, jeden neuen Besitzer absichern. Die weiteren Stationen des Bildes bis Salzburg waren dann nicht mehr so interessant. Da Hermann Göring überall Raubkunst einsammeln ließ und sie zunächst für ein geplantes Museum in Carinhall aufbewahrte, manche Bilder und andere Kunstwerke auch zum Reichsjägerhof in Rominten transportieren ließ, war es mehr als wahrscheinlich, dass auch Hübners Bild – beschlagnahmt bei einem jüdischen

Kunsthändler – seinen Platz in jenem Kontingent gefunden hatte, das bis Berchtesgaden gebracht werden sollte.

So also wird es gewesen sein, dachte Wolff, und er war froh, mit dem Kunsthistoriker darüber geredet zu haben. Die Akte konnte jetzt geschlossen werden. Er hätte niemals so intensiv über NS-Raubkunst recherchiert, wenn Otto und Elisabeth ihn dazu nicht ermuntert hätten. Sie hatten auf einmal kein gutes Gefühl gehabt, das Gemälde zu besitzen.

Im Büro hatte er heute Morgen ein Schreiben aus Österreich vorgefunden. Der Briefumschlag mit irgendeinem Firmen- oder Behördenaufdruck, Briefmarken mit besonders schönen Motiven. Wolff nahm an, dass ihm die Salzburger Polizeidirektion das offizielle Protokoll seiner Aussagen schickte. Er würde es am Nachmittag lesen. Jetzt fehlte ihm die Zeit und er hatte auch keine Lust, an diesem schönen frühsommerlichen Tag noch einmal mit dem Tatgeschehen im Hexenloch konfrontiert zu werden. Es gab genug Probleme im Haus, die gelöst werden mussten. Otsch war das Audio File mit der Schnittfassung von Beck zugemailt worden, aber er hatte sich noch nicht gemeldet. Es würde einige Tage dauern, bis der Regisseur in der Lage war, sich die Collage der eigenen, abgebrochenen Regiearbeit anzuhören. Wolff war sich gar nicht sicher, ob Otsch den Anhang der E-Mail öffnen konnte.

Mittags traf Wolff einige Kollegen im Augustiner Biergarten gleich neben dem Funkhausareal. Sie hatten sich lange nicht mehr gesehen, die beiden Fernsehleute waren in Spanien gewesen, um dort eine Dokumentation zu drehen. Es tat ihm gut, beiden zuzuhören, als sie von ihren Erlebnissen an den Drehorten berichteten. Sie hatten große Schwierigkeiten überwinden müssen, weil ihnen immer wieder eine aktuelle Drehgenehmigung verweigert worden war. Es ist merkwürdig, dachte Wolff, dass auch in den demokratischen Ländern Europas immer wieder versucht wird, eine unabhängige Berichterstattung einzuschränken, zu behindern oder wenigstens zu erschweren. Bei uns hier ist das nicht viel anders, wusste er, nicht immer waren Behörden von Anfang an kooperativ, wenn sich Presse oder Rundfunk bei ihnen ansagten. Er hatte längst erkannt, dass es in erster Linie nicht wirklich darum ging, die journalistische Arbeit aktiv zu behindern. Es war anders: Interessierten sich die Medien für einen bestimmten Vorgang, hatten die meisten potenziellen Gesprächspartner Angst, sich vor der Kamera und dem Mikrofon zu äußern, sich selbst zu exponieren. Ihre Angst versteckten sie in den Hinweisen, es bedürfe erst noch der Absprache mit ihren Vorgesetzten, die meist aber nicht umgehend erreichbar waren. In Spanien hatten die Kollegen ähnliche Erfahrungen gemacht, vor allem wenn es um die Anmeldung von Drehorten ging. Seine Kollegen kannten aber, nicht anders als Wolff, solche Mechanismen, und sie wussten, wie man sie überwinden konnte.

Wieder zurück an seinem Schreibtisch öffnete Wolff seinen E-Mail-Account. Bis sich die Datei aufbaute, sah er die Post durch. Er achtete auf unbeschädigte und besonders attraktive Briefmarken, die er während seiner Telefongespräche ausschnitt. In der Hausverwaltung kannte er einen liebenswerten Kollegen, der sich über die Briefmarken freute. Im Augenblick hatte Wolff nicht die geringste Lust dazu, die Telefonliste abzuarbeiten, und er interessierte sich auch nicht für den Eingang an E-Mails. Er war nach seiner Rückkehr aus Salzburg mental noch nicht in München angekommen. Deshalb zog der den Briefumschlag aus Österreich aus dem Stapel. Das Protokoll der Zeugenvernehmung könnte er schnell unterschreiben.

Das Schreiben kam aber von einer der großen Boulevardzeitungen Österreichs mit Sitz in Wien. Das Emblem mit dem Titel des Blatts kannte Wolff gut. Immer wenn er im Café Isaak in Salzburg saß, holte er sich zwei, drei Zeitungen von der Kommode und blätterte sie durch.

Jemand aus der Chefredaktion hatte ihm geschrieben.

Sehr geehrter Herr Programmbereichsleiter Wolff,
lieber Herr Kollege,

wie wir von unserem Salzburger Korrespondenten erfahren haben, waren Sie wesentlich an der Aufklärung eines Verbrechens in Salzburg-Aigen beteiligt. Wir würden Sie deshalb in einem Personality-Beitrag gern unseren Leserinnen und Lesern vorstellen, dafür haben wir in unserem Gesellschaftsteil eine ganze Druckseite eingeplant. Außerdem würde unser Fotograf einige Porträtfotos von Ihnen anfertigen, wenn möglich an Ihrem Arbeitsplatz im Sender oder – falls Sie in den nächsten Tagen nach Salzburg kommen – am Tatort. Wir bitten Sie sehr freundlich, sich möglichst umgehend bei uns zu melden, damit wir die Einzelheiten vereinbaren können. Sie haben sicher Verständnis dafür, dass die Sache eilt, zumal auch unsere Konkurrenzzeitung das Thema aufgreifen will. Wir freuen uns auf Ihre baldige Antwort und verbleiben mit freundlichen Grüßen …

P.S.: Eine Kopie des Schreibens geht Ihnen auch per E-Mail zu.

Wolff stand auf. Er ging zum Fenster. Das hatte ihm gerade noch gefehlt: dass sein erneuter Erfolg bei der Aufklärung eines Kapitalverbrechens öffentlich dargestellt werden soll. Aber welcher deutsche Journalist erfuhr schon eine solche Würdigung in der österreichischen Presse? Man musste sich dafür doch nicht schämen, oder?

Wolff sah, dass in der Arnulfstraße vier Straßenbahnzüge hintereinander auf dem Tram-Gleis standen. Da hatte sich wahrscheinlich ein Unfall ereignet. Die Schienen waren offensichtlich blockiert. Er beschloss, für heute sein Büro zu verlassen. Im Vorzimmer sagte er, er habe einen Termin in der Stadt, telefonisch sei er aber jederzeit zu erreichen. »Notfalls SMS, dann rufe ich, sobald es möglich ist, zurück.«

Er verließ das Haus.

Seinen Wagen ließ er in der Tiefgarage zurück.

Jetzt wollte er zu Fuß gehen.

Wolff schlenderte über den Lenbachplatz zur Brienner Straße, dann über den Odeonsplatz die Ludwigstraße entlang. Es gab kein Ziel für ihn. Er wollte nur unterwegs sein. Immer wenn er an der Bayerischen Staatsbibliothek vorbeikam, hatte er Gewissensbisse. Vor Jahren hatte er sich einen Hausausweis und einen Ausweis für die Handschriftenabteilung ausstellen lassen, weil er wusste, dass er dort die Dokumente finden würde, nach denen er lange Zeit gesucht hatte. Kaum hatte er sich mit den Räumen und den Zugangsvorschriften vertraut gemacht, hatte er entdeckt, dass die meisten der von ihm benötigten historischen Quellen längst digitalisiert waren. Deshalb konnte er sie am Computer einsehen und auswerten. Ein normaler Vorgang, der für die Bibliothek, aber auch für ihn nur Vorteile mit sich brachte. Wolff fühlte sich aber wie ein Verweigerer. Er fragte sich, ob seine Schwellenangst vor der Arbeit in der Staatsbibliothek zu groß gewesen war, weil er seine Scheu, das Haus erneut zu betreten, nicht überwunden hatte. Darüber wollte er mit niemandem sprechen, denn solche Berührungsängste waren untypisch für Journalisten.

Die Anfrage aus Wien bedeutete eine große Ehrung für ihn. Aber in der letzten halben Stunde war sein Widerstandspotenzial gewachsen. Journalistinnen und Journalisten konnten Medienpreise annehmen, sofern sie nicht politischen, finanziellen oder wirtschaftlichen Eigeninteressen der Stifter zu verdanken waren. Aber ein Presseporträt in der Boulevardzeitung wegen der Aufklärung eines Kapitalverbrechens? Das ist nicht möglich, dachte Wolff. Ich werde der Chefredaktion in Wien eine freundliche und gut begründete Absage schicken. Er begann, während er Richtung Leopoldstraße schlenderte, das Schreiben zu formulieren. Er wolle die Kolleginnen und Kollegen nicht enttäuschen, müsse aber darauf bestehen, jede Berichterstattung über seine Salzburger Aktivitäten diskret zu behandeln. Er wisse die außerordentliche Bedeutung der Anfrage durch die Wiener Chefredaktion sehr zu schätzen, bedanke sich auch für diese Ehre.

Er hatte nach dem Gespräch mit Chobot die Polizei informiert. War das korrekt gewesen? Inkorrekt? Noch hatte er keine schlüssige Antwort. Es war ihm doch nur darum gegangen, Otsch zu beweisen, dass seine Frau nicht durch einen Unfall den Tod gefunden hatte, durch einen Zufall, einen Fehltritt, eine unglückliche falsche Bewegung. Sie war in ihren Tod hineingestoßen worden: von einem Mann, der zweifelsfrei ein Täter war. Das würde Otsch nicht helfen, aber vielleicht fände er durch solche Wahrheit seinen Frieden. Nein, dachte Wolff, über mich soll es kein Porträt in der Zeitung geben.

Er schlenderte weiter in die Leopoldstraße, die ihm sympathischer als die baumlose Ludwigstraße war. Hier standen haushohe Pappeln, deren Silberglanzblätter sich im Wind hoch über den Dächern bewegten. Dort drüben auf der anderen Straßenseite hatte vor mehr als einem Jahrzehnt der Münchner Gesellschaftskolumnist Michael Graeter ein Café eröffnet, das »Extrablatt«, es gab später Filialen in anderen Städten wie in Mainz, und sein Lokal war beliebt bei Prominenten und jungen Leuten, die gerne Prominente oder andere junge Leute sahen. Als der Kolumnist und Gastronom später zu einer Haftstrafe wegen Unregelmäßigkeiten bei der Geschäftsführung verurteilt worden war, stoben viele Stammgäste wie erschreckte Tauben in alle Richtungen auseinander. Aufgescheuchte Tauben aber ließen sich meist in der Nähe an einem anderen Ort nieder. So war es auch in diesem Fall gewesen. Nur seine alte Zeitung, ihre Herausgeberin, hatte ihm die Treue gehalten und dem inzwischen von der Bussi-Gesellschaft ausgestoßenen Autor nach seiner Haftentlassung eine neue Chance geboten. Wolff kam es vor, als würde er durch einen Abschnitt seiner eigenen Lebensgeschichte schlendern. Er hatte eigentlich überhaupt keine Zeit, hier in Schwabing herumzuspazieren, aber er hatte sich trotzdem die Auszeit genommen. Er konnte es sich leisten, nicht in seinem Büro zu sein. Morgen saß er wieder bis in die Nacht an seinem Schreibtisch. Das ist ein Stück meiner Freiheit. Die Freiheit hat schon heute begonnen.

Es war schon bemerkenswert, dass Journalisten mit einer bekannten Nähe zu Parteien, Verbänden, Kirchen, Lobbys, Vereinen und sogenannten parteifreien Stiftungen ohne Bedenken öffentliche Auszeichnungen wie Orden und Medaillen annehmen und sich dafür feiern ließen. Wolff sah sich nicht als letzten Verteidiger menschlicher Bescheidenheit. Ohne eine Grundbasis an Eitelkeit konnte man in einem öffentlichen Beruf nicht arbeiten. Öffentliches Ansehen stärkte das Image von Journalisten, Frauen und Männern. Auszeichnungen und Medienauftritte verschafften zusätzliche Publizität, sie förderten den Einfluss im eigenen Medium. Ein Kreislauf, von dem alle profitierten. In einem Printmedium groß herausgestellt zu werden schaffte auch Freiheit im eigenen Haus, leider aber auch Neider. Es war besser, im Hintergrund zu bleiben.

»Ich bin lieber ein Hanseat, der keine Orden annimmt und«, Wolff lachte, »ich bedarf auch nicht der Publicity in einem Boulevardblatt«, murmelte er. Es gelang ihm nicht, sein Gelächter zu unterdrücken. Einige Passanten schüttelten den Kopf, als ihnen der lachende Mann begegnete. München ist eine bunte Stadt, und es gibt viele Menschen in dieser Stadt, die sich noch schriller zeigen als die angestammte Münchner Bevölkerung. Immer gibt es Sonderlinge, Verrückte und Genies, psychisch Auffällige oder einfach glückliche Menschen, die einen Grund haben, in den Tag hineinzulachen. Da durfte auch Wolff lachen, bis er fast nicht mehr atmen konnte. Auch angestammte Münchner können schrill sein, dachte Wolff.

Die Hohenzollernstraße ist keine breite Straße, aber sie zählt zu den beliebten Münchner Einkaufsmeilen. Hier waren in den letzten Jahren viele Läden geschlossen worden. Das war nichts Neues, denn die Mieten waren derartig hoch, dass auch vor den Krisenjahren nur wenige Geschäfteinhaber über längere Zeit als Mieter durchgehalten hatten. Geblieben waren die Strumpftante, eine Buchhandlung, ein Blumengeschäft, ein Shop für Berufskleidung mit weißen und blauen Latzhosen im Schaufenster. Die Cafés wechselten ständig, aber in den vergangenen Jahren waren sie ohnehin alle geschlossen gewesen. Der Wurstladen hatte sich von seinen Stammkunden verabschiedet und war ebenfalls geschlossen. Wolff bummelte an den Läden und den wieder- oder neueröffneten Cafés und Restaurants vorbei Richtung Kurfürstenplatz, aber er hatte heute ausnahmsweise keine Lust, bei seinem Weinhändler vorbeizuschauen. Er ging weiter, ohne ein Ziel. Nicht einmal die Hälfte der Sitzplätze vor dem Eiscafé Venezia war besetzt, innen hielt sich niemand auf. Vor dem Zeitschriftenladen um die Ecke, der Schreib- und Tabakwaren verkaufte und zugleich eine Postfiliale ersetzte, standen zwei Reihen von Kunden. Die einen für Schreibwaren und Postdienst, die anderen für Toto, Lotto, Glückslose, Zeitungen und Tabakwaren. Jeder hielt Abstand zu seinem Nachbarn. An der Ecke dann die Schaufenster der Einrichtung »Blaues Kreuz«. Die Slogans hatten sich nicht verändert. Einladungen zu Kursen, um dem Alkohol abzuschwören. Die Aufforderungen, sein Leben zu ändern. Die Angebote, zu helfen.

Gegenüber sein Weinladen, an dem er schnell vorüberging. Er schlenderte weiter zur Nordendstraße.

In diesem Stadtviertel, nahe am Elisabethmarkt gelegen, gab es einige Auktionshäuser, unter ihnen bundesweit, auch international bekannte Firmen, daneben auch kleinere Unternehmen, die sich mehr auf Kunstgewerbliches eingestellt hatten. In ihren Schaufenstern sah Wolff abstoßend hässliche Porzellanskulpturen, Schalen, Jugendstilimitationen von Gefäßen und Tabletts. Die Exponate verdienten keine Aufmerksamkeit, aber sie befreiten Wolff von der Dunkelheit seiner Gedanken und Gefühle. Am Ende der Straße gab es das beste Bauernbrot zu kaufen, ein Brot mit einer harten Kruste, aber Wolff hatte es selten geschafft, dort einzukaufen. Durch die Passage neben dem Supermarkt ging er zur Nordendstraße. Sie war die Adresse für die seriöseren Auktionshäuser, die er aus der Berichterstattung der großen Zeitungen über den internationalen Auktionsmarkt kannte.

Lempertz. Neumeister. Bassenge. Nusser. Große Namen. Münchner Filialen. Die unbedeutenderen Namen hatte er vergessen. Irgendein Auktionshaus war jetzt umgezogen in ein früheres Verlagsgebäude in der Nymphenburger Straße, in dessen Jugendstil-Flügel er viele Sitzungen erduldet hatte: als Mitglied des Aufsichtsrats einer sendereigenen und von einigen Verlagen unterstützten Verlagsunion, die vor langer Zeit ohne Vorwarnung bei den Aufsichtsratsmitgliedern aufgelöst worden war. Wolff war jetzt schon mehr als sieben Kilometer durch die Stadt spaziert. Es tat ihm gut. Es war gut, oft ganz woanders zu sein als dort, wo man erwartet und vielleicht auch gebraucht wurde. In den Schaufenstern fielen ihm die Termininformationen für die nächsten öffentlichen Auktionen auf, auch die Termine für Einlieferungen, um Kunstwerke schätzen zu lassen und sie für die nächste Auktion freizugeben. Er wusste natürlich, dass diese Terminübersichten für Interessenten vor den Schaufenstern bestimmt waren, die noch in der analogen Welt lebten, denn im Internet waren die Auktionen und die zu ersteigernden Kunstwerke längst veröffentlicht worden.

Die alte Feuerwache war verlassen. Das Gebäude war seit langer Zeit geräumt. Hier würde ein Neubau entstehen. Der Computerladen für Hard- und Software lag an der Ecke, niemand kam heraus, niemand ging hinein. Manche Läden schliefen einfach ein.

Ein paar Straßenkreuzungen weiter ein Friseurgeschäft. Das war einst der Laden des Vaters eines bekannten Schauspielers gewesen. Dieser war noch Schüler gewesen, als Wolff ihn als großes Sprechertalent nach der Empfehlung eines Regisseurs entdeckt und gefördert hatte. Seine Haare waren längst grau geworden. Wolff ging es nicht anders. Die Jahre kamen und sie holten sich, was ihnen zusteht: die Farbe der Haare, ihre Fülle, die straffe Muskulatur, das Selbstbewusstsein, die Vitalität und vor allem den Glauben an eine große Zukunft. Oft stahlen sie mit der Gegenwart auch die Zufriedenheit. Wolff erschrak, aber nur ein bisschen. Er fand es nicht gut, jetzt in solcher Nostalgie zu versinken. Aber es gelang ihm nicht, daraus aufzutauchen. Mitten am sonnenhellen Tag kann Nachtschwärze die Seele überfallen.

Otsch. Otsch. Elisabeth. Elisabeth.

Langsam wollte er zum Funkhaus zurückgehen, der Fußweg würde eine halbe Stunde dauern. Das bekannte Auktionshaus auf der rechten Straßenseite, das bemerkte er, hatte neue Markisen über den Schaufenstern installiert. Wolff überquerte die Straße. Es war interessant, einen Blick hinter die Scheiben zu werfen. Er könnte auch eine Kleinigkeit in dem Feinkostladen essen. Es fehlte ihm aber die Lust dazu, als er vor dem Laden stand. Gegenüber auf der anderen Straßenseite eine Metzgerei. Eine Leberkässemmel auf die Hand? Wolff ging hinüber. Als er die Metzgerei betreten wollte, spürte er einen Widerwillen. Er würde heute Abend kochen. Überbackene und in Schinkenscheiben eingerollte Chicorée-Stücke, Curry-Reis und dazu würde er sich einen leichten Weißwein gönnen. Er hatte in den letzten Jahren gelernt, für sich sorgsam zu kochen. Fastfood stieß ihn ab. Wenn er kochte, wusch er die Töpfe und das Besteck sofort ab, stellte benutzte Schüsseln und Teller in die Geschirrspülmaschine. Wer allein lebt, dachte er, darf sich nicht vernachlässigen, auch nicht bei seiner Ernährung, und schon gar nicht seine Küche verkommen lassen.

Er ging weiter. Dunkelrote Schrifttransparente mit dem Namen des Auktionshauses hingen wie Flaggen an der hellgrauen, freundlich wirkenden Fassade des Hauses.

Es sprach nichts dagegen, einen Blick in die Schaufenster zu werfen.

Wolff entdeckte im Fenster barocke Möbel. Schreibsekretäre aus dem Biedermeier. Gemälde der Münchner Sezession. Skulpturen aus der Nymphenburger Porzellanmanufaktur. Kleine Schatzschatullen aus Asien. Das Licht blendete. Wolff ging näher an das Schaufenster heran. Spiegelbilder der Straßenbahn, des Autoverkehrs und der Fußgänger lenken ab. Wie ein Kind wollte Wolff aber seine Nase an der Scheibe plattdrücken.

Wie einen Blitzschlag traf Wolff, was er jetzt sah.

Auf einer Staffelei, nicht vorne im Schaufenster, sondern im Halbschatten des Ladengeschäfts aufgestellt, steht ein dunkles Gemälde, das ihn ohne Vorwarnung wie ein Schock lähmt. Wolff erstarrt. Es kann nicht sein. Es darf nicht sein. Er fragt sich, ob er gerade einen psychotischen Anfall erlebt. Er holt tief Luft. Er entfernt sich vom Schaufenster, er kehrt zurück. Er geht weg. Nur weiter und weiter. Er geht zurück. Er schaut durch die Scheibe, er geht wieder ein paar Häuser weiter. Dann setzt er sich auf eine Bank. Hier stehen keine Bänke herum, Wolff setzt sich auf einen Sitzplatz der Straßenbahnhaltestelle, eigentlich kein guter Ort, um zu verweilen.

Später kehrte Wolff um. Er blieb vor dem Schaufenster stehen. Dann betrat er das Ladengeschäft des Auktionshauses.

»Guten Tag. Mein Name ist Xylander. Was kann ich für Sie tun?«

Ein junger, hübscher Typ, eleganter schmaler Blazer, dunkle Locken, kleine Brille. Ein Metrosexueller, dachte Wolff. Optimistisch, freundlich, erfolgsorientiert, ein Intellektueller, vielleicht ein Kunstbesessener.

»Mir ist dieses Gemälde hier bei Ihnen aufgefallen. Darf ich es mir ansehen?«

»Wir haben eigentlich die Frist für die Besichtigung gestern beendet, aber ich mache für Sie gerne eine Ausnahme. Meinen Sie dieses Bild hier auf der Staffelei?«

Wolff nickte.

Er ging ein paar Schritte zum Gemälde auf der Staffelei.

»Carl Wilhelm Hübner. Landschaftsmaler der deutschen Romantik und des Realismus.«

»Aha«, sagte Wolff.

»Düsseldorfer Malerschule. Sie ist heute nicht mehr so gefragt, deshalb ist unser Aufrufpreis für die Auktion besonders günstig.«

»Nicht mehr gefragt?«

»Na ja, schauen Sie: Das ist doch ein religiöses Propagandabild. Da steht ein Pfarrer und segnet irgendwelche Menschen. Das interessiert heute nur wenige Kunden. Aber: Handwerklich ist das Gemälde ein Meisterwerk.«

»Es wird in der Auktion präsentiert?«

»Selbstverständlich. Wenn Sie sich für das Bild interessieren, kann ich Sie gerne in eine Liste eintragen.«

»Ich müsste das Gemälde genauer anschauen. Wollen Sie gleich schließen?«

»Selbstverständlich können Sie sich so viel Zeit nehmen, wie Sie brauchen. Ich stehe Ihnen nicht im Weg.«

»Ich schaue mir das Bild gerne genauer an.«

»Bitte sehr. Ich mache Ihnen Licht. Sind Sie ein Sammler der Kunst des 19. Jahrhunderts?«

»Sie beschämen mich, aber so ist es. Kompliment für Ihre Menschenkenntnis.«

»Ach, wissen Sie, in vielen Jahren erhält man einen Blick für die speziellen Interessen der Kunden.«

»Ich bin noch keiner.«

»Aber Sie können einer werden.«

Wolff bat den jungen Mann, das Gemälde von Carl Wilhelm Hübner noch besser auszuleuchten. Er erkannte die Signatur: »Carl

Hübner. Die Auswanderer.« Es hing also nicht mehr im Salon von Otsch und Elisabeth in Aigen. Es stand hier, um verkauft zu werden.

»Wie hoch ist der Aufrufpreis?«

»Wissen Sie, diese Malschule ist momentan nicht sehr gefragt. Nur Spezialisten interessieren sich für solche Gemälde. Wenn Ihnen das Gemälde gefällt: Sie können mit 8 000 Euro einsteigen. Auktion übermorgen.«

»Nicht mehr?«

»Es entspricht dem Zeitwert. In 10 Jahren kann das Gemälde das 20-Fache kosten, aber nicht jetzt.«

»Ich würde gerne die Rückseite der Leinwand sehen. Ist das möglich?«

»Warum?«

»Ach, ich glaube, das Bild schon einmal irgendwo gesehen zu haben und will mich nur vergewissern.«

»Sehr gerne.«

Der junge Mann drehte das Bild mit dem Goldrahmen um. Er stellte die Beleuchtung so ein, dass Wolff die Rückseite der Leinwand untersuchen konnte. Der junge Mann hatte sich weiße Handschuhe angezogen, bevor er den goldenen Rahmen anfasste. Sehr zart, sehr behutsam drehte er das Gemälde um, bis Wolff die Rückseite vor sich hatte. Er entdeckte die Spuren von Klebestreifen um ein helles Quadrat, auf dem ursprünglich ein Zettel oder ein Zertifikat befestigt gewesen war.

Wolff erschrak, als ihm bewusst wurde, dass die Bestätigung der Nasjonalgalleriet Oslo entfernt worden war.

»Da ist eine Information offensichtlich entfernt worden?«, fragte Wolff.

»Es könnte selbstverständlich so gewesen sein, dass auf der Rückseite eine Adresse für den Umzugstransport einer Familie aufgeklebt war«, sagte der junge Mann, »das ist häufig der Fall. Niemand wünscht sich, dass Bilder verloren gehen. Man hat sie deshalb zusätzlich mit den jeweiligen Adressen versehen.«

»Haben Sie die Adresse noch gesehen?«

»Nein, das Papier war schon entfernt worden. Irgendwann. In den letzten 50 Jahren.«

»Sie werden mir nicht verraten können, wer der Vorbesitzer des Bildes war?«

»Pardon, mein Herr. Das dürfte ich Ihnen nicht verraten, selbst wenn ich es wüsste.«

»Sie haben das Bild aus Salzburg erhalten?«

»Haben Sie eine Beziehung zu diesem Gemälde? Entschuldigen Sie, wenn ich Sie so direkt frage.«

»Ich kenne das Bild. Aber das muss für Sie nichts bedeuten.«

Wolff fühlte sich, als sei er gelähmt.

Also doch. Otsch war noch handlungsfähig. Er hatte sich von dem Gemälde getrennt, weil es ihn zu stark an Elisabeth erinnerte. Tabula rasa, eine leere Wand im Salon. Welches Bild Otsch wohl als Ersatz auswählen würde?

Vielleicht aber, dachte Wolff, hatte er sich dafür entschieden, den Platz an der Wand leer zu lassen.

»Sie kennen das Bild?«

»Ich glaube, ich habe es bei Freunden in Salzburg gesehen.«

Der junge Mann nickte: »Das will ich nicht ausschließen.«

»Wollen Sie an der Auktion übermorgen teilnehmen?«

Wolff hätte, weil er sich ein kleines Vermögen zusammengespart hatte, mit der Finanzierung kein Problem. Selbst wenn sich der Kaufpreis während der Auktion erhöhte, könnte er mitbieten. Auszusteigen war dann immer noch möglich. Das Problem stellte sich anders dar. Das Gemälde faszinierte ihn, er konnte es sich sehr gut vorstellen, das Hübner-Gemälde zu erwerben. Er würde aber den Goldrahmen verpacken und in den Keller stellen, das Bild passte gut in seine Wohnung ohne den Goldzierrat.

Aber würde dann nicht auch Elisabeth bei ihm einziehen: als ständig präsenter Albtraum an die dunklen Tage in Salzburg, und Otsch sie begleiten: als unsichtbarer Gast, der die Wohnung und Wolffs Privatleben besetzte? Nicht auf wenige Tage befristeter Untermieter, sondern als ständiger Begleiter vom Morgen bis in die Nächte hinein?

»Ich schreibe Ihnen den Link und das Kennwort auf, damit Sie sich übermorgen, wenn Sie Ihre Entscheidung getroffen haben, in die Auktion einloggen können. Sie müssen sich aber vorab registrieren.«

»Das ist sehr freundlich von Ihnen«, sagte Wolff. Er verabschiedete sich von dem hilfsbereiten jungen Mann und verließ das Auktionshaus.

Wolff schlenderte weiter. Er musste nachdenken. Einerseits würde er sich sehr ärgern, wenn das Bild, dem er so viel Zeit gewidmet hatte, bei irgendeinem unbekannten Kunstsammler oder in irgendeiner Luxusvilla verschwand, andererseits machte ihm das Gemälde auch Angst. Es war ja nicht nur ein Bild.

Er könnte würfeln.

Er könnte sich heute Abend Argumente für und gegen einen Kauf aufschreiben.

Er könnte noch einmal mit dem Kunstsachverständigen telefonieren.

Er könnte die Auktion auch erst einmal beobachten.

Letztlich war alles eine Frage des Preises.

Eine Tram klingelte. Sie hielt abrupt an, Wolff sah, wie der Sand für eine Schnellbremsung auf die Schienen abgelassen wurde, kleine Staubwolken stiegen unter dem Fahrersitz auf. Dann war es still. Niemand hupte. Der Fußgänger, der auf das Gleis gelaufen war, hatte inzwischen die Straße überquert. Die Tram fuhr wieder an.

Die Sonne stand hinter den Mietshäusern tief im Westen. Aber oben am violetten Himmel, der sich allmählich in ein dunkleres Blau verwandelte, zogen die nimmermüden Mauersegler ihre Bahnen. Man hörte sie jetzt nicht. Sie flogen zu hoch über der Stadt.

Ich lehne jedes Interview und jeden Fototermin mit der Wiener Zeitung ab, beschloss Wolff, und er fühlte sich sofort erleichtert. Später am Abend konnte er es sich nicht erklären, weshalb ihm ein Absatz aus Christoph Poschenrieders Roman »Mauersegler« ausgerechnet in der Nordendstraße eingefallen war, den er sich nach der Lektüre auf einer Karteikarte notiert hatte. Vielleicht, dachte Wolff, hat der Satz nach allem, was sich ereignet hat, auf mich gewartet, ein paar Jahre, seit 2015.

Am Abend, zu Hause, ging er an sein Bücherregal, fand den Band und schlug ihn auf. Er fand die Stelle über sterbende Mauersegler nach längerem Durchblättern des Buchs:

Dass sterbende Mauersegler einfach ihre Flügel falteten und zu Boden stürzten.
Dass sie nicht mehr fliegen wollten.

Wolff gefiel dieses Bild.
Nicht mehr fliegen wollen.
Dieses Ende.
Selbstbestimmt.

Anmerkung des Autors

Alles, was hier erzählt wird, ist (natürlich) frei erfunden, obwohl sich in jeder Fiktion wahre Geschichten verstecken können. Ähnlichkeiten mit verstorbenen oder lebenden Personen sind zufällig, aber während der Arbeit am Manuskript stellte ich mir manche Menschen vor, die ich bis heute nicht vergessen habe. Sie sind nicht gemeint, aber sie haben mich inspiriert, neue Persönlichkeitsprofile wie Spiegelbilder von ihnen entstehen zu lassen. Einige Motive, Stimmungen und Beobachtungen mögen an den Roman »Teufelsgasse« erinnern. Das ist kein Zufall. Denn Al Wolff lebt in einer Welt, die sich ständig verändert und zugleich so bleibt, wie sie ist. Er selbst ändert sich nicht so schnell. Warum auch? Er bleibt seinem Lebensstil treu.

Wo sich das Originalgemälde »Die Auswanderer« von Carl Wilhelm Hübner mit dem im Roman erwähnten Brief der Nasjonalgalleriet Oslo befindet, ist dem Autor bekannt.

Dank
Zu diesem zweiten »Wolff-Roman« hat mich der Geschäftsführer des Verlags Anton Pustet, Herr MMag. Gerald Klonner, nachhaltig ermutigt. Ohne ihn und den zweiten Corona-Lockdown in Bayern im Jahr 2021 wäre dieses Buch nicht geschrieben worden. Meine Tochter Mareike Lindenmeyer verfolgte mich konsequent mit ihrer Frage: »Wann fängst du endlich mit dem Schreiben an?« Ihnen gilt mein herzlicher Dank, wie auch meiner Lektorin Mag. Martina Schneider für die wunderbare Zusammenarbeit bei diesem vierten gemeinsamen Buch. Ich danke auch dem Kunsthistoriker Maurice Philip Remy, der mir zum Thema NS-Raubkunst wertvolle Tipps in einem längeren Telefongespräch gab. Auf ihn wurde ich von meinem journalistischen Kollegen und Freund, dem ARD-Dokumentarfilmer Christian Gramstadt aufmerksam gemacht, der auch den Kontakt herstellte.

Das Zitat über das Sterben der Mauersegler im letzten Kapitel, an das sich Wolff nur mit Mühe erinnert, ist im Original in dem Roman »Mauersegler« von Christoph Poschenrieder (Zürich 2015) zu finden. Das Interview mit dem Pantomimen Samy Molcho wurde von der Süddeutschen Zeitung in der Ausgabe vom 23./24. Mai 2021 veröffentlicht.

Leseprobe Teufelsgasse

320 Seiten, 13,5 x 21,5 cm, Softcover
ISBN 978-3-7025-0999-6, € 22,–

Salzburg erwacht.

Der Mönchsberg und der Kapuzinerberg sind noch verhüllt vom kühlen Morgennebel, der einst weiße Verputz der Mauern auf der Festung sieht leicht angeschimmelt aus, wahrscheinlich dunkel vermoost, noch hat sich über der Altstadt der Dunst aus Feinstaub und Lichtreflexionen nicht verzogen; tagsüber ist er fast unsichtbar, obwohl er auf den Dächern und dem Kopfsteinpflaster lastet, aber man gewöhnt sich daran. Man sieht nicht mehr, was man nicht sehen will. Tagsüber ist das Licht nicht so fahl wie jetzt am Morgen.

Der Mann ist vor einer Stunde aufgestanden. Nach einem kurzen Frühstück hat er seinen Kleinwagen beladen. Heute will er Pflanzen, Grassamen, Erde und den etwas brüchigen Picknickkorb zu seinem Garten bringen. Der Tag ist frisch und neu und dunstig, und es gibt viel zu tun.

Vom Parkplatz aus, der für die Kleingarten-Vereinsmitglieder von Amicitia Salzburg e.V. reserviert ist, trägt er in zwei voluminösen IKEA-Tragetaschen seine Sachen in Richtung seines Schrebergartens. Er geht vorbei an dem kleinen Wertstoffhof, in dem Gartenabfälle deponiert werden dürfen. Dort kann jeder Kleingärtner gelbe Säcke mit dem »Bodenhilfsstoff« Rindenmulch aus reiner Nadelholzrinde erwerben – abgepackte Füllmenge: 130 Liter. Verwendung: Abdecken von Beeten, Pflanzflächen aller Art sowie als Wegbelag. Wirkung: Verringert Unkrautwuchs, schützt vor Austrocknung, ist humusbildend, speichert Wärme, mildert und schützt vor Erosion. Rindenmulch soll in einer Stärke von zehn Zentimetern auf die Flächen aufgetragen und gleichmäßig verteilt werden. Dass sich die Schritte darauf, anders als auf den Kieswegen, akustisch bis zur Geräuschlosigkeit verlieren, steht nicht auf der Packung, aber dem Mann ist auch diese Eigenschaft des Beet- und Bodenbelags wichtig. Lärm zerstört das Vogelgezwitscher. Manche Kleingärtner haben handtellergroße, vogelhausähnliche Schachteln erworben – sogenannte Zwitscherboxen –, die Frontseite in Holz oder aluminiumverkleidet, die jede Bewegung im Umkreis registrieren. Dann zwitschern die gespeicherten Vogelstimmen los. Die Apparate kosten fast 50 Euro. Es ist schwer, die auf einem Chip gespeicherten Vogelstimmen von dem lebendigen Zwitschern zu unterscheiden.

Der Mann geht durch die Watzmanngasse, die Edelweißgasse, die Rosengasse.

Einige Amicitia-Nachbarn haben Miniatur-Biotope angelegt. Beschützt von der Kunststoff-Folie am Teichgrund wächst Schilf, wachsen Gräser und Wasserpflanzen, sogar Seerosen. Im Sommer schwirren Libellen dicht über diesem See-Ersatz, hier und dort haben sich Molche, Frösche und Kröten niedergelassen, auch wenn der schlammige Grund viel zu dünn ist, um in ihm eingegraben den Winter zu überstehen.

Andere haben sich Brunnenattrappen hingestellt: aus Stein, Holz oder Metallbottiche. Einige haben sich für uralte Brunnenpumpen mit langen Hebelarmen entschieden, die aber kein Wasser mehr heraufpumpen, weil das Wasser nun aus der Leitung fließt. Wie Kaskaden hängen Blumentöpfe übereinander, oft mit Fuchsien bepflanzt, deren Blüten es nach unten drängt, sodass in der Fantasie rot-weiße Wasserfälle vorstellbar werden, und ihr Geplätscher, das an Hans Carossas Brunnen im Hof erinnert. Das immer wache Geplätscher nur vom alten Brunnen tönt.

Der Untersberg – obwohl im Dunst noch unsichtbar – ist ganz sicher auch in dieser frühen Morgenstunde da und steht wie seit Jahrtausenden herum, durchlöchert von Höhlensystemen, gefährlich für Bergsteiger, Hausberg der Salzburger. Vom Salzkammergut her weht inzwischen regelmäßig ein wärmerer Wind über der Salzach in die Stadt hinein. Etwas Fön wird den meisten Menschen guttun, jetzt ist es noch etwas klamm hier draußen. Es riecht nach frischem Gras und feuchter Erde. Der Mann hat gelesen, dass die Zitronenfalter mit einem Frostschutzsystem ausgestattet sind, das sie sogar leichten Nachtfrost ertragen lässt, aber noch sind sie nicht für ihren ersten Flug bereit.

Vor wenigen Tagen hat ein leichter Nachtfrost die blauen Hortensien mit ihren frischen Trieben welken lassen, inzwischen haben sich einige Blätter schwarz gefärbt. Der Mann stellt seine schweren Säcke ab, öffnet das hölzerne Gartentor und schneidet die angefrorenen Blätter ab, er beobachtet die winzigen grünen Pickel in den Hortensienstängeln. Vielleicht entstehen neue Triebe. Man braucht viel Geduld, denkt er, Gartenarbeit ist das Warten auf Entwicklung. Ich habe das inzwischen gelernt, denkt er.

Manche Kleingärtner umgrenzen ihren umhegten Boden mit höheren Drahtzäunen. Maschendraht, Jägerzaun und grüne Kunststoffzäune sind beliebt. Von seinem Gartennachbarn grenzt ihn nur ein kniehoher Holzzaun mit großen Abständen ab. Wegen der Igel, sagte der Nachbar.

Angeblich fressen die Igel die Population der Nacktschnecken. Die meisten sind rot-braun gefärbt, gelegentlich finden sich auch schwarze. Die Gartenfreunde haben sich sehr unterschiedliche Methoden angeeignet, um der Schneckenplage Herr zu werden. Ein Bekannter im Alpenrosenweg zerschneidet sie mit einem scharfen Messer. Ein anderer schwört darauf, die Nacktschnecken in Blechdosen zu sammeln und ordentlich Salz auf sie zu streuen. Am nächsten Morgen, wenn er den Deckel öffnet, existiert nur noch eine modrige Flüssigkeit, die er dann auf seinem Komposthaufen entsorgt. Es gibt noch andere Rezepte, mit der alljährlichen Schneckenplage umzugehen. Die Anpflanzung besonderer Kräuter, das Übergießen der Schnecken mit Bier, chemische Spezialmittel. Der Mann aber mag dies alles nicht. Auch Schnecken sind Natur, denkt er. Was können sie dafür, dass sie existieren? Mit einer kleinen Blechschaufel, die ein Kind in der Kleingartenanlage verloren hat, sammelt er die Nacktschnecken ein, schüttelt sie in eine Frischhaltebox, sucht nach Weinbergschnecken, groß und fett und markanter als die Nacktschnecken, füllt sie in eine andere Box und trägt sie zu einer kleinen Wiese, die außerhalb der Anlage liegt und seltsamerweise noch nicht als Baugrund ausgewiesen wurde. Sie werden wieder zurückfinden, die Schnecken, aber dafür brauchen sie viel Zeit. Das ist der ewige Kreislauf. So lange sie auf dem Weg mit ihrer Schleimspur sind, fressen sie seine Pflanzen nicht an. Und wenn sie doch früher zurückgefunden haben sollten, als er es berechnet hat, dann wird er sie wieder einsammeln und auf die Wiese zurücktragen. Den Weg in seinen Garten kennen sie dann schon. Und einige werden von den Igeln gefressen werden. Alles ist gut so.

Viele Nachbarn haben Insektenhotels aufgestellt, Bretterquadrate mit Bohrlöchern und Höhlen – die Wildbienen mögen das angeblich und auch die Holz- und Schlupfwespen. Ganz anders verhalten sich die Honigbienen, die von Blüte zu Blüte fliegen. Schwerarbeiter sind sie, und können oft kaum noch in ihren Bienenstock heimfinden, so sehr torkeln sie abends, wenn es kühl wird, mit ihrer Pollenlast nach Hause. Aber der Mann hat diese vermeintlich insektenfreundlichen Installationen aufmerksam untersucht. Sie alle schienen ihm unberührt von den Insekten zu sein. Sie haben ihre eigene Ordnung, denkt er, weshalb sollten sie diese Miniaturarchitekturen der Menschen annehmen? Jeder unregelmäßig aufgeschichtete Holzstoß ist ihnen lieber, er duftet nach Harz und Fichtenblüten, in den Rinden ist Platz, sich gegen Regen, Kälte und zu starke Sonneneinstrahlung zu schützen. Das hindert die Gartenfreunde im Kleingarten-Verein Amicitia Salzburg aber nicht daran, unter den Insekten-Hotels kleine Holzschilder anzubringen, die sie als nachhaltig und biologisch wertvoll ausweisen.

In diesem Jahr, so sieht es der Mann, haben sich die Primeln außerhalb seines Kleingartens, direkt am Zaun zur Teufelsgasse, weiter ausgebreitet. Auch die unterirdischen Netzwerke der Maiglöckchen haben ihn überlistet. Sie tragen die Farben des Gartens nach außen an den Wegrand. Eigentlich ist das nicht erlaubt. Vor wenigen Jahren wurde dies von der Aufsicht beanstandet; was draußen in den Kiesweg hineinwuchs, musste entfernt werden. Wo kämen wir denn hin, wenn das alle zulassen würden? Die Wege, die Gassen und Straßen der Gartenanlage glichen pflanzen- und keimfreien Zugängen zu den Parzellen. Selbst Zigarettenkippen, die in der Nähe eines Gartens gefunden wurden, musste der Kleingärtner einsammeln und in die Mülltonnen werfen. Bisher aber hatte sich niemand an den Primeln und den Maiglöckchen-Blättern gestoßen, die Zeiten waren anders und mit ihnen wurden die Regeln großzügiger als früher und weniger beachtet. Jede Blüte galt, wenn es sich nicht gerade um Geranien handelte, die für Nektar suchende Insekten nichts anboten, als besonders wertvoll. Mit dem Insektensterben durfte es ja nicht wie bisher weitergehen. In Bayern drüben hatte es die Initiative »Rettet die Bienen« sogar geschafft, dass ihre Forderungen in einen Gesetzentwurf der Staatsregierung aufgenommen worden waren: Die Politik überholte das Bürgerengagement, adaptierte die Forderungen, setzte noch eins drauf und der Landtag stimmte dem Gesetzesentwurf der Regierung zu. Man wusste dort sehr genau, woher der Wind bläst und wie er steht.

Der Mann weiß, dass zum Gießen das Wasser aus der Leitung zu hart ist. Mehrfach hat er die Werte gemessen und notiert. Eines Tages kaufte er einen Kunststofftank für Regenwasser, der einen Hektoliter fasste, montierte ihn hinter seiner Holzhütte, und legte von der Dachrinne der Hütte einen Ablauf direkt in den Tank. Seine Pflanzen gießt er seitdem mit dem weichen Regenwasser, das vor allem seinen Kakteen guttut. Einen Steingarten wie manche seiner Nachbarn hat er für seine Sukkulenten im Garten nicht angelegt. Im Humus Steine dafür aufzuhäufen und Kies aufzuschütten erscheint ihm pervers. Aber sollen die Nachbarn doch machen, was ihnen gefällt. Ihn stört das bis heute nicht.

Er schneidet überlange Triebe in der Hecke zurück, lüftet die Wurzelstöcke der Sommerfliederbüsche, die später ganze Heerscharen von Schmetterlingen anziehen, darunter Tagpfauenaugen und Admirale, Bläulinge und Kohlweißlinge, dann auch die Zitronenfalter und – wenn die Dämmerung kommt – die Flügelwesen der Nachtfalter: behaarte große und mottenähnliche kleine Insekten, die die Saugplätze der Tagesschmetterlinge einnehmen. Der Mann schaut dem Wechsel gerne zu. Bald ist es wieder so weit, denkt er, aber noch ist der Mai zu kühl.

Der Mann atmet die Morgenluft tief ein, es wird spürbar wärmer. Er hört das metallische Schleifen der O-Busse, die mit ihren Stromabnehmern die Zwischenräume der Oberleitungen an Kreuzungen überspringen müssen, ohne dass die Energiezufuhr unterbrochen wird. Vom Hauptbahnhof her weht das Quietschen von Eisenbahn-Waggons herüber, abgehackt sind – wie der Mann glaubt – Zwischentöne der Lautsprecheransagen von dort drüben zu hören. Die Stadt ist aufgewacht, sie lebt. Und nachher schieben sich wieder die Massen durch die Getreidegasse. Der Glockenschlag der Andräkirche bleibt verlässlich, nicht in seiner Gänze, aber im Stakkato einzelner Schläge dringt er bis in die Kleingartenanlage hinein. Es zieht ihn nicht in die Altstadt. Nicht mehr. Er fühlt sich als Fremder in den Gruppen der Touristen, die nichts sehen, aber alles fotografieren, um sich später zu Hause darüber zu wundern, was sie nicht in Wirklichkeit gesehen, sondern nur auf dem Screen festgehalten haben.

Es ist gut so, denkt der Mann. Lange genug bin ich dort drüben gesessen, und ich bin jeden Morgen dorthin gegangen, und jeden Abend von dort nach Hause. Tag für Tag. Immer wieder, auch an Samstagen und Sonntagen.

Er hat seinen Beruf geliebt. In vielen Jahren hatte er sich ein Selbstbewusstsein erarbeitet, das ihn vor den üblichen Ärgernissen am Arbeitsplatz schützte, ohne seine Freude zu mindern, jeden Morgen gern sein Amt zu betreten und es abends entspannt zu verlassen.

In seiner Jugend hat er sich eine merkwürdige Eigenschaft angewöhnt, sie ließe sich vielleicht sogar als Tick bezeichnen, der sich seit damals intensiviert hatte. Würde er danach gefragt, würde er dies wahrscheinlich sogar zugeben. Er hat sich an seine Eigenart gewöhnt und empfindet sie keineswegs als beunruhigend: Als Jugendlicher besuchte er sonntags den Gottesdienst, nicht weil er es wollte, aber der Kirchgang entsprach der Familientradition. Nicht jeden Sonntag, beileibe nicht, aber immer wieder sonntags, wenn sein Onkel Prediger in der evangelisch-lutherischen Kirche Augsburger Bekenntnisses war. Ihm zuliebe wurde dorthin gegangen, in die kleine Kirche in der Innenstadt, deren Fassade mit der rot-weiß-roten Plakette »Evang.-luth. Kirche A.B.« gekennzeichnet ist, damit jeder weiß, dass hier keine Messen zelebriert werden.

Mit den Predigten seines Onkels, der ganz sicher intellektuell wie seelsorgerlich über große und allgemein von seiner Gemeinde hoch geschätzte Talente verfügte, zudem ein sympathisch-liberaler Theologe war, hatte er als junger Mann wenig anfangen können. Sie waren zu lang. Sie betrafen ihn nicht. Gestik und Mimik des Predigers waren ihm vertraut. Er mochte ja seinen Onkel. Er fühlte sich zu ihm hingezogen, diskutierte auch gerne nach dem Gottesdienst im Pfarrhaus mit ihm, trank seinen ersten Cognac bei einem solchen Gespräch, rauchte auch einmal eine Zigarette dort, als er sechzehn Jahre alt war. Das darfst du jetzt, wenn du nicht süchtig wirst, hatte sein Onkel ihm gesagt. Aber mit den Predigten – das war eine ganz andere Sache.

So hatte der Mann angefangen, in seinem Kopf leere Flächen typografisch zu gestalten, die Umrisse der Fenster nachzuzeichnen und die Fenster zu zählen. Sah er im Fernsehen später die Buchstaben einer Bauchbinde, also die Texteinblendungen mit den Namen und Funktionen der jeweils auf dem Bildschirm gerade präsenten Personen, stichelte er die Zeichen wie bei einer Radierung nach. Leere Felder musste er mit seinen Linien bebildern. Niemand merkte dies, aber ihm wurde das Zuhören der Predigt und der Liturgie leichter, weil er in andere Linien- und Formstrukturen auswich. So war in ihm die Begabung gewachsen, die Choreografie jeder Bewegung im Raum vorzuzeichnen und darüber zu staunen, dass es so viele Menschen gab, die sich in den Räumen auf falschen Linien bewegten: uninspiriert, bar jeder Eleganz, unempfänglich für jede Harmonie beim Betreten von Plätzen, Straßen und Räumen.

Christoph Lindenmeyer, geboren in Berchtesgaden, aufgewachsen in Augsburg, war mehr als vier Jahrzehnte in verschiedenen Funktionen im Bayerischen Rundfunk tätig, unter anderem als langjähriger Leiter der Redaktion ZÜNDFUNK, der Hörspielabteilung, der Hauptabteilung Kultur, als Programmkoordinator Bayern 2 und kommissarischer Leiter des BR-Studio Franken. Bekannt wurde er auch durch die Gesprächssendungen im Hörfunk Eins zu Eins – der Talk (Bayern 2) und im Fernsehen für das Alphaforum (ARD-alpha). Er studierte evangelische Theologie in Erlangen, Heidelberg und München. Er ist Honorarprofessor für Christliche Publizistik in Erlangen und Mitglied des deutschen PEN-Zentrums. Im Verlag Anton Pustet erschienen: *Rebeller. Opfer. Siedler. Die Vertreibung der Salzburger Protestanten* (2015 und ²2016), *Der Birnbaum im Pfarrgarten – eine evangelische Gemeinde im Nationalsozialismus* (2019) und der Debütroman *Teufelsgasse* (2021). Er wird im Roman *Hexenloch* fortgesetzt.